W0215055

» LA GAJA SCIENZA «

VOLUME 737

UN ENIGMA COLOR PORPORA

Romanzo

di WOLFRAM
FLEISCHHAUER

TRADUZIONE DI
RICCARDO CRAVERO

LONGANESI & C.
MILANO

PROPRIETÀ LETTERARIA RISERVATA
Longanesi & C. © 2004 – 20122 Milano, corso Italia, 13

Il nostro indirizzo internet è: www.longanesi.it

ISBN 88-304-2199-5

Titolo originale
Die Purpurlinie

Visita *www.InfiniteStorie.it*
il grande portale del romanzo

Copyright © 2002 Wolfram Fleischhauer
and AVA international GmbH
(www.ava-international.de)

UN ENIGMA COLOR PORPORA

PROLOGO

Ieri l'ho rivista sul suo quadro.

Nella semioscurità, debolmente illuminata dalla luce smorzata del museo, lei non guarda me ma la sala che si allarga alle mie spalle.

Sta lì alla mia destra, e sembra ancora più inerte del quadro stesso, da cui è bandito ogni movimento. Tiene la testa alta, sollevata al di sopra del corpo nudo, bianco come gesso, investito da una forte luce laterale. Sotto i capelli pettinati verso l'alto, simili a una parrucca, il suo volto esprime stupore, e si ha l'impressione che di lì a un momento su di esso si sarebbe letta una sensazione. Ma il pittore non ha voluto mostrarcela.

La bocca piccola, chiusa come per un bacio – anche questo, solo un desiderio che il nostro sguardo vorrebbe esaudire –, ha lo stesso rosso delle pesanti tende che gravano tra pieghe imponenti sullo sfondo del quadro, ed evocano un palcoscenico appena aperto. Una perla a forma di lacrima orna l'anello d'oro al suo orecchio, da dove parte una lunga ombra che dalla spalla passa sul braccio e scende fino alla mano sinistra. L'avambraccio piegato all'altezza dell'ombelico poggia sul bordo, coperto da un panno, di una vasca di pietra dentro cui la donna sta ritta. Davanti le fluttua la mano sinistra, che solo in apparenza sembra nell'atto di respingere e in realtà ci mostra qualcosa: tra pollice e indice si vede un anello d'oro in cui è incastonato uno zaffiro. Ma in che modo lo tiene? Appena sfiorato con la punta delle dita, l'anello sembra sorretto cautamente tra le unghie, come se l'oro fosse rovente o lo zaffiro avvelenato. Cerchiamo una spiegazione, forse nella mano destra, ma questa pende mollemente dal bordo della vasca, con il mignolo stranamente scostato.

Appena sopra le dita che reggono l'anello vediamo i capezzoli color nocciola della dama che prende il bagno. Ora crediamo anche di capire la sua espressione di sfinge, un primo presentimento ci percorre l'anima, perché il pollice e l'indice di un'altra mano afferrano quel capezzolo, come a estrarre una spina. Lunghe e affusolate sono queste dita, ma rese in un rosso brunastro, un tono di gran lunga più caldo del bianco algido delle membra della dama con l'anello. Eccolo di nuovo, quel presentimento che striscia dentro di noi come un pensiero cui mancano le parole. O è solo suggestione?

Due donne. Se le si immagina senza testa, entrambe le figure sono in tutto somiglianti: due busti nudi in una vasca, legati da un gioco di mani, le destre a riposo sul bordo, mentre le sinistre stringono in punta di dita un anello e un capezzolo. Ma il volto della dama a sinistra ha uno sguardo trionfante, di astuzia. Sulla sua pelle è distesa una patina di rosso vitale.

A poco a poco ora si schiude lo spazio, lo sfondo del dipinto che ha tante cose da dire e tra due tende rosso scuro aperte solo per metà offre alla vista un'altra donna, forse una dama di camera, che siede là dietro accanto a un camino. È china su qualche lavoro di cucito, su una sciarpa bianca che le ricade ai due lati del grembo. Sulla parete dietro di lei è appeso uno specchio, che nella sua cornice d'oro non riluce argenteo, ma nero. Accanto alla donna, nel vero centro del quadro, fluttuante sopra il gioco enigmatico delle mani, spunta nella stanza un tavolo coperto da un panno di velluto verde. Vediamo le lunghe pieghe della stoffa verde che – quasi lo si avverte – è appena stata gettata sul tavolo.

Qui veniamo improvvisamente introdotti alla temporalità. Il lento distendersi della stoffa sul tavolo, che forse è un catafalco, e il debole bagliore di un fuoco che va spegnendosi dietro nel camino trasformano la dama di camera in una Parca che fila e taglia i fili del destino sotto lo specchio nero in cui abita la morte. Ma perché? Perché tanto presto? Forse conosce la risposta l'uomo sopra il camino, di cui riusciamo a distinguere il basso ventre, coperto appena? Ma anche lui è solo un quadro, un quadro nel quadro, che dal dipinto sembra irrompere nella realtà. Non sappiamo chi sia. Il pittore non gli ha dato un volto. Sta lì seduto per terra, come fosse esausto dopo una notte d'amore, avvolto in una splendida stoffa rosso porpora che gli scorre intorno ai lombi. Lo sconosciuto troneggia su tutto lo scenario, sul fuoco che va spengendosi, il tavolo coperto di verde, la Parca, le due dame in primo piano e i loro gesti misteriosi.

Adesso avvertiamo che lo sguardo della dama sulla destra non vede più il mondo. Intuiamo persino la piccola impalcatura di legno che la tiene dritta nella sua vasca, per farci credere che sia viva. Spenta è la luce nei suoi occhi, inerte il corpo sotto la pelle cerea, rigidi i movimenti delle mani, delle dita tra cui qualcuno, come per scherno, ha sistemato un anello.

La seconda dama ci guarda maliziosa, trionfante. Nelle sue mani pulsa ancora il sangue, in lei è ancora desta la volontà, mentre nell'altra ormai riluce soltanto un ultimo barlume del mondo, un minuscolo punto di luce bianca sulla perla a forma di lacrima che le impreziosisce l'orecchio. Sembra quello l'unico spiraglio per raggiungere il mondo *davanti* al quadro: le candele che bruciano nell'atelier di un pittore, una misera baracca in cui il puzzo dei moccoli fumiganti si mescola con l'odore acre della vernice, in una notte senza rumore dell'anno 1600. E quasi si crede di poter cogliere il raspare delicato di un pennello che traccia sulle figure gli ultimi cauti tratti, serrando per sempre il segreto della loro storia.

PARTE PRIMA

LA MANO DELLA SORELLA

1

NATURALMENTE allora non sapevo ancora che la scoperta di Koszinski conteneva la chiave per capire il quadro. Lui stesso non dovette riconoscere il pieno significato del suo ritrovamento, altrimenti al telefono non avrebbe avuto una voce tanto tranquilla. Disse che forse aveva trovato una novità che poteva interessarmi, se avevo ancora voglia di fargli visita prima della mia partenza. Ma dopo questo breve preambolo passò direttamente a spiegarmi la strada e mi pregò di portargli qualche giornale in inglese che lui, lassù nel suo albergo, non riusciva a trovare.

Il nostro ultimo incontro risaliva a tre anni prima. Ma nonostante i brevi contatti tra noi fossero interrotti da lunghe pause, il nostro rapporto non fu pregiudicato. Del resto io non avrei potuto mantenere relazioni d'amicizia molto più profonde. Come libero docente di letteratura americana conducevo una vita nomade e avevo trascorso gran parte degli ultimi quindici anni tra Canada e Stati Uniti. Da pochissimo avevo anche ottenuto la cittadinanza americana, una circostanza che aveva avuto solo ripercussioni esteriori, sul mio passaporto e sul nome che era cambiato da Andreas in Andrew Michelis. Arrivato a Chicago all'inizio degli anni '80 con una borsa di studio per la stesura della tesi, ci volle poco perché le allettanti opportunità del mondo della ricerca e dell'insegnamento americani trasformassero quello che doveva essere un anno di studio in una permanenza di otto. A quel punto un rientro in Germania non era più pensabile. Non avrei sopportato a lungo il sistema universitario di qui, troppo standardizzato; senza considerare che dopo un'assenza tanto lunga avevo perso da un pezzo i contatti accademici necessari. Inoltre, nel corso degli incarichi sempre più rari che di tanto in tanto mi conducevano in Germania mi ero accorto che, con gli anni, nel mio paese mi sentivo sempre più un visitatore. Il passato comune che mi legava agli amici di un tempo era dissolto e il nostro presente era così diverso che faticavamo a tenere ancora legati percorsi di vita tanto distanti.

In questo senso Nicolas Koszinski costituiva un'eccezione. Anche se, diversamente da me, lui era un sedentario e viveva da molti anni a Stoccarda, dove lavorava come archivista alla Biblioteca del Land. Interiormente però era un nomade anche lui, un abitante irrequieto e infaticabile degli universi stampati, con una curiosa inclinazione alla formalità a causa della quale, nonostante ci conoscessimo da anni, continuavamo a darci del lei.

Gli avevo accennato dell'incarico ottenuto a Friburgo in una delle ultime lettere. Perciò in realtà l'unica cosa strana della telefonata di Koszinski era che si fosse fatto sentire così tardi. Il suo invito mi offriva un piacevole diversivo prima di ripartire per il mio prossimo domicilio provvisorio, perciò accettai senza esitare. Naturalmente avrei anche potuto dedicare l'estate a rinfrescare i miei contatti in Europa. Ad Amsterdam c'era una conferenza che sembrava interessante, e anche al convegno di americanistica di Zurigo contavano di certo sulla mia presenza, anche se non avevo ancora confermato. Che avessi istintivamente sperato di potermi sganciare da impegni del genere? Già, per quanto cerchi di rifuggire dall'idea c'erano segni chiarissimi che avrebbero dovuto farmi riconoscere da tempo che in me la fascinazione per la letteratura si era consumata da un pezzo. Non avevo solo cominciato a evitare le conferenze specialistiche; anche i miei seminari con il passare degli anni si erano fatti sempre più tecnici, più astratti. Avevo costretto i miei studenti a meticolose analisi formalistiche e mi ero gettato a mia volta nelle speculazioni teoriche che all'epoca andavano per la maggiore. Alla fine cominciò a diventarmi chiaro che attraverso tutte quelle analisi al microscopio avevo solo sperato di ritrovare un ultimo barlume della magia che un tempo mi aveva spinto a fare dello studio della letteratura la mia professione. Ma nel momento in cui me ne resi conto i meccanismi interessanti del testo, di cui credevo di conoscere ogni ingranaggio, mi lasciavano ormai impassibile, anzi indifferente. Insegnavo meccanicamente gli ultimi studi sulla mia materia; li assorbivo e li restituivo con professionalità, come un medico che somministra l'ultimo ritrovato. Ero capace di trattare qualsiasi argomento. Ma non c'era più niente che mi entusiasmasse.

Era stato anche per questo che mi erano mancate l'ambizione e la determinazione che di solito vengono ricompensate con una cattedra? Avevo divagato troppo presto e mi ero occupato di musica, le cui leggi però continuarono a rimanermi estranee. Per un periodo ero passato dai libri alla pittura, ma anche questa si rivelò solo una fase passeggera, perché i temi della pittura mi sembravano troppo prossimi a ciò che cercavo di lasciarmi alle spalle. Studiando i maestri del passato ritrovai argomenti e motivi familiari: antiche leggende, rappresentazioni storiche, i soliti *tópoi* della tradizione cristiana. Il mio sguardo sorvolò quel mondo che mi pareva fin troppo noto, e solo una volta si soffermò su un dipinto la cui fastidiosa estraneità non voleva piegarsi alla mia indifferenza e il cui fascino risvegliò ciò che credevo di aver perduto. Non so più dove avessi visto per la prima volta le due dame nel bagno. Con il passare degli anni il vederle nei cataloghi d'arte, sulle copertine dei libri, persino come fondale di uno studio televisivo mi era diventato così familiare che ormai mi sembrava una parte costitutiva, per quanto di origini ignote, del diluvio di immagini della nostra epoca. Più volte, osservando il quadro, cercai di scoprire qualcosa sui suoi retroscena. Chi l'aveva dipinto, e che cosa aveva spinto un pittore del XVI secolo a mostrarci due nobildonne in una vasca da bagno? Dopotutto il quadro era abbastanza noto, eppure le mie incursioni nella letteratura specialistica mostrarono solo che nei quattrocento anni della sua esistenza nessuno era riuscito a dargli un'interpretazione storico-artistica.

Il dipinto era stato realizzato nel 1590 nell'ambito della scuola di Fontainebleau, e una delle due donne era un'amante di Enrico IV di Francia. Di più, non si sapeva. I ricercatori non erano riusciti a stabilire chi fosse il pittore e non avevano saputo spiegare in modo convincente lo strano intreccio di gesti delle due dame nella vasca. Nelle due dita che stringono il capezzolo di una delle donne, che era pur sempre una duchessa, si individuava un gesto affettato, decisamente simbolico, che alludeva a una gravidanza. Un gesto del tutto conforme al gusto del Manierismo di quell'epoca e che si poteva ritrovare in forma simile anche in altri dipinti. Ma per la stranezza, l'indecenza misteriosa con cui il capezzolo veniva afferrato, lo studio della simbologia non aveva alcuna spiegazione da offrire. Dopotutto doveva fare una grossa differenza se il personaggio di un quadro reggeva stretto tra la punta delle dita un anello, un garofano o un paio di occhialini oppure se una nobildonna afferrava a quel modo la punta del capezzolo di un'altra nobildonna. Ma a domande simili tutta la scienza della storia dell'arte non sapeva dare una risposta. In mancanza di una fonte certa, insomma, il dipinto avrebbe custodito per sempre il suo segreto.

Fu per questo che mi rimase impresso? C'era qualcosa di quella singolare composizione che mi aveva toccato, che mancava sempre più nei miei studi letterari? Ne parlai agli amici e per qualche tempo portai con me una piccola riproduzione del dipinto, nella speranza di incontrare un giorno qualcuno che ne sapesse di più. Ne avevo accennato anche a Koszinski, peraltro anni prima, ricevendone lo stesso commento fatto da molti altri. Aveva detto che sì, conosceva il quadro, e che in effetti era davvero singolare, come del resto molti altri dipinti dell'epoca.

Rimasi altri due giorni a Friburgo, a liberare l'appartamento nell'edificio dei docenti ospiti. Riempire gli scatoloni nell'afa di luglio diventò una tortura, e fui felice quando i traslocatori finirono di caricare le mie cose e il furgone verde partì per Bruxelles dove, grazie all'interessamento di un collega, in autunno avrei tenuto un seminario e una conferenza. Mi aspettavano a metà settembre, e i due mesi liberi da impegni che avevo davanti mi sembrarono un dono del cielo. Come ho detto, non avevo progetti. Il mio contributo a un volume di saggi sul Naturalismo americano giaceva pronto per la stampa sulla mia scrivania sgombra, e solo la sezione delle note necessitava ancora di qualche correzione. Dopo una breve esitazione feci scivolare il manoscritto nella borsa di tela olona che avevo intenzione di depositare dal portiere per il fine settimana. Durante la mia visita da Koszinski non avrei concluso niente in ogni caso. In quel momento non potevo sapere quanto la mia supposizione fosse giusta...

L'hotel di Koszinski si trovava in un'alta valle a un'ora di macchina da Friburgo. Sul sedile della Fiat che avevo preso a nolo per il fine settimana c'erano l'ultimo *Economist*, il *Financial Times* del giorno prima e un numero di *Scientific American* con un articolo sui geroglifici che Koszinski avrebbe trovato interessante. Quando entrai con la macchina nel parcheggio dell'hotel, il sole era già un po' inclinato. Alla reception dell'albergo, che per quanto imponente si inseriva con gusto nel paesaggio dolce, mi comunicarono che il signor Koszinski si era permesso di riservare una stanza per me e mi aspettava verso le sedici e trenta sulla terrazza, dove aveva intenzione di recarsi terminato un trattamento curativo che non poteva essere spostato.

Entrai nella mia stanza, feci una doccia, indossai un abito estivo leggero e mi avviai alla terrazza munito dei giornali per Koszinski. C'era parecchia gente, ma riuscii a trovare un tavolo libero e mi sistemai in una delle sedie di vimini scaldate dal sole. Davanti a me si stendeva un paesaggio in cui si poteva ammirare ogni sfumatura di verde immaginabile. Il prato chiaro declinava seguendo il pendio, circondava scurendosi i primi abeti bianchi e rossi che più in là si infittivano e si sospingevano a ondate di tonalità sempre nuove verso l'orizzonte. Là l'approssimarsi della sera aveva già cosparso sul bosco una foschia sottile, dissolvendo il verde intenso in un delicato blu freddo, così che gli alberi sembravano crescere quieti al di sopra delle nuvole che andavano rabbuiandosi. Era l'istante in cui il pomeriggio comincia a rovesciarsi nella sera, quel minimo ma drammatico mutamento della luce in cui da un momento all'altro le cose sembrano risvegliate di soprassalto. Le rotondità morbide diventarono dure e fredde, un brivido leggero percorse la Terra e nel punto dell'orizzonte in cui di lì a poche ore sarebbe affondato il grande cerchio rosso del sole si mise in moto un vortice potente.

«Una vista magnifica, non è vero?» A un tratto sedeva di fronte a me, con la testa rossissima e le conseguenze evidenti di un bagno di fango.

Mi alzai in piedi e ci abbracciammo calorosamente. Il suo piccolo volto tondo era più simpatico che mai. Mi chiese se la stanza mi andava bene. Se preferivo prendere un caffè o un tè. Quando adocchiò i giornali gli si illuminò lo sguardo.

Raccontai brevemente le tappe più importanti degli ultimi anni. Quando nominai Bruxelles fece una smorfia.

«Una città orrenda. Sa qual è l'insulto preferito dai tassisti di Bruxelles?»

Scossi divertito la testa.

«Architetto! Questo le dice tutto. La città è completamente deturpata.»

Si picchiettò sulla fronte e chiamò la cameriera con la mano. Mentre parlava con lei, non potei fare a meno di sorvolare con uno sguardo curioso alcune carte che aveva posato davanti a sé sul tavolo. I fogli avevano un'aria vecchia e ingiallita. Sulla prima pagina si vedevano alcune chiazze d'umidità, e al centro c'era il segno quadrato di una punzonatura che però era coperto per metà dal portachiavi in mogano dell'albergo.

Una volta finita l'ordinazione si voltò di nuovo verso di me e notò il mio sguardo incuriosito. «A dire il vero avevo intenzione di parlargliene solo domani, ma sono troppo curioso della sua reazione.»

Si infilò con difficoltà il fazzoletto in tasca. Lo guardai impaziente.

«Ebbene? Vecchie carte?» chiesi alla fine con un filo di scherno.

Aggrottò la fronte domandandosi se valesse davvero la pena farmi partecipe del suo segreto. Rifiutai la sigaretta che mi offrì e gli accesi la sua.

«Dipende da come le si considera. Più che altro, una questione di famiglia.» Il suo sguardo seguì la scia luccicante di un aereo che volava alto sopra di noi in direzione ovest, tracciando una linea argentea nel cielo. Osservò le persone sedute intorno a noi sulla terrazza a godersi il sole del tardo pomeriggio. Poi il suo volto si rabbuiò e lo sguardo sembrò trapassarmi per scrutare epoche lontane. Aspettai cortesemente che terminasse il suo viaggio in un passato incomprensibile. In realtà era più vero il contrario. A volte avevo l'impressione che per Koszinski non fosse tanto il passato ma piuttosto il presente a rappresentare un pandemonio imperscrutabile all'interno del quale lui si muoveva esclusivamente con intenti turistici. Un viandante tra mondi diversi, una vecchia anima in pena.

Due ore più tardi la folla degli ospiti sulla terrazza si era notevolmente diradata. Sul tavolo davanti a noi c'erano alcune tazze di caffè vuote e due bicchieri di succo d'uva appena serviti, e il mio compagno di conversazione si stava concedendo una delle lunghe pause di riflessione con cui aveva l'abitudine di interrompere i suoi discorsi.

Ricapitolai un'altra volta i passaggi che aveva appena elencato. Era stato a un'asta di incunaboli a Londra. L'atmosfera solenne e volgare di un'asta pubblica, così gli era parso, era quasi uguale a quella di un'esecuzione. Lui e il suo collega della Biblioteca del Land non si erano aggiudicati niente. Come al solito i giapponesi avevano avuto la meglio. Sospettava che persino gli offerenti svizzeri in realtà fossero emissari di un qualche consorzio di Kyoto. Del resto si poteva solo essere contenti se quei preziosi manoscritti medievali finivano lontano, in mano a civiltà più attente, visto che in Europa in passato non erano sempre stati trattati con la dovuta cura. Poi i due avevano avuto da fare a Parigi: trattative con la Bibliothèque Nationale per una serie di riproduzioni in facsimile.

Una faccenda non particolarmente esaltante, che però li aveva trattenuti in città per quattro giorni. Rientrando a Stoccarda era passato da Kehl, per far visita ad alcuni parenti. Conoscevo Kehl? Avevo detto di no, ma poi avevo aggiunto che l'avevo attraversata un paio di volte, anche se non l'avevo mai davvero visitata. Lui faceva regolarmente sosta a Kehl quando tornava da Parigi, il che avveniva più o meno ogni due anni. Lontani parenti possedevano lì una casa editrice, e dal momento che lavoravano per così dire nello stesso campo, per lui la sosta a Kehl tornando da Parigi era diventata una specie di abitudine.

Anche questa volta lo avevano accolto affettuosamente, nonostante la confusione generale dovuta a un trasloco. C'erano casse ovunque, trasportatori scontrosi in tuta blu, polvere, telefoni seppelliti sotto mucchi di carte che suonavano a vuoto abbandonati a sé stessi. L'esatto contrario delle sale climatizzate delle biblioteche statali in cui lui passava tutto l'anno e dove da un po' di tempo il ronzio dei computer copriva il severo ticchettio degli igrografi. Secondo lui non era possibile pensare a una contrapposizione più grande: di qua l'attività frenetica di una casa editrice che ricorda l'operosità nervosa di una sala parto, di là l'algida scientificità conservatrice e la gelosa mummificazione di pensieri dimenticati da un pezzo all'interno di archivi sterili.

I suoi parenti avevano del tutto sottovalutato il trasloco. La rassegna dell'archivio storico avrebbe richiesto mesi. Dopotutto la casa editrice esisteva dall'inizio del secolo e aveva anche una storia precedente che si diceva risalisse fino ai tempi della cacciata degli ugonotti. Naturalmente ogni traccia di prove documentali precedenti il periodo intorno al 1800 erano andate perdute, e tutto quello che si sapeva rientrava nella leggenda. Presumibilmente i primi fondatori furono proprio alcuni ugonotti che dopo la caduta di La Rochelle nel 1628 avevano seguito l'esodo di tanti altri eterodossi verso est ed erano riparati in Germania meridionale. Ma i dettagli non erano noti.

Invece di riordinare ogni cosa per bene, i parenti editori alla fine avevano smistato tutto in fretta e furia, così che la cantina era piena di casse sparse che aspettavano di essere portate via. Lui non aveva resistito alla tentazione, e aveva chiesto al cugino se poteva dare un'occhiata all'archivio. Quello disse che gli avrebbe solo fatto un piacere, ma che non doveva aspettarsi chissà che, perché c'erano quasi solo fondi di magazzino senza valore e vecchia corrispondenza.

Koszinski si era aggirato per le cantine, lungo le pareti spoglie su cui era ancora impresso il segno degli scaffali scomparsi. A dispetto dell'avvertimento del cugino ci rimase parecchie ore, sebbene avesse solo trovato conferma di quanto gli avevano preannunciato. Libri contabili, almanacchi, calendari per donnine ammodo, bibbie con una qualità di stampa miserabile, libri di cucina, bilanci, raccolte di inni sacri, romanzi mai ristampati, libercoli di poesie in commovente quadricromia, alcune annate di quotidiani rilegati in cartoncino cerato che un tempo doveva essere verde, una partitura dell'*Olandese volante*, una guida turistica dell'Alsazia, un vocabolario spagnolo-tedesco, montagne di lettere commerciali; in breve: niente. Gli era quasi passata la voglia di affrontare altri scatoloni per ridestare dal sonno marcescente manuali, vademecum e almanacchi di associazioni. Anche nelle stanze rimanenti lo spettacolo era lo stesso: sulle pareti la ramificazione geometrica lasciata dalle scaffalature e davanti gli scatoloni muniti di una croce blu o rossa, a seconda della destinazione che li attendeva.

Sentiva una strana sensazione dalle parti dello stomaco: il

brivido dei sopravvissuti. Qualsiasi cosa si trovasse negli scatoloni, per quanto privi di valore, insensati e insignificanti fossero quegli scritti, lo toccavano sempre con una tristezza gradevole. Lui era uno così. No, non un collezionista. Per quello gli mancavano la disciplina e la cupidigia. Era piuttosto un osservatore, una specie di geologo dei pensieri che prova piacere nel vederli depositare strato su strato, intersecarsi, separarsi, interrompersi all'improvviso come incontrando una vena di roccia dura e poi riaffiorare in un altro punto, del tutto inaspettato. Non aveva un metodo, e naturalmente gli era chiaro che quella era un'attività profondamente soggettiva e di certo erronea. Ma Koszinski era fatto così: era un uomo dei miti, non delle fiabe.

Il pavimento era cosparso di giornali strappati e carta da pacchi sgualcita. I raggi del sole cercavano di farsi strada attraverso i lucernari, ma i vetri opalini li raggrumavano in una massa lattiginosa priva di forza. Il rumore di un diesel che veniva avviato fece vibrare le pareti. Un opilione si affrettò leggero come neve lungo il soffitto della cantina, allontanandosi indignato.

Accanto a una cassa sul pavimento Koszinski trovò un pezzetto di cartone con uno strano disegno sopra. In un primo istante più che dall'ornamento fu attirato dalla natura del materiale. Solo guardando meglio si accorse che non si trattava di un qualunque cartone marcescente, ma di un pezzo di tela così sporco da essere quasi irriconoscibile. Sollevò controluce quella pezza non più grande di una scatola di fiammiferi e notò con un certo stupore che non era una tela tessuta a macchina. Con un po' di esercizio anche un profano è in grado di distinguere una stoffa tessuta a mano da una tessuta a macchina e lui, che dopotutto era abituato per lavoro a guardare ogni giorno pergamene controluce, aveva riconosciuto subito la struttura di fili sottili ma grossolana della tela. Naturalmente anche un bambino sa che il telaio è stato inventato in Francia nel 1745. Quarant'anni dopo, in Inghilterra, Cartwright aveva fatto funzionare per la prima volta con successo un telaio interamente meccanico. Ma prima che stoffe del genere diventassero disponibili sul mercato passarono almeno altri sessant'anni. Per quanto si sa, in Germania il primo telaio meccanico fu installato nel 1845 da Schönherr a Chemnitz. Fu in quel periodo che si cominciarono a produrre al telaio meccanico anche le prime tele per i quadri.

Mentre parlava, Koszinski versò un po' di zucchero su un piattino, lo livellò e con la punta di uno stuzzicadenti vi tracciò sopra alcune linee. Quando ebbe finito ruotò piano il piatto verso di me e io riconobbi una S sinuosa trafitta dal basso verso l'alto da una freccia. Osservai qualche istante il disegno, quindi mi strinsi nelle spalle.

«Lei parla francese?» chiese.

«Discretamente.»

«Come tradurrebbe: *una S trafitta da una freccia*?»

«*Un S percé d'un trait?*»

Dal tavolo accanto si alzò un gruppo di ospiti. Le giacche vennero raccolte dalle spalliere della sedie, le scarpe scricchiolarono sul ghiaietto. Un bambino aveva appoggiato il viso insonnolito sulla spalla del padre, che scosse in silenzio la testa rivolto alla moglie mentre lei gli porgeva la giacca con espressione interrogativa.

Koszinski osservò il piccolo addormentato. Poi disse: «Il disegno è un classico rebus. Bisogna dimenticare il significato astratto dei simboli e tornare al suono evocativo, originario delle lettere o dei disegni. I bambini risolvono queste cose in un batter d'occhio».

Aveva spostato le casse accanto a cui aveva trovato il pezzo di tela. Erano tutte contrassegnate con una croce blu e quindi destinate al macero, perciò non si era fatto troppi scrupoli e le aveva rovesciate senza tanti riguardi. Presumibilmente si trattava degli scarti di una biblioteca che erano finiti chissà come nella cantina di una casa editrice. Forse erano i resti scampati a un allagamento. C'erano macchie d'acqua ovunque.

Aveva rovistato a casaccio nelle casse. L'odore di carta vecchia gli riempiva le narici. Scartabellò senza alcuno scopo qualche vecchio raccoglitore e quaderno senza scoprire nulla che potesse essere anche lontanamente in relazione con lo strano disegno. Tuttavia continuò a cercare, perché gli parve ben strano che un pezzetto di stoffa così antico fosse affiorato dal nulla sul pavimento dell'archivio di una casa editrice.

Le prime cinque o sei casse contenevano raccolte rilegate di vecchie riviste apparse a cavallo del secolo, ma che non possedevano alcun valore collezionistico. Era comprensibile che volessero mandare al macero i fascicoli su boschi e prati, proprio come il contenuto degli scatoloni successivi, che racchiudevano esclusivamente corrispondenza commerciale. Forse un filatelico volenteroso avrebbe potuto fare qua e là qualche ritrovamento interessante, ma lui, Koszinski, per i francobolli provava la stessa indifferenza che nutriva per le novità provenienti dagli angoli inesplorati della Via Lattea.

Poi, all'improvviso, lo scartafaccio fu sulle sue ginocchia. Era in una busta marrone scuro di carta oleata. Sul retro erano applicati quattro bottoni di pelle. Un cordoncino ritorto bianco e rosso girava più volte a otto intorno a due bottoni, e in quel modo teneva chiuso lo scartafaccio. I margini parzialmente strappati lasciavano intravedere un fascio di fogli impilati.

Capovolse uno degli scatoloni vuoti e appoggiò lo scartafaccio su quel tavolino improvvisato. Poi rimosse i fili, cosa che non si rivelò particolarmente difficile perché con il passare del tempo il cordoncino si era sfilacciato. Quando fece per sciogliere i nodi, gli si sbriciolarono tra le dita come lamelle di un nido di vespe abbandonato. Aprì delicatamente le falde oleate e rimirò soddisfatto il primo foglio che si presentò alla sua vista. Sì, non c'era alcun dubbio. Il foglio era vuoto, ma al centro si riconoscevano chiaramente le tracce di una punzonatura. Prese in mano il pezzetto di tela con lo strano disegno e lo appoggiò sul foglio. Il quadretto combaciava perfettamente con i margini della punzonatura. La chiazza brunastra sulla tela proseguiva senza sbalzi nelle macchie d'acqua dalle venature sottili sulla pergamena.

«Ed erano le carte che ha qui davanti a sé?»

Annuì. «Ho con me solo la trascrizione degli interrogatori. Il disegno e gli altri testi sono di sopra nella mia stanza.»

«Interrogatori?»

«Sì. Questo, per esempio.» Mi allungò alcuni fogli. «L'escussione di un cittadino di Parigi, datata 12 aprile 1599. Si racconta di un incendio in rue des Deux Portes che a quanto pare nella notte tra il 10 e l'11 aprile 1599 ha parzialmente distrutto una casa di Parigi. Sotto le macerie è stato trovato un cadavere. Se vuole saperlo, per me è pura invenzione, però ben scritta.»

Presi un foglio in mano. *Il testimone si chiama Gaston Bartholomé. Egli ha trentasette anni, di professione è commerciante di legname e risiede in rue des Deux Portes a Parigi.* La calligrafia era arzigogolata, ma abbastanza facile da leggere. I fogli erano scritti su entrambe le facciate e numerati nell'angolo superiore sinistro.

«Invenzione?»

«Sì. L'intero plico è un misto di fatti storici e palesi fantasie. In tutto comprenderà circa duecento pagine scritte fittamente, che sono certamente il risultato di un lavoro di molti anni. Probabilmente la bella copia di una serie di capitoli di romanzo, o qualcosa del genere. Non c'è neanche il segno di una correzione o cancellatura. Ma le varie sezioni sono piuttosto scombinate. Soltanto dopo essermi occupato a lungo della storia ho cominciato a riconoscere dove forse voleva andare a parare. Ma la mia prima impressione fu che mi ero imbattuto in frammenti sparsi o, per meglio dire, in schizzi.»

Gli restituii i fogli. «E perché in casa editrice non volevano conservare questo scritto antico? Non è una cosa che si butti via.»

«È quel che ho pensato anch'io. Portai i fogli di sopra e mostrai a mio cugino la scoperta. Si stupì di quel che ero riuscito a portare alla luce, ma non sembrò particolarmente interessato. Gli chiesi se gli risultava che qualche suo progenitore si fosse dilettato a scribacchiare, e lui mi rispose soltanto che nella sua combriccola non ce n'è uno che non abbia qualcosa nel cassetto. Diede un'occhiata di sfuggita alle carte e sollevò controluce in punta di dita il pezzetto di tela con il disegno. Poi all'improvviso entrarono di nuovo i traslocatori portandosi dietro bracciate di teli di plastica con le bolle d'aria, con cui avevano intenzione di avvolgere le fotocopiatrici. Così per mio cugino la faccenda fu chiusa. Spinse verso di me le carte sul tavolo e disse di fargli sapere se avessi trovavo qualcosa di interessante. Mi sottrassi alla confusione generale rifugiandomi nella stanzetta del caffè e cominciai a sfogliare qua e là. Volevo stabilire se dopotutto valesse davvero la pena portare quei fogli fino a Stoccarda. A un tratto mi cadde l'occhio su un nome, e improvvisamente capii che cosa ci faceva quel rebus sul frontespizio.»

Koszinski guardò assorto le linee che aveva tracciato davanti a me sul piatto cosparso di zucchero.

Poi mi osservò, come se aspettasse una reazione al suo strano racconto, ma io dovevo avere scritto in faccia il mio smarrimento.

«Non capisce?» chiese.

Mi strinsi nelle spalle. «Capire cosa?»

Sorrise misterioso. «Senza di lei e senza l'aiuto del manoscritto non ci sarei arrivato neanch'io.»

«Senza di me?»

«Sì. Osservi il rebus. *Un S percé d'un trait.*»

«Ebbene?»

«Adesso lasci perdere tutto il superfluo. Gli elementi indispensabili sono la S e la freccia.» Prese in mano lo stuzzicadenti, spianò lo zucchero sul piattino e scrisse ESS.

«E adesso?»

«Adesso viene la seconda parte.» Tracciò qualche altra linea e girò nuovamente il piattino verso di me.

«*ESS... trait?*»

Strizzò gli occhi come si fa a uno scolaretto che è a tanto così dal comprendere un grande concetto matematico.

Con tutta la buona volontà non riuscivo a capire dove volesse arrivare. «*Estrait...*» dissi incerto.

A quel punto mi guardò come fossi uno a cui bisogna spiegare che la Terra è rotonda.

E all'improvviso mi fu tutto chiaro. «Non intenderà...»

Gli occhi gli brillarono divertiti. «Invece sì. La duchessa di Beaufort. Favorita di Enrico IV. La morte più misteriosa del XVI secolo. La sua dama nel bagno. Gabrielle. Gabrielle *d'Estrées.*»

Dall'edificio principale risuonò lo scampanellio che annunciava la cena.

2

Il mattino dopo ci incontrammo alla fontana nel parco. Il cielo era nuvoloso e i pochi che si erano avventurati fuori portavano con sé ombrelli e soprabiti estivi. Koszinski però sembrava saperla più lunga degli altri, perché era vestito leggero come il giorno prima.

Scendemmo lungo il vialetto che portava verso la strada, poi svoltammo in un sentiero stretto che entrava nel bosco e seguimmo le indicazioni per la vetta.

«Siamo fortunati. Queste quattro nuvole dissuaderanno la maggior parte degli escursionisti dal cimentarsi in camminate lunghe. Ma tra due ore al massimo sbucherà il sole. Così avremo tutto il panorama solo per noi.»

Era stato Koszinski, dopo cena, a proporre una passeggiata per l'indomani. Naturalmente io bruciavo dalla voglia di saperne subito di più riguardo ai documenti e allo strano disegno che mi aveva mostrato sulla terrazza, ma il programma curativo di Koszinski gli prescriveva di andare a letto presto. Inoltre, alle mie domande insistenti aveva risposto che la storia era troppo ampia e complicata e che avrebbe preferito raccontarmela tutta insieme il giorno seguente. Dopo un po', per portare finalmente il discorso sull'argomento, dissi: «Le cose che mi ha raccontato ieri riguardo a Gabrielle d'Estrées mi hanno incuriosito. Dopo cena ho cercato tra i dizionari enciclopedici in sala di lettura».

«E che cosa ha trovato?»

«*Estragone* ed *Estremadura.*»

Scosse la testa. «Molto meglio non essere nemmeno citati che venire dopo un'erba da cucina.» Prese un piccolo astuccio dalla tasca interna della giacca e ne estrasse il pezzo di tela che mi aveva descritto il giorno prima. Era conservato in modo professionale, infilato tra due lastre di vetro grandi come una mano, con i bordi contornati da un nastro adesivo di tela.

«Lo metta controluce, e noterà la struttura irregolare della trama. L'ho mostrata a un mio amico restauratore. Secondo la sua stima dovrebbe essere stata tessuta attorno al 1800. Per essere più precisi bisognerebbe sottoporla a un'analisi chimica. Ma sarebbe una faccenda piuttosto dispendiosa. In ogni caso il quadretto è un po' più vecchio della stesura delle carte che ho trovato. Se risale davvero alla fine del XVIII secolo o all'inizio del XIX, allora chi le ha scritte ha trovato il rebus da qualche parte, è andato di persona a Fontainebleau e lì ha ricopiato l'emblema utilizzando come supporto un pezzo di tela antico. Lei conosce il castello di Fontainebleau?»

Feci segno di no.

«Il rebus è dipinto sulla pannellatura del gabinetto reale. Quello che oggi è il *Salon Louis XIII*. Nel mezzo c'è una grande M circondata di gigli, e a destra e sinistra questa S trafitta da una freccia. Poi in alto e in basso dalla S spunta un giglio, proprio come può vedere qui sul disegno. I vessilli bianchi dei Borbone erano sempre contrassegnati da tre gigli. Perciò la M probabilmente sta per Sua Maestà il re di Francia, che si sarà inventato questo giochetto di simboli.»

Osservai il disegno. La S era sinuosa e alle estremità finiva con una falce di luna. La freccia, che attraversava la lettera diagonalmente, faceva sì che da lontano il segno ricordasse quasi il simbolo del dollaro americano. I gigli erano piuttosto stilizzati, ma facilmente riconoscibili come tali.

«E il manoscritto?» chiesi. «Temo di non capire il nesso.»

Si riprese l'ornamento e lo ripose accuratamente nell'astuccio. «Già. Il nesso. È proprio questa la cosa curiosa, che apparentemente nessuno ha ancora trovato un nesso. Il ritratto delle due dame nella vasca da bagno è già abbastanza strano di per sé. Ma non meno misterioso è il destino della protagonista, di questa Gabrielle d'Estrées. La sua morte improvvisa, pochi giorni prima del matrimonio con

Enrico IV, non è mai stata chiarita. Bisognerebbe supporre che gli storici o gli studiosi dell'arte se ne siano occupati. Da solo io non sarei certo mai arrivato a trovare un collegamento tra la vita di Gabrielle d'Estrées e questo dipinto. A rileggere gli avvenimenti dell'epoca, l'intera storia si fa estremamente misteriosa. Vede, un mio lontano parente è rimasto colpito da quel quadro proprio come lei e ha lasciato alcune annotazioni in proposito. Capisco benissimo che il vecchio non riuscisse più a lasciar perdere la faccenda. Ma capisco altrettanto bene che non l'abbia portata a termine. »

« Il vecchio? »

Scosse la testa come per scusarsi. « Lei ha ragione. Farò meglio a raccontare tutto con ordine, visto che la storia è già piuttosto confusa di per sé. Dopo che a casa ebbi terminato di leggere il manoscritto, telefonai a Kehl e chiesi se fosse possibile scoprire chi aveva scritto quelle pagine. Naturalmente non dissi che avevo l'impressione di aver fatto un ritrovamento che in fondo era notevole. Per paura di farsi scappare un affare, mio cugino avrebbe potuto volere indietro le carte per poi farle sistemare subito nel nuovo archivio e dimenticarle nel marasma di altri cento progetti. Perciò mentii raccontando che si trattava di una specie di saggio sulle guerre di religione in Francia, il che, a ben guardare, non era nemmeno falso. Dissi che qualcuno si era messo in testa di scrivere un romanzo storico e a metà strada, comprensibilmente, aveva lasciato perdere. Allora mio cugino all'altro capo del telefono suppose che verosimilmente si trattava di appunti per le conferenze che la buonanima del suo bisnonno teneva a Basilea nei tempi che furono. Si chiamava Jonathan Morstadt, e di lui non si sapeva più molto. Morstadt era morto nel 1912. Le due guerre mondiali non avevano solo infierito sulla discendenza, ma avevano anche ridotto la casa di famiglia in un mucchio di macerie e di cenere, sotto cui erano rimasti seppelliti tutti i documenti e le fotografie rimanenti che risalivano a quei tempi. Solo un paio di casse erano sopravvissute ai bombardamenti aerei.

«Mio cugino ricordò che verso la fine degli anni '50 era arrivata la richiesta di un laureando di Basilea. Stava scrivendo la tesi sulle associazioni storiche e voleva sapere se i discendenti di Jonathan Morstadt avevano ancora materiale su di lui e se poteva esaminarlo. Con rammarico si rispose al laureando che l'intero lascito era andato distrutto, per cui gli sarebbero stati anzi grati se lui avesse comunicato ciò che scopriva sul caro estinto. A ciò giunse la risposta altrettanto dispiaciuta che tranne il fatto che il suo nome compariva negli accurati protocolli delle sedute degli Amici della storia del protestantesimo, non se ne sapeva altro. Il laureando ringraziò garbatamente e di lui non si ebbero più notizie. Fin qui, mio cugino.»

Mentre procedevamo nel bosco, Koszinski sprofondò di nuovo nel silenzio. Io attesi impaziente.

«Non che con questo avessi scoperto granché», riprese finalmente, «ma almeno disponevo di un nome per il presunto estensore del manoscritto. A quanto ne so, non ha mai pubblicato nulla. Dopo qualche ricerca ho trovato gli annali di questa associazione storica di Basilea che si occupò di storia del protestantesimo tra il 1889 e il 1906, prima di essere sciolta per mancanza di fondi... o perché uno dopo l'altro sono morti tutti i membri. Ma non ho trovato alcun articolo o miscellanea che mostrasse come autore il mio lontano parente. Del resto, che senso aveva frugare nelle biblioteche quando il ritrovamento più importante stava lì sul tavolo accanto a me: la raccolta degli scritti inediti di Jonathan Morstadt, un tempo editore di Kehl e appassionato di storia del protestantesimo francese. Eppure, più leggevo tra le pagine del manoscritto più si rafforzava in me l'impressione che solo in seconda linea avevo a che fare con uno storico. Dal momento che il plico era composto dalla ricopiatura in bella calligrafia di parti di un libro incompleto, naturalmente per prima cosa cercai di ricostruire l'ordine dei singoli capitoli. Supposi che il vecchio Morstadt non avesse ancora deciso in quali punti ci fossero lacune da riempire e quali parti di capitolo avrebbe dovuto in seguito fondere insieme. Anche la numerazione delle pagine era consequenziale solo per le varie sezioni del manoscritto e, quando un pezzo finiva, ricominciava ogni volta da uno. Dopo la prima lettura creai un sommario e dotai i capitoli che non l'avevano di un titolo. Morstadt aveva utilizzato quattro tipi di testi. Ci sono da una parte gli interrogatori o escussioni, di cui ieri ha già visto un esemplare. Poi c'è una serie di copie di lettere che in parte sembrano provenire dall'Archivio Mediceo di Firenze e potrebbero essere del tutto autentiche. A ogni buon conto recano vere segnature d'archivio e come indicazioni delle fonti riportavano la dicitura MEDICEO FILZA. Alcuni capitoli, poi, sono raccontati dal punto di vista di una voce narrante onnisciente. Infine il manoscritto contiene anche alcune parti del diario di un pittore che nel 1598 andò a Parigi per diventare pittore di corte.»

«Quindi, se ho capito bene, si tratta di una *fiction* a più voci?»

«Sì, se si vuole. Anche se una di queste storie, come la racconta a tratti il redattore del manoscritto, si è effettivamente verificata, e quindi per questa la definizione di *fiction* non è del tutto corretta. D'altro canto devo ammettere che dopo tutto quello che ho letto sugli avvenimenti dell'epoca io stesso non so più dire che cosa abbia un fondamento storico e che cosa sia inventato. Solo il cielo sa che cosa è successo a Parigi nella primavera del 1599! Chi si occupa per un po' di questo caso finisce inevitabilmente per scontrarsi con il fatto che è dimostrabile che anche molti dei cosiddetti documenti storici ufficiali sono almeno in parte dei falsi. Basta pensare alle memorie del marchese di Rosny, poi duca di Sully, in cui vengono citate lettere che sono inventate con una probabilità ai limiti della certezza. Tra l'altro il caso di questa d'Estrées a tutt'oggi non è ancora chiarito, e io dubito che la verità verrà mai alla luce. Però Morstadt sembra aver scoperto qualcosa nel dipinto. Pare che in quello strano quadro il pittore abbia lasciato una traccia.

Ma sto di nuovo saltando avanti, mentre mi ero riproposto di procedere con ordine.»

Di nuovo il suo discorso si interruppe, ma questa volta solo per un istante. Koszinski sembrò riordinare le idee. Mi preparai a un breve resoconto. E invece all'improvviso cominciò a tracciare un affresco storico.

3

CORREVA l'anno 1590. Dopo trent'anni di guerre di religione, la Francia è quasi completamente distrutta. Enrico IV di Navarra è re da un anno. Ma che re: nella sua capitale imperversano la Lega cattolica e gli spagnoli, per i quali Navarra non è altro che un eretico sopravvissuto, per loro sfortuna, alla notte di san Bartolomeo. Non passa giorno senza che da qualche parte nel regno venga bruciato *in effigie*. Ovunque impazza la guerra civile, fomentata dalle ingerenze delle altre potenze europee. La superiorità cattolica è schiacciante. A est c'è la Lotaringia con gli odiati Guisa, i capi della Lega cattolica, che hanno messo radici a Parigi e vogliono insediare sul trono Carlo di Borbone, il quale però muore quello stesso anno. A nord-est ci sono i Paesi Bassi, occupati dagli spagnoli. Infine la stessa Spagna sul confine meridionale del regno: il cuore della controriforma. Filippo II di Spagna non lascia intentata alcuna possibilità per approfondire ulteriormente la frattura interna alla Francia per mezzo di operazioni militari. Enrico, ritornato alla sua originaria fede protestante, è stato scomunicato e quindi secondo il diritto non può diventare re. Nel corso della sua vita cambia fede in tutto cinque volte. Politica e religione sono separabili a stento. Montaigne scrive di aver guardato una volta il tramonto sul mare insieme al Navarra. Alla sua domanda su quale fosse la religione giusta, il re avrebbe a lungo taciuto, fissando il mare. Alla fine si era allontanato pronunciando parole diventate celebri: *Que sais-je?* Uno scettico, come quasi tutti gli uomini intelligenti.

Il 9 novembre 1590 l'esercito reale si accampa a Soissons. Enrico di Navarra ha trentasette anni, possiede una camicia, un paio di pantaloni, niente mutande e un regno che gli è conteso da mezzo mondo. È sposato *de jure* con una donna che più volte ha schierato truppe contro di lui, finché l'ha fatta rinchiudere a Usson, nei pressi dell'odierna Clermont-Ferrand. La conoscerà senz'altro. Margherita, figlia di Caterina de' Medici. La regina Margot, come la chiamano i francesi. Non è mai facile farsi un'immagine in qualche modo realistica dei personaggi di quel tempo. Con alcuni sembra addirittura impossibile. La figura di Margherita è completamente oscurata dagli scandali che le vengono attribuiti: il grembo più insaziabile della Storia.

Parigi rimane inespugnabile. Nell'ultimo assedio, in autunno, sono morte di fame cinquantamila persone, ma la città ancora non cade. Quando Mayenne, il comandante dell'esercito della Lega riceve il sostegno del duca di Parma, Enrico deve rompere l'assedio. Si ritira a Soissons e trascorre lì l'inverno.

Tra i sodali di Enrico c'è Roger de Saint-Larry, il ventisettenne duca di Bellegarde, uno dei nobili più corteggiati del tempo. Durante una battuta di caccia questi racconta entusiasticamente al re della sua nuova conquista. Enrico si incuriosisce e vuole vedere di persona una simile bellezza. Il 10 novembre Bellegarde e il re cavalcano i quindici chilometri fino al castello di Cœuvres.

Cœuvres, pensa il re, allora è una Estrées. Un virgulto dei sette peccati capitali. Bella famiglia. Il castellano porta in testa più corna di un cervo reale; gliele ha messe la moglie anni prima, scappando a Issoire con il marchese d'Allègre. Però quando loro arrivarono a Cœuvres il cornuto Antoine d'Estrées non c'era. Da lontano scorsero i tetti d'ardesia sulle torri del castello, lucidi di umidità. Mentre si avvicinavano al ponte levatoio Bellegarde vantò allegro i pregi della sua bella e quando ebbero passato il portale del castello fece un gesto energico ai lacchè. I servitori si spezzarono quasi la schiena, combattuti com'erano tra la sottomissione e la curiosità di dare un'occhiata al re. Bellegarde lasciò il re ad aspettare nel vestibolo e poco dopo ritornò insieme a Diane, la sorella maggiore. Gabrielle non si vedeva ancora, e nel castello non c'era nessun altro.

L'inchino di Diane fu ben fatto, sottomesso ma senza traccia di umiliazione. Dal basso saettarono verso il re i begli occhi stretti della ragazza, che sapevano: questa non è una prostrazione, ma il ringraziamento condiscendente a un pubblico rapito. Enrico le lasciò il trionfo e si ricompensò con una lunga occhiata alle notissime ricchezze della famiglia, che si offrivano alla sua vista nell'abito giallo generosamente scollato della ragazza. Poi venne distratto da una figura che era apparsa in cima alle scale. Povero Bellegarde. Gli bastò una sola occhiata per capire di aver commesso un errore imperdonabile. Il re sembrava aver visto un fantasma. Diane, trasformata in cenerentola, sorrise con l'aria di chi la sa lunga e corse alle scale per accogliere la sorella.

Mio Dio, pensa il re, e già cerca le parole per le lettere che le scriverà. Ma quelli che gli vengono in mente sono solo vocaboli vuoti e opachi, paragoni ingenui, come marmo e gigli e rose e porpora. Si volta e lascia la precedenza a Bellegarde. Mentre questi saluta Gabrielle, il re attraversa il cortile interno. Compie qualche passo e lascia scivolare lo sguardo sulla proprietà. Mentre il re cerca di mantenere la calma, alle sue spalle gli innamorati sussurrano. Intanto i suoi pensieri corrono già avanti. Passa al vaglio gli altri personaggi da considerare. Innanzitutto c'è il padre, Antoine d'Estrées, uno di quelli che vogliono molto e nulla stringono. Poi la zia, Madame de Sourdis, sorella della madre fuggiasca. Suo marito, Monsieur de Sourdis, in precedenza era governatore di Chartres, che adesso è in mano alla Lega. Però il letto lei lo divide con il cancelliere deposto Monsieur de Chiverny. Tutti nullatenenti, una botte senza fondo. Enrico già si immagina il volto severo e pallido del suo tesoriere Rosny mentre gli calcola il costo di quell'amoretto. E allora? Lui è il re, no? Punto.

Si volta, si dirige verso la coppia e manda Bellegarde a fare un giro. L'inchino di Gabrielle è molto meno sofisticato di quello della sorella. In compenso è più vero, quasi ingenuo. Del resto lei non sa che chi gli sta davanti è innamorato pazzo di lei e non si darà più pace fin quando potrà dirla sua. La ragazza accetta docile gli ossequi adeguati al proprio rango e li ricambia come si deve. La coniglietta discute del tempo con il serpente, pensa la sorella divertita, e già si rallegra per la faccia che farà la zia non appena verrà a sapere.

Il re intanto ha reimparato a vedere e osserva con un brivido leggero la bellezza perfetta della sua Gabrielle. Perché lei sarà sua, di questo ormai è certo da un pezzo, e mentre parole galanti blandiscono l'attenzione di lei, gli sguardi di lui le scivolano addosso come ladri lesti, rubando qui un sorriso, là un riverbero di luce sulla pelle bianca di cigno, lì il movimento dolce di labbra morbidamente tracciate.

Questo fu forse l'unico istante in cui si incontrarono con franchezza. Entrambi erano nulla. Lei una bellezza di diciassette anni proveniente da una famiglia con una nomea impossibile; lui un re segnato dalla scomunica papale, senza regno e senza capitale. Se in quegli anni uno dei molti pugnali che erano diretti contro di lui avesse colpito il segno, oggi sapremmo ancora a malapena il suo nome. E Gabrielle forse avrebbe raggiunto a stento i vent'anni prima che un marito geloso la soffocasse. Quel re lì, con i denti rovinati e il collo sporco, non fa una gran bella figura accanto al suo amante ben vestito che gira per la terza volta intorno al fontanile e ogni tanto sbircia verso di loro. Se fosse lei a dover decidere, la partita sarebbe già giocata. Ma quando il re si accomiata lo sente dire come attraverso una nebbia: «Ritornerò».

Faccia pure, per lei è uguale. Per la zia invece la cosa si fa ancora più interessante. L'immaginazione di Madame de Sourdis da allora partorisce ogni ora nuovi piani grandiosi, che attraverso quella novità inaudita diventano all'improvviso realizzabili. Farà capire alla nipote con poche, secche parole che per mangiare una mela non è necessario abbattere tutto l'albero, e che invece sarebbe una sciocchezza imperdonabile cacciare via il re di Francia dalla sponda del letto. Gabrielle protesta. Ma lo sguardo severo della zia la zittisce. Poi la bella ascolta le consegne. Nessun segno di benevolenza fino a che lui non brucerà di desiderio. Questo non le sarà difficile. Pensa al volto barbuto e grinzoso del quasi quarantenne e al suo odore di soldatesca. Quindi Madame de Sourdis stabilisce il prezzo. Cariche per il marito e anche per Chiverny, il suo amante, e naturalmente per il vecchio Estrées. E dal momento che in primavera si vuol prendere una città, perché non Chartres, così per suo marito ci sarebbe già bell'e pronto il posto di governatore.

Gabrielle ascolta appena e ripensa a una sera di settembre in cui Bellegarde si era arrampicato da lei nella torre e le si era sdraiato accanto. Lei, vestita solo della luce della luna, si era data a quell'uomo delicato e benfatto come neve appena caduta. È lui che amo, pensa, che amerò per sempre. Magari imparerò a rendere felice quell'altro, per il bene della famiglia. Ma il mio cuore non lo comprerà nessuno. Addio, Roger de Saint-Larry. Non lasciarmi, re del mio cuore. Ora comincia la vita grama.

Nella primavera del 1591 assediarono Chartres, che non si decideva a cadere. Enrico tuttavia era fiducioso e pieno di energia. Il giorno, nei fossati e suoi bastioni, portava avanti l'assedio. La sera si dedicava a un'altra conquista, che gli avevano portato nell'accampamento. Il consiglio di famiglia di Gabrielle poteva star sicuro: non appena la città fosse caduta, il re avrebbe pagato.

Quei cattolici che ancora stavano dalla parte di Navarra non facevano mistero di quanto poco apprezzassero tali manovre dall'intento piuttosto chiaro. Anche i protestanti reagirono con ripulsa e rabbia trattenuta. Dopotutto dovevano ringraziare questa Gabrielle e il suo clan se veniva cinta d'assedio Chartres, che non era di alcuna rilevanza, mentre la ben più importante Rouen rimaneva indisturbata.

Quando il 20 aprile 1591 cadde Chartres, si dimostrò che c'erano dei conti da saldare con Madame de Sourdis.

Enrico insediò Monsieur de Sourdis come governatore e fece Chiverny cancelliere. E poi, invece di attaccare finalmente Rouen, perse un mucchio di tempo prezioso davanti a Noyon. In fondo il vecchio Estrées era rimasto ancora senza incarico, e ambiva al posto di governatore della riottosa Noyon. È così che uno si crea dei nemici.

In tutto ciò, Gabrielle badò a tenere ben separati sentimenti e affari. Non appena la situazione lo permetteva sgattaiolava a Cœuvres, dove Bellegarde l'aspettava nell'ombra. Ma Enrico, così vogliono le voci, pizzicò la traditrice durante una delle sue fughe notturne. Il rivale fece appena in tempo a nascondersi sotto il letto. Il re, che non mancava di umanità, fece cadere a terra alcuni dei confetti che si era messo a sgranocchiare dopo gli abbracci con la sua bella, così che anche quello là sotto potesse averne e gli si chiarisse una volta per tutte che per lui la situazione era senza speranza. Bellegarde lo capì e si ritirò all'istante, per andare a far la corte a madamigella di Guisa con madre annessa.

Il padre di Gabrielle cominciò a perdere le staffe per tutte le storie che correvano sulla famiglia. Così, forse ringalluzzito dal fatto che la moglie fedifraga nel frattempo aveva ricevuto una giusta punizione e giaceva nelle immondizie di Issoire con la gola tagliata accanto al rovinafamiglie marchese d'Allègre, Antoine d'Estrées di punto in bianco diede Gabrielle in moglie al vedovo Nicolas d'Amerval, Monsieur de Liancourt. Pur trovando la faccenda sospetta questi accettò ugualmente, ma ben presto fu chiaro che aveva avuto troppa fiducia in sé stesso. Paralizzato dalla paura di toccare illecitamente roba del re, la notte delle nozze a quel padre di quattordici figli venne meno la virilità. Questo almeno è quanto riferì umilissimamente a un Enrico di Navarra che era venuto a fargli visita irritato. La spiegazione, infine, fu che il calcio di un cavallo lo aveva derubato delle sue funzionalità, ragion per cui solo controvoglia e con molte riserve aveva ceduto alle insistenze del suocero e maritato la suddetta d'Estrées. Il matrimonio non fu mai consumato e qualche mese dopo Gabrielle lasciò per sempre il castello di Liancourt per accompagnarsi definitivamente a Enrico.

A Enrico Gabrielle portò fortuna. E ne aveva bisogno. I tempi erano difficili. Come protestante non avrebbe mai ottenuto il trono. La Lega era troppo potente. Lui avrebbe anche potuto far morire di fame la sua Parigi fino all'ultimo uomo. Ma che cosa avrebbe ottenuto? Una carneficina senza fine, una città piena di morti. L'altra fazione, la dieta parigina della Lega, era altrettanto indecisa e non riusciva ad accordarsi su un candidato da opporgli. Se Navarra fosse stato cattolico l'avrebbero incoronato l'indomani. Ma il passo era rischioso. I suoi ugonotti si sarebbero sentiti piantati in asso. E poteva permettersi di spaventare l'Inghilterra, l'unico alleato fedele? Elisabetta avrebbe preferito vederlo mettere in ginocchio la sua capitale piuttosto che arreso alla curia. E tuttavia era una politicante troppo consumata per non riconoscere i vantaggi di una conversione. Enrico comprava più volentieri con l'oro che con il sangue, era un dominatore assai poco violento, che aveva ridotto ai suoi soldati il diritto di saccheggio da tre giorni a uno.

Filippo di Spagna, il re del mondo, ormai il mondo non lo capiva più. Lui, il re più cristiano di tutti, doveva guardare impotente il pendolo che cominciava a oscillare lento e inesorabile dalla parte degli eretici francesi. I dispacci che da Parigi lo raggiungevano nell'imponente mausoleo dell'Escorial lo lasciavano di ghiaccio. I messaggeri sapevano solo riferirgli che il suo piano di instaurare l'Infanta sul trono di Francia non avrebbe mai trovato l'appoggio del parlamento. Nessun principe straniero e nessuna principessa forestiera potevano occupare il trono di Francia, perché questo era contrario alla legge salica e quindi andava a cozzare contro il fondamento stesso della monarchia francese. Se invece Navarra avesse cambiato fede, allora c'era da temere che Parigi gli si sarebbe spalancata.

Si approssimava l'estate del 1593. Mentre a Parigi la dieta, seduta dopo seduta, si trovava sempre più in disaccordo, Navarra ponderava le conseguenze della sua conversione, del salto mortale, come lo chiamava lui. Conferiva con i prelati su purgatorio e indulgenza e gerarchia degli angeli. I suoi compagni d'arme guardavano preoccupati al futuro, ma lui li tranquillizzava con parole chiare: Enrico, re dei francesi, cattolici e protestanti in uguale misura, non si sarebbe lasciato dimezzare, e chi la pensava diversamente avrebbe dovuto vedersela con lui. Il suo senno gli diceva il da farsi. I fatti indicavano la strada. Quei cattolici che ancora stavano dalla sua parte, perché mettevano il regno al di sopra della religione, non avrebbero mantenuto per sempre la fedeltà a un eretico scomunicato. Non appena a Parigi la dieta avesse trovato l'accordo su un re, lui sarebbe stato perduto. Del suo cuore infine si curava Gabrielle. Si diceva che la zia le avesse sussurrato: «Solo Sua Santità in persona potrebbe sciogliere il vincolo di matrimonio del re». Fra lei e il trono c'erano il papa e la fede sbagliata di Enrico. «Resistetegli», sussurrò l'astuta all'orecchio della bella nipote. «Lacrime e suppliche faranno il resto.»

Il 25 luglio 1593 Navarra varcò il portale di Saint-Denis e si fermò davanti all'altare. Circondato dal popolo incuriosito lo accolse l'arcivescovo di Bourges.

«Chi siete?»

«Sono il re.»

«E cosa desiderate?»

«Desidero essere accolto in grembo alla Chiesa cattolica, apostolica, romana.»

Quindi recitò la professione di fede che avevano concordato.

Il colpo andò a segno. Non c'era più niente che ostacolasse l'incoronazione. Dal momento che Reims era in mano alla Lega, si ripiegò su Chartres. Da qualche parte si procurò un olio che andasse bene per l'unzione. Erano piccolezze, a confronto delle voci che arrivavano dalla Spagna. Filippo, si diceva, si era infettato. Un'onta imbarazzante che tagliava le gambe agli spagnoli rimasti a Parigi a gridare aita, aita. Lenta ma costante si diffondeva l'opinione che un re convertito del proprio paese era pur sempre meglio del rampollo di un fanatico straniero sifilitico.

Finalmente, nel marzo 1594 arrivò il momento. La marcia d'ingresso a Parigi era stata preparata da lungo tempo. All'alba il re entrò nella sua città dalla Porte Neuve. La sorpresa fu così grande che quasi non opposero resistenza. Vennero stesi un paio di lanzichenecchi e le sentinelle ribelli furono buttate in acqua senza tante storie. Il duca di Feria ricevette l'ordine di raccogliere le sue truppe entro la mattinata e di lasciare la città al più tardi per le quindici, se non voleva essere scacciato con la forza. Ma l'esercito spagnolo di occupazione, demoralizzato, non oppose resistenza. Puntuale all'ora concordata, si ritirò attraverso la porta di Saint-Denis sotto una pioggia battente. Navarra lo guardò andarsene da sopra l'arco della porta. Non fu sparato neanche un colpo. Il rumore degli stivali nel fango e il cigolio delle ruote dei carri furono gli unici suoni ad accompagnare la ritirata. Un impero strisciava via carponi.

La Spagna era sconfitta. Però la strada per la pace era ancora lunga. La Lega era spaccata ma non debellata. Il re era finalmente padrone della sua città, ma ancora gli mancava l'assoluzione del papa. Poco dopo le sorti della guerra volsero a vantaggio di Enrico. Lione venne costretta alla capitolazione. Seguirono Poitiers, Quimper, Cambrai, Amiens. Poco dopo si arresero Beauvais, Péronne, Doullens e Saint-Malo. Enrico ritenne che ora fosse giunto il momento di prendere possesso della sua capitale come sovrano, in modo ufficiale e solenne. La sera del 15 settembre 1594 entrò nella sua città sotto la luce delle torce. Lo accompagnavano numerosi nobili, ufficiali e funzionari regi, così come qualche truppa e una massa di curiosi in preda all'eccitazione.

Ma a dare altrettanto spettacolo fu la sua amata, che venne trasportata davanti a tutti su una lettiga sfarzosa. Gabrielle indossava un vestito di seta verde scuro, il suo colore preferito, che era ricamato riccamente con perle e pietre preziose in cui si rifletteva la luce delle fiaccole. Che cosa avrà provato mentre entrava nella capitale, sollevata al di sopra del fango? Non erano passati quattro anni da quando, diciassettenne, se ne stava al castello di Cœuvres in seno a una famiglia chiacchierata ma insignificante, anzi inetta, a farsi scacciare dai servitori le mosche che le ronzavano intorno alla bella testa. Mentre oggi apriva l'ingresso trionfale del re che aveva riguadagnato la sua capitale e umiliato la Spagna.

Gli spettatori si stropicciavano gli occhi stupiti. Chi era quella donna che entrava in città come una regina? Certo che era bella, su questo non c'erano dubbi. Ma rispecchiava forse i costumi che dovrebbe osservare un signore cattolico, il mandare avanti la favorita come una costosa bambola agghindata proprio il giorno dell'insediamento? Le spie del papa, in mezzo alla folla, osservarono attentamente lo spettacolo. Uno di loro, un certo Bonciani, si aprì un varco tra panettieri e venditrici del mercato cercando di raggiungere una posizione più avanzata da cui godere di una visuale migliore. Quando finalmente riuscì a infilzare il suo secco fisico da diplomatico oltre la massa di corpi massicci lei era già passata e lui poté vedere solo la nuca splendidamente acconciata della gran dama spuntare al di sopra della seta verde. Mentre si ritirava di nuovo in mezzo alla folla considerò già un paio di frasi per il dispaccio che pensava di spedire quella sera a Roma, dove si seguivano con un certo interesse gli avvenimenti parigini.

Frattanto Clemente VIII, papa dal 1592, in quel momento era più preoccupato dal re che dall'amante. Si trovava in un ginepraio. Naturalmente gli era chiara la politica condotta dalla Spagna e dalla Lega. Soltanto la Francia poteva essere un contrappeso serio alla piovra asburgica. Se Roma avesse trovato nel Navarra un alleato cattolico contro lo strapotere di Filippo, si sarebbe scrollata di dosso la sua presa tentacolare. Intorno a Clemente, gli inviati di Filippo versavano fiele e veleni sul re francese. Qualche anno prima

– Clemente lo ricordava benissimo – il suo predecessore Sisto V si era detto neutrale sulla questione francese. Filippo allora aveva spedito a Roma il conte Olivarez e per un caso straordinario, pochi giorni dopo il loro acceso scambio di vedute, Sisto V si era ammalato e poco dopo era morto. Ora, cinque anni dopo, la posizione della Spagna e della Lega era infinitamente più sfavorevole, e Clemente si guardava bene dal toccare i cibi che venivano serviti durante le difficili discussioni.

Però non si fidava nemmeno di quel convertito che cambiava religione come la camicia. Per guadagnare Parigi aveva abiurato. Ma la sua fede era finta come la chioma dei suoi servitori. Concedere l'assoluzione a Enrico di Navarra era come servire la comunione all'anticristo. Eppure, ci si poteva forse fidare di più della Spagna? La pensavano così anche Firenze e Venezia. Senza la Francia, l'intera cristianità doveva rimettersi agli Asburgo nella buona come nella cattiva sorte. E che cosa sarebbe successo se lo scomunicato Enrico avesse annunciato una Chiesa dello Stato francese? Roma sarebbe sopravvissuta a un secondo scisma? All'orizzonte si profilava minacciosa l'ombra di un altro Enrico.

Poi accadde che un giovane gesuita attentasse alla vita del Navarra. Nel corso di un ricevimento al Louvre saltò improvvisamente fuori dalla massa degli ospiti con un pugnale, mancò di poco la gola del re e gli recise le labbra. Tre giorni dopo l'attentatore veniva impiccato e l'ordine dei gesuiti veniva bandito dal paese. La situazione si fece burrascosa e per la prima volta da anni Roma ricevette un inviato del re francese.

Si era giunti a un punto di svolta. Mentre gli eserciti di Filippo sferravano i loro ultimi colpi, a Roma i mediatori di Enrico ottennero l'assoluzione del loro re. Uno dopo l'altro, i generali della Lega smisero ogni resistenza. Gabrielle, che nel frattempo era diventata marchesa di Monceaux, nel gennaio 1596 vi ricevette il potente generale Mayenne.

Mangiarono all'aperto e si divertirono con i drammi pastorali che la padrona di casa fece rappresentare per l'edificazione generale. Uno di meno che mi sguinzaglia assassini alla gola, deve aver pensato Enrico mentre brindava alla salute di Mayenne nel giardino addobbato.

A quel tempo ancora solo due anni lo separavano dalla pace. Che l'avrebbe dovuta strappare a forza, su questo non c'erano dubbi. Ma in fondo era già tutto deciso. Lui era re, per di più cattolico e legittimo signore in grembo alla Chiesa cattolica. Nessun soldato spagnolo aveva più il diritto di radere al suolo città e macellare contadini con il pretesto di difendere la cristianità dagli eretici. E che quello fosse solo un pretesto ormai lo sapevano tutti. Eppure dovette scorrere ancora molto sangue prima che potesse finalmente regnare la pace.

Alcuni tuttavia pensavano già sul lungo termine. Uno di questi era Maximilien de Béthune, marchese di Rosny e più tardi duca di Sully. Non c'era quasi nessuno che avesse servito il re tanto fedelmente fin dai giorni della sua giovinezza e che per questo fosse stato premiato con tali ricchezze. Del resto, nessuno eguagliava quell'uomo in intelligenza e capacità. Mentre le diverse truppe ancora si contendevano le città a vicenda, nei cassetti di Rosny erano già pronti i piani per l'amministrazione del regno. Vi era scritto come si doveva procedere per risanare la bancarotta di uno Stato a cui funzionari corrotti e nobili opportunisti stavano attaccati come sanguisughe. Perché senza soldi, niente riparazioni di strade e ponti. Senza vie di comunicazione, niente commerci. E senza commerci, niente tasse. La tassa sul sale era appaltata. E se gli appaltatori avessero mai innalzato la tassa, ne avrebbero dirottato una quota prestabilita su Firenze, perché al granduca Ferdinando de' Medici era stato concesso il diritto di rivalersi su questa tassa in cambio dei crediti di guerra. Dopo che l'appaltatore sottraeva anche la sua spettanza, però, nelle casse dello Stato affluiva soltanto un misero resto. Nelle sue colonne di numeri Rosny aveva individuato con precisione quali somme enormi, senza alcun controllo, andavano smarrite allo Stato. I funzionari del tesoro avevano già orrore per quest'uomo inflessibile, ugonotto fino al midollo e disumanamente rigido e pallido per tanto senso del dovere e dell'onore.

Rosny non sprecava tempo con i grassi e corrotti servitori dello Stato. Su di loro aveva già raccolto tutto, nero su bianco. Il re doveva soltanto fare due più due e quelli erano sistemati: sobrio, incorruttibile, elegante come una prova matematica.

Per il marchese di Rosny era un rompicapo ben più grande il cuore imprevedibile del suo sovrano. Erano già otto anni che andava avanti con questa Gabrielle, la quale a ogni vittoria aggiungeva un nuovo titolo ai vecchi. Fin dall'inizio lei aveva cercato di farselo amico, di certo su consiglio della Sourdis, che dietro le quinte tirava senz'altro le fila. Ricordava bene che Gabrielle aveva consigliato il re di affidare a lui, Rosny, il tesoro. Niente male, aveva pensato. Ma io non sono in vendita. Al tesoro ci finisco comunque, anche senza le vostre smancerie. Voi invece non diventerete regina. Fatica sprecata.

La pioggia, che a Ognissanti aveva trasformato la città di Parigi in un'unica distesa umida e fredda di fango, continuò anche negli ultimi giorni del 1598. Morbillo e varicella impazzavano nella maggior parte dei quartieri e a ogni ora nei vicoli sconsolati passavano bare di bambini. Non c'era quasi un solo abitante che non avesse tosse o febbre. Il cattivo raccolto e di conseguenza i prezzi delle granaglie alle stelle fecero il resto e chi aveva creduto, dopo la guerra e l'assedio, di aver superato il peggio, guardava rassegnato questo nuovo nemico invisibile che si portava via imperterrito un'anima dopo l'altra. Si pregava senza sosta. Vennero celebrate messe ovunque, e gli unici a fare affari furono i medici, che trovarono un ulteriore campo d'applicazione per le loro misture sempre nuove e quasi mai efficaci.

Il 13 dicembre 1598 a Saint-Germain fu battezzato l'ultimo figlio del re, con il nome di Alexandre. Nonostante il brutto tempo si presentò una folla poderosa; sembrava che in quel lieto evento il popolo sperasse di trovare lenimento alla propria miseria. Del resto, non si sentiva forse la presenza della mano misericordiosa di Dio, vicino a questo re? Fino a poche settimane prima una grave malattia aveva minacciato di portarlo sull'orlo della fossa ma poi non l'aveva ghermito, e ora lui e Gabrielle, che intanto era diventata duchessa di Beaufort, procedevano verso il cardinale – accompagnati dalle illustri madrine Diana di Francia e la duchessa di Angoulême nonché dal padrino il conte di Soissons – per somministrare al loro figlio il sacramento di santa romana Chiesa.

Si sussurrava che fosse stato lo stesso re a non volere una festa troppo dispendiosa, perché dopotutto non si trattava di un figlio di Francia. Circolava anche la voce che il marchese di Rosny, da poco diventato capo del tesoro, si fosse rifiutato di pagare ai musici il compenso consueto per un battesimo della Corona, con la motivazione che non essendoci alcun figlio di Francia non c'era neanche un battesimo di quel tipo.

Quando il re lo era venuto a sapere, si diceva, per precauzione aveva mandato il marchese dalla duchessa, in modo che si riconciliasse con lei. Questa però, che era già stata avvertita in precedenza dai musici, avrebbe troncato la parola all'uomo buttandolo fuori di casa. Al che si sarebbe presentato da lei il re in persona, per rimettere a posto le cose, come si diceva, con la conseguenza che la duchessa offesa a morte era scoppiata in lacrime e aveva gridato che era meglio morire che dover sopportare quello smacco. Che il re avrebbe fatto bene a decidere se stava dalla parte di lei, che era benvoluta da tutti, o da quella del suo marchese di Rosny, di cui si lamentava mezzo regno, al che il re, così si sussurrava, pareva avesse detto che si sarebbe separato più facilmente da dieci concubine della sua risma che da un servitore come il marchese di Rosny. A quello, si raccontava, la duchessa aveva estratto un coltello annunciando che allora per lei non c'era posto accanto al re. Che la lama doveva trafiggerle il cuore, che in essa il re scorgeva solo la propria immagine e altre cose del genere. Tuttavia nessuno sapeva dire con certezza come fosse finita la storia. Anche l'atmosfera serena e solenne che lo splendido balletto delle cinque nazioni rappresentato nel pomeriggio avrebbe dovuto risvegliare, fu solo esteriore. Dentro gli animi continuava a rosicarsi la frattura di prima.

I cittadini, segnati dalla fame e dalla malattia, non si lasciavano sfuggire l'occasione di partecipare ai violenti duelli verbali sull'editto di tolleranza di Nantes che erano quasi costantemente in corso nelle piazze. I teologi si gettavano in dispute infinite tra le urla di approvazione o di scandalo della folla, nutrendo almeno con parole e discorsi sapidi quelle figure emaciate che non avevano nient'altro da mangiare.

Persino il giorno di Natale, quando dopo quattro messe davanti alle chiese c'era ancora tanto popolo che si fu costretti a celebrare funzioni e somministrare comunioni per altri tre giorni, la tensione non scemò. Forse fu dunque una fortuna che la pioggia e il freddo ricacciassero nelle case gli abitanti, a raccogliersi intorno ai focolari, se mai avevano qualcosa da bruciare.

Trascorse in quel modo anche l'ultimo giorno di quell'anno ricco di avvenimenti, che finalmente aveva portato la pace: dietro un velo di pioggia sottile e incessante. Qui e là vennero celebrate sporadiche feste, ma la luce delle fiaccole nelle strade e nei vicoli semideserti faceva più pensare ai bagliori severi delle cappelle funerarie, e nella maggior parte delle case si pregava per santi diversi da quelli del calendario.

I giorni di gennaio si trascinarono pallidi e grigi. Una cerimonia di investitura di cavalieri che a causa del perdurare della pioggia era stata già rimandata quattro volte fu infine tenuta il terzo giorno del nuovo anno, presso gli agostiniani. Al termine della cerimonia il re colse l'occasione per comunicare a sorpresa ai convenuti che Madame Catherine, la sorella del re, alla fine del mese si sarebbe sposata con il duca di Bar, marchese du Pont.

La notizia fu accolta con stupore. Era un po' che giravano voci di matrimoni. Nessuno mancò di capire che cosa si voleva raggiungere con questa politica matrimoniale. Che senso poteva avere, altrimenti, una principessa di stirpe protestante che va all'altare con un principe lotaringio cattolico? Poteva voler dire soltanto che da parte lotaringia terminava l'inimicizia nei confronti di Enrico. Il nemico giurato di un tempo veniva cooptato con un matrimonio. Era ovvio che così si faceva un affronto a Roma. Come poteva il re permettere quel matrimonio misto? Sciocco, sciocco davvero, pensarono le anime semplici. I nemici potenti vanno impressionati più che si può, altrimenti ti calpestano: questa l'opinione dei furbi. La semplice verità era che la prima preoccupazione di Enrico fu sempre e soprattutto il regno, e solo in seconda battuta la religione. E se poteva ottenere la Lotaringia con così poco, la questione della forma diventava irrilevante. Meglio un matrimonio illegale che una legale guerra di religione.

Mentre con queste alleanze almeno esteriormente si calmavano i marosi degli ultimi decenni, nel clero e nel parlamento le tempeste si facevano ancora più impetuose. Il parlamento di Parigi continuava a rifiutarsi di ratificare l'editto di Nantes. Ogni giorno venivano arrestati cospiratori che agitati da fervore religioso volevano uccidere il re. Eresie ed eterodossie dilagavano, e per ognuno che veniva scacciato dalla città con la lingua bucata e le labbra mozzate ne saltavano fuori altri dieci a predicare invocando fuoco e zolfo sull'editto e sulla testa del re.

Per quanto poteva, Enrico ignorò i sobillatori. Che andassero pure in giro a strepitare e a strapparsi i capelli. Chi ha visto troppa follia, o impazzisce o ne diventa immune. Trent'anni di guerra non erano bastati? Che dissennatezza agitava mai quelle teste? Era forse meglio mandare in fiamme l'intera Parigi con tutti i suoi abitanti piuttosto che lasciare in vita anche solo un eretico? Scosse la testa, si avvicinò alla finestra della sua stanza nel castello del Louvre e guardò la città dall'alto. Non avrebbe mai permesso che sobillatori e agitatori seminassero nuovamente una zizzania autodistruttiva tra il suo popolo sfinito. L'editto doveva essere a tutti i costi ratificato e rispettato. Se almeno avesse avuto uno solo su cui fare affidamento! Persino i suoi consiglieri più stretti erano spaccati. Da ogni parte arrivavano voci di intrighi e tradimenti, tutti accusavano tutti, e se lui avesse prestato fede a ogni denuncia si sarebbe trovato già da un pezzo da solo davanti a un cumulo di giustiziati per alto tradimento.

Nell'autunno dell'anno precedente, mentre giaceva in convalescenza a Monceaux, circondato da dottori che lottavano per tenerlo in vita, aveva improvvisamente visto chiaro davanti agli occhi che cosa sarebbe successo dopo la sua morte. Sarebbe stata vanificata ogni cosa. La sola possibilità di una sua dipartita aveva sollevato in tutto il regno inquietudini e persino qualche rivolta. Ma a Dio era piaciuto guarirlo del suo male. E al Signore non importava certo di lui, cattivo servo qual era, macerato nei dubbi e incerto sulla giusta dottrina: era il regno a non dover perire. Soltanto per quello – così ragionava – Dio aveva disteso sopra di lui la sua mano protettrice. E dunque, se le cose stavano a quel modo, lui non doveva forse fare tutto il possibile per garantire la stabilità del potere? Non era forse il primo dei suoi doveri?

Come fosse la risposta a una domanda inespressa, Gabrielle entrò nella stanza con i bambini. Portava il piccolo Alexandre in braccio, César e Catherine-Henriette le camminavano al fianco. Enrico si precipitò verso di loro, baciò con gioia i bambini e le prese dalle mani il fagottino caldo.

Si accorse che lei palpitava per l'emozione.

«Langlois è tornato», disse Gabrielle. «Margherita ha accettato il divorzio. La procura è pronta.»

Il re lo sapeva da tempo.

Carezzò con uno sguardo amoroso il volto di lei, che aveva un'espressione quasi grottesca per lo sforzo di contenere la felicità, la prese per mano e la condusse alla grande finestra da cui si abbracciavano la città e i campi circostanti.

«Lì alla porta di Saint-Denis ho visto sfilare davanti a me l'esercito spagnolo che se ne andava. Lo rammentate? Pioveva come oggi, e me ne ricordo come del più bel giorno della mia vita. È stato quasi cinque anni fa.»

«E colui che l'aveva inviato qui non è più in vita.»

Enrico annuì soddisfatto. Filippo, il suo più grande avversario, era morto in autunno. Quando era arrivata la notizia non ci aveva creduto nessuno. Quante volte, in quegli ultimi anni, Filippo era già stato dato per defunto. «Lasciamo i morti ai morti.»

Lei gli appoggiò la testa sulla spalla e fece scivolare la mano sui capelli soffici della bambina, che si schiacciava stanca contro la sua gamba.

Enrico proseguì piano: «Sillery è da tre settimane sulla via per Roma. Il documento gli renderà le cose più facili. Gli manderò subito un messaggero».

Gabrielle tacque e guardò trasognata oltre i vetri verdognoli. Ascoltava il respiro pesante dell'uomo che le stava accanto, ne sentiva la presa salda della mano sulla spalla. Se solo fossero potuti rimanere sempre lì alla finestra, lontani dalle cose che accadevano laggiù ai loro piedi, accanto a lui sarebbe stata al sicuro e protetta. Invece lei indovinò i pensieri di Enrico, e ciò che non indovinò glielo andò a raccontare la zia, che le parava sempre davanti le novità del giorno come una sfilza di pietanze indigeste.

Così qualche giorno più tardi pare fosse giunta al Louvre un'altra lettera da Usson, in cui la regina ritirava il suo beneplacito al divorzio. Scriveva che aveva accolto con grande riconoscenza la generosa offerta del re di poter ritornare dall'esilio e che, dopo averne discusso con i suoi consiglieri, aveva accettato le condizioni a cui era subordinata. Diceva che aveva compreso quanto fosse importante per il re stringere un nuovo matrimonio, in modo da poter raggiungere ciò che Dio le aveva negato, ovvero di donare eredi legittimi alla Corona e al regno. Tuttavia un simile accordo l'avrebbe costretta a temere per il bene del regno e della propria anima, poiché le era giunto all'orecchio che il re aveva mostrato la chiara intenzione di sposare la sua favorita Gabrielle d'Estrées. Ma se al suo posto doveva subentrare una donna di origini tanto umili, sulla cui condotta di vita lurida e disgustosa circolavano voci inenarrabili, ebbene lei non avrebbe mai ceduto il posto a un'unione così scandalosa, e avrebbe anzi intentato ogni sforzo per evitare quel grave smacco per il re, per lei stessa e per la Francia intera.

A dispetto di ciò, le trattative proseguirono. Sillery sarebbe presto arrivato a Roma. Il papa naturalmente sarebbe stato al corrente già da un pezzo e avrebbe accolto il messo bruscamente chiedendogli se il re di Francia credeva forse di poterlo menare per il naso.

Il messo Sillery si era già visto la scena davanti agli occhi nella carrozza, ancora prima di raggiungere le Alpi. Nella sua immaginazione aspettò che il primo accesso d'ira di Sua Santità si dileguasse e quindi parlò con parole misurate:

«Il mio signore e re vi rinnova l'offerta dei suoi umilissimi servigi. Non so che cosa per vie traverse sia giunto alle vostre orecchie, tuttavia da lontano molte cose che appaiono minacciose e distorte osservate da vicino si rivelano familiari e semplici. Ma soprattutto stringe il tempo. Dio ha compiuto un miracolo e ha liberato il re di una grave malattia, poiché non voleva permettere che una pace raggiunta con tanta fatica cadesse troppo presto vittima di lotte di potere intestine.»

«Sono lieto che siate capace di interpretare con tanta sicumera la volontà del cielo.»

Sillery non si fece intimidire. «La Francia ha un grande re, ma non ha eredi. Non è per voi un segreto che il matrimonio tra il re e Margherita, voluto da Caterina, in quelli che saranno presto ventisette anni non ha portato alcun bambino. Inoltre la regina si è resa colpevole dei reati di alto tradimento nei confronti della Corona e di adulterio. Sarebbero ragioni già sufficienti, se a ciò non si aggiungesse l'illegittima consanguineità dei due sposi. Perciò il re insiste a pregarvi di dichiarare il matrimonio non valido. Fintanto che una nuova regina non donerà al re di Francia eredi legittimi, persisterà la minaccia di discordie, sciagure e una nuova guerra civile. Questa è la situazione su cui sono stato incaricato di chiedervi di riflettere.»

«So bene come stanno le cose nella casata dei Borbone. Credete forse che non implori quotidianamente il Creatore per una soluzione? Ma voi da me che cosa volete? Per porre fine a un incesto dovrei permettere che nel castello del Louvre venga allestito un covo di baldracche e bastardi?»

Sillery guardò sconcertato il pavimento. Non si aspettava un attacco così diretto. Per ricorrere a un linguaggio tanto volgare Aldobrandini doveva essere davvero disperato. Più la lingua si fa forte, più l'argomentazione è debole.

«Il re non vi ha mai deluso. In lui avete un alleato fedelissimo. Ma egli può avvicinarsi a voi solo quando sarà liberato dei vincoli.»

«Come a Nantes?»

«Grazie a Nantes in Francia regna la pace. Il paese è rifiorito. L'ombra nera della guerra si è ritirata. L'editto appare un prezzo modico per una simile liberazione.»

Il papa sospirò e voltò bruscamente le spalle al messo. Che arroganza! Non si stringono accordi con l'anticristo. O lo si annienta oppure, se così vuole l'imperscrutabile volontà di Dio, si viene da questi annientati. Quanta dissoluzione nello spirito di compromesso che gli spirava incontro dalla bocca del messo!

«Voglio dirvi una cosa, signor de Sillery...»

Ma lui non lo ascoltava già più. Scacciò quella visione spiacevole concentrandosi sul paesaggio che scorreva fuori della carrozza. Tanto era tutto inutile, e ogni ora che passava al messo si stringeva sempre più il cuore davanti al compito improbo che gli era stato assegnato. Avvolto in spesse coperte, la testa ritratta fra le spalle, guardò assorto i campi abbandonati, cosparsi di brina come fosse zucchero e ascoltò il monotono scalpiccio degli zoccoli e il gelido tintinnio del tiro a quattro. Per quante zampe avesse, era un goffo maggiolino che sgambettava lento verso le Alpi.

4

Koszinski interruppe il racconto e si mise a sedere nell'erba. Ci volle qualche istante perché tornassi ad ambientarmi nel presente. Eravamo arrivati su un altopiano da cui si abbracciava con la vista la pianura del Reno. Sotto di noi si stendeva Friburgo. La torre della cattedrale si ergeva visibile anche da lontano, al di sopra della cappa di foschia che aleggiava sulla città. All'orizzonte si indovinavano i contorni dei Vosgi, e non mi era difficile immaginare che quattrocento anni prima da qualche parte in quella pianura un tiro a quattro sferragliasse su strade accidentate, diretto verso sud.

Koszinski cinse le braccia intorno alle ginocchia piegate e osservò il panorama. Io feci come lui, e così restammo per un po', seduti a guardarci intorno in silenzio. Mi girava la testa per i tanti nomi che aveva citato. Gli chiesi se aveva letto tutte quelle cose nel manoscritto.

«No, no. Lo scrittore naturalmente ha dato per scontati tutti i retroscena. Dopotutto era membro di una società storiografica e aveva come interlocutori persone che probabilmente conoscevano gli articoli dell'editto di Nantes a memoria. Ci sono moltissimi libri sul regno di Enrico IV. Il suo amore per Gabrielle d'Estrées ha sollevato un gran polverone, soprattutto per la strana fine che ha colto la sfortunata duchessa pochi giorni prima del matrimonio con il re. Le ricerche storiche più importanti sul caso di Gabrielle d'Estrées sono state pubblicate già negli anni '80 dell'Ottocento.»

«Il re voleva sposare Gabrielle e Roma non lo permetteva?»

«Già. Così stando alla versione ufficiale.»

«E perché?»

«Perché Roma era contro il matrimonio?»

«Sì.»

«Per vari motivi. Papa Clemente non scendeva volentieri a patti con Enrico di Navarra. Non credeva alla sincerità della fede del re. Per la Santa Sede l'editto di Nantes è stato più che uno schiaffo. Politicamente era comprensibile, dal punto di vista di oggi addirittura un capolavoro diplomatico, ma allora si pensava diversamente. Era in gioco la salvezza della cristianità. Ci si può fare solo a stento un'idea di quale importanza avesse la questione della vera dottrina nella testa degli uomini dell'epoca. Quando fu firmato l'editto di Nantes Cartesio aveva due anni e a Roma era in corso il processo contro Giordano Bruno. Naturalmente c'era anche la questione politica. La Francia doveva servire da baluardo contro gli Asburgo. Un'alleanza forte tra Parigi e Roma avrebbe allentato la morsa tentacolare di Filippo e indebolito la sua supremazia. Enrico doveva divorziare da Margherita e convolare a nuove nozze, su questo erano tutti d'accordo. In quel momento, parliamo del 1599, la morte di Enrico avrebbe subito riattizzato una guerra di diadochi tra i principi di sangue. Gli altri casati nobiliari avrebbero fatto valere la loro aspirazione al trono. La questione religiosa avrebbe oliato la macchina di guerra e chiamato in causa le potenze straniere. Sarebbe ricominciato tutto da capo e la Francia probabilmente sarebbe scomparsa dalla cartina geografica o avrebbe patito un destino simile a quello della Germania. I principati si sarebbero resi autonomi a seconda della fede religiosa e avrebbero scacciato o ucciso tutti coloro che avevano un credo differente. Era una cosa da evitare a tutti i costi. Si dovevano trovare eredi legittimi; detto in termini storici: una madre per Luigi XIII. C'era anche già una candidata, Maria de' Medici, la nipote del granduca di Toscana Ferdinando de' Medici. Ma il re era perdutamente innamorato di Gabrielle.»

«Che dunque rappresentava un ostacolo alla politica delle alte sfere?» chiesi.

«Non è così semplice. Certo è che Gabrielle è morta di una malattia misteriosa pochi giorni prima del matrimonio con Enrico IV di Navarra. Il re l'aveva mandata a Parigi per la Pasqua mentre lui era rimasto a Fontainebleau. Apparentemente non voleva arrischiarsi a sollevare uno scandalo così a ridosso delle nozze. Gabrielle all'epoca era incinta di sei mesi e comprensibilmente indebolita. Inoltre era tormentata da cattivi presagi e dai pronostici negativi degli astrologi. Ma non è più possibile stabilire nel dettaglio quanto è accaduto. I testimoni si contraddicono. Dopo un pranzo in un albergo italiano a Parigi la duchessa è crollata a terra ed è stata colta da orrendi crampi da cui non si sarebbe più ripresa fino alla sua morte il sabato di Pasqua. Le persone che le erano più vicine devono essere rimaste a tal punto sconvolte dagli avvenimenti che in seguito nessuno dei presenti è stato in grado di fornire una ricostruzione coerente di quanto accaduto tra il mercoledì prima di Pasqua e il sabato successivo, in cui è deceduta. Gabrielle è morta tra dolori lancinanti il mattino del 10 aprile 1599, pochi giorni prima delle nozze con il re. Enrico non l'ha mai più rivista. Gabrielle lo ha invocato in continuazione e durante la sua agonia gli ha anche scritto alcune lettere. Quando il venerdì santo è entrata in coma, il re ha lasciato Fontainebleau e si è messo sulla strada di Parigi, per starle accanto nelle sue ultime ore. Ma qualcuno lo ha fermato davanti alla città. Gli ha fatto credere che la duchessa era già morta e lui è tornato sui suoi passi.»

Koszinski tacque in modo allusivo. Lo guardai curioso.

«Sì, so che cosa sta pensando. Sembrerebbe che qualcuno abbia aiutato la morte improvvisa di Gabrielle. Le speculazioni in merito non sono mai state fugate. Un anno più tardi Enrico sposò Maria de' Medici. E la nipote del granduca di Toscana assurse al trono francese. Questi sono i fatti.» Dopo una breve pausa aggiunse: «Ma ciò che rende l'intera faccenda così singolare sono questi quadri».

«Il dipinto di cui le ho parlato una volta?»

«Sì. Cioè, a dire il vero no. Nel manoscritto si parla di altri otto quadri che in qualche modo sono in relazione con l'immagine delle due donne nel bagno che lei mi ha mostrato una volta. Se ne è mai più occupato?»

Scossi la testa. «Ho cercato più volte di scoprire qualcosa in proposito, ma non sembra che si conosca niente di sicuro, riguardo a quel quadro. L'originale è appeso al Louvre, ma stando al catalogo non se ne sa molto.»

«Strano, non è vero?» Era evidente che Koszinski si stava divertendo un mondo a tenermi sulle spine.

«Dunque?»

«Riprendiamo a camminare. Da seduti si racconta male.»

Ci alzammo e proseguimmo la passeggiata.

«Dopo aver letto quanto le ho appena riassunto a grandi linee, mi sono spiegato meglio ciò di cui si parla nel manoscritto. Come le dicevo prima, una parte non indifferente dei fogli racconta la vita di un pittore. In punti diversi si accenna a una serie di dipinti che sembrerebbero avere una relazione con i misteriosi eventi intorno alla morte della duchessa. Copiai i passaggi in questione e li diedi da leggere a un amico storico dell'arte. Lui mi richiamò la sera stessa e mi disse che non era difficile identificare quei quadri. Alcuni appartenevano alla cerchia della scuola di Fontainebleau. In particolare, i dipinti descritti erano versioni differenti di un ritratto che si trova al Louvre e che nonostante sia di attribuzione anonima gode di un notevole grado di notorietà. Le diverse versioni sono sparse per tutta Europa: a Montpellier, a Firenze, nel castello di Chantilly. Ce n'è una anche a Basilea. Quest'ultima informazione mi ha stupito meno di tutte.»

«Il quadro che sta al Louvre invece non è menzionato nel manoscritto?» chiesi.

«Come le ho già detto, sì e no. Il racconto sembra volerci arrivare, ma il manoscritto si interrompe bruscamente. In qualche modo la storia non è completa. Ma stia a sentire! Molti mesi più tardi sono stato per qualche giorno a Parigi e ne ho approfittato per andare a vedere il ritratto del Louvre in originale. All'epoca non avevano ancora cominciato la ristrutturazione del Louvre, non esisteva ancora la piramide nel cortile interno e nel museo si entrava dall'ingresso oggi chiuso che si trova di fronte alla chiesa di Saint-Germain-l'Auxerrois. Mi misi in coda con i visitatori, feci il biglietto e passai sotto gli imponenti colossi egiziani di pietra, diretto alla scalinata che conduceva alla pinacoteca.

«C'era poco movimento. Qualche gita scolastica. Coppie che girovagavano a braccetto per le ampie sale dei dipinti. Turisti che studiavano le loro guide multilingue o ascoltavano attenti le spiegazioni di una voce di donna incisa su nastro. Quando trovai la sala, il quadro mi balzò subito all'occhio. In seguito mi sono chiesto spesso come mai in precedenza non l'avessi mai notato. Dopotutto non era la prima volta che andavo al Louvre. Forse, semplicemente, una volta il dipinto non mi interessava. Come si dice? *L'occhio dorme finché lo spirito lo sveglia con una domanda*. È lo stesso con i libri. Capita di cominciarne uno e di rimetterlo perplessi sullo scaffale finché un bel giorno ci ritorna tra le mani e non riusciamo più a posarlo.

«All'inizio osservai da una certa distanza il modo in cui reagivano al quadro gli altri visitatori. La maggior parte sembrava stranita, rimaneva brevemente davanti all'opera per darle un'occhiata sospettosa. Alcuni si voltavano come se temessero di essere sorpresi a guardarla. Ma nessuno sembrava provare granché voglia di fermarsi più di tanto. Spallucce, sorrisi divertiti, teste scosse. Diversamente dagli altri quadri, questo esercita una forza attrattiva particolare che richiama i curiosi, ma subito dopo li ricaccia via all'improvviso con una forza uguale e contraria. È una dinamica che ancora oggi non riesco ad afferrare.»

Fece un'altra delle sue pause. Passeggiammo in silenzio nel bosco, mentre Koszinski sembrava immerso in pensieri che evidentemente non erano destinati a me. Alla fine disse: «Abbiamo una scarsa abitudine all'osservazione. Veniamo educati a non vedere niente. Altrimenti non potremmo camminare lungo una via commerciale senza perdere la testa per la quantità di stimoli visivi. Sicuramente è anche per questo che apprezziamo l'ordine semplice dei dipinti antichi, perfino quando in fondo non ne sappiamo niente. Perché a confronto con il nostro mondo ci appaiono relativamente comprensibili. Chissà che non sia proprio la nostra ignoranza la fonte del piacere che proviamo nell'osservarli. I dipinti non ci vogliono vendere merci né spiegare brutti aspetti dell'ambiente che ci sta intorno o di un paese lontano. Il loro contenuto religioso non ci tocca veramente. Non significa più nulla quale re sia rappresentato come Giove, quale duchessa come Diana. I paesaggi che vediamo non sono allegorie della distruzione o trappole ottiche finemente tarate sulle nostre malinconie turistiche. No, la comitiva di cacciatori nel migliore dei casi richiama alla mente un passo di Ovidio. Non dobbiamo esprimere alcun giudizio su di essa, non dobbiamo deciderne o farcene influenzare. Non dobbiamo nemmeno conoscere l'episodio. Qualcuno ce lo comunica gentilmente, lo leggiamo da qualche parte, annuiamo, guardiamo soddisfatti un'ultima volta lo splendore della tela e ce ne andiamo. Ci bastano le poche spiegazioni che hanno messo insieme per noi gli storici dell'arte, fiduciosi come siamo che all'epoca gli esseri umani avranno ben saputo quel che mettevano sui loro quadri. Bacco, Cerere, Proteo, Circe, Dafne... leggiamo, guardiamo. La Sibilla di Tivoli. Davide sconfigge Golia. Il ratto di Proserpina. Una deposizione. L'incendio di Troia. Ci bastano i titoli. E sì che non dicono molto di più di un'iscrizione tombale... »

« O delle voci di un catalogo. »

« Già, non è così? Mi avvicinai alla tela. *Scuola di Fontainebleau. Di anonimo. Gabrielle d'Estrées con una delle sue sorelle. 1600 circa*. È davvero il quadro più strano che io abbia mai visto. Ma lei lo conosce. Due dame posano nude in una vasca di pietra sul cui bordo è gettato un drappo. La donna a destra di chi guarda dovrebbe rappresentare Gabrielle. Tra la punta delle dita della mano sinistra tiene un anello, mentre la destra è appoggiata mollemente sul bordo della vasca. Anche la sorella che le sta accanto ha la destra sul bordo della vasca, mentre con il pollice e l'indice della mano sinistra pizzica il capezzolo destro di Gabrielle.

«E i margini del quadro sono bordati da ricchi tendaggi rosso porpora. Si direbbe di trovarsi davanti a un palcoscenico, e le due donne hanno sul volto l'espressione di chi deve sostenere gli sguardi di un grande pubblico.»

Koszinski annuì. «Sì. Ma ora che avevo davanti a me l'originale scoprii altri dettagli che prima, sulla piccola riproduzione che lei mi ha mostrato, non avevo notato. E c'erano molte altre cose curiose da osservare.»

«Si riferisce alla donna sullo sfondo?»

«Non solo. In secondo piano spunta nella stanza un tavolo, o una cassapanca, coperto da un panno verde. Il mobile è davanti a un camino che delimita il fondo della stanza. Un fuoco in procinto di spegnersi getta una luce debole sul panno verde scuro. Accanto al camino siede una donna impegnata in un lavoro di cucito. Tra lei e il camino è appeso alla parete uno specchio nero. Si ricorda che cosa c'è sopra il camino?»

La domanda mi colse di sorpresa. Avevo osservato il quadro un'infinità di volte, però in quel momento non avrei saputo rispondere.

Ma Koszinski aveva già ripreso a parlare. «C'è un dettaglio che è facile trascurare e che si può riconoscere chiaramente solo sull'originale. Sopra il camino si vede un altro dipinto, un quadro nel quadro. Mostra il basso ventre di un uomo. Ha un drappo rosso gettato sui lombi, come se fosse appena scivolato esausto a terra dal letto.»

«Ma certo, ora ricordo. L'ho sempre considerato un abbellimento della parete, privo di importanza. Forse lo scorcio di una scena mitologica.»

«Tutto è possibile. Ma perché la duchessa avrebbe dovuto farsi ritrarre a quel modo? E che cosa significano quei gesti così particolari? Chi è la donna sullo sfondo, china su un lavoro di cucito? Una dama di camera? Che cosa si deve pensare degli altri oggetti? Uno specchio nero. Un tavolo o una cassapanca coperta da un panno verde scuro. Un fuoco quasi spento e sopra a esso la metà di un altro quadro che mostra il basso ventre succintamente coperto di un uomo nudo?»

Le parole di Koszinski avevano un effetto contagioso, e sentii infiammarsi di nuovo la fascinazione da cui ero stato colto anni prima davanti a quella scena misteriosa.

«Ma il mistero più grande», dissi, «è il gioco delle mani delle due dame. Che cosa vuol significare quel modo di afferrare il capezzolo?»

«Naturalmente me lo sono chiesto anch'io. Forse il gesto è un riferimento allegorico a una gravidanza, e le dita che cercano di trarre dal capezzolo un'immaginaria stilla di latte suggeriscono simbolicamente il tempo successivo al parto. Ma certamente una simile interpretazione non toglie che il gesto abbia qualcosa di inaudito, sì, quasi di perverso.»

Sapevo che gli storici dell'arte, non trovando altre spiegazioni, propendevano per questa interpretazione che, seppure non del tutto soddisfacente, almeno all'apparenza sembrava plausibile. «Ho letto», dissi, «che nel periodo in cui pare sia stato realizzato il quadro la duchessa era incinta. Il gesto della sorella verosimilmente allude all'imminente nascita del bambino. Se così fosse si chiarirebbe anche il ruolo della dama di camera, che starebbe cucendo il vestitino per il battesimo del nascituro.»

«E quindi il quadro che nel dipinto spunta sopra il camino e mostra il basso ventre di un uomo presumibilmente allude al padre del bambino.»

Esitai. A questa possibilità non avevo proprio pensato. «Già, in fondo perché no?»

«Benissimo, ma allora perché non possiamo vederne il volto? Difficile che la duchessa avesse interesse a diffondere incertezza sulla paternità di suo figlio. Dopotutto lei era l'amante ufficiale del re di Francia, una *maîtresse en titre* che mirava alla corona. E perché l'atmosfera sullo sfondo è così opprimente, il tavolo drappeggiato di verde, il fuoco che langue più dietro, la dama di camera ripiegata su sé stessa?»

Ricordavo bene la rigidità malinconica e cupa del dipinto. Ma Koszinski non aveva ancora accennato a un altro dettaglio, e quando ne parlai lui annuì in segno di approvazione.

«Rimane del tutto inspiegabile anche l'anello che la duchessa tiene tra la punta delle dita come se scottasse. Lo regge tra pollice e indice della mano sinistra come si tiene una spina appena estratta dalla pelle.»

«Proprio così», si intromise Koszinski, «si potrebbe quasi credere che sia stato inserito nel dipinto solo in un secondo tempo.»

«Come?» Mi interruppi involontariamente. «Che cosa glielo fa pensare?»

«È solo una supposizione. Ma capisco il suo stupore. Ero stupito proprio come lei adesso quando sei mesi dopo nel Palazzo Vecchio di Firenze mi ritrovai davanti le due signore in un dipinto molto simile. Riproduceva la stessa scena, due dame in un bagno. Lo sfondo tuttavia era scomparso: le tende rosse alle loro spalle erano chiuse. Ma nella vasca c'era la stessa coppia, Gabrielle e sua sorella, legate dal misterioso gioco delle mani, però con una piccola differenza: la dama a sinistra ora non afferrava il capezzolo della duchessa, ma le porgeva l'anulare della mano sinistra. La duchessa intanto sembrava compiere il gesto di infilare un anello al dito della sorella, che lei le porgeva come si fa in un matrimonio. Ma lei l'avrà già indovinato. Il punto in cui le dita della duchessa tengono l'anello è vuoto. Non c'è nessun anello.»

Lo guardai incredulo. «Lo stesso quadro, lei dice?»

«Riproduce esattamente il dipinto del Louvre. La composizione è un po' diversa, ma è senza dubbio opera dello stesso pittore.»

«E il pittore chi è?»

«Sconosciuto. Come quello del dipinto al Louvre.»

«Tutti e due i quadri sono anonimi?»

«Sì, ho appurato che del quadro che sta a Firenze si sa poco quanto del suo *pendant* del Louvre. Ma almeno la storia più recente della versione fiorentina è meglio documentata. Il suo ultimo proprietario è stato nientemeno che Göring. Il maresciallo del Reich ha fatto arrivare in Italia attraverso un prestanome gli impressionisti provenienti da collezioni di ebrei di cui aveva fatto bottino in Francia nel 1941, e lì li ha scambiati con maestri italiani, venendo così in possesso anche di quel dipinto.»

Prima ancora che avessi il tempo di digerire queste notizie, Koszinski aprì la successiva stanza d'archivio della sua memoria straordinaria, tirandone fuori altri nomi e date.

«Il dipinto fu riscoperto solo nel 1948 e infine riportato a Firenze. Il quadro del Louvre invece viene menzionato per la prima volta in un aneddoto che risale alla prima metà del XIX secolo. Un dipinto che stando alla descrizione corrisponde a quello del Louvre era rimasto appeso per molti anni nella Prefettura di polizia di rue Jerusalem. Stando a testimonianze tramandate oralmente, però, nel corso di un'ispezione alla Prefettura Luigi Filippo criticò il quadro e ordinò che venisse velato. Quando anni più tardi fu tolto il velo, il quadro era sparito. Riaffiorò mezzo secolo dopo, per la precisione il 29 marzo 1897, in occasione dell'asta della collezione di un certo barone Jerôme Pichon di Parigi. Presumo che chi ha redatto il manoscritto abbia visto lì il quadro per la prima volta. Stando al catalogo fu acquistato da una Madame Guibert de Guestre, o almeno fu lei a venderlo al Louvre nel 1937. Da allora il dipinto è rimasto di proprietà del museo.»

«E lei crede che il suo parente morto, quel Morstadt, abbia visto il quadro e abbia deciso di scriverci sopra un libro?»

«Non so se volesse scrivere un libro o un trattato. Le annotazioni che ho trovato sono un bel guazzabuglio di testi. Ma dopo che ho visto i quadri, pian piano ho cominciato a capire ciò che deve aver affascinato il vecchio Morstadt. Così mi sono messo a fare ricerche un po' più mirate. Ma quel che scoprivo aumentava solo la mia confusione. Trovai altre versioni del quadro. Sembra che all'epoca e nei secoli

torico è del tutto diverso. Se lei osserva i due dipinti uno accanto all'altro, la versione messa all'incanto nel 1917 sembra solo una copia maldestra di quella al Louvre. Ma mi rendo conto di aver strapazzato eccessivamente la sua immaginazione. Le sarà difficile tenere distinti tutti i quadri che le ho appena descritto a grandi linee. Ma posso assicurarle che anche a me non è andata tanto diversamente. Ormai avevo accanto a me sulla scrivania ogni tipo di riproduzione, e le strane differenze che affioravano nelle varie versioni si sovrapponevano a tal punto una sull'altra che non potevo più osservare un quadro senza dover immediatamente pensare a tutti gli altri. E se adesso lei crede che tutto finisca qui, devo deluderla.»

Koszinski si gustò un momento la mia attesa curiosa, quindi proseguì: «Come se fosse in atto un incantesimo malefico, il terzo giorno mi sono imbattuto nella riproduzione di un altro dipinto del Musée Fabre di Montpellier. Era identico a quello che le ho appena descritto fino all'ultimo dettaglio, però qui una mano ignota non solo aveva eliminato le lettere d'oro, ma aveva anche pudicamente coperto le due donne con un velo bianco trasparente. Si trattava forse di quel terzo quadro di cui avevo trovato una riproduzione nel catalogo d'asta del 1917? Le avevano rivestite per compiacere il gusto bigotto dell'epoca e intanto ne avevano approfittato per eliminare le fastidiose lettere d'oro? Ero stato condotto in biblioteca da due quadri, quello del Louvre e quello di Firenze. Ma quando ne sono uscito avevo in tasca le riproduzioni di altri tre quadri, senza che tuttavia mi fosse riuscito di scoprire alcunché sulla loro origine o significato».

«E i documenti del suo parente non davano nessuna indicazione in merito?»

«Se la storia che Morstadt racconta fosse vera, allora quadri sarebbero in stretta relazione con la misteriosa m te della duchessa. Sembra che il pittore dei dipinti sia in qualche maniera coinvolto in un intrigo per uccider brielle. Di certo i quadri sono già strani di per sé.

successivi un'intera sfilza di pittori si sia cimenta quello strano motivo. Ma per quanto la scena semb scatenato la fantasia di molti pittori, le conoscenze s gine e sul significato dei quadri sono scarsissime. M fatto mandare cataloghi d'asta. Nel 1917 venne me l'incanto un'altra parte della collezione Pichon. Nel go dell'asta mi sono imbattuto nella riproduzione di pinto il quale non fa altro che aumentare i già mol misteri dei primi due quadri.

«In primo piano ci sono come al solito le due da una vasca da bagno. A sinistra la sorella, a destra la du sa, che qui porta al collo una collana di perle. La sua sinistra gioca con le perle, ma per il resto le mani dell donne questa volta non compiono alcun gesto partico Tra le due dame, in secondo piano, è ritratta una balia allatta un bambino. Infine sullo sfondo c'è una dome che sta posando una brocca su un tavolo. Diversam che negli altri dipinti, i due personaggi principali di qu quadro sono contrassegnati da scritte a grandi lettere d' Una cosa molto utile, che mi ha permesso di stabilire pe prima volta chi credeva di avere davanti il pittore. Ho d apposta 'credeva' perché il quadro è stato dipinto con certa sicurezza solo parecchi anni dopo la morte di Gabr le d'Estrées. Vi si legge tra l'altro che la dama a sinistra rebbe la *duchesse de Villars*.»

«Non capisco.»

«Dunque, a destra c'è la duchessa Gabrielle d'Estré Alla sinistra presumibilmente sua sorella Juliette-Hyppolit Che però sul quadro viene chiamata duchessa di Villar Gabrielle è morta nell'aprile 1599. Ma all'epoca sua sorel non poteva ancora essere duchessa, perché a quel temp Villars era soltanto un margraviato. Villars fu elevato a du cato solo nel 1627.»

«Non è possibile che il quadro risalga davvero al perio do di Gabrielle mentre le scritte siano state aggiunte solo dopo il 1627?»

«Naturalmente anche questo è possibile. Ma lo stile pit-

caso si tratta di pitture a olio molto dispendiose, senza dubbio realizzate su commissione. Ma chi le ha commissionate? E perché? Quel che si evince dai documenti non rende le cose più chiare. Ma in fin dei conti il manoscritto è rimasto un frammento. Morstadt non è arrivato alla fine della storia. Eppure a volte si ha l'impressione di poter intravedere come andrà a finire. Naturalmente per poterlo giudicare lei stesso dovrebbe prendere familiarità con il suo inizio, con un pittore di nome Vignac, che nel 1598 andò a Parigi per diventare pittore di corte e la cui vita si sarebbe intrecciata in modo così imprevedibile con il destino di Gabrielle d'Estrées.»

«Vignac, ha detto?»

«Sì, pare che il pittore si chiamasse così.»

Eravamo arrivati di nuovo nelle vicinanze dell'albergo. Si era alzato un vento leggero che faceva ondeggiare maestosamente sopra di noi le vette imponenti degli abeti. Il racconto di Koszinski mi aveva messo addosso una tensione che mi ricordava le settimane e i mesi in cui non ero riuscito a togliermi dalla mente il misterioso dipinto.

«Ora conosce i retroscena» disse alla fine. «Se vuole le lascio le carte fino a domani. Ma devo metterla in guardia. Il manoscritto è lacunoso e addentrarvisi non è così facile. Non si aspetti troppo. Naturalmente io ho una mia teoria su tutta la faccenda; è per questo che mi interessa la sua opinione in proposito. E poi in fondo stiamo parlando del *suo* quadro, non è così?»

«Il mio quadro?»

Mi guardò amichevolmente e disse solo: «Non l'ho mai vista raccontare qualcosa con un simile entusiasmo. Quel dipinto l'aveva proprio stregata».

Stregato. Sì, era la parola giusta. Avevo percepito che c'era un segreto, me l'ero portato dentro e alla fine l'avevo dimenticato. Adesso si ripresentava, ma in modo diverso: più incalzante e volitivo.

La sera, quando di ritorno da una nuotata chiesi le chiavi della mia stanza, il portiere mi consegnò una busta imbottita.

Giunto in camera la aprii e posai i documenti sul letto. Il riquadro punzonato sul foglio di copertina era vuoto. Sulla seconda pagina trovai un sommario redatto da Koszinski. Scorsi rapidamente i titoli dei diciotto capitoli. Poi posai le carte sulla scrivania, sfogliai piano alcune pagine e osservai il plico. La calligrafia era ammirevolmente chiara e uniforme. I tratti neri dell'inchiostro sulla carta ingiallita non tradivano alcun lavoro di rielaborazione. Non c'erano segni di correzione né cancellazioni. Lessi il primo paragrafo del primo capitolo e mi accorsi che il cuore aveva preso a battere più veloce. Era come se qualcuno avesse dischiuso una finestra su una stanza segreta. Animato da una curiosità inquieta sfogliai oltre e diedi una scorsa ad alcuni passi del capitolo successivo. Non c'era alcun raccordo tra le singole parti. Koszinski lo aveva detto: era un guazzabuglio di descrizioni, lettere e interrogatori. Le pagine di diario del pittore datavano a partire dal 1628, quindi molto dopo gli avvenimenti di cui si raccontava nel capitolo iniziale. E che altro aveva aggiunto Koszinski? Che si poteva intravedere come sarebbe finita la storia?

Presi una matita e afferrai la carta da lettera che stava sul comò accanto al televisore. La busta imbottita era ancora sul letto. Infilai la mano all'interno, ma dentro non c'era più niente. Quando la posai sul comò scoprii che sulla faccia posteriore era scritto a stampatello con un pennarello nero IL MANOSCRITTO DI KEHL. Sotto campeggiava una grande S trafitta da una freccia.

Spensi la luce a soffitto, presi la prima sezione del manoscritto, avvicinai a me la lampada della scrivania e cominciai a leggere.

PARTE SECONDA

LA MANO DI DIO

1
MANUS DEI

ALL'ALBA del 10 aprile 1599 entra nella stanza il medico personale del re. La Rivière scosta i curiosi di lato, si avvicina al letto e osserva il corpo supino. Gli occhi della morta sono rovesciati completamente indietro, le mani e i piedi ancora legati ai montanti del letto con strisce di teli luridi strappati in tutta fretta. Il viso è livido, scavato da solchi lasciati da spasmi orribili. Il suolo è cosparso di stecchi di legno segnati da morsi e di denti rotti. La stanza è pervasa dal puzzo di urina e dall'odore acre di vomito. Una primavera eccezionalmente calda ha liberato un nugolo di mosche che nel corso delle ultime settantadue ore sono penetrate nella stanza dalle finestre malferme, incuranti dei ventagli agitati senza sosta. E come mosche sono i ficcanaso e i curiosi a cui qualcuno – il dottore non ne comprende il motivo – ha permesso di entrare per sfilare al capezzale della povera moribonda. Sono decine di persone, e La Rivière sente che osservano ogni suo movimento o più piccolo cambiamento d'espressione. È cosciente dei molti occhi e orecchie che ha intorno e aspettano tesi, diffidenti e timorosi il suo verdetto. Sente tutto il peso di quell'istante, la mostruosità dell'avvenimento. Poco più in là qualcuno si prende cura della madamigella di Guisa, che ha perduto i sensi, e di Madame de Sourdis, anche lei accasciata al suolo. Lo sguardo di La Rivière scivola nervoso sui volti degli astanti, in cui si leggono incredulità e raccapriccio, pena e soddisfazione, lutto e disperazione.

Da fuori si insinuano attutiti nella stanza i rumori del giorno che inizia. Il fracasso di carri e carrozze sul selciato sconnesso, le urla dei venditori, qualche sporadico latrato o nitrito. A una distanza che sembra infinita si indovina il rintocco solitario di una campana. Eppure regna finalmente la pace in quella stanza in cui fino a poc'anzi si sarebbe detto che si fossero dati convegno tutti i diavoli del regno a celebrare una festa di distruzione nel corpo dell'appena ventiseienne duchessa Gabrielle d'Estrées, il più amato corpo di Francia.

La Rivière ripensa per la centesima volta al decorso della malattia e non trova alcuna spiegazione, non un parallelo. Gli hanno riferito della partenza della duchessa da Fontainebleau, del suo stato di agitazione. Ancora solo pochi giorni e Roma avrebbe concesso il divorzio al re aprendo la strada per un nuovo matrimonio. Passata la Pasqua, i tre figli di Gabrielle avrebbero perso il marchio di bastardi e sarebbero stati innalzati a reali. Il quarto che porta già in grembo però, le dicono concordi tutti gli indovini, rovinerà i suoi grandi piani. Perciò più la data si avvicina, più lei dorme male. Sogna di grandi incendi che la divorano e al contempo richiama alla mente le immagini consolatorie del vestito di nozze rosso carminio che è già pronto da settimane a Parigi. Non si allontana dal fianco del re Enrico di Navarra, che vuole trattenerla a Fontainebleau per tutte le feste di Pasqua, nell'attesa delle notizie da Roma. Lì Gabrielle sa di essere in buone mani; dopotutto ha promesso il sigillo al negoziatore di Enrico, Brulart de Sillery, e lui per ottenere un tale onore non lascerà nulla di intentato nel cercare di disporre la Santa Sede alla misericordia e convincerla a sciogliere il matrimonio del re. Dopo la domenica in Albis il re la sposerà. All'occorrenza, in Francia si troverà un vescovo che sciolga il vincolo matrimoniale del re, altrimenti ci penseranno l'ingresso dei turchi in Ungheria e la sfrontatezza degli spagnoli a ricordare a papa Clemente che non può permettersi di rinunciare al re francese.

Se solo non ci fossero quelle profezie. Il pensiero le mozza il respiro, come poche settimane prima nella sua casa parigina di rue Froidmenteau, quando i cartomanti, uno dopo l'altro, guardarono truci nel vuoto senza decidersi a trovare un segno regale sul palmo delle sue mani. E questo Bizacasser o Rizacazza, come lo chiamavano altri, a gennaio pare avesse predetto che non sarebbe sopravvissuta alla Pasqua. Le effemeridi preannunciavano la morte di una gran dama. In questo il re scettico non era di consolazione: i visionari, sostiene Enrico, mentono fino a che tutti gli credono, trasformando la menzogna in una falsa verità condivisa. Ma chi poteva osare tanto? Gabrielle trascorrerà la Pasqua con il re, che ha lasciato ogni cosa perché possano dedicarsi insieme a curarle l'animo.

Ma ecco che arriva Benoît, il confessore del re, e gli domanda come intenda comportarsi con le leggi della Chiesa. A Dio non piacerebbe certo che il re trascorra i giorni di Pasqua nel peccato, insieme alla sua amante. Per dare il buon esempio, lei dovrebbe ottemperare ai suoi doveri religiosi lontana da lui, a Parigi. Così piace al popolo e così verrebbero rispettate le usanze e i costumi a maggior gloria del re cattolico.

Quando questo le viene riferito, lei crolla. Piange e implora, ma sa bene che qualsiasi replica è inutile. Al medico hanno riferito ciò che qualcuno sostiene di aver origliato alla porta nella notte tra domenica e lunedì, la penultima che i due hanno trascorso insieme. Che era una disdetta, ma lo imponeva il dovere religioso; poi ai singhiozzi della duchessa si era mescolato con sempre maggiore insistenza il tono tranquillizzante del re finché il tumulto interiore di lei si era spento nel sonno. Al mattino, quando il seguito si mette in movimento in direzione del fiume, lei si è calmata. Il re non si allontana dal suo fianco, e in quel modo il corteo raggiunge Melun, dove cenano, e più tardi Savigny, dove sostano per la notte, che trascorre tranquilla. Quando il re entra nella camera i due si guardano, ma tranne il cinguettio degli uccelli e il frusciare del vento nessun suono disturba quegli ultimi istanti; il re e Gabrielle, che ora si separa da lui, non saranno mai più così vicini.

Solo il mattino seguente, quando arrivano al fiume dove già li attende la barca, lei non riesce più a trattenersi. Si aggrappa a lui. Tra i singhiozzi gli dice che non si vedranno mai più. Il suo bel volto è bianco come quello di un cadavere, e il sole trova il modo di raggiungere soltanto i visi di chi le sta intorno, come avesse ormai deciso di tralasciare il suo, perché non vale più la pena. Il re è quasi sul punto di cedere; la stringe forte a sé e già si rivede con lei a Fontainebleau, a premere le mani di lei contro la sua bocca, a coprire quella pelle meravigliosa di baci, milioni di baci, come scrive a chiosa nelle sue lettere. Qualcuno sta forse cantando la canzone di Gabrielle? *Cruelle départie, malheureux jour! Que ne suis-je sans vie ou sans amour!*

La bella immagine si dissolve e lei, tra Bassompierre e il duca di Montbazon, si allontana verso la barca con la sensazione della dolce stretta del re ancora nelle membra. Poi volta indietro la testa e gli raccomanda i bambini. Mentre i cavalli già risalgono il fiume trainando la barca, le raccomandazioni di lei continuano a sorvolare l'acqua dirette alla figura sulla riva, che la guarda allontanarsi e la saluta con la mano e infine si liquefa dietro un velo di lacrime.

Sbarcò all'Arsenale, dove la aspettavano il cognato, il maresciallo Baligny, e la sorella Diane che abitava nelle vicinanze. Suo fratello, il marchese di Cœuvres, la aiutò a scendere dalla barca, e subito fu circondata dalle dame di Guisa e di Retz con le loro figlie. Appena arrivata nella casa della sorella, per le strade e i vicoli si diffuse come un incendio la notizia che la duchessa era in città, e tutti accorsero per vedere la futura regina. Questa preferì sottrarsi ai tanti visitatori, e fu La Varaine a suggerire di pranzare nell'albergo ben protetto del finanziere italiano Zamet. Condussero lì la duchessa, che si ritirò risollevata nelle sue stanze, mentre di sotto le nobili damigelle si accapigliavano per l'onore di poterla servire durante il *souper*.

Il martedì procedette tranquillo. Venne ammessa al suo cospetto solo la moglie del signor marchese di Rosny, alla quale la duchessa concesse il grande onore, in futuro, di poter presenziare al momento di levarsi e di coricarsi. La rigida Rachel de Cochefilet annuì umilmente e si morsicò le labbra per la rabbia, che erano giusto grandi abbastanza.

Poi si affrettò a casa, a lamentarsi con il marito che la baldracca del re doveva aver perduto il senno, e se non era così allora sarebbe stata lei a perderlo molto presto. Naturalmente il signor marchese di Rosny non accennò minimamente alla cosa quando si recò a sua volta a rendere omaggio a Gabrielle prima di partire per la campagna quella sera stessa insieme alla moglie. Disse solo che era da vedersi, se non si spezzava prima la corda. Un commento che qualcuno avrebbe ricordato.

In quello, da Zamet servirono la zuppa. La duchessa mangiò come al solito. Pare che un limone, pera o arancia, così si raccontò in seguito, le sia risultato indigesto. Ma nessuno dei presenti notò alcunché di straordinario.

Mercoledì Gabrielle si dedicò ai doveri religiosi per cui era andata fino a Parigi. Così il mattino andò a confessarsi e poi nella chiesa di Petit Saint-Antoine, in cui fece ritorno anche nel pomeriggio. Stavano celebrando le Tenebrae, e si era raccolto molto popolo per ascoltare la bella musica e vedere l'altrettanto bella duchessa. Lei venne portata su una lettiga, con Montbazon accanto e dietro le principesse lotaringe e altre dame nelle loro carrozze. La primavera era già inoltrata, e a lato del cammino le viti erano in fiore. In quel giorno meraviglioso sembrava che ogni pavento di sventura si fosse dissolto.

In chiesa il caldo eccezionale si fece sentire ancora di più. Per la duchessa era stata edificata una tribuna, e anche se a quel modo rimaneva riparata dalla massa dei fedeli non ci volle molto perché cominciasse a lamentare di non sentirsi bene. Madamigella di Guisa, che l'accompagnava, le mostrò lettere dal contenuto favorevole provenienti da Roma, con le quali pensava certo di risollevare non solo la duchessa, ma anche sé stessa. E invece, appena dopo l'inizio della messa, le stelle di entrambe già cominciavano a tramontare, quando Gabrielle lamentò un forte mal di capo.

La riportarono alla dimora di Zamet. Mentre passeggiava nel giardino fu colta da un malore. Scossa da un crampo violento, si accasciò a terra. Quando si riebbe, pretese di essere immediatamente portata nella casa della zia Sourdis, la quale però non si trovava a Parigi. Un messo subito inviato a cercarla vagò mezza nottata per la contea di Chartres, trovando infine Madame de Sourdis ad Alluye. Ma un'insurrezione a Chartres la trattenne alcuni giorni, così che arrivò a Parigi solo la domenica.

Si affrettarono comunque a portare la duchessa nella casa della zia. Madamigella di Guisa fu la prima a notare lo strano pallore sul suo volto. La Rivière ricorda ancora la voce agitata di madamigella quando, atterrita dal primo attacco, gli riferì lo stato della duchessa: «Abbiamo dovuto lasciare la chiesa prima ancora del termine della funzione, perché la duchessa lamentava dolori alla testa e di non riuscire a respirare. Siamo tornati da Zamet. Lì ha fatto qualche passo in giardino e all'improvviso ha perso i sensi. Quando è rinvenuta ha pregato il signor de La Varaine di portarla immediatamente nella casa della zia. Perciò l'abbiamo accompagnata nel decanato. Appena arrivati lì l'abbiamo messa a letto, e all'improvviso il suo corpo si è inarcato verso l'alto, animato da una forza ignota e possente. È rimasta così, immobile, per alcuni secondi, quindi è crollata su sé stessa con un grido spaventoso, ma solo per essere subito colta da un altro crampo paralizzante che è durato a sua volta alcuni secondi. In un attimo il corpo intero fu madido di sudori freddi. Non appena il crampo lasciava il corpo, ecco che si spostava immediatamente sul viso, stravolgendolo. Il mento le sbatteva con tale violenza sul petto che sentivo i denti cozzare. A ogni nuovo attacco l'aria le usciva a getti, come sospinta da pugni vigorosi, e ben presto alla bocca è apparsa della schiuma. Con difficoltà e fatica siamo riusciti a tenere la poverina nel letto; infine, gli impacchi freddi le hanno dato qualche sollievo».

Ma quello non fu che l'inizio. Il giovedì mattina la videro nuovamente prendere la comunione a Saint-Germain-l'Auxerrois, a pochi passi dal Louvre dove già tutto era pronto per l'arrivo imminente del suo mobilio. Sembra che il prete che ascoltò la confessione, fattosi un'idea della situazione, l'abbia seguita con sguardo preoccupato mentre compiva i pochi passi che dalla chiesa la riportarono a casa della zia. Furono i suoi ultimi. Che lei l'avesse intuito e per questo avesse scritto già allora una prima lettera al re con la preghiera di concederle il permesso di rientrare a Fontainebleau? Quella lettera gli fu recapitata. Le altre due, scritte con una fatica sovrumana, non le avrebbe invece ricevute. Ormai Gabrielle era troppo debole anche per tornare nell'albergo dell'italiano, dove avrebbero dovuto servirle un altro pasto. Fu sufficiente anche così.

Verso le due andò a dormire. Poco più tardi arrivò un altro attacco. Questa volta fu così forte che la servitù di casa, piena d'orrore, prese il largo. La Varaine, che non poteva permettersi di perdere la testa, perché gli serviva per prendersi cura della salute della duchessa, fece cercare la levatrice, Madame Dupuy, e comandò ai paggi di mandare subito qualcuno a chiamare il medico del re. La Rivière trovò il messaggio verso le tre e mezzo, tornando a casa, e si recò all'istante nel decanato.

Entrando nella casa non capì se era venuto per un vivo o per un morto, tanto l'edificio appariva vuoto e abbandonato. Al pianterreno passò accanto ai mobili della duchessa che aspettavano di essere trasportati nel Louvre. A metà delle scale il suo orecchio fu raggiunto da uno strillo acuto che gli fece compiere gli ultimi scalini a balzi. Prima di potersi guardare intorno, tra le sue braccia si gettò una dissennata che nonostante gli sforzi di ben due persone non voleva trovare pace.

«Portate del latte caldo», sibilò il medico in volto a madamigella di Guisa, che lo fissò impietrita dall'orrore.

Frattanto la testa della malata sbatté contro la colonna del letto e ricadde indietro sui cuscini, che si tinsero di rosso. Quindi le mani le scattarono sul ventre che i crampi avevano reso duro come pietra. Ma dal momento che lì non potevano far nulla, si chiusero a pugno e schizzarono verso il volto, per carpire lì la fonte dei dolori. Poi si abbatterono di nuovo sull'addome, come se la sofferente volesse penetrare nelle proprie viscere per strapparvi fuori il male a mani nude. Ormai il viso non era più tale. Degli occhi si vedeva solo il bianco, e a ogni scossone della testa i denti affondavano nelle labbra già dilaniate dai morsi. Con velocità felina il medico prese il lembo di un cuscino e glielo pressò in bocca. Appena in tempo, perché al successivo scatto della mascella la lingua sarebbe rimasta in mezzo ai denti.

Quando madamigella di Guisa arriva con il latte, lui non alza nemmeno lo sguardo. Pochi minuti di quella malattia sono bastati a esaurire le forze di un uomo sano e navigato. Ansimando, impartisce alcuni ordini. La malata viene legata al letto. Il corpo trema, attende, come si preparasse o raccogliesse le forze. Il polso è flebile, solo una vibrazione. Alla prima tregua dei crampi è possibile aprire la vena del braccio destro. Mentre si riempiono di sangue ciotole su ciotole, il respiro si calma e i muscoli si rilasciano.

La Varaine, entrato nella stanza, non crede ai suoi occhi. Che cosa vuole fare il medico con quel latte? Come se avesse solo aspettato la sua comparsa, la donna che fino a poco prima era sembrata mezzo morta spalanca gli occhi e fissa La Varaine. Lui si volta alla svelta e si fa il segno della croce, ma in modo che nessuno possa vederlo. Persino il medico è esterrefatto. Ne ha già visti molti in bilico tra la vita e la morte, ma nessuno che altalenasse così bruscamente tra l'aldiquà e l'aldilà. «Procuratemi carta e penna», dice lei debolmente, e ci vuole qualche istante perché chi le sta intorno capisca il significato delle parole che escono a fatica da quelle labbra enfiate. Viene di nuovo liberata, e La Varaine si avvia giù per le scale, a procurare quanto richiesto. Quando ritorna, lei siede nel letto a schiena dritta, con lo sguardo rivolto in lontananza. Madamigella di Guisa le sta parlando con accortezza, ma l'impressione è che le sue parole siano più intese a consolare sé stessa che non colei che appare chiaramente smarrita al mondo.

Quando termina la lettera sono le cinque e mezzo, e fuori imbrunisce dolcemente. Non ha la forza per piegarla e sigillarla, e La Varaine, che la porta al messo, scorre rapidamente le righe accorate in cui prega il re di permetterle di tornare a Fontainebleau, perché teme per la propria vita. La fronte di La Varaine si imperla di sudore, e in preda allo sgomento, o forse illuso dal breve ristabilimento, vi aggiunge che non è poi tanto urgente.

Quando ritorna nella stanza deve ricredersi, ma il messo è già partito. Questa volta Gabrielle è stata subito legata, e tutta l'ira del corpo si scarica sulle giunture, che sotto la violenza dei crampi crocchiano come rami secchi. Il torso si inarca verso l'alto per alcuni secondi; sembra che vi sia imprigionata all'interno una bestia selvaggia. Poi la testa torna a volgersi indietro come volesse strappare a morsi il male dalla schiena. Il medico non ha mai visto prima una cosa del genere, ma naturalmente non deve pensarci. A meno che qui siano al lavoro non umori malefici ma uno spirito maligno, il che esulerebbe dalla sua competenza. Alla fine tuttavia propenderà proprio per lo spirito malefico – non si sa mai – e fino allora, non potendo guarire la malattia, cerca almeno di non intralciare il corso della natura. Un malato normale sarebbe svenuto già da un pezzo, smettendo di resistere ostinatamente all'inevitabile. Lei invece aspetta al varco ogni nuovo attacco, gli si getta contro con una forza inspiegabile e ora dopo ora lo doma, sfiancando la bestia selvaggia. Questo accadeva alle otto; poco dopo si addormentò.

In sogno corse lungo corridoi infiniti, davanti a innumerevoli porte chiuse. Arrivata alla fine dei corridoi si trovò davanti a un'altra porta che si spalancò frantumandosi in mille schegge. Dietro era tutto nero, e al di là del nero c'era un'oscurità ancora più grande, all'interno della quale il re girovagava da qualche parte. Ma lei non riusciva a scorgerlo, anche se sapeva che era lì, nascosto tra le pieghe della notte che la avvolgevano. Poi l'oscurità si sfilacciò e presentò alla vista una stanza vuota in cui la prima luce del mattino lambiva timidamente gli oggetti.

Fu così che la trovò la signorina Dupuy, che era arrivata

il venerdì mattina. Nel frattempo tutta Parigi parlava di quell'avvenimento inaudito e nel corso della giornata mezza città si riunì davanti al decanato. Come sempre, il popolo capiva tutto prima di chi avrebbe dovuto sapere come stavano le cose. La futura regina giace sul letto di morte e il re che fa? Se ne sta a Fontainebleau a soppesare irresoluto i dispacci tra le mani. E dire che di solito bastava il cenno di un dito a farlo arrivare di gran carriera; per correre tra le gonne della sua amata, chiunque essa fosse al momento, si lasciava alle spalle anche battaglie vinte a metà. E dove avevano fatto alloggiare la gran dama? Da Zamet, in quel bordello d'alto bordo? E dire che avrebbe dovuto passare i giorni di Pasqua lontana da Fontainebleau allo scopo di evitare uno scandalo. La notizia passa di bocca in bocca e nel corso della giornata viene tradotta in rime taglienti che riecheggiano nelle strade sotto la finestra della moribonda. Non passa inosservata nemmeno la pregnanza del momento. Si sa che il diavolo si porta via le puerpere preferibilmente il venerdì, se poi è quello santo tanto meglio. Non si stupisce nessuno, e anche le coscienze sono tranquillizzate. Che qui non si trattasse di un male qualsiasi lo avevano già stabilito i domestici il giorno precedente, quando dopo i primi attacchi avevano lasciato la casa in preda al panico. E che cosa si diffonde più in fretta di una diceria? Nelle osterie si ascoltano angosciati i racconti dei servitori e dei paggi; per tutti è più che comprensibile che nessuno voglia rimanere nel luogo in cui il diavolo conduce i propri loschi affari. Ci si potrebbe contagiare, e poi chi può star certo di non essere già sulla lista del principe nero? La distanza e le preghiere sono le migliori consigliere. E che cosa va a fare ancora lassù la levatrice? Il dottore ha somministrato il latte caldo. Ogni barbiere e speziale della città sa che cosa vuol dire.

Nel decanato intanto si faceva tutto il possibile per dominare gli attacchi. I crampi erano receduti, e si sperava di riuscire a impedirgli di tornare con un bagno caldo. Ma non appena si fece entrare la duchessa nella vasca, l'acqua si colorò all'improvviso di rosso scuro e infine di marrone. Gabrielle boccheggiò, respirò a fatica e quasi svenne. Quando fu adagiata nel letto ripresero i crampi. Le praticarono un salasso, le somministrarono tre clisteri e quattro supposte di erbe compresse che dovevano sollecitare il corpo a espellere un frutto che non era ancora nemmeno maturo. Quando ciò non avvenne si ponderò di andare a cavarlo con la forza, ma in considerazione dei sussulti di cui era preda il corpo venne escluso ogni intervento. Bendarono di nuovo saldamente la duchessa al letto e si diedero da fare per alleviare almeno momentaneamente i dolori versando dentro di lei ogni sorta di liquido. Fatto ciò, l'arte medica era esaurita. La Rivière si sentì sollevato da ogni ulteriore responsabilità, perché un corpo che resisteva così ostinatamente ai rimedi e alle cure della medicina perteneva a un altro ordine. La sera le andò via la vista. Le orecchie smisero di fare il loro dovere. Ormai gli accessi dei crampi erano meccanici, come se la furia della malattia fosse soltanto fine a sé stessa.

In quello stato la videro i curiosi che poterono entrare nel decanato senza che nessuno li fermasse. Giravano per casa a centinaia, e a decine riuscivano a intrufolarsi fino in camera. Marie Hermant, la rossa governante di casa della moribonda, si gettò con grandi urla a terra davanti al letto, poi abbracciò tra alti lamenti la poverina priva di sensi, per piangere lacrime amare sul suo collo. Il suo dolore fu così travolgente che fece saltar via dal collo e dalle orecchie della duchessa i suoi gioielli. A quel punto si avvicinò alla donna il marito, il capitano della guardia de Mainville, che prese tra le braccia la moglie distrutta per consolarla e si fece scivolare i pendenti in tasca. Frattanto Madame de Martigues, giunta sul posto, sprofondò a sua volta sul capezzale, altrettanto sconvolta, per baciare le preziose mani della moribonda. Più tardi gli anelli vennero ritrovati intrecciati nel suo rosario.

Dove fosse il re, nessuno sapeva spiegarselo. Forse qualcuno ne era al corrente, ma l'angustia lo lasciava senza fiato.

E dire che Fouquet de La Varaine non era fatto di legno tenero. Durante la guerra, quando era stata intercettata una missiva della Lega al re spagnolo e si era deciso di farla consegnare da una spia dei protestanti per captare la risposta di Filippo, aveva avuto il coraggio di spingersi lui stesso fin nella corte spagnola in veste di agente segreto contro la Lega. Non solo aveva ordito lui l'azione, ma l'aveva anche messa in atto personalmente: era andato a Madrid, era stato accolto da Filippo ed era riuscito a passare la frontiera per la Francia solo poche ore prima che fosse comandato il suo arresto.

Ma gli avvenimenti parigini del momento lo atterrivano. Il re non gli aveva forse detto che lui, La Varaine, avrebbe risposto della sicurezza della duchessa con la propria testa? Perché mai l'aveva mandata nella capitale, da cui la corte intera si era allontanata? E doveva farla alloggiare da Zamet? Proprio da Zamet, quella creatura dei Medici, lo scarpaio di Lucca, quella testa di ponte degli italiani nella capitale? Tutti sapevano quanto avrebbe fatto comodo la morte della sua favorita agli italiani, e in special modo al granduca Ferdinando che voleva sistemare sul trono di Francia la nipote. Ma La Varaine mise quel pensiero da parte. Proprio perché tutti sapevano, era escluso che avessero servito alla concorrente una zuppa avvelenata proprio in un esercizio italiano. E poi Zamet non avrebbe mai ucciso qualcuno che gli doveva settantamila talleri (era questa la somma che il presta denari aveva messo a disposizione della duchessa così che potesse comprare Beaufort). E ora quella stava sdraiata di sopra con il corpo strozzato dalla morte, mentre lui, La Varaine, avrebbe dovuto sapere che fare. Che cosa voleva il re? Che cosa era nel suo interesse? La Varaine conosceva le debolezze del suo signore, era stato lui a tirare le fila di tutte le sue avventure amorose, dalla ricerca di nuove bellezze alla corruzione dei lacchè. La lista era infinita. A questa aveva promesso il matrimonio, ma non era una novità. L'aveva già fatto in precedenza per guadagnarsi una notte e poi non aveva mantenuto la parola. In seguito ne sarebbero venute altre. Non era un uomo che amasse. Soltanto non sapeva resistere alle donne, il che per lo Stato era un pericolo.

Tutto questo passava per la testa di La Varaine mentre colei che era stata affidata alla sua protezione si consumava spasmo dopo spasmo e i cittadini francesi sciamavano intorno al suo letto come mosche. Dopo che la sera prima aveva spedito il messo e in seguito aveva assistito al peggioramento delle condizioni della duchessa, era salito in sella lui stesso per andare a riferire di persona al re. Questi non aveva voluto credergli e aveva deciso di attendere. Ma La Varaine intuì che il re non avrebbe indugiato a lungo. Cavalcherà fino a Parigi, pensò, troverà la duchessa in condizioni pietose, si intenerirà e cedendo alle sue implorazioni la sposerà *in extremis*. La Varaine salì di nuovo in sella e fece ritorno quella notte stessa a Parigi, al capezzale della moribonda che non voleva spirare senza avere rivisto il re. Aveva persino trovato la forza sovrumana per scrivere due lettere al sovrano, che però non gli erano più state recapitate.

La Varaine non si era sbagliato. All'alba il re mandò avanti un messo a chiedere che gli facessero trovare un traghetto alla Tuilerie in modo che potesse entrare a Parigi senza farsi riconoscere. Ma il messo se l'era presa comoda, tanto che il re l'aveva raggiunto ancor prima di Parigi e l'aveva rimproverato per essersi attardato a quel modo.

Intanto, pressato dall'urgenza di prendere una decisione, La Varaine quasi perse il senno. Alla fine redasse il messaggio che forse gli sarebbe costato la testa. Mentre Gabrielle sotto i suoi occhi resisteva agli attacchi nell'attesa del re, scrisse un breve biglietto: «La duchessa è morta. Sire, non venite». Lo chiuse e mandò a consegnarlo il signor Bassompierre e il maresciallo d'Ornano, che partirono subito al galoppo per intercettare il re prima che entrasse in città.

Lo aspettarono a Villeneuf-Saint-Georges davanti alla casa di Bellièvre, che si era unito a loro. Il re si stupì di quel drappello. Come? Volevano impedirgli di entrare nella sua città? Lui doveva assolutamente andare da lei. Intimò bruscamente ai tre che gli cedessero il passo. Allora Bellièvre si avvicinò al re e gli consegnò il biglietto di La Varaine.

«La duchessa è morta, sire.»

E aggiunse: «Non potete recarvi da lei. Un gesto simile non verrebbe capito. Danneggerebbe la vostra rispettabilità».

Ma in quel momento la rispettabilità era l'ultima preoccupazione del re. La notizia era ancora troppo nuova, troppo fresca. Intorno a lui cantavano gli uccelli, il sole risplendeva in un cielo senza nubi, e in lontananza si stendeva la sua città. Non capiva. Ascoltò dalle labbra di Bassompierre il resoconto delle ultime ore di Gabrielle, i crampi orribili, il volto terribilmente stravolto, come se gli pervenisse attraverso una nebbia.

«Facendole visita, Vostra Maestà si rovinerebbe per sempre il ricordo della bellezza della duchessa. Niente di ciò che amate di lei è rimasto. La malattia si è portata via tutto. Risparmiatevi una simile vista.»

Nella stessa misura con cui la verità gli penetrava lentamente nella coscienza, il suo cuore si stringeva. Scese da cavallo, fece qualche passo verso sinistra, verso destra, poi si gettò di lato nell'erba e pianse come un fanciullo. Gli corsero per la testa tanti pensieri, ma nessuno – così gli parve – era abbastanza semplice da poter corrispondere alla semplicità del suo dolore. E infinito era lo stupore per il fatto che l'immagine di lei nel ricordo già sfumava. Era il lutto a riempirgli gli occhi di lacrime o la vergogna per il sollievo che provava? *È morta la radice del mio cuore. Più non germinerà.* Così scrive quella sera alla sorella Catherine. Di lì a qualche settimana si vedrà a quale nuova amata prometterà le nozze. Questa volta per iscritto. E di nuovo non manterrà la promessa, perché un re è sposato innanzitutto con il suo Stato, questo lo sa persino uno come lui. E la volta che si presenta seriamente il pericolo che possa scordarlo, si trova sempre questo o quell'altro che glielo ricorda.

Alla fine si alzò. Bassompierre gli teneva il cavallo. Gli

altri due si erano messi in disparte. Il messaggero Puipeyroux si mosse per aiutare il re a montare in sella, ma lui gli fece un gesto stanco con la mano, slacciò il guardacuore e si fregò la faccia con un lembo della camicia. Nessuno disse una parola. Gli sguardi vagarono da una parte all'altra, ma tutti capirono che era passata. Gli occhi del re salirono al cielo, dove poterono perdersi in un azzurro infinito. Dio ama questo Stato, pensò, e non vuole perderlo. Si incamminò verso Fontainebleau, fece segno a Puipeyroux di avvicinarsi e quello prese le redini del cavallo dalle mani di Bassompierre e seguì il re. Qualcuno cantò la canzone di Gabrielle? *Straziante addio. Giorno di dolore. Ah, fossi morto o non avessi un cuore!* Poi salirono in sella e partirono.

Gabrielle dovette resistere in vita tutto un altro giorno e una notte in attesa del re. Poi, verso le cinque di mattina del sabato, finalmente morì. Quando poco dopo arrivò la zia, la casa si era nuovamente riempita di curiosi. Infine giunse il medico. Aprirono un varco per farlo passare e lui si accostò al capezzale della defunta. Le tracce della lotta contro la morte erano più che evidenti, e il volto livido e orrendamente stravolto si stagliava spaventoso sulle federe bianche fresche di bucato.

La Rivière registrò muto quella visione dentro di sé. Poi indietreggiò dal letto e si volse verso la folla. In un angolo qualcuno si prendeva cura di Madame de Sourdis, che era svenuta. Si stavano spingendo dentro sempre più persone. Improvvisamente calò il silenzio. La Rivière guardò nei volti di chi gli stava intorno. Tutti gli occhi erano posati su di lui. Che cosa volevano? Diede un'ultima occhiata alla morta. Poi pronunciò la frase fatidica: «*Hic est manus Dei*».

Tra i convenuti corse un mormorio. Tutti fecero il segno della croce. La stanza si riempì del ticchettio di rosari estratti in tutta fretta. La Rivière lasciò la casa seguito da alcuni curiosi spinti in strada dal timore e dall'ansia di spandere la notizia per la città.

Qualche ora più tardi, il mattino del 10 aprile 1599, a

Roma papa Clemente lasciava improvvisamente la sua cappella privata dopo lunghi giorni di meditazione e dichiarava concluso il suo colloquio con Dio. Un testimone riportò le sue parole: « Dio ha provveduto ».

2
UNA LETTERA

Claude Dembourg alla duchessa di Toscana.
Archivio Mediceo, filza n. 5948

Madame,

mercoledì è giunto a Roma un messo con la notizia che la sera prima di Pasqua Madame de Monceaux è morta... In quel mentre il re si trovava a Fontainebleau. Quando ha saputo della malattia è partito all'istante per Parigi, ma ella era già spirata, come gli ha assicurato il maresciallo d'Ornano andandogli incontro.

Per quanto io so, non ha più visto la morta. Il giorno seguente non ha mancato di partecipare ai festeggiamenti della Pasqua e di imporre la mano ai malati senza apparire troppo sconvolto dalla morte di lei. Sembra che il Signore lo porti in palmo di mano, tenendo lontano da lui ogni pena e guaio, poiché è opinione di tutti la verità che solo questo ostacolo era sul suo cammino.

Il duca di Savoia sarà molto turbato da questa novità, poiché la duchessa era il suo appoggio più importante per poter riavere il marchesato di Saluzzo.

Aveva fatto alla duchessa doni grandi e importanti nella speranza di poter riconquistare a quel modo la provincia. Ora l'ambasciatore e gli agenti del duca di Savoia si affannano sopra ogni misura per farsi ricevere dal signor de Sillery nella speranza di poter trattare con lui la faccenda.

Da parte sua il papa sta all'erta. Ieri ha ricevuto il signor de Sillery in un'udienza di due ore. Dio ha ispirato il re quando gli ha fatto inviare questo ambasciatore che qui è tenuto in grande considerazione e che sa ben rappresentare gli interessi del re di Francia. Ora debbo interrompermi per accompagnare il signor de Sillery alla sua udienza.

In Roma, addì 2 maggio 1599

Il vostro servitore umilissimo
CLAUDE DEMBOURG

3

12 APRILE 1599

Il testimone si chiama Gaston Bartholomé. Ha trentasette anni, di professione è commerciante di legname e risiede in rue des Deux Portes a Parigi.

La porta fu aperta con la forza?

Sì. Ci sono voluti alcuni colpi d'ascia, ma alla fine è crollata. Ci aspettavamo di trovare fiamme e abbiamo esitato un attimo a entrare, perché nella casa era buio pesto.

Non ardeva alcuna luce? Da nessuna parte?

No, nella casa regnava l'oscurità più totale. Un paio di noi sono entrati svelti, non ricordo più in quale ordine, e da fuori seguirono alcuni curiosi, ma il passaggio stretto e di certo ancor più la paura tennero i più indietro.

Descriva l'interno.

In principio non vedemmo molto. Le torce giungevano a illuminare solo un braccio avanti a noi. Fissammo in fretta alcune torce alle pareti. L'aria era calda e soffocante, e c'era odore di bruciato. Per il resto non ho notato niente di speciale. La casa sembrava disabitata e abbandonata. C'era polvere nell'aria, di certo sollevata dal crollo della porta.

Allora proseguiamo.

Poi tutto è successo assai rapidamente. Volevamo scoprire da dove veniva l'odore di bruciato. In casa non trovammo fuoco. Eppure all'esterno il fumo continuava a dilagare ovunque. Sono stato proprio io ad avere l'idea che forse il focolaio era nella parte posteriore della casa. Quando trovai la porta che conduceva al cortile e l'aprii, ebbi la riprova del mio sospetto. Nel cortile interno c'era una spessa coltre di fumo. All'inizio non riuscimmo a scoprire da dove scaturissero le spire. Ci lacrimavano gli occhi e il fumo rubava il respiro. Alla fine capimmo che il fumo usciva da un capanno costruito a ridosso della casa. Era una casupola di assi grezze, senza finestre, che probabilmente serviva da stalla o fienile. Il fumo trapelava dalle fessure. Alcuni di noi si affrettarono in casa a gridare che portassero acqua, ma le campane suonavano già da un pezzo e da tutte le parti accorrevano uomini recando otri pieni d'acqua. Prima che potessimo riflettere, sulle assi del capanno calarono le asce; le molte fiaccole infatti riuscivano sì a fendere l'oscurità, ma non il fumo soffocante che si ispessiva sempre più. Così non rimaneva tempo per cercare un ingresso e l'aria bastava appena per gettarsi a occhi chiusi verso la parete di assi, dare in fretta un paio di colpi d'ascia e riattraversare tutta la casa correndo in strada a riprendere aria. Le assi per fortuna cedettero presto, ma nella fretta avevamo del tutto scordato di considerare le conseguenze di quanto stavamo facendo. Cadute le prime assi, infatti, all'improvviso ci guizzarono incontro fiamme gialle. Per quanto già grande fosse il focolaio, l'aria che ora penetrava all'interno del capanno attraverso l'apertura alimentò un incendio violento che avrebbe divorato la casa e il cortile e forse persino la strada intera, se non fosse intervenuto Iddio.

Dopo che fu aperto il pertugio nella parete esterna le riuscì di guardare all'interno del capanno?

Rientrai nel cortile proprio quando dal fumo serpeggiarono all'esterno le prime fiamme. Sapevamo che ora bisognava assolutamente versare acqua attraverso il foro, se non volevamo finire tutti male. Mi affrettai quasi completamente accecato all'apertura nella parete da cui ormai fuoriuscivano le fiamme e versai nel capanno l'acqua che portavo, sperando che potesse servire.

Mentre faceva ciò riuscì a distinguere qualcosa all'interno?

È stato terribile. Nel breve momento in cui mi affaccendai frettoloso presso l'apertura riconobbi una figura d'uomo in piedi nella stanza. Naturalmente credetti che i miei sensi mi stessero giocando un tiro. Tra le spire del fumo un essere umano, illuminato dal bagliore delle fiamme, si voltò lentamente verso l'apertura come uno spettro. Dire che l'ho visto è un'esagerazione. Piuttosto la sua immagine mi è passata davanti come un volto nella nebbia. E poi sono stato subito spinto da parte da altri che volevano a loro volta versare acqua sul fuoco, e quando venne di nuovo il mio turno le fiamme erano già così alte che non potevo più distinguere nulla. Riuscimmo a tenere a bada il fuoco giusto finché per grazia di Dio si abbatté il temporale che come lei certamente sa ha definitivamente spento l'incendio impedendo che andassero in fiamme tutte le nostre case e cortili. Giacché questo sarebbe certamente stato il nostro destino e sia ringraziato Iddio a cui è piaciuto risparmiare noi che nulla meritiamo.

Lei sa che cosa fosse l'apparizione che le cagionò tanto sgomento?

In seguito ho sentito che tra i resti del capanno è stato trovato un cadavere.

Ha una spiegazione per il fatto che quella persona non abbia cercato di liberarsi dalle fiamme? In casa, sotto le scale, c'era infatti una porticina che conduceva al capanno. Perché mai sarebbe dovuta rimanere ferma in piedi tra le fiamme? Lei infatti la vide in quell'atteggiamento, non è così?

Non posso giurarlo. Ho intravisto una figura che si girava lenta verso l'apertura che avevamo aperto nella parete esterna.

Riuscì a scorgerne il volto?

No.

Gli abiti?

Non potrei descriverli. Tutto è avvenuto troppo in fretta.

Lei dunque non può dire se quella persona era uno degli abitanti della casa?

No, signore.

Ma lei conosceva gli abitanti della casa?

Sì. Fuggevolmente.

E tuttavia a sufficienza da poterli riconoscere anche se li avesse incontrati in condizioni così straordinarie come quelle del caso in questione?

Ho visto la persona solo brevemente, di lato, circondata da fiamme e fumo.

Come era vestita questa persona?

Con una camicia, forse un guardacuore. Tutto è scorso così rapidamente sotto i miei occhi. Persino i sogni sono più chiari di quell'immagine fugace.

Ma c'era davvero nella stanza qualcuno che si girò lentamente verso di lei?

Sì, molto lentamente. Come uno che va alla porta ma poi cambia idea e si volta di nuovo.

E il fuoco lo lasciava del tutto indifferente?

La persona che ho visto si muoveva come chi è assorto nei suoi pensieri.

Poté distinguerne il colore dei capelli?

No, non potevo vedere bene la testa perché era avvolta nel fumo. Tutto quel che ho visto erano i contorni di una figura che si voltava verso di me.

Poi la spinsero da parte, e poco dopo lei tornò con altra acqua?

Sì.

Che cosa vide questa volta?

Niente. Fiamme.

La figura era sparita?

In ogni caso non era più visibile. Le fiamme avevano ghermito tutto l'interno del capanno.

Crede che sarebbe stato possibile uscire dal capanno senza essere notati?

La porta d'ingresso, come ha detto lei, si trovava sotto le scale che conducevano al primo piano della casa. Qualcuno aveva inchiodato alcune assi alla porta originaria che dava sul cortile, così che si poteva entrare nel capanno solo dalla porta nascosta nel sottoscala. Anche le persiane erano sprangate. Se qualcuno all'interno del capanno fosse voluto uscire senza farsi notare, poteva solo passare per i tetti. Se fosse entrato in casa dalla porta l'avrebbero sicuramente notato, perché lì c'era un mucchio di gente che correva trafelata avanti e indietro.

Raccontò a nessuno della sua scoperta?

Sì, certo. L'ho gridato forte in giro, il che in seguito mi ha solo fatto guadagnare lo scherno degli altri. Perché colui che in seguito hanno trovato tra le macerie non ha certo misurato pensosamente la stanza mentre intorno a lui infuriavano le fiamme.

Allora, riassumiamo ciò che ha detto finora. Il 10 aprile, la notte prima della domenica di Pasqua, per ragioni inspiegate scoppia un incendio in casa Perrault di cui ci si accorge verso mezzanotte, a causa del fumo che si leva. Gli abitanti della via giungono alla conclusione che il focolaio può essere solo nella casa disabitata di Perrault. Viene abbattuta la porta e si scopre che nella casa non c'è fuoco. È lei stesso a notare che la fonte dell'incendio è dietro la casa. Viene aperto un buco nel capanno a causa del quale l'incendio si attizza pericolosamente. Prima che il capanno venga avvolto completamente dal fuoco lei vede al suo interno le fattezze di un uomo vivo che cammina tra le fiamme. Non è dato sapere se sia riuscito a scampare all'incendio. Nessun testimone vide qualcuno uscire dal capanno, dal che si può dedurre che la persona che lei scorse sia la stessa che in seguito fu rinvenuta morta tra le macerie. Lei non notò altro, e bisogna ringraziare solo l'intervento divino se non si verificarono danni più ingenti. È così?

Sì. È così che sono andate le cose.

Lei ha detto che casa Perrault era disabitata?

Sì. Perrault ha lasciato Parigi dopo i tristi eventi dell'estate dell'anno passato. La moglie è morta di parto e...

Questo adesso non c'entra. Dunque la casa era vuota da allora?

No, non da subito. Nell'inverno ci hanno abitato i signori Lussac e Vignac. Perrault l'ha lasciata loro, sa il cielo perché.

Lei conosceva bene Perrault?

Si può dire così. Anche se era di quell'altra religione, era un uomo d'onore. Il destino lo ha provato più del dovuto. Era originario della Piccardia, ed è lì che dev'essere ritornato dopo la morte della moglie. Ma non avevamo molto a che spartire.

E con i signori Vignac e Lussac?

Sono arrivati qui nel giugno dell'anno scorso, proprio mentre era in corso la tragedia.

Torniamo alla sera in questione, quando lei entrò nella casa. Ha detto che la porta era chiusa a chiave. E così anche quella che dava sul cortile, e le persiane erano sprangate dall'interno. Questo vuol dire che non c'era libero accesso alla casa?

Proprio così.

La casa si trovava in quelle condizioni da quando i signori Lussac e Vignac l'avevano lasciata in marzo o aprile?

Sì.

I due chiusero per bene l'edificio e da allora nessuno vi abitò più?

Esatto.

E accadde a marzo?

È stato qualche settimana fa. Non sono sicuro della data.

Nessuno passò più? Non rivide più i due uomini?

No, signore.

E non sa dove stia quest'altro?

Lussac?

Sì.

È scomparso con Vignac. Non l'ho mai più rivisto.

Precedentemente lei ha detto che la sera in cui siete poi entrati nella casa con la forza qualcuno aveva sentito dei rumori nell'abitazione?

Sì, è vero.

Eppure la casa era disabitata. Lei come se lo spiega?

Lì abita qualcuno che non ha bisogno di porte.

Udì anche lei qualcosa?

Tutto il pomeriggio c'era nell'aria un fruscio. La sera si è sentito anche il rumore di stoffe strappate, rami spezzati e un bussare cupo e indistinto che però dopo il vespro è cessato.

Si sta prendendo gioco di noi?

Chieda pure a qualsiasi abitante della strada, e le confermeranno quanto ho detto.

Eppure a nessuno venne in mente di andare a controllare che cosa stesse accadendo?

No.

Può essere che i rumori provenissero dalla distruzione dell'officina?

Forse.

Torniamo alle persone e a ciò che lei sa di loro. Vignac e Lussac sono arrivati a Parigi l'estate dell'ultimo anno?

È così.

Da dove venivano?

Dal Sud. Da La Rochelle, per quel che so. Dopo l'editto devono essersi sentiti abbastanza sicuri da affrontare il lungo viaggio.

Sa per quale motivo giunsero a Parigi? L'editto proibiva di praticare la loro religione in città.

Con tutto il rispetto, non credo che ai due la religione interessasse granché.

Quando li vide per la prima volta?

A giugno, il giorno della sepoltura della moglie di Perrault. Li ho visti al mattino, che da rue de Haute Fuelle svoltavano in rue des Deux Portes.

Quindi entrarono in città passando da Saint-Germain?

È probabile. Li avranno registrati lì alla porta.

Giunsero a piedi?

Sì, ma accompagnati da uno stalliere che gli mostrava la strada.

E lo stalliere li accompagnò fino alla casa?

Sì.

Lei parlò con loro?

No, in alcun modo. Era mattino presto e avevo affari urgenti da sbrigare al quai. Inoltre non li conoscevo.

E quella stessa notte la moglie di Perrault morì di parto?

Sì, quella notte. Le grida si spensero soltanto quando sorse il mattino, a illuminare la sventura. La madre e il bambino furono seppelliti il pomeriggio. Il giorno dopo Perrault lasciò la città e da allora non è più ritornato.

I due uomini invece rimasero?

Sì. Hanno abitato lì per tutto l'inverno.

Durante quel periodo lei entrò mai nella casa?

Sì, alcune volte. Sono stato a trovarli per raccogliere i soldi per le candele. Gli ho dovuto spiegare che ogni abitante deve fare la sua parte per l'illuminazione della strada. Poi abbiamo parlato anche di un'ordinazione di legna da ardere. I giovani signori mi hanno pregato di fare una valutazione delle scorte di legna e, nel caso, di rimpinguarle. Perciò ho visitato il cortile interno e la ricca disponibilità di ceppi. Mentre prendevo le misure delle cataste, quel Vignac è comparso nel cortile accompagnato da una giovane e mi ha chiesto se le scorte mi sembravano bastanti. Io gli dissi di sì, al che lui mi spiegò che nella valutazione non dovevo considerare solo la casa ma anche il capanno.

Voleva riscaldare il capanno?

Mi sono stupito anch'io come lei e ho chiesto se là dentro c'era un camino. Allora la sua accompagnatrice ha sogghignato e ha spalancato gli occhi per prendersi gioco del mio stupore. Il signor Vignac mi ordinò di rimpinguare le scorte di un terzo e mi congedò senza altre spiegazioni.

Quando accadde?

Be', il denaro per le candele viene sempre raccolto nel periodo di san Michele.

E di questa ragazza lei sa qualcosa?

Non molto. Si diceva che i due l'avessero raccolta da qualche parte durante il viaggio. Era tanto bella quanto ineducata, e si raccontava che fosse italiana, il che considerando il suo aspetto e le sue cattive maniere può essere vero. Ma la sua lingua era come la nostra. È comparsa solo dopo che Perrault aveva lasciato Parigi, e non credo che lui avrebbe permesso che una donna del genere girasse per casa sua. Si diceva che alloggiasse da un parente vicino all'Arsenale. Ma io so solo ciò che raccontava la gente.

Sa che cosa ne è stato di lei?

No. Da quando i due signori sono scomparsi anche la ragazza non si è più fatta vedere nel quartiere. Sarà andata via con loro. Da allora non è più passato alcun visitatore.

Visitatore? Cosa vuole dire?

Be', una volta è venuto qualcuno che voleva sapere dove abitassero i signori che venivano da La Rochelle. Dev'essere stato a dicembre. Verso le cinque di sera, dopo il tramonto. Me ne ricordo, è stato il giorno in cui hanno esposto il licantropo di Angers sul ponte di Saint-Michel prima di portarlo alla Conciergerie. Ero andato anch'io a vedere quel diavolo, ed ero tornato con il cuore colmo di paura e l'anima piena di preghiere. Quando stavo per entrare in casa qualcuno mi si è parato davanti e ha chiesto se potevo indicargli la casa di Perrault. Mi sono preso un bello spavento perché ero ancora tutto perso nei miei pensieri che l'uomo e le bestie possono scambiarsi di forma e che con la nuova religione tutto va alla rovescia. La persona che mi aveva rivolto la parola era di statura bassa ma vestita signorilmente. Gli diedi l'informazione e lui tornò dall'altra parte della strada, dove lo aspettavano. Arrivato lì scambiò qualche parola con una dama, gesticolando più volte verso di me. La donna mi fece un cenno con la testa che presi per un ringraziamento, perciò mi inchinai a mia volta. Poi risalirono la strada e scomparvero nella casa che gli avevo descritto. Me la vedo ancora davanti, e nonostante l'avanzare dell'imbrunire notai i capelli che le spuntavano sotto il cappuccio. Portava una cappa nera con un ampio cappuccio che le copriva tutta la testa. Ma da sotto le spuntavano i capelli rossi come braci ardenti. Sembrava portasse il tramonto nei panni e l'alba sul capo.

Sa quanto durò quella visita?

No, non li ho visti andare via.

Conosce il nome di quella donna?

No, signore.

Veniva sempre accompagnata?

Il suo accompagnatore di allora non l'ho mai più rivisto, e devo dire che non mi è spiaciuto, poiché a esser sincero quella sera mi aveva spaventato non poco, e non solo perché avevo già nelle ossa la paura a causa dell'uomo-lupo. In un primo momento pensai addirittura che mi avesse seguito per spuntarmi davanti in carne e ossa. Ho visto raramente un uomo così brutto. Gli abiti preziosi che aveva indosso contrastavano in modo vistoso con il suo aspetto naturale, che posso solo sperare non riflettesse la sua anima. Mi arrivava giusto al petto, ed era evidente che faceva fatica a drizzare la testa, così che il portamento chino doveva essere la sua natura e camminare eretto una pratica per lui non del tutto piacevole. Parlava con un accento straniero, arrotando la erre come se avesse più di una lingua e il controllo non pieno di entrambe.

Uno spagnolo?

Possibile.

Conosce il suo nome?

No, signore.

E queste visite si ripeterono?

È venuta un'altra volta. A gennaio.

Accompagnata dal servitore?

No, il servitore non l'ho mai più rivisto, e mi auguro che non accada. La dama è venuta da sola, ormai conosceva la strada. Mi sono un po' stupito che fosse arrivata a piedi, perché nelle strade fradicie quell'inverno non c'era scampo, come di certo ricorderà anche lei. D'altro canto non mancava la paglia da gettarle davanti dove erano le pozzanghere più brutte, così che potesse arrivare alla casa con i piedi quasi asciutti. Non accade spesso che nella nostra strada passi una dama siffatta. Ancora più strano appariva il fatto che si presentasse senza servitore, perché era evidente che era stata mandata dai signori con qualche incarico.

Come può dirlo?

È solo una supposizione, signore. Perché mai una donna del genere, il cui aspetto ha così poco a che spartire con la vita della gente di qui, si prenderebbe la pena di venire volontariamente nel quartiere?

Che altro sa riguardo i due signori? Che tipo di affari conducevano?

Nessuno sapeva qualcosa di preciso su di loro. Quando glielo chiedevano, rispondevano sempre che avevano in prospettiva di accedere a una certa carica ed erano venuti a Parigi per quello. Ma la cosa andava per le lunghe e così per il momento si erano accordati con Perrault, che era un loro parente, per stare nella sua casa finché la faccenda non fosse andata in porto.

E dunque? Ciò rispondeva al vero?

Questo va oltre la mia conoscenza. Ma se vuole sapere la mia opinione, non c'era un briciolo di verità.

Qual era dunque la verità, a suo avviso?

Non mi sono occupato granché di quello che la gente andava raccontando per la strada. Nel vicinato girava una quantità di voci. Vada a chiedere ad Allheboust.

Allheboust?

Lo speziale. Ho notato che i due uomini andavano spesso da lui, e una volta li ho visti tutti e tre affaccendati in strani preparativi di cui preferirei non parlare, perché occupazioni del genere mi mettono i brividi. In quella casa erano in corso brighe di una certa segretezza. Lo sa il cielo che cosa facevano quei signori con pignatte, sacchi, stoffe e legna.

Che cosa le raccontò Allheboust?

Non mi ha mai raccontato niente. Allheboust parla quanto un pesce. Quando va per le strade con il suo carretto è Sébastien, il suo aiutante, che parla per lui. Del resto quando non è seduto in bottega a rimuginare sulle sue misture di solito va in giro per i boschi, i prati o le cave di pietra. Non so proprio come i due signori siano riusciti a prendere contatto con quel vecchio gufo. Per strada si racconta che si siano riforniti più volte di ogni sorta di medicamenti da Allheboust, cogliendo l'occasione per domandargli di altri commercianti e mercati della città dove trovare oli differenti e altre tinture. Dicevano che Allheboust naturalmente si era incuriosito e aveva chiesto a che scopo gli servivano quelle cose, al che il Vignac gli aveva spiegato che un parente di La Rochelle, che pure appartiene alla corporazione dei farmacisti, li aveva pregati di procurargli nella capitale, che è molto meglio servita dai commerci, alcune sostanze utili a provare nuove ricette. La cosa più strana è che questo Vignac avrebbe mostrato un profondo interesse per le faccende di Allheboust, intrattenendosi con lui sugli effetti della combinazione di elementi e materie della natura mostrando di saperne più di quanto occorra normalmente. Così pare conoscesse la denominazione latina di ogni tipo di pietra proveniente da terre lontane, nonché i nomi di piante e minerali come delle materie, degli estratti e delle combinazioni che se ne ricavano.

E questo la gente come lo sapeva?

L'aveva raccontato in giro Sébastien, l'urlatore.

E quegli strani preparativi a cui accennava poc'anzi? Di che cosa si trattava?

Era fine ottobre. Avevo terminato alcuni affari a una giornata di viaggio da Parigi e mi trovavo sulla via del ritorno. Pioveva forte e la strada era così brutta che riuscivo a procedere a fatica. Come se non bastasse a un tratto il cavallo si è azzoppato e sono stato costretto a fare una sosta. Con quel tempo terribile non c'era in giro quasi nessuno. Decisi di approfittarne per nettare alla meglio i vestiti inzuppati, guardando di tanto in tanto se per caso da qualche parte all'orizzonte non spuntasse un lembo di azzurro. Così facendo a un tratto mi accorsi che in uno dei terreni che si stendevano tra me e la città alcune persone si affaccendavano in un campo.

All'inizio non diedi peso alla cosa, ma poi mi parve strano che zappatori fossero andati nei campi in una giornata come quella. Pensai che due chiacchiere con i contadini avrebbero fatto passare il tempo più in fretta, perciò mi incamminai fra i terreni, lungo un fossato. Ben presto però mi trovai impantanato nel fango e stavo già per tornare indietro quando vidi che gli zappatori all'improvviso si affrettavano a coprire svelti qualcosa che si trovava sul terreno. Allora riconobbi che non si trattava affatto di contadini, ma di gente di città. Non sapevo se erano in fuga per colpa mia o se avevano deciso di lasciare velocemente il campo per una minaccia in arrivo da qualche altra parte. In ogni caso il loro comportamento segnalava pericolo, e così mi nascosi nel fossato.

Quando mi sporsi di nuovo per vedere che cosa succedeva, la comitiva era già arrivata a un tiro di pietra da me. Mi presi un bello spavento, non solo perché mi erano sbucati davanti dal nulla ma anche perché adesso riconoscevo che quello che stava arrivando dal campo era Allheboust in compagnia dei due forestieri. Cadevano torrenti di pioggia, e tutti e tre tenevano le teste chine per cercare un appoggio sicuro sulla terra molle, così mi passarono accanto senza scorgermi. Volevo quasi chiamarli indietro, ma c'era qualcosa nel loro comportamento che mi insospettì, e temetti che nel vedermi si sarebbero adirati. A pensarci bene, poteva sembrare che li avessi seguiti per spiarli. Mentre stavo lì indeciso nella fossa i tre sparirono in direzione della città.

Sarei voluto tornare subito al cavallo per riprendere il mio cammino verso casa, ma poi fui vinto dalla curiosità. Aspettai ancora qualche minuto per essere sicuro che nelle vicinanze non ci fosse più nessuno e poi cercai il punto in cui avevo visto affaccendarsi i tre. Quando vi arrivai rimasi assai deluso, perché avevo combattuto con il fango e mi ero sporcato da capo a piedi per arrivare soltanto a un mucchio di sterco di cavallo, per di più pieno di ogni tipo di immondizia. C'erano intorno anche alcuni bastoni con cui Allheboust doveva aver rovistato nello strame. Sa il cielo perché. Forse cercava un tesoro o nascondeva soldati stranieri. Presi uno dei bastoni e lo infilai più volte in punti diversi del cumulo, tanto per non stare con le mani in mano. Naturalmente il bastone affondò ogni volta senza incontrare né un massello d'oro né un alemanno spaventato. Non avevo trovato un bel niente e stavo già per ritornare sui miei passi quando improvvisamente mi giunse alle narici un odore pungente. Girai più volte intorno al mucchio cercando di scoprire da dove venisse quel puzzo. Ma non riuscivo a scoprirne la fonte. Mi asciugai le gocce d'acqua dalla faccia e mi accorsi con orrore che era la mia mano ad aver preso quell'odore orrendo. Alla fine scoprii anche il motivo. Il bastone che avevo raccolto e tenevo ancora in mano era intriso d'aceto.

Può ben immaginare come mi sentii. Allheboust con i suoi esperimenti diabolici! Che cosa andavo cercando lì in quel campo dimenticato da Dio, dove altro non c'era che sterco di cavallo e una testa di rapa? Ormai deciso ad andarmene, ficcai il bastone ancora qualche volta nel cumulo. A circa un cubito di profondità la punta incontrò qualcosa di duro. Sondai l'oggetto meglio che potei, quindi cercai di levare gli strati di letame che lo ricoprivano. Apparve alla vista un recipiente di terracotta delle dimensioni di un calice da comunione, le cui pareti si stringevano un po' verso il basso. A essere precisi, consisteva di una parte superiore e una inferiore, legate insieme con una spessa corda. La cosa era già di per sé abbastanza strana, ma ancora più strano era quel che ci trovai dentro dopo che, posato il recipiente a terra davanti a me, ne sciolsi i nodi. Appena ebbi aperto la parte superiore, feci un salto indietro terrorizzato alla vista di un serpente che sembrava dover schizzare fuori dal vaso da un momento all'altro. Nel recipiente, appeso tra molti spuntoni che di certo erano stati applicati alla parete interna per quello scopo, c'era un largo nastro grigio avvolto a spirale. Il nastro era spesso come un mignolo e largo mezzo palmo di mano. Non ebbi coraggio di toglierlo dal recipiente, perché senza dubbio si trattava di un sortilegio o di qualche altra diavoleria e mi ero fermato lì fin troppo a lungo. Trovai anche la spiegazione all'odore che avevo sentito, perché sotto la spirale il vaso era pieno di aceto. Non mi occupai oltre di quell'oggetto; richiusi il recipiente il più velocemente possibile, rimisi tutto come l'avevo trovato e mi affrettai al mio cavallo per ritornare in città.

Quando accadde tutto ciò?

Come ho già detto, a fine ottobre...

Si rammenta quando precisamente?

Non ricordo.

Che giorno della settimana era?

Aspetti. Rammento che era il periodo in cui in tutta la città si parlava della malattia del re. La corte aveva lasciato la città e si trovava a Monceaux. Era il giorno in cui tennero le porte della città chiuse fino alla tarda mattinata. Regnava ovunque una grande inquietudine e da entrambi i lati delle porte c'era una gran ressa di gente che voleva entrare o uscire. Girava voce che al re fosse capitato qualcosa di serio e che era solo una questione di tempo e gli scontri sarebbero ripresi.

Era il 30 ottobre, un venerdì. Avevano chiuso le porte per arrestare il governatore di Cran, era questo il motivo.

Allora sarà stato un venerdì.

E quello fu il giorno in cui lei osservò Allheboust e i due signori nel campo?

No. Quel giorno ho lasciato la città, per l'appunto con un certo ritardo, tanto che sono stato costretto a trascorrere fuori la notte e ho potuto fare ritorno solo il giorno seguente. Se è così come dice, allora la cosa è avvenuta di sabato: il 31 ottobre.

Parlò mai con Allheboust al riguardo?

No.

Torniamo al recipiente di terracotta che trovò nel campo. Era pieno di aceto e dentro c'era un nastro grigio avvolto in una spirale?

Sì, è così.

Lei toccò il nastro?

Per l'anima mia, no.

Poté riconoscere se era di origine organica?

Non capisco.

Lei ha detto che sembrava un serpente. Era davvero un serpente? L'oggetto era di provenienza animale o umana? Oppure era soltanto un ramo ritorto e lei aveva preso un abbaglio?

No, sembrava proprio un serpente. Anche se non ho visto la testa. Lo sa il cielo che cos'era, forse una delle ricette folli che Allheboust somministra a quello sciocco di Sébastien? A lui tanto non possono certo far male.

E lei è certo che quello dentro il recipiente fosse aceto?

Puzzava di aceto, ma il recipiente l'ho richiuso subito.

Poté riconoscere se mentre le passavano accanto i tre portavano qualcosa con sé?

Uno dei due signori aveva una borsa, e Allheboust portava in spalla un sacco che ha sempre quando va in giro. Ma non posso dire se avevano preso qualcosa da là. Magari avevano appena seppellito il recipiente e si erano recati lì a quello scopo.

Le viene in mente nient'altro che potrebbe essere di qualche interesse?

Nossignore, Dio mi è testimone che non ricordo altro. È successo tutto tanto tempo fa.

Giura davanti a Dio nostro Signore di aver detto tutta la verità e nient'altro che la verità?

Giuro che tutto è accaduto così come l'ho riferito. Inoltre dichiaro che questo protocollo mi è stato letto ad alta voce e non ho alcunché da eccepire riguardo alla giustezza delle affermazioni in esso contenute. Il Signore mi è testimone. Amen.

Reso e firmato in Parigi,
addì lunedì 12 aprile 1599

4

POST SCRIPTUM

Charles Lefebre a Sua Eccellenza...
Archivio Mediceo, filza n. 5963

ECCELLENZA,

ha fatto bene a incaricarmi di investigare senza indugio sull'incendio a rue des Deux Portes poiché, come leggerà, i Suoi timori erano più che fondati. Purtroppo siamo arrivati troppo tardi, e secondo la mia modesta opinione dal solo interrogatorio degli abitanti si potrà poco scoprire riguardo il morto e l'altra persona scomparsa.

Come potrà evincere dal verbale che Le allego, le persone in oggetto non intrattenevano rapporto alcuno con gli abitanti della strada. Dalle dichiarazioni dei vicini si deduce che esse hanno fornito a chi stava loro intorno indicazioni mendaci. I pochi fatti che mi sono stati riferiti in proposito ai due soggetti in questione non corrispondono in alcuna maniera alle informazioni a loro riguardo che sono state rilasciate a verbale dal testimone.

Il medesimo giorno ho interrogato anche il medico che esaminò il corpo del morto. Trattasi di un certo Giacomo Ballerini, nativo di Padova e residente qui a Parigi solo da qualche mese. È stato costui il primo a visitare il cadavere dopo che fu estratto dalle macerie. Ha dichiarato di essersi recato sul luogo dell'accadimento il mattino dopo l'incendio. La guardia registrò il suo arrivo verso le otto e trenta. L'uomo annunciò di essere medico e così gli aprirono un varco e lo fecero passare. Lo condussero attraverso tutta la casa fino al cortile interno, dove erano i resti carbonizzati del capanno. Il medico ha riferito di aver trovato lì alcune persone occupate a estrarre dalle ceneri certe travi che ancora ardevano senza fiamma e gettavano fumo. Dopo averle asperse d'acqua le accatastarono contro un muro.

Alla mia domanda se conoscesse gli abitanti della casa, egli rispondeva che anni prima la persona di nome Vignac aveva lavorato come suo aiuto. Interrogato riguardo la seconda persona di nome Lussac, affermava di non conoscerla. Quando l'ho pregato di indicarmi dove si trovasse questo Vignac, il medico guardandomi con meraviglia ha detto che era una domanda ben strana, considerato che i suoi resti mortali erano stati trovati sotto le assi carbonizzate del capanno. A ciò ho obiettato che le fiamme avevano reso irriconoscibile il morto ivi rinvenuto e perciò era molto probabile ma in nessun modo certo che si trattasse del cadavere della suddetta persona.

Alla mia domanda se fosse mai stato prima in quella casa, l'interrogato rilasciava a verbale di non esservi mai entrato precedentemente.

Come faceva dunque a sapere dove abitava Vignac?

Il medico ha dichiarato di aver incontrato Vignac per caso tre mesi prima al mercato. Non si vedevano da molti anni e nessuno dei due sapeva della presenza dell'altro in città. Vignac gli avrebbe raccontato di abitare nella casa di un amico in rue des Deux Portes e di lavorare fuori città per un fiammingo. Lui, Ballerini, in seguito sarebbe passato una volta casualmente in quella strada, ma non era entrato in casa.

Quindi l'ho pregato di passare a descrivermi le condizioni del cadavere.

A tale proposito l'interrogato riferiva che il corpo era bruciato per circa tre quarti. Il volto della persona era irriconoscibile. Capelli, sopracciglia e ciglia erano stati completamente divorati dalle fiamme. Inoltre la pelle si era a tal segno rattrappita sulla testa che ormai formava solo un involucro intorno al cranio. Il corpo era stato recuperato con grande difficoltà.

A questo punto ho interrotto il teste perché lo scrivano era stato colto da malore. Ho pregato l'interrogato di risparmiarci i dettagli e di descriverci l'essenziale con poche parole. Con ciò il medico dichiarava che il cadavere si era trovato sdraiato su un tavolo il quale doveva poi aver ceduto sotto il crollo del tetto. Secondo la sua opinione tuttavia quando è scoppiato l'incendio l'uomo era già morto. A un'osservazione più attenta infatti il medico aveva notato che al collo del cadavere era legato un cappio. Questo era stato fissato con una corda lunga circa tre piedi a una trave del tetto poi rovinata a terra a pochi palmi dal morto in seguito al cedimento del colmo. Da tale circostanza il medico deduceva che l'uomo si fosse impiccato prima di bruciare. Probabilmente aveva appiccato lui stesso il fuoco e poi, che Iddio lo perdoni, aveva scelto quella rapida morte.

Una simile ricostruzione ha il vantaggio di rendere comprensibile l'affermazione piuttosto inesplicabile rilasciata dal teste Bartholomé che, come leggerà, ha sostenuto di aver visto qualcuno in piedi tra le fiamme. Probabilmente egli ha visto il corpo del morto appeso alla corda. A cagione delle fiamme, del fumo e della concitazione i sensi devono averlo ingannato facendogli credere che nella stanza ci fosse qualcuno che secondo il teste appariva « come chi è assorto nei suoi pensieri ».

Dopo aver congedato il medico mi sono venute in mente altre domande. Soprattutto avevo scordato di chiedere il nome del fiammingo presso cui lavorava questo Vignac. Ma quando ho mandato una guardia a cercarlo, il medico non era a casa. La guardia ha lasciato detto che doveva ripresentarsi immediatamente per un nuovo interrogatorio. Ma questi non ha obbedito all'ordine e da allora non è più stato veduto. Ulteriori ricerche hanno stabilito che ha lasciato la città immediatamente dopo il nostro colloquio, il che può essere un caso o anche il segno che non avrebbe gradito altre domande.

Di certo non Le sarà sfuggito che per chiarire ulteriormente il caso non rimane che una sola persona. Perciò ritengo irrinunciabile trovare Perrault, il proprietario della casa, per interrogarlo riguardo le due persone in questione.

Naturalmente nel corso delle mie prossime ricerche procederò con la discrezione che alla luce degli accadimenti si raccomanda.

Dev'essere solo una questione di giorni prima che riusciamo a trovare la seconda persona datasi alla fuga.

Possa Iddio proteggere Lei da tutti i mali che sono in moto intorno a noi.

In Parigi, addì 12 aprile 1599

Il suo umilissimo servo,
CHARLES LEFEBRE

5
LE MEMORIE DI VIGNAC

La Rochelle, 18 ottobre 1628

RITORNO testé da una passeggiata per la città, che appare già come un mortorio. Per le strade, dove tra le pietre del selciato cresce ormai l'erba, si aggirano figure emaciate, incapaci di padroneggiare voce e movimenti. Negli ultimi sei mesi ne sono morti ottomila, duemila soltanto nelle ultime due settimane. Non abbiamo più la forza per seppellire i cadaveri. Con fatica e affanno li trascinano al cimitero o li calano per mezzo di funi fuori dalle mura cittadine, dove rimangono insepolti. Molti muoiono nelle loro case senza che alcuno se ne avveda, e non si decompongono nemmeno, tanto i corpi sono rinsecchiti dalle privazioni. Gli sfortunati che non hanno più provviste a cui dar fondo mangiano qualsiasi erba capiti loro a tiro, dal giusquiamo alla belladonna, e cadono ammalati o perdono il senno, vacillano nudi per le strade o sono preda di attacchi di furore. Si raccontano scene raccapriccianti di taluni che si sarebbero cibati di carni umane.

Le ultime scorte sono state ormai consumate da settimane, e abbiamo cominciato a cuocere le pelli. I peli vengono abbruciati su una fiamma, la pelle ben raschiata, lavata e sbollentata, quindi è fatta cuocere abbastanza a lungo perché appaia gustosa come cacciagione fresca. Chi appartiene ai fortunati che hanno ancora un po' di sugna può farne polpette. Inizialmente credetti che la pelle di asino e cavallo sarebbe stata la cosa più estrema che la fame poteva renderci appetitosa, ma da quando anche l'ultimo cane è scomparso dalle strade alcuni tra i più scaltri hanno cominciato a lavorare la pergamena per provare a trarne qualcosa. Non è solo la pergamena bianca a venir consumata in questa maniera, ma anche quella scritta. La si mette uno o due giorni a bagno a enfiarsi d'acqua. In seguito la si fa bollire un giorno intero finché diventa morbida e tenera, quindi una volta mescolata con erbe o spezie se ne può fare fricassea o polpette. Ma da che la pergamena scarseggia, siamo passati a mangiare la pelle dei tamburi, che viene staccata, cucinata e quindi consumata. Lo stesso avviene con il fondo dei setacci, e quando anche questa fonte sarà esaurita e davvero in città non si troverà altro torneremo di certo alle discariche, per vedere se magari nella fretta e sbadataggine dell'abbondanza non sia stato gettato via qualcosa che può ancora trovare un impiego. Ho sentito dire che qualcuno già racimola gli zoccoli di cavallo, e siccome abbiamo ormai iniziato a grattare e mangiare il corno spariscono sempre più lampioni. Li staccano per recuperare le lamine di corno delle lanterne, che vengono subito arrostite e mangiate.

Non c'è quasi nulla che non mangeremmo. Persino oggetti che maiali e cani non degnano di attenzione vengono raccolti, grattugiati, bolliti, abbrustoliti e mangiati. Cavezze, redini, selle, finimenti, per quanto vecchi siano vengono fatti a tranci e cucinati. Sulla mercanzia dei banchi di macellaio, offerta a caro prezzo per la grande richiesta, si riconoscono ancora i fori delle cuciture.

Oggi hanno trovato una carica di esplosivo presso la casa del sindaco. Pare che i cospiratori, per quanto suoni incredibile, non abbiano più avuto nemmeno la forza di dar fuoco alle polveri. Da ciò si intendono con facilità le condizioni in cui versano la città e la popolazione in essa prigioniera. A ogni appello mattutino la truppa si assottiglia sempre più e dinanzi a quelle figure smagrite, che in parte non riescono più nemmeno a reggere le armi, non si può reprimere l'impressione di veder marciare un esercito di spettri. Non vi è quasi più nessuno in grado di compiere anche solo cento passi consecutivi senza poi accasciarsi a terra esausto. Non si trova più nemmeno un volontario che voglia o sia capace di suonare le grandi campane che chiamano alla predica.

Al cospetto della nostra situazione senza via d'uscita queste note mi appaiono insensate, come se scrivessi su foglie di faggio che l'autunno già accartoccia. La morsa intorno alla città è impenetrabile, e ormai la nostra caduta è solo una questione di tempo. È assai poco probabile che qualcosa di ciò che sto scrivendo supererà indenne l'imminente incendio delle mura di questa città. Non credo che il re e il suo severo cardinale si lasceranno sfuggire la possibilità di spazzare via una volta per tutte ogni traccia di noialtri. Dio ci ha abbandonato. Riappare solo di tanto in tanto a chiudere gli occhi a questo o quello. Per il resto sembra trovare nei nostri nemici i suoi servitori migliori.

Sono stanco, dopo tutti questi anni inquieti. Giunto alla fine della mia esistenza vedo solo enigmi che gettano una luce fioca sulla mia vita trascorsa. A cinquantasei anni mi sento spaccato in misura uguale tra i due secoli a cavallo dei quali si è esteso il mio tempo sulla Terra. Tutto quanto mi sta intorno sembra procedere verso qualcosa per cui il mondo ancora non ha un nome. Prendo di continuo in mano il libro dei filosofi dove trovo espresso nella lingua più bella tutto ciò che penso e provo. Tuttavia al contempo sono colto dallo sgomento al cospetto di un'epoca in cui si vogliono leggere soltanto pensieri che giunti alla fine si arricciano in un grande punto di domanda. Sì, a volte mi sorge il dubbio che religione e filosofia forse sono il luogo in cui le verità si recano quando muoiono. Lì prolungano ancora per qualche tempo la loro esistenza in libri dotti e in rituali, finché vengono definitivamente dimenticate perché nessuno più le capisce.

Non mi rimane più molto da fare. La podagra mi paralizza le mani. Già poche ore dopo il risveglio gli occhi non fanno più il loro dovere, e trascorro le notti ad ascoltare il muto lavorio del mio corpo. Spesso mi domando che cosa avviene nell'oscurità notturna del mio petto e talvolta mi stupisco di non aver più compiuto alcuno sforzo, in tanti anni, per rendermi più familiare questa parte di me stesso, la più estranea. Mi osservo le mani, le unghie e la loro piccola mezzaluna, ed evidentemente è la consapevolezza che presto non potrò più abitare questo corpo a riempirmi di una curiosità insaziabile riguardo la sua natura.

Il cardinale Richelieu ha fatto murare il porto. Talvolta davanti alla costa appaiono navi inglesi, ma non sono in condizione di attaccare la flotta d'assedio francese e liberare l'approdo. O forse, come sono più incline a credere, non vogliono farlo. Il re non tratta più, il che è un brutto segno e rafforza la mia opinione che ormai è certo del fatto suo. Perché si dovrebbe trattare per qualcosa che presto o tardi si è sicuri di ottenere? Questa volta nessuna elezione di re polacco potrà salvarci.

Eccoli di nuovo davanti alle nostre porte nelle loro armature lucenti. Che singolare scherzo del destino che io debba trascorrere i miei ultimi giorni là dove la mia vita di peccatore ebbe inizio. In me tutto giace in un garbuglio. Le poche tracce che ho lasciato non verranno comprese. Già, quasi temo di non capirle più io stesso.

Perciò voglio utilizzare i pochi giorni che ancora mi rimangono per raccontare i retroscena legati alla mia opera, di cui mi è ignoto ciò che rimane e sul cui valore nutro incertezze. Nella speranza che quando avrò scritto questi fogli a Dio piacerà trattenermi dalla tentazione di saziare con essi la mia fame ed Egli vorrà invece mandarmi una morte rapida. Sebbene frattanto io sia giunto a credere che sarebbe di solo giovamento alla nostra superbia se alla fine della vita fossimo costretti a inghiottire tutto ciò che abbiamo scritto.

Io sono Vignac. Emisi i miei primi vagiti nell'anno 1570, due anni prima del massacro degli eterodossi. Si trovava a Parigi anche mio padre, quando Caterina fece scintillare la falce nella notte di san Bartolomeo. Nel ricevere la notizia mia madre quasi perse la ragione. Scappammo a La Rochelle, che all'epoca era la roccaforte più sicura contro i roghi cattolici. I riformati non erano certo molto meglio. Non ho mai capito che differenza passa tra una spada cattolica e una protestante, quando viene ficcata nelle budella di un povero diavolo. Solo omicidi e ruberie sembrano essere sacri a tutte le religioni. Già il primo assedio di La Rochelle, cominciato nella primavera del 1573, mi costò quasi la vita. Solo con grande fatica mia madre riuscì a nutrirmi durante i quattro mesi di assedio, e quando le truppe finalmente si ritirarono perché il re venne chiamato in Polonia, lei era così indebolita che poche settimane più tardi morì. Dal momento che non possedeva nulla la seppellirono con centinaia d'altri in una grande fossa fuori dalla città. È questa la mia prima più vivida memoria: la vista della fossa in cui si ammassavano uno sull'altro i sacchi entro cui erano cuciti i morti e poi la calce spenta cosparsa sopra di essi prima che li coprissero di terra.

Come tutti gli orfani fui portato in chiesa, dove si aspettava qualcuno che volesse prenderci. Dopo alcuni giorni comparve una coppia attempata che passò in rassegna con occhio critico noi fanciulli accovacciati a terra nella chiesa. I due mi presero con sé, al portone lasciarono i loro nomi che il sagrestano trascrisse a grandi lettere nere in un libro e mi condussero in silenzio per le strade fino alla loro casa.

Appena giunti, il signore di cui nemmeno conoscevo il nome mi portò in un'officina annessa alla casa, mi indicò un cantone in cui era ammassata ogni sorta di strumenti e mi spiegò il mio compito. Mi diede una ciotola di pietra e uno strumento grande come una mano, a forma di batacchio di campana, fatto dello stesso materiale. Poi estrasse un sacchetto, lo posò sul tavolo davanti a me, lo aprì e ne fece rotolare fuori qualche noce moscata. L'uomo mi mostrò come rompere e poi macinare le noci con il pestello. Appena si fu assicurato che avevo imparato a maneggiare passabilmente lo strumento disse soltanto: «Quando tutte le noci saranno macinate riceverai qualcosa da mangiare», e scomparve.

Non so più quante noci, ossa, noccioli, carboni, pietre,

semi e quant'altro ho ridotto in polvere nei primi dieci anni della mia vita. Mi svegliavano il mattino presto, mi davano una tazza di latte caldo e un tozzo di pane e quindi mi facevano trascorrere l'intera giornata nell'officina della spezieria a macinare chissà cosa. Quando fui più grande Bollier – così si chiamava l'uomo – mi intimò di non raccontare mai a nessuno quali materie e sostanze mi dava da macinare. Io naturalmente non ne feci parola, ma in seguito recuperai dalla memoria e annotai molte ricette e tecniche che mi tornarono utili nella mia professione.

Bollier doveva stimare di aver fatto buona pesca nella chiesa. Avevo una mano abile, tant'è che oltre alla logorante preparazione di polveri e oli mi faceva disegnare ogni sorta di arnesi e strumenti che gli venivano in mente mentre lavorava e che da solo non sarebbe stato capace di tradurre in tratti e righe. A volte correva in officina dalla bottega e mi dettava una delle sue invenzioni direttamente sulla pergamena. Mi descriveva il funzionamento e la forma dello strumento di cui necessitava e io, accompagnato dalle sue grida impazienti di «Più lungo! Più largo! Più curvo!» trasformavo l'idea in una figura che lui portava dal suo fabbro per discutere dettagli e costi della realizzazione.

Bollier era noto per i suoi attrezzi in tutta la città, e talvolta si faceva cenno anche al suo aiutante tanto bravo a trasformare in disegni le idee del padrone che bastava un abile fabbro o falegname per costruire le pinze e i morsetti partoriti dall'immaginazione mai doma di Bollier. La Rochelle, che doveva il suo nome al fatto di sorgere su un sottosuolo pressoché inesauribile di pietra, vantava una fiorente industria per la produzione di carbone e calce. Lungo le mura di cinta si scavavano in continuazione nuove cave di carbone e calce che venivano bruciati sul posto. Bollier si interessava molto a quelle tecniche per la produzione della calce, così come era attratto da tutto ciò da cui si poteva anche solo lontanamente immaginare di ottenere un ricavo. Studiava ogni passaggio e fase del processo di calcinazione, e quando gli veniva in mente un'idea per semplificare o migliorare un procedimento si affrettava in officina e mi faceva tradurre sulla carta i suoi piani.

Per conto mio, ne ebbi presto abbastanza di disegnare sempre e solo attrezzi e congegni di fonderia. Già sentivo che il disegno aveva risvegliato in me una passione che a ogni battito del mio cuore si faceva più urgente e intensa. Sempre più spesso, quando ero inosservato, spingevo da parte i tediosi mortai e disegnavo. Non appena cominciavo a valutare come rendere sulla carta una forma che avevo dinanzi, dimenticavo tutto quanto mi accadeva intorno. Niente mi appariva più intrigante che seguire con il lapis le mille ombreggiature del drappeggio di una veste gettata con noncuranza sulla sedia accanto alla porta. Che dettagli infiniti si celavano in quel semplice oggetto! L'indaco pieno che nelle convessità trascolorava nel nero profondo, la fine marezzatura della stoffa, l'orlo cesellato, il modo in cui il colletto spuntava dalla gorgiera, la quale a sua volta scompariva sotto un inserto di pelliccia che non mi stancavo mai di tornare a osservare. Disegnavo tutto ciò che mi capitava sotto gli occhi. Come avevo osservato fuggevolmente il mondo, prima! Ogni cosa che mi circondava l'avevo carezzata soltanto con uno sguardo superficiale. Solo quando disegnavo, solo quando mi gettavo sulle tracce di forme e colori avevo un contatto reale con le cose.

Inevitabilmente Bollier si accorse della mia attività, e quando scoprì i miei disegni vi fu il primo grande diverbio. Provvisto com'era di un animo da bottegaio, non trovava alcun senso nel copiare erbe o mantelli quando con il disegno di un buon attrezzo si potevano guadagnare subito un paio di pezzi d'oro. Non essendo io nemmeno in grado di spiegargli a che scopo realizzassi tali disegni, lui li gettò seduta stante nel fuoco e mi diede a intendere che in futuro avrei dovuto astenermi da simili attività. Io mi mostrai impassibile, ma dentro di me dovetti combattere contro la tentazione di buttare nel fuoco lo stesso Bollier.

Dopo molto tempo la mia ira si placò. Rimasi al mio posto, e questo anche per il semplicissimo motivo che non avrei proprio saputo dove altro andare. Il solo pensiero di traversare gli acquitrini antistanti La Rochelle mi riempiva di terrore. Tutta la Francia era in guerra. Il paese era percorso ovunque da truppe in marcia, e si raccontava di atrocità che avrebbero fatto passare a chiunque il coraggio di lasciare la città. Inoltre possedevo solo ciò che portavo indosso, perché il denaro che Bollier guadagnava con i miei disegni non lo vedevo nemmeno. Lui considerava quella fonte di reddito come il giusto compenso per avermi preso in casa sua. Più ci pensavo, più cresceva in me la rabbia per il mio destino. Non gli invidiavo il denaro. Gli dovevo gratitudine ed ero anche d'accordo che ricavasse quel compenso indiretto per le cure che mi forniva. Ma sentivo che voleva tenermi incatenato nella sua officina anno dopo anno, a farmi disegnare attrezzi per lui. Dentro di me invece cresceva una spinta prepotente e inarrestabile a riprodurre forme. Tutto ciò che vedevo si ricomponeva immediatamente in un ordine di rette, curve e distanze. Se un oggetto attirava su di sé il mio sguardo era solo per venire subito da tale sguardo scomposto e poi rimesso insieme. Le cose mi apparivano interessanti soltanto allorquando potevo riprodurle sul foglio con il mio lapis, restituendo una forma completamente nuova al segreto della loro bellezza.

Pertanto coltivai la mia passione in segreto. Dovendo tenere in conto che Bollier poteva sorprendermi in qualsiasi istante avevo preso l'abitudine di disegnare molto rapidamente. Quando lo sentivo trafficare all'esterno o discutere con un cliente di una qualche mistura, tiravo fuori svelto il mio album degli schizzi e con tratti rapidi e sicuri disegnavo il primo oggetto che mi capitava sotto gli occhi. Poteva essere una scarpa o la mia mano o il volto di qualcuno che era appena transitato all'esterno. Non appena ammutolivano i rumori nella bottega occultavo all'istante i disegni.

Alla fine devo ringraziare proprio questa capacità di disegnare con velocità e precisione se sono riuscito a scampare alla casa di Bollier. In seguito tutto ciò che appresi da lui fu di incommensurabile ausilio e mi dispiace di averlo dovuto lasciare così vergognosamente. D'altro canto egli non aveva mai fatto altro che sfruttarmi. Mi aveva tratto dalla chiesa perché gli serviva un aiutante a poco prezzo. La sua scelta era caduta su di me solamente perché ero il più cresciuto, l'orfano più grande, e perciò non doveva sprecare tempo a insegnarmi a camminare. Poté segregarmi subito in officina, dove sederei ancora oggi a pestare semi di lino e a disegnare ogni tanto il filetto di una vite, se un giorno non fosse apparso in città un certo Ballerini.

Sentii pronunciare il suo nome per la prima volta da Bollier, che ritornando dal porto in preda a una grande agitazione riferì che era sbarcato uno tra i più celebri cerusici del mondo. Era originario di Padova o forse dell'Oriente, nessuno lo sapeva con certezza. A ogni modo a Padova aveva studiato e già lì aveva raccolto fama e onori per la sua erudizione e abilità. Appena giunto aveva già tagliato le ulcere di alcuni cittadini, e con tale maestria che secondo l'opinione unanime degli astanti non era scorso un solo goccio di sangue. Poi con una pinza di nuova foggia aveva liberato un capitano da due denti infiammati, e aveva eseguito l'intervento con tale perizia che quando Ballerini aveva già finito da un pezzo, il capitano stava ancora lì in attesa con la bocca aperta, e fu difficile stabilire se le risa degli astanti fossero dirette al capitano che fissava stupefatto il medico o esprimessero la gioia di avere in città un guaritore di siffatta abilità. Accorse gente da ogni dove per farsi curare e ogni giorno che passava le voci su questo grande allievo di Ippocrate si facevano sempre più fantasmagoriche, tanto che alla fine si ebbe l'impressione che nel porto di La Rochelle fosse sbarcato il Padre celeste in carne e ossa per cominciare da lì la guarigione della Terra.

Per niente al mondo Bollier avrebbe rinunciato a ospitare al proprio desco quel genio dell'arte medica, e così in un giorno di giugno dell'anno 1586 avvenne che Giacomo Ballerini pranzasse da noi mentre fuori il vicinato si ammassava davanti alla casa per vedere quella celebrità. Bollier gli mostrò orgoglioso la spezieria e i due declamarono una quantità di nomi latini che tranne loro nessuno capiva. Ballerini si interessò soprattutto agli attrezzi costruiti da Bollier, e quando questi gli mostrò i disegni degli strumenti, all'improvviso l'italiano posò lo sguardo su di me e disse: «Da quel che sento sei un disegnatore di talento. Ciò che vedo qui mi appaga assai. Esercita la tua arte, perché non sono molti coloro che sanno osservare con tanto acume e al contempo posseggono la capacità di riprodurre tali osservazioni in modo tanto soddisfacente». Con queste parole fece per allontanarsi. Come un fulmine mi colpì improvvisa l'impressione di avere dinanzi la dea Fortuna nelle vesti di quell'uomo importante e altolocato, e senza nemmeno sapere da quali profondità dell'anima scaturissero le mie parole, mi rivolsi a lui: «Signore, prendetemi dunque con voi, così che possa servirvi con la mia arte».

Nessun falco cade dal cielo tanto veloce quanto si abbatté su di me la mano di Bollier. Quando mi ripresi dal manrovescio, la combriccola si era già ritirata all'interno della casa. Paralizzato dalla collera, dovetti combattere con tutte le mie forze per resistere alla tentazione di correre dietro a Bollier, gettarlo a terra e strappargli dal petto a mani nude il cuore malvagio. Più ancora del dolore bruciante sulla guancia fu l'umiliazione che mi aveva inflitto davanti a tutti i presenti a infondermi una fredda furia ardente. Tuttavia un qualche istinto mi ordinò di non far nulla di ciò che mi comandava il cuore, e di usare invece la ragione. All'improvviso tutto il mio rancore e la mia ira cedettero il passo a un'idea. Presi in mano un foglio di carta e mentre la compagnia desinava e il famoso Ballerini si faceva rifocillare dal miserabile erbaiolo Bollier, io disegnai febbrilmente un ritratto del chirurgo per come mi era rimasto nella memoria nel breve istante in cui si era rivolto a me.

Impiegai solo all'incirca una mezz'ora, e infine rimasi stupito io stesso del risultato. In seguito simili ritratti mi sono riusciti tanto in fretta solo di rado, e sembra proprio vero che dal fuoco d'entusiasmo degli ingenui principianti possano scaturire cose che non riesce più a ottenere nemmeno un maestro dopo anni di perfezionamento e padronanza. Persino il grande Michelangelo nel cartone in cui fa correre alle armi il popolo sorpreso mentre si bagna nell'Arno ha trovato una forza di rappresentazione che più tardi non ha mai più raggiunto. E anche se io sono assai lontano dal potermi confrontare con il più grande dei creatori mortali, tuttavia mi unisce a lui la consapevolezza che con gli anni possiamo sì divenire più scaltriti e più abili, ma che nessuno studio, per quanto lungo, e nessuno sforzo sollecito possono restituirci la grazia che alla gioventù inconsapevole sortisce a occhi chiusi.

Quando udii che il medico stava per andarsene mi intrufolai tra i presenti, mi inginocchiai davanti a lui e prima che Bollier potesse frapporsi tra noi gli consegnai il ritratto. Da tutte le parti giunsero commenti di riconoscimento. Bollier era dilaniato tra la gioia per le parole lusinghiere del medico e la collera per il fastidio che con i miei scarabocchi arrecavo all'ospite. Aveva capito da un pezzo ciò che speravo di raggiungere con il mio comportamento, e aspettava solo che la compagnia si sciogliesse per mostrarmi alla sua maniera quel che pensava della mia condotta. Temetti che mi avrebbe ammazzato di botte o che mi avrebbe spezzato entrambe le gambe per impedirmi di andarmene, se Ballerini alla fine non mi avesse restituito il disegno con le seguenti parole: «Continua con i tuoi strumenti. Disegni siffatti nel migliore dei casi alimentano la fama, ma non riempiono lo stomaco». E nell'istante stesso in cui lasciò la casa, una mano fredda e salda mi ghermì la nuca e mi trascinò in una stanza appartata.

Le settimane che seguirono quell'evento furono le peggiori della mia vita. Bollier mi picchiò tanto a lungo che i pochi che in seguito poterono vedermi mi credettero uno spettro. Interruppe le punizioni solo quando si rese conto che un aiutante mezzo morto gli era del tutto inutile. Così mi tenne segregato in officina, approvvigionato del minimo indispensabile. A sedici anni di età eccomi accoccolato a solo un tiro di sasso da qui, dove siedo ora a descrivere quei fatti lontani, scorticato e rinchiuso come un cane, con lo sguardo rivolto alla finestra e al fontanile che posso vedere anche di qua. Per tutto luglio e agosto non lasciai mai la casa, costretto nella penombra soffocante dell'officina, mentre fuori i vicoli si stendevano deserti sotto la canicola.

Pensai al destino crudele cui mi aveva condannato il mio talento, e al mio povero padre che non avevo mai conosciuto e le cui ceneri erano sparse dal vento nei sobborghi di Parigi. Pensai a mia madre che abitava con i vermi nella sua fossa a pochi passi dalla città e aveva ricevuto più calore e pace dalla fredda terra che da questo mondo squassato dai flagelli e dalla guerra, su cui vaghiamo diversi dagli insetti solo nel fatto che noi leviamo il capo al cielo a implorare misericordia. Ogni movimento mi provocava dolore. Lo stare sempre seduto nella semioscurità mi intorpidiva i sensi. La speranza di riuscire un giorno a fuggire da quella casa maledetta appariva solo una chimera. Non ero nessuno e non possedevo niente.

O Signore, se solo la sorte mi avesse regalato almeno un nome e un pezzo di terra sotto i piedi non sarei mai finito nel rotismo in cui mi ha cacciato la mia ambizione.

Un giorno di settembre un monello bussò alla finestra dell'officina. Non appena aprii, la sua mano scattò in avanti e mi afferrò al petto. Io mi spaventai, mi ritrassi e lanciai qualche improperio, ma poi vidi che mi aveva fatto cadere in mano un biglietto. Gli gridai dietro ancora alcune ingiurie per non destare sospetti, quindi chiusi la finestra e attesi fino a sera per poter leggere indisturbato il biglietto. Con questa misura di sicurezza mi giocai quasi la fuga. Erano già le nove quando aprii e lessi in fretta il messaggio: «La scienza non si ferma e segue il sarcofago pieno d'acqua di Saint-Séverin».

Capii subito che cosa voleva dire. Avevo preso la mia decisione. Meglio morire che diventare tisico nell'officina, passando i miei giorni a pestare semi di lino. Mi levai le scarpe e le infilai senza far rumore nella bisaccia di pelle che Bollier usava per andare a cogliere erbe e aveva appeso a una sedia. Fu l'unico oggetto che portai via dalla casa e che anni dopo avrei riportato indietro.

Il tempo era mite, così che non ebbi bisogno di portarmi dietro abiti pesanti. Del resto sarebbe stato quasi impossibile frugare negli armadi senza attirare l'attenzione degli abitanti della casa. Bollier non c'era. Probabilmente era andato alla mescita all'angolo e stava raccontando per la centesima volta la storia di come aveva avuto ospite a casa sua il grande Ballerini. Sua moglie dormiva, e i servitori al calare dell'imbrunire si erano dispersi nei vicoli o si aggiravano per le piazze. Ero già arrivato alla porta dell'officina che conduceva nel cortile, ma poi ritornai un'altra volta nella stanza dove dormivo, misi un paio di calzoni e una camicia sulla sedia, vi sistemai accanto delle scarpe, avvolsi su sé stesso un panno nero per conferirgli la forma approssimativa di una testa e acconciai il letto sicché da lontano desse l'impressione che dentro vi dormiva qualcuno. Quindi sgattaiolai di nuovo da basso.

Le stanze erano immerse nell'oscurità più completa, ma io conoscevo ogni angolo della mia prigione. In un attimo superai il tavolo da pranzo, varcai la porta e scivolai nello studio, oltre il bancone e poi attraverso l'apertura che conduceva nell'officina. Qui dovevo stare attento perché tutt'intorno vi erano apparecchi e contenitori che se rovesciati avrebbero sollevato un gran baccano. Con le mani tese avanti, procedetti tastando il freddo pavimento di argilla con le dita dei piedi. Quando all'improvviso la mia mano colpì nell'oscurità qualcosa di morbido e fu afferrata all'istante da una mano ignota, credetti davvero che il mio cuore avesse smesso di battere. Prima ancora di poter emettere un grido di terrore sentii un'altra mano posarsi sulla mia bocca, e con un impeto che pareva quasi di premura il corpo sconosciuto mi circondò e mi impedì ogni possibilità di movimento. Ma le mani che mi avevano afferrato al buio non erano quelle di Bollier. Per quanto paralizzato dallo spavento e dal terrore, non mi sentii in pericolo. Quando le mani mi rilasciarono e poco dopo la stanza fu illuminata dal chiarore di una lampada a olio, vidi davanti a me il volto stanco e smunto della moglie di Bollier.

Non disse nulla, mi osservò soltanto. Io non riuscii a balbettare anche una sola parola. Con una sensibilità che è solo delle donne, doveva aver intuito che mi apprestavo a fuggire. Ma invece di dare l'allarme mi aveva sorpreso lì nell'oscurità. A quale scopo? Non ebbi tempo di riflettere a lungo su quell'interrogativo; qui rimane da riferire soltanto che se allora lei avesse destato in me anche il minimo dubbio di volermi denunciare o trattenere, l'avrei strozzata senza esitare. Dio un giorno mi punirà per questo pensiero, perché la donna, al pari di un angelo che sguscia da dietro la maschera di una vecchia cattiva, mi strinse forte a sé, quindi mi mise in mano un borsino e mi condusse alla porta d'ingresso, cui tolse i chiavistelli senza far rumore. «Che Dio sia con te», sussurrò, e mi spinse piano fuori, nella notte illuminata dalla luna, mentre i miei occhi si riempivano di lacrime di vergogna.

Mi affrettai per gli stretti vicoli diretto al porto. Anche se era il più rapido, dovetti evitare il cammino che passava dal municipio e dalla piazza del mercato. Ma i portoni d'accesso al porto, che era separato dalla città con un muro di fortificazione, sarebbero stati chiusi comunque. Tuttavia sul lato nord della città il muro non era ancora stato completato; lì avrei dovuto superare solo una piccola palizzata che a quell'ora era incustodita e deserta. Protetto dall'oscurità raggiunsi quel luogo, dove riconobbi tracciati davanti a me nel cielo notturno i contorni del mulino a vento. Non molto lontano di lì già scorgevo la torre della lanterna che annunciava il porto. L'aria fresca dell'oceano mi soffiava intorno alla testa. C'era la luna piena. La marea era alta e riempiva il porto di acqua. Le barche si cullavano impazienti nella maretta.

Solo ora mi divenne chiaro che ero sul punto di salire su una barca che avrebbe traversato il mare, e fui pervaso da un freddo terrore. Avrei dovuto affrontare l'immane, liquida Terra di nessuno in un guscio di legno tanto minuscolo? Quella prospettiva stava quasi per farmi rinunciare all'impresa, ma poi il pensiero dell'officina di Bollier mi riempì di un terrore ancora più grande, perciò chiesi in giro quali barche fossero in partenza per Bordeaux. Che la meta fosse Bordeaux l'avevo capito subito leggendo il messaggio di Ballerini.

Il due alberi che mi indicarono era saldamente legato agli ormeggi. Il molo era deserto, il carico era stato stipato da un pezzo, e la barca olandese attendeva solo il culmine della marea per uscire con il deflusso dell'acqua. Probabilmente Ballerini si trovava già a bordo. Tuttavia non potevo riconoscere se l'equipaggio fosse già al suo posto. La passerella di legno che dal molo conduceva sulla barca era sgombra e incustodita. Con due piccoli balzi la superai, e non ebbero il tempo di infrangersi contro il muro del porto due onde che io già ero accucciato dietro un mucchio di barili saldamente affastellati a babordo, non lontano dalla prua.

Non so che cosa mi spinse a tutta questa segretezza. Dopotutto Ballerini mi aveva fatto intendere che era sua intenzione portarmi con sé. Ma ero a tal punto agitato e posseduto dalla paura che all'ultimo momento potesse sopravvenire qualcosa, che ero determinato a mostrarmi soltanto quando la città in cui avevo trascorso quasi tutta la mia vita come un prigioniero non fosse stata più in vista. Mi raggomitolai nel mio nascondiglio e attesi che cominciassero a prepararsi per salpare. Ma non accadde nulla. Badai intensamente a ogni rumore e movimento che potevo cogliere dal mio covo, ma il tempo trascorreva senza che si verificasse alcunché. Alla fine fui sopraffatto dalla stanchezza, e avvolto dall'odore di legno impregnato di vino che esalava dai barili mi appisolai.

Quanto fu dolce addormentarsi accompagnato dal profumo di uve fermentate, tanto fu brusco il risveglio, inondato da fredda acqua di mare che si abbatteva su di me da ogni parte. Saltai in piedi per lo spavento e sarei sicuramente caduto oltre il parapetto, incontro a morte certa, se una mano non mi avesse afferrato, tratto da dietro i barili e trascinato per tutto il ponte fino al centro della barca. Prima ancora che potessi riavermi fui circondato da un gruppo di marinai che inveendo in una lingua incomprensibile mi presero a calci fino a farmi perdere vista e udito. Infine si staccarono da me e mi sollevarono; quando riaprii gli occhi vidi il volto infiammato d'ira di un uomo barbuto dalla cui bocca mi investì un alito di carogna come anche un fiotto di rauchi suoni rabbiosi. A ogni iroso gargarismo che risaliva dalla cloaca delle sue fauci, gettandomi tanto in uno stupore incredulo quanto in uno stato di profondo disgusto, faceva seguire un sonoro ceffone così violento da farmi volare il capo alternativamente a destra e a sinistra. Dare libero sfogo all'ira in quel modo fisico tuttavia non sembrava affatto mitigare la sua ira, e fece solo scoppiare altri insulti e imprecazioni come pustole ulcerose nella latrina della sua gola, da dove si rovesciavano su di me tra fumi di flatulenze rettali. Io credetti di trovarmi nel giorno del mio giudizio, e di avere dinanzi un signore delle tenebre che mi salmodiava addosso i miei peccati e le mie punizioni. Invece si trattava solo di un fetido vicenocchiero olandese che per fortuna mi lasciò non appena si approssimarono altre due persone venute a liberarmi da quella dannazione.

Sentii Ballerini appellarsi al capitano, il quale a sua volta trattenne il vicenocchiero e scacciò i marinai con alcune brusche parole, talché quelli, delusi che lo spettacolo fosse già terminato, si sparpagliarono per la barca. Ballerini e il capitano si scambiarono alcune parole che non capii. Poi il capitano scomparve e io fui condotto sotto coperta, dove il chirurgo aveva una cabina. Quando mi fui seduto lui mi porse un telo perché potessi asciugarmi, dopodiché mi diede un pezzo di pane e del vino in un boccale di terracotta. Sembrava divertito per il modo in cui ero comparso all'improvviso sulla sua barca. Ormai, dopo che la sera non mi ero presentato al porto, aveva fatto conto di non rivedermi più, per cui era tanto più stupito di ritrovarmi di nuovo sul suo cammino a dispetto di ogni attesa. Sembrava felice di essere riuscito a tenere all'asciutto il passeggero clandestino che normalmente viene gettato ai pesci. Mi guardò masticare il pane, mi versò dell'altro vino e mi intimò di non lasciare la cabina. Quindi uscì per consegnare al capitano il denaro per il mio passaggio.

Durante il breve viaggio per Bordeaux rimasi in cabina. Non mi sentivo incline a rivedere i membri dell'equipaggio che mi avevano così maltrattato, e fui felice quando finalmente sbarcammo nel porto e potemmo voltare le spalle a quelle creature e al loro strano modo di blaterare. Appena sceso a terra fui circondato dalla caotica attività del porto. Per le strade della città, che dicevano ospitasse più di trentamila anime, scorrevano fiumane di persone provenienti da ogni luogo e terra. I vicoli erano più larghi di quelli della mia città natale, e dopo aver attraversato una sfilza di splendide piazze raggiungemmo un ostello in cui Ballerini pensava di alloggiare per la notte. Avendo alcuni affari da sbrigare mi diede la giornata libera, e così gironzolai per Bordeaux ancora ebbro per la riuscita della mia fuga e per essere scampato a un destino che mi era parso ineluttabile. Ancora non conoscevo lo scopo per cui Ballerini mi aveva preso con sé, pertanto mi godetti spensierato le impressioni che si offrivano ai miei sensi.

Salii alla piazzaforte e bighellonai tra le massicce colonne romane che testimoniavano dell'edificio imponente che qui era sorto un tempo. Mi arrampicai faticosamente anche fino al giardino che si trovava in alto al di sopra delle colonne e trassi qualche schizzo degli stucchi. Quando feci scivolare lo sguardo verso est vidi a una certa distanza la chiesa di Saint-Séverin. Mi rammentai del biglietto di Ballerini, e decisi di visitare il camposanto della chiesa per indagare sulla leggenda. Si raccontava infatti che in Saint-Séverin fosse apparso nientemeno che il santissimo Cristo, sotto le spoglie di un vescovo. Nel cimitero della chiesa vi sono una gran quantità di sarcofagi di pietra ammassati uno sull'altro e uniti da grappe di ferro. Uno di questi sarcofagi con la luna piena si riempie d'acqua per poi svuotarsi lentamente fino a prosciugarsi del tutto con la luna nuova. La cosa strana è che il sarcofago è poggiato al di sopra di un altro, a ben quattro piedi da terra. Quando arrivai al camposanto il cielo a ovest si era già colorato di arancione. Dai prati intorno risuonavano i gracidii di mille rane e il frinire e ronzare di insetti invisibili. Rondini si lanciavano qua e là tra le muraglie e schizzavano verso il cielo veloci come frecce. Tutt'intorno si propagava il profumo di erbe e di fiori, che con l'umidità della sera si levava dalle piante colmando l'aria di un aroma greve e autunnale. All'interno della recinzione del cimitero c'era una gran pace, e camminai lentamente in lungo e in largo accanto ai sarcofagi di pietra che si sovrapponevano a strati. Erano semplici parallelepipedi di pietra scavata. Si vedevano ancora i segni dello scalpello, perché non si erano dati la pena di levigare la pietra. Non c'era nessuno a cui poter chiedere come fossero finiti lì.

Arrampicandomi sul sarcofago più in alto mi imbattei con mio grande stupore in uno che era effettivamente pieno d'acqua fino a un palmo dall'orlo. Vi infilai dentro le mani e vidi il mio riflesso infrangersi nelle onde e poi riprendere forma. Rimasi a lungo seduto presso il sarcofago di Saint-Séverin a pregare in silenzio, ringraziando Dio di avermi salvato.

Quando ritornai in città trovai Ballerini nell'ostello, occupato a trattare con alcuni carrettieri che avrebbero dovuto accompagnarci nel proseguimento del nostro viaggio. Dai loro discorsi capii che dovevano accompagnarci fino a Tolosa. Lì saremmo rimasti qualche giorno per poi proseguire il cammino attraverso la Rouergue fino a Montpellier. Parlarono molto dei pericoli e delle bande di saccheggiatori che infestavano quelle terre derubando indisturbate i viandanti, così che intraprendere un viaggio tanto lungo senza accompagnatori armati equivaleva al suicidio. Ai carrettieri, che erano diretti al mercato di Tolosa, faceva dunque solo piacere che volesse unirsi a loro un viaggiatore con disponibilità di denaro, perché in quel modo si poteva mettere insieme una bella somma con cui pagare quattro guasconi armati che ci avrebbero difesi da attacchi e altri danni.

I quattro compagni d'arme tuttavia resero onore alla nomea di cui gode la popolazione di quella terra, perché eravamo partiti da poche ore quando ci fecero improvvisamente fermare e ci spiegarono di aspettare un momento, così che potessero precederci a verificare la sicurezza del bosco che avremmo dovuto traversare di lì a poco. Quando un'ora dopo non erano ancora tornati la nostra colonna si mise in moto, poiché pensammo che ci stessero di certo aspettando all'ingresso del bosco. E invece non li incontrammo né ai primi alberi né all'uscita della foresta. Le loro tracce, che per un tratto del sentiero erano state ancora riconoscibili, infine si perdevano in una radura del sottobosco.

Le grida che si levarono nel gruppo non furono da poco. Uno spagnolo si lacerò perfino la camicia per la rabbia e la disperazione, e come spesso accade quando manca un colpevole ce la si prese con il primo su cui si potevano mettere le mani. Prima ancora che potessimo avvedercene, alcuni commercianti adirati si fecero intorno al venditore di spezie che aveva assoldato i quattro accompagnatori, e minacciarono di impiccarlo seduta stante se non avesse rifuso il danno di tasca sua. Dopo una lunga lite nel corso della quale al povero commerciante di spezie vennero spaccate le labbra, infine gli animi tornarono a calmarsi e ci affrettammo a raggiungere Cadillac dove, divenuti più scaltri, ci facemmo procurare una scorta affidabile dal comandante della guardia. Ballerini, che non aveva avuto poca parte nella conciliazione della lite, sostenne che potevamo ancora ritenerci fortunati se quei quattro fannulloni si erano accontentati del denaro che avevamo dato loro per la nostra sicurezza e non avevano avuto la bella idea di depredarci di ogni avere. Dopotutto, tali sono il mondo e i suoi abitanti che non ci si dovrebbe stupire tanto per una disgrazia quanto piuttosto che le cose non siano andate peggio. Se si scampa a una sciagura senza troppo danno non bisogna prendersela con Dio ma ringraziare il cielo di averci risparmiato guai più grossi.

Le città e i paesaggi che attraversammo allora mi apparvero come le pagine di un libro enigmatico in cui un autore dotato di una fantasia senza fine aveva rinchiuso i personaggi e le apparizioni più strane. In ogni villaggio e città c'erano costumi, edifici e usanze differenti. Ma anche a destra e sinistra del nostro cammino incappammo in apparizioni straordinarie. Così un giorno scorgemmo un branco di buoi che portavano tutti una ruota di legno al collo. Quando chiedemmo a un contadino lo scopo di quella singolare gorgiera e se per caso si trattava di buoi che avevano ricevuto diplomi di nobiltà e ora seguivano la moda delle corti europee, ci spiegò che le ruote di legno impedivano ai buoi di leccarsi, così che la loro carne rimaneva tenerissima. Appreso ciò, alcuni di noi opinarono che allora probabilmente si trattava del contrario, e che erano i cortigiani a imitare con le loro gorgiere i buoi nella speranza di mantenere morbide le loro pallide carni.

Il dodicesimo giorno raggiungemmo Tolosa. Già da molto lontano vedemmo nella luce del crepuscolo le mura di mattoni rosso bruciato, tanto imponenti che si ha l'impressione di cavalcare con l'esercito di Agamennone verso l'inespugnabile Troia. Le mura della città sono così saldamente commesse che anche i proiettili più violenti non riescono a lasciare molto più che l'impronta della propria sagoma. Intorno alla città si ergono molte cerchia di mura robuste, terrapieni e bastioni, ulteriormente protetti da un fossato profondo. I vicoli che ben presto percorremmo erano lastricati con ciottoli taglienti e appuntiti, e ci si doveva considerare fortunati di possedere calzature.

Molte sarebbero le cose notevoli della città da riferire, in special modo il suo mercato in cui si poteva ammirare ogni ben di Dio. Soprattutto la famosa isatide, a cui la provincia doveva tanta della sua ricchezza, che allora non era ancora stata sostituita dall'indaco. Le foglie di isatide impastate venivano ancora lavorate nei macinatoi, quindi se ne facevano piccole palle dure da cui si poteva ricavare un bel colore blu. Avevo già avuto modo di vedere alcune di quelle palle nell'officina di Bollier, ma mai prima di allora avevo ammirato simili quantità di quel pigmento un tempo così ambito e oggi quasi dimenticato.

Ma la cosa più notevole di quella sosta fu ciò che avvenne il giorno seguente. Sedevamo a pranzo nel nostro ostello quando improvvisamente dalla strada si levò un grido selvaggio. In men che non si dica si formò un gran capannello di gente dal cui centro provenivano urla strazianti inframmezzate al generale vocio agitato. Ballerini saltò subito in piedi e si infilò con destrezza nell'intrico di folla. Io mi affrettai dietro di lui, e quando infine ebbi oltrepassato il muro di corpi assiepati vidi Ballerini chino su una bambina che aveva entrambe le gambe seppellite sotto un immenso barile. Accanto c'era il carro da cui era precipitato il barile, e sopra il carrettiere che guardava angustiato in basso. Alcuni uomini robusti cercarono di sollevare il barile, ma a causa del suo peso immenso non vi riuscirono. Si accinsero a farlo rotolare lontano dal corpo della bambina, ma Ballerini chiese con sarcasmo rabbioso se fosse loro intenzione schiacciare anche i piedi della bambina. Quindi ordinò che procurassero svelti due cunei, e quando questo fu fatto li posarono per terra accanto alle gambe della bambina, uno a destra e l'altro a sinistra, e fecero rotolare il barile sui cunei per alcuni pollici. Poi sfilarono la povera piccola da sotto i legni.

Ballerini la prese in braccio. Io feci rapido strada, aprendo un varco nella folla, mentre Ballerini mi seguiva con in braccio la bambina le cui gambe maciullate penzolavano dal tronco come le membra prive di vita di un impiccato. Quando entrammo nell'ostello un nuovo strillo percorse la folla. Chi era seduto ai tavoli balzò in piedi e spazzò a terra piatti e bicchieri. Ballerini coricò la piccola su uno dei tavoli.

Il volto della bambina era bianco come gesso. Teneva gli occhi fissi sul medico che le parlava in tono rassicurante per convincerla che tutto sarebbe andato per il meglio. Ballerini afferrò un telo bianco e lo mise in mano a due che si trovavano a destra e sinistra del tavolo facendolo tenere aperto e teso all'altezza del ventre della bambina, per impedirle la vista delle proprie gambe. Mentre all'altro capo del tavolo si faceva di tutto per rafforzare spirito e corpo della piccola disgraziata in vista di quanto l'attendeva, Ballerini mi spedì a prendere la sua borsa dei ferri.

Quando fui di ritorno, davanti all'ostello imperversava un nuovo tumulto. Era sopraggiunta la madre della bambina, che smaniava come una dissennata per essere condotta dalla figlia. Una volta lasciatala entrare, nel vedere l'entità del danno la donna tornò miracolosamente alla ragione. Posò le mani in un gesto protettivo attorno al capo della piccola e si mise a cantare piano, così che ai presenti si inumidirono gli occhi per la mestizia e la compassione.

Ballerini nel frattempo aveva esaminato gli arti spappolati, che già cominciavano a cangiare colore assumendo le tinte più orrende. Cadendo, il barile aveva battuto prima con lo spigolo, maciullando completamente le gambe al di sopra del ginocchio. Poi si era rovesciato, si era coricato su un lato e quindi aveva seppellito sotto di sé anche le tibie. Dall'ammasso di pelle, muscoli e frammenti di osso stillava un flusso di sangue che colava sul tavolo. Braccia e cosce della bambina intanto erano state legate saldamente al tavolo, così che le urla di dolore che si levavano a ogni contatto erano accompagnate solo da un raccapricciante sussulto del corpo intero. Quando Ballerini prese in mano una forbice e le tagliò i vestiti fino all'altezza dell'ombelico io fui preda dell'angoscia. Fatto ciò, ripulì le escrezioni che si erano riversate ovunque dal corpicino colmo di paura. Avvicinò un secondo desco, ordinò di sciogliere i legacci e poi fece riallacciare la bambina, che per tutto il tempo si era contorta in preda a dolori terrificanti, in modo tale che le cosce rimanessero sospese nell'aria tra i due tavoli.

Quando ciò fu eseguito, aprì la sua borsa dei ferri e mandò a chiamare il prete.

Fece segno alla madre di avvicinarsi e scambiò con lei alcune parole. Non riuscii a intendere che cosa si dissero. Apparentemente lui le pose alcune domande a cui la donna impaurita rispose scuotendo la testa. Improvvisamente lei si staccò dal medico e lo guardò inorridita. Ballerini si allontanò bruscamente da lei, si strinse nelle spalle e si accinse a richiudere la borsa degli strumenti. A quello la donna si gettò ai suoi piedi, gli cinse le gambe tra le braccia e lo implorò di fare tutto quanto era in suo potere per salvare sua figlia. Ballerini la fece alzare senza tanti riguardi, le sibilò rabbioso nell'orecchio qualcosa a cui la donna disperata non fece altro che annuire di continuo, assicurando che poteva avere tutto quello che voleva purché per l'amor di Dio impiegasse al più presto la sua arte per salvare la bambina. Tutta la scena non durò più di un minuto, e io non potei afferrare su che cosa i due si fossero accordati. Non ebbi nemmeno il tempo di fare congetture, che già tra la folla si diffondeva un bisbiglio: il chirurgo aveva ripreso la sua borsa e aveva cominciato a deporre gli strumenti sul tavolo. Mentre disponeva accanto a sé a portata di mano dermatotomo, cinghie di pelle e termocauteri ordinò che gli venisse portato un paiolo pieno di carboni ardenti per arroventare i termocauteri. Io osservai con meraviglia gli attrezzi che avevano l'aspetto di strumenti di tortura turchi. I coltelli erano inseriti in impugnature di legno cesellato che in basso terminavano con uno spesso pomo, così da garantire un'impugnatura salda. Le lame avevano lunghezze diverse, in parte erano sottili e incurvate a falce e in parte si allargavano assai appena dopo la punta, come un'affilata doppia sciabola. I ferri dei termocauteri, che erano lunghi un braccio e la cui impugnatura Ballerini avvolse con un panno, si differenziavano per il timbro in punta. Uno era tondo e largo, come una spessa moneta, e doveva certo servire a bruciare le vie del sangue tagliate. L'altro ferro, che serviva a folgorare l'osso, aveva la punta colata a forma di cuore, così da poterla inserire nell'osso segato per chiuderlo con il calore. Accanto erano distese alcune pinze che grazie all'immaginativa di un fabbro erano state trasformate in morse fissabili. Ma ciò che suscitò in me l'impressione più grande fu lo strumento sinistramente luccicante che apparve da un astuccio rivestito di velluto rosso. Due rapaci dallo sguardo torvo ghermivano un telaio di ferro fuso in cui era tesa una lunga lama finemente dentata. Per un lungo tratto non riuscii a distogliere gli occhi da quei mostri dai cui becchi aguzzi pendevano contorte lingue di rettile. Le due teste decoravano il tirante della sega, su cui era scritto a grandi lettere PATERE UT SALVERIS.

Il prete sopraggiunse accompagnato da due cittadini che strapparono Ballerini dal tavolo. Come gli veniva in mente di praticare lì un'operazione? Chi era? E poteva dimostrare di essere qualificato per l'incombenza che si accingeva ad affrontare? Ballerini scandì il suo nome e titolo. Riferì di trovarsi in cammino per Montpellier dove avrebbe insegnato l'arte della chirurgia all'università su invito del celebre medico Saporta. Spiegò di essersi trovato per caso nei pressi dell'incidente, e che non si doveva indugiare oltre a compiere un'operazione invero triste e spiacevole ma indispensabile, altrimenti la vita della sfortunata bambina si sarebbe consumata in poche ore. Gli chiesero se potesse dimostrare quanto diceva. Ballerini estrasse una lettera, e mentre i due cittadini studiavano lo scritto qualcuno portò il paiolo con i carboni ardenti. Il chirurgo infilò i termocauteri nella brace e poi si voltò verso la bambina che, ormai quasi priva di sensi, ripeteva balbettando le parole latine suggeritele dal prete. Il volto della piccola intanto si era fatto cinereo. I suoi capelli neri, madidi di sudore, ricadevano addosso alla madre, che proteggeva il capo della figlia avvolgendolo tra le braccia. Più si avvicinava il momento dell'operazione, più la stanza si colmava di silenzio, quasi di devozione. Il prete mormorava le sue preghiere, i due cittadini studiavano la lettera di Ballerini, i carboni crepitavano nel paiolo rilasciando sottili spire di fumo.

Terminata la lettera i due cittadini si guardarono con severità e la restituirono a Ballerini. Questi non indugiò un altro secondo, afferrò il coltello ed effettuò rapido alcuni tagli. Si udì solo un breve rumore sordo, come di schiaffo, subito sovrastato da uno strillo acuto. Ballerini si voltò all'istante e afferrò la sega con le mani che grondavano sangue. L'esserino in preda al dolore e alla sofferenza si agitava tra i legacci come una furia, e nelle pause in cui riprendeva fiato si udiva avanzare il raspare lacerante della lama sormontata dai draghi. Ballerini lavorava svelto e apparentemente indisturbato dalle urla agghiaccianti della bimba. Appena ebbe staccato la gamba sinistra si fece passare i termocauteri, premette il metallo rosso incandescente negli innumerevoli punti da cui sgorgava copioso il sangue portandoli uno dopo l'altro a prosciugarsi. La stanza si colmò dell'odore dolciastro e nauseabondo della carne bruciata, e quando si apprestò a staccare l'altra gamba, all'improvviso le urla della bambina si interruppero e la testa le ricadde indietro tra le braccia della madre. Per qualche minuto non si udì altro che il rumore della sega tra le carni e poco dopo lo sfrigolio del metallo bruciante che chiudeva per sempre ogni via del sangue con un bacio arroventato.

Dopo una mezz'ora fu tutto finito. I moncherini giacevano nel telo bianco. La bambina era ancora priva di sensi, ma il suo cuore batteva. Il risveglio e la guarigione della povera creatura erano affidati alla misericordia di Dio e all'abilità dello speziale.

Lasciammo la città quel giorno stesso. Ballerini temeva che se la piccola non si fosse ripresa per lui sarebbe potuta finire male. Partimmo alla volta di Castres, camminammo con il sole alle spalle fino a che le nostre ombre scapparono lontano da noi e trascorremmo la notte a cielo aperto. Il giorno seguente splendeva ancora il sole e verso mezzodì, raggiunta una radura, ci fermammo a riposare. Ballerini mi ordinò di mettermi comodo nell'erba. Io buttai a terra il mio fagotto, mi allungai lì accanto e lasciai vagare lo sguardo nell'azzurro chiaro del cielo del primo pomeriggio.

Sentii Ballerini che di fianco a me frugava nel suo bagaglio, ma non permisi a quei rumori di distrarmi dalle mie fantasticherie, finché a un tratto mi rivolse la parola.

«Avanti, ragazzo mio, è venuto il momento di mostrare di che cosa sei capace.»

Mi voltai sonnacchioso verso di lui. Ma non appena vidi quel che aveva allargato di fronte a sé sull'erba mi ritrassi pieno di orrore. Quel demonio! Ecco che cosa aveva dunque estorto alla donna nel momento del bisogno. Sentii un rigurgito premermi in gola, ma Ballerini mi guardò severo e pieno di stizza.

«Non far quella faccia. Coraggio, al lavoro. Un'opportunità del genere non capita tutti i giorni.»

Ancora incredulo, ricambiai il suo sguardo. Solo dopo che mi fece più volte segno di avvicinarmi e mi invitò a gesti a tirar fuori le mie penne, capii che cosa aveva intenzione di fare con la mostruosità che giaceva davanti a noi sull'erba. E mentre scosso da ribrezzo e orrore estraevo penne, inchiostro e calamaio, lui già cominciava a sezionare le gambe mozzate della bambina, partendo dalle dita dei piedi, con tagli precisi e ben ponderati.

6
INTERROGATORIO DEL MARCHESE DI ROSNY

CHARLES LEFEBRE Signor marchese, ella sa che il re mi ha incaricato di condurre un'investigazione riguardo le circostanze intorno la morte della duchessa. È disposto a rispondere ad alcune nostre domande?

ROSNY La prego, attenda al suo ufficio.

C. L. Dove si trovava ella al momento della morte della duchessa di Beaufort?

ROSNY Nel mio castello di Rosny, dove mi ero recato a trascorrere i giorni di Pasqua con la principessa d'Orange e alcune altre personalità di spicco.

C. L. Vide la duchessa, prima di partire?

ROSNY Sì. Mi accomiatai da lei presso il signor Zamet, dove aveva preso alloggio.

C. L. Come si svolse la visita?

ROSNY La duchessa era sofferente e in ambasce per la propria gravidanza. Tuttavia si mostrò molto obbligata e mi invitò a dimenticare senza indugio i nostri antichi dissapori. Lei stessa, come mi disse, l'aveva già fatto.
Asserì di essere sempre stata la mia migliore amica e mi assicurò la sua benevolenza. Aggiunse che i grandi servigi che avevo reso al re e allo Stato la obbligavano più che mai a impegnarsi per un mio avanzamento. Disse di voler discorrere più dettagliatamente con me a questo proposito dopo il mio ritorno, e mi promise che per il futuro non avrebbe intrapreso alcunché senza prima aver raccolto il mio parere.

C. L. Ella come ribatté a tanta compiacenza?

ROSNY La ringraziai come si conviene, senza tuttavia lasciar trasparire di intuire a cosa alludeva, benché naturalmente lo sapessi.

C. L. La duchessa alludeva evidentemente al suo imminente matrimonio con il re. L'intenzione era nota. Nessuno ne era al corrente meglio di lei. Come poté dunque fingere di non capire quanto la duchessa andava dicendo?

ROSNY Nonostante lo stadio avanzato di tale questione, io non credevo che le ambizioni della duchessa sarebbero state coronate dal successo. Ero stato testimone delle oscillazioni del re, costantemente dilaniato tra la lealtà nei confronti del suo cuore e quella nei confronti dello Stato. Inoltre dalle lettere che la regina mi aveva scritto sapevo che era determinata a impedire quel matrimonio.

C. L. Il re non aveva più dubbi. Aveva preso una decisione, come ella doveva sapere, e per quanto concerne la resistenza della regina Margherita di Valois, potrebbe mostrarci le lettere che le ha scritto?

ROSNY Ho qui l'ultima. La regina dice in parole testuali che i suoi dubbi e tentennamenti sono da ricondurre al fatto che non è sua intenzione lasciare il posto a una donna dalla reputazione tanto dubbia.

C. L. Sono costretto a farle notare che questa lettera, in cui non si può in alcun modo riconoscere lo stile della regina, è pienamente contraddetta dai fatti. La regina aveva già concesso il divorzio e firmato il 3 febbraio 1599 il relativo mandato per l'avvio del procedimento, che giunse a Parigi sei giorni dopo tale data.

ROSNY Questo scritto non mi è noto.

C. L. Difficile crederlo, considerata la sua posizione nel Consiglio del re e la grande fiducia di cui ella gode presso Sua Maestà. Ma ci dica innanzitutto se anche la sua consorte, la marchesa di Rosny, si recò in visita alla duchessa per prendere commiato da lei.

ROSNY Ve la mandai io stesso.

C L. Che cosa accadde in quel convegno?

ROSNY La duchessa ricevette Madame de Rosny molto affettuosamente. Le disse di volerla amare come la sua migliore amica. Inoltre la pregò di amarla a sua volta, di vivere con lei liberamente e, se era suo desiderio, di presenziare al suo levarsi e al suo coricarsi.

C. L. L'incontro che impressione lasciò nella sua consorte?

ROSNY Ne ritornò adirata. Mi chiese se la marchesa di Rosny dovesse considerare un onore l'offerta di assistere al levarsi e coricarsi della duchessa di Beaufort. Lo ritenne un'offesa. Disse che era un onore che lei avrebbe potuto conferire solo a una regina di Francia rispettabile e virtuosa.

C. L. Che cosa replicò alla sua consorte?

ROSNY Le dissi che sapevo bene il significato di tali discorsi e che in un secondo momento avrei detto di più in proposito. Ma che nel frattempo doveva badare di non farne parola con alcuno e di tenere per sé i suoi pensieri, in special modo dinanzi alla principessa d'Orange la quale faceva mostra di avere grande interesse per l'argomento.

C. L. Un testimone sostiene di averle sentito dire anche altre parole.

ROSNY Ebbene, aggiunsi che era da vedere come andavano a finire le cose, e chissà che la corda si spezzasse.

C. L. Tra breve la pregheremo di spiegare meglio queste parole, poiché sono ambigue e suscettibili di un'interpretazione assai malevola. Ma per intanto proseguiamo con la sua deposizione. Come seppe della morte di Madame de Beaufort?

ROSNY Fu due giorni dopo il nostro arrivo al castello di Rosny, il sabato prima di Pasqua. Al mattino prestissimo, prima dello spuntar del giorno, stavo conversando con mia moglie che giaceva ancora a letto. Parlavamo della speranza di Madame la duchessa di unirsi in matrimonio con il re. Iniziai a esporre i miei pensieri, parlai dei grandi ostacoli che a mio avviso si frapponevano a un simile matrimonio e degli svantaggi e delle catastrofi che ne sarebbero indubbiamente derivati. A un tratto udii la campana del portale, la cui lunga corda oltrepassava il fossato, e una voce che gridava forte: « In nome del re! In nome del re! »

Ordinai di abbassare all'istante il ponte e di aprire il portone. Discese le scale trovai un messo che mi riferì agitato: «Monsieur, un messaggio del re. Vogliate recarvi oggi stesso a Fontainebleau».
«Gesù, amico mio», ribattei io, «il re è forse malato?»
«No, Monsieur, ma è più afflitto e adirato che mai. La duchessa è morta!»
«La duchessa è morta», ripetei. «Com'è accaduto? Quale malattia fulminea l'ha dunque ghermita? E lei come lo sa? Venga di sopra nelle mie stanze, ché qui mi opprime, e davanti a un boccone – certo avrà fame – mi racconterà ogni cosa.»
Giunto nelle mie stanze, il messo riferì ciò che sapeva riguardo la morte della duchessa. Venendo a Rosny era passato da Parigi, e lì aveva incontrato il signor de La Varaine che gli aveva consegnato una lettera per me.

C. L. Avremo modo di sentire presto anche il signor de la Varaine. Ma prima la prego di riferirci quali parole ella rivolse alla sua consorte quando è entrato in camera ancora agitato per la notizia. Il messo le ha sentite, e ce le ha comunicate.

Rosny Trovai la mia sposa ancora a letto e abbracciandola le dissi: «Bambina mia, ci sono buone nuove. Non dovrete presenziare né al coricarsi né al levarsi della duchessa, perché la corda si è spezzata. Ma dal momento che è morta, che Iddio le conceda una vita lunga e serena. Ora molte questioni incerte e molte riflessioni gravose saranno risparmiate al re».

C. L. Sono proprio le parole che le hanno sentito pronunciare e su cui si è molto speculato. Chi per meriti e rango si pone molto al di sopra di altri ha sempre nemici. I suoi hanno attribuito a queste parole una portata che nei suoi pensieri non dovrebbe avere mai avuto. Può dirci di grazia che cosa voleva esprimere precisamente con quelle parole? In precedenza, discutendo con la sua consorte, aveva detto che era da vedere come andavano a finire le cose, e chissà che la corda si spezzasse.

ROSNY È un modo di dire, in senso lato, usato in genere per esprimere che le cose possono subire una svolta sorprendente. Io avevo sempre confidato che all'ultimo momento quel matrimonio sarebbe stato impedito, fosse per mano del papa, della regina Margherita o del re stesso. Credevo che al momento del dunque il re non avrebbe osato compiere il passo. Fu questo a farmi dire che forse la corda si sarebbe spezzata. Ma ammetto che l'unica soluzione a cui non avrei mai creduto è quella che la Provvidenza ha messo in atto. Che l'impedimento venisse da Dio o dagli uomini, le mie previsioni si realizzarono, e fu questo a farmi dire in seguito: «La corda si è spezzata».

C. L. Il pensiero che tutti i pericoli che minacciavano la Francia potevano essere scampati con la morte della duchessa le è dunque venuto solo dopo il fatto?

ROSNY Ma certo! Vedo bene dove vogliono arrivare le sue domande. Si sospetta che vi fosse in atto un complotto contro la vita della duchessa. Per quanto non si osi accusarmi apertamente di avervi preso parte, si presuppone che io ne sia stato a conoscenza e che non abbia compiuto alcunché per impedirlo. Io non avrei fatto, ma avrei lasciato fare.

C. L. Ebbene?

ROSNY Se sapendo qualcosa di un delitto non avessi agito per impedirlo ne sarei altrettanto responsabile. Non ho fama di indulgere con soggetti abietti e non credo che mi si possa rimproverare di aver mai commesso un crimine per ricavarne un vantaggio o accrescere la mia reputazione. Per calunniare con un sospetto di tale portata una lunga esistenza dedicata esclusivamente al bene dello Stato ci vuole qualcosa di più che una parola dal sen fuggita, spiegabile senza bisogno di vergognarsi della spiegazione. Prima di cercare complici, inoltre, si dovrebbe innanzitutto dimostrare che c'è almeno un colpevole. Ciò non è stato fatto né potrà riuscire. Lei ha interrogato il signor Zamet, e che cosa ha ottenuto? Non c'è nulla che deponga a suo carico. Ha dimostrato che la duchessa è morta di morte naturale. La considerevole fretta con cui la duchessa ha lasciato la sua casa – l'unico indizio che finora è stato raccolto contro di lui – può essere chiaramente ricondotta al desiderio di lei di avvicinarsi al Louvre, dove si attendeva il re. Il signor de Chiverny, le cui dichiarazioni lei avrà forse letto, su questo punto confermano le affermazioni del signor Zamet. Con la morte della duchessa il signor de Chiverny ha perduto molto, e quando ne ha ricevuto notizia si è pubblicamente lamentato della disgrazia di essersi legato così strettamente a lei. Ma anche se il farlo gli sarebbe stato di grande utilità, ha forse avanzato anche solo il più piccolo sospetto che si sia trattato di un delitto? Gli altri familiari della duchessa, le sue sorelle, la zia de Sourdis, hanno forse avanzato il minimo dubbio riguardo al male che l'ha portata via? Lo stesso re, che pure l'amava tanto, ha forse condiviso momenti di sospetto su cui oggi ci si arrischi a riflettere? No. Ora come allora pregia il signor Zamet della sua amicizia. Se oggi fa condurre questa indagine, ciò avviene per rispetto della giustizia. Per quanto concerne me, dopo la morte della duchessa il re mi ha concesso il grande onore di nominarmi ministro delle Finanze...

C. L. ... e Gran Maestro dell'Artiglieria, una carica che fino alla morte della duchessa era destinata al padre di lei e dalla quale il re si permise di escluderlo solo dopo che la figlia non poté più sostenerne la causa.

Rosny È sua libertà di produrre associazioni di pensieri tanto perfide. Pensa davvero che sarei così abietto da uccidere l'essere umano che il re più ama per ricavarne una carica pubblica? Lo ammetto, per me è stato uno smacco veder finire nelle mani di un tale inetto un ufficio per il quale io solo ero qualificato. Ma se il sospetto contro di me è fondato su questa motivazione, allora fareste bene a sospettare dello stesso re, poiché era lui a vedersi costantemente messo in ridicolo dalla totale inadeguatezza di Monsieur Antoine d'Estrées. E il re ha forse mai esternato anche solo l'ombra di un sospetto nei miei confronti? Al contrario. Il giorno della catastrofe mi mandò a cercare in preda all'agitazione e davanti agli occhi di tutta la corte cercò pubblicamente presso di me consolazione ai tristi eventi. Ciò mi permise di parlare con lui della Provvidenza divina che spesso maschera il nostro bene con disgrazie in cui crediamo di vedere la nostra rovina. Tutto ciò non dimostra forse a sufficienza che al re non è mai venuto in animo alcun sospetto e che mai ha creduto che io fossi responsabile della sua infelicità?

C. L. Dopo la morte della duchessa di Beaufort ella ha fatto arrestare e portare alla Bastiglia due dei suoi servitori, una donna che chiamano La Rousse e suo marito. Perché l'ha fatto?

ROSNY I due erano a conoscenza di dettagli intimi della vita della duchessa e avevano un grande debito nei suoi confronti. Ma invece di tenere alta la sua memoria cominciarono a denigrarla e diffusero sul suo conto ogni sorta di storie infamanti o comunque false. Io posi fine a un simile scandalo.

C. L. Non mirava forse a qualcosa d'altro, con il loro arresto?

ROSNY No. La duchessa di Beaufort e io eravamo in disaccordo. Questo è un fatto che non voglio in alcun modo nascondere. Ebbi spesso con lei pesanti scontri, a causa delle sue pretese ed eccessiva ambizione. Per quanto ho potuto, ho cercato di convincere il re ad astenersi da un atto che a me appariva pregiudizievole della sua gloria e della sicurezza dello Stato. In pieno accordo con i suoi consiglieri migliori, mi auguravo per lui un'unione matrimoniale differente. Feci questo pubblicamente, sotto gli occhi di tutti, poiché come ho già ripetutamente dimostrato non sono in alcun modo incline a intrighi e sotterfugi. Fu la Provvidenza a sgombrare il campo dai pericoli che vedevo approssimarsi. Considerai quell'esito fatale come una benedizione e subito dissi al medico La Rivière: «*Hic est manus Dei*». Ma allo stesso tempo rammentai i miei debiti nei confronti del re, che aveva onorato quella dama della sua amicizia. E dunque fu per rispetto nei confronti di lei e dei suoi figli, che sono anche figli del re, e in memoria del grande amore che il nostro sovrano le aveva dimostrato, che punii i calunniatori della duchessa. Da questo si dovrebbe giudicare quali provvedimenti avrei preso nei confronti di presunti assassini, se avessi creduto che per la morte della duchessa ci fosse altra causa che non la volontà divina.

Reso in Parigi, addì 4 maggio 1599

7

UN VOLTO

La campagna si stendeva avvilita sotto nuvole nere. Rondini saettavano sui campi ad altezza d'uomo, poi a un tratto si impennavano disegnando una traccia scura che presto si dissolveva in un'oscurità ancora più profonda. Non un alito di vento incrociava il loro volo. Il fiume, grigio argenteo come vi fosse annegato un dio, si dipanava muto verso l'orizzonte. A valle il cielo bruciava. Là rosso e giallo lottavano tra loro in una prigione corvina, appassionatamente avvinti al cinabro scuro. Poi si staccavano, cremisi e zafferano, lapislazzuli, come guerrieri stanchi, finché aizzati dall'abbattersi di un bianco crudo si gettavano un'ultima volta con intento suicida contro il nero che calava improvviso, in una profusione di porpora.

I due cavalieri fecero girare all'istante i destrieri e li spronarono nella direzione da cui erano venuti. Un tuono lacerò crepitante il silenzio. I cavalli fremettero impauriti e calcarono a fondo gli zoccoli nella terra rivoltata. Con le teste saldamente appoggiate al collo dei loro animali, i cavalieri si precipitarono al villaggio dietro la collina. Vignac lo raggiunse per primo. Il cavallo di Lussac cominciava a fiaccarsi. Quando il suo compagno passò la recinzione abbattuta, Vignac era già smontato. L'aria era così tesa che sembrava sul punto di lacerarsi, ma dal cielo ancora non cadevano gocce d'acqua.

Le case disseminate intorno erano disabitate. Dalla terra marrone si levavano muri anneriti di fuliggine. In cima ai resti dei muri sporgevano mozziconi di travi maestre spezzate dal crollo dei tetti. Il villaggio doveva essere stato distrutto anni prima. Lussac si affaccendò intorno a uno zoccolo del suo cavallo e lo liberò con abilità da un sasso che si era incastrato sotto il ferro. Intanto Vignac passò di casa in casa a vedere se uno dei ruderi poteva offrire riparo dal temporale in arrivo. Alla fine trovò un abbeveratoio coperto che era scampato alla devastazione generale. Non appena ebbe legato il cavallo e fatto segno a Lussac di raggiungerlo cominciò a piovere.

In pochissimo tempo la terra intorno a loro fu completamente inzuppata. Le case bruciate si ergevano come spettri scuri dietro la cortina d'acqua. Raffiche di vento sospingevano ovunque la pioggia rendendo vana la piccola tettoia. Gli abiti logori dei due viaggiatori assorbirono avidamente l'umidità facendosi sempre più scuri.

Lussac guardò con malumore nel cielo, dove sfilavano lembi di nebbia lacerati dal vento. Socchiuse gli occhi e scoprì i denti, come se volesse fare uno sberleffo al brutto tempo. Vignac guardava fisso a terra davanti a sé, con la testa incassata tra le spalle per impedire alle gocce d'acqua di entrargli nel collo.

Lussac si sedette sul bordo dell'abbeveratoio e scalciò nel fango con gli stivali. «Mio Dio. Che vita grama devono aver condotto quaggiù.» Vignac fece scorrere lo sguardo sulle rovine e cercò di immaginare com'erano andate le cose. Vide uomini che uscivano dalle case muti e timorosi, con le mani in alto e le teste sprofondate. Intorno, una gran quantità di cavalieri. Uno di loro cavalca su e giù per la strada, grida rabbioso che chiunque si nasconda nelle case verrà decapitato all'istante. Ma escono tutti. Si mettono in fila davanti alle case e aspettano tremanti di sapere quel che sarà di loro. La via principale è disseminata di cadaveri. Quasi tutti contadini male armati. Il giovane capo continua ad agitarsi avanti e indietro, urlando così forte che la voce gli va in testa: «*Lutheranos, fuera, lutheranos!*» All'improvviso smonta, afferra una donna che si schiaccia piena di orrore contro una parete. Le strappa il cappuccio e già afferra la chioma con la mano. Il volto bruciante di collera del giovane capo spagnolo è l'ultima cosa che quel figlio di contadini camuffato da donna vede del mondo, poi subito sente rovesciarsi sul petto un getto caldo e vede lo spagnolo indietreggiare con in mano il pugnale insanguinato, in nome del Padre, del Figlio e dello Spi... Ora anche il resto dei soldati smonta da cavallo e si getta sugli altri, che siano davvero donne o uomini travestiti.

Vignac chiuse gli occhi. Ma le immagini non volevano dissolversi. Quando li riaprì davanti a lui si allungava di nuovo soltanto la strada vuota, fiancheggiata di case bruciate. Ma non ci volle molto perché il rumore della pioggia si trasformasse un'altra volta in un tintinnio di armi a cui si mescolavano urla strazianti di bambini, e da qualche parte ancora il rumore secco e sordo di una spada che cala su una nuca.

Il castello a cui erano diretti distava ancora tre giorni di viaggio. Tre giorni con tempo asciutto. Un'intera settimana se avesse continuato a piovere a quel modo. Ma ancora peggio del tempo erano gli insediamenti spettrali che continuavano a incontrare. Anche se la maggior parte dei saccheggi risalivano a mesi o forse anche anni prima, su quei luoghi continuava ad aleggiare un'aura di quiete atterrita. Di qui erano passati gli eserciti cattolici e protestanti, di volta in volta vincitori o perdenti, e in mezzo a loro le povere capanne dei contadini, che il mostro millepiedi radeva al suolo con indifferenza.

Ora tutti parlavano di pace. Era avvenuto l'incredibile. Navarra li aveva sconfitti tutti: prima Farnese, poi le truppe dell'imperatore, quindi Mayenne e infine Mercœur. La Spagna, l'immenso impero che nessuna cartina del mondo riportava in tutta la sua estensione, infliggeva ancora colpi incerti e privi di forza, scaramucce insignificanti nelle province più sguarnite. Di tanto in tanto prendevano una città, anche se tutti sapevano che non sarebbero riusciti a tenerla.

Vignac si guardò intorno infastidito.

Lussac sputava in una pozzanghera tracciando ampi archi. «Terra maledetta!»

Vignac non ribatté subito. Poi, come colto da un'improvvisa ispirazione celeste, disse: «Prima o poi vivremo a Parigi, in alloggi riscaldati».

Lussac borbottò: «Come fai a esserne così sicuro?»

«È finita. Abbiamo un re che costringerà gli spagnoli alla pace, e noi otterremo un editto che ci proteggerà dai papisti. Quando questa guerra maledetta sarà finita, a Parigi ci sarà un mucchio di lavoro.»

«Se, quando... intanto non ci rimane più molto da mangiare e abbiamo davanti ancora almeno tre giorni di viaggio.»

Lussac strizzò gli occhi e tirò con un movimento brusco le redini del cavallo. Dei due uomini era il più grosso. I riccioli neri che gli pendevano dalla testa incorniciavano un volto giovane e privo di barba, costantemente in movimento. Gli occhi marrone scuro non si fermavano mai, osservando sospettosi tutto ciò che stava intorno. Aveva un naso sottile che non si faceva notare e larghe labbra piene dietro cui spuntavano denti radi ogniqualvolta Lussac prendeva qualcosa in esame. Dava l'impressione di fare fatica a concentrarsi.

Vignac era di statura media. Aveva i capelli marrone scuro, che portava corti per i pidocchi. Anche se con i suoi ventisei anni era più giovane dell'amico, dava l'impressione di un uomo che si era lasciato da un pezzo la giovinezza alle spalle. Gli occhi erano circondati da innumerevoli grinze. Sul suo viso erano sempre in lotta sospetto e curiosità. Solo quando dipingeva l'espressione si distendeva, perché allora parlava con Dio ed era sicuro che questi l'ascoltasse.

I due amici guardavano fisso davanti a sé, in silenzio, mentre la pioggia scrosciava sul tettuccio di legno. Le gocce si infrangevano rabbiose sollevando un velo finissimo di spruzzi. I cavalli tremavano. Lussac li carezzò sulle froge per tranquillizzarli e li tirò più vicino, al riparo della tettoia. Vignac guardò assorto nei grandi occhi tristi degli animali e si fece avvolgere con gratitudine dal calore che emanavano i loro corpi possenti. Poi il rullo di tamburi sollevato dall'impatto delle gocce modulò in uno staccato assordante. Chicchi di grandine grossi come ciottoli esplodevano ovunque nel fango e sui muri delle rovine. A pochi metri da loro un merlo che non potendo volare saltellava tra i solchi rimase all'improvviso coricato, immobile. Da qualche parte un muro crollò scricchiolando. I cavalli fremettero, ma quando Lussac gli porse alcuni pezzi di rapa che tirò fuori in fretta da una bisaccia tornarono a calmarsi.

Finalmente la violenza del temporale prese a scemare. Il grigiore si schiarì, migrò verso i lati del cielo e fece posto ai primi colori. Poco dopo il canto di alcuni uccelli si mescolò al gorgoglio e al chioccolio dell'acqua che si ritirava.

Impiegarono un po' a ricondurre sulla strada i cavalli attraverso la melma alta fino al ginocchio. Là il terreno non era meno fangoso, così che non osarono montare in groppa. Gli animali incespicavano di continuo schizzando i due viaggiatori che ripresero imprecando il loro cammino.

«Raccontami qualcosa di tuo zio Perrault», disse Vignac dopo un po'.

Lussac si ripulì il viso dal sudore e si asciugò la mano nei calzoni. «Che cosa vuoi sapere di lui? Lo conosco appena. L'ho visto una volta sola, al battesimo di mia sorella. È stato otto anni fa. Con il Navarra si è trasferito a Parigi e c'è rimasto.»

«Soldato?»

«Sì, almeno prima. Adesso è di nuovo scalpellino. Nella mia famiglia sono tutti scalpellini. Tranne me...»

«Lo scultore.»

«Sissignore», confermò Lussac orgoglioso, e aggiunse: «L'unica forma d'arte che può mostrare l'uomo nella sua interezza».

«Lo sostenevano cento anni fa anche gli scultori veneziani, finché Giorgione li ha sbugiardati.»

«Un dipinto può mostrare solo un lato di un soggetto. Anche il pittore più abile non può competere con una statua.»

«È quello che dicevano anche gli scultori di allora. Perciò Giorgione decise di fare una scommessa con loro. Disse che in un quadro era possibile rappresentare una persona o una cosa in modo che la si potesse ammirare da tutti i lati senza doverla spostare. E che la pittura era anche superiore alla scultura perché si poteva osservarne tutte le parti senza bisogno di girare intorno all'opera.»

«Ah, uno spaccone bello e buono.»

«Stai a sentire. Dipinse un uomo nudo che volge le spalle all'osservatore. Davanti a lui, ai suoi piedi, dipinse una fonte in cui si specchia il davanti dell'uomo. Questi aveva poggiato alla sua sinistra il pettorale lucente della corazza, sulla cui superficie era riflesso il profilo sinistro dell'uomo. Il profilo destro invece lo si poteva ammirare su uno specchio sistemato dall'altra parte. Quando gli scultori videro il dipinto dovettero ammettere che la pittura è molto più artistica e difficile, e che con un solo sguardo permette di vedere più di quanto non faccia la scultura.»

«Bah!»

Vignac rise.

La strada proseguiva su un compatto terreno sabbioso, e i due montarono a cavallo. A destra e a sinistra si stendevano campi incolti su cui cresceva alta la gramigna. Era così da settimane. Territori spopolati. Non un campo coltivato. Solo denti di leone e ortiche agitate dal vento.

Che triste contrasto con i paesaggi che Vignac aveva traversato l'anno precedente. Ripensò ai giorni in cui aveva cavalcato con Ballerini attraverso la Linguadoca, verso Montpellier. Che paesaggi lussureggianti quelli, così fertili e pieni di vita. Persino il vino lì era talmente forte che si doveva annacquarlo.

«Perché sei andato via da Montpellier?» Lussac sembrò indovinargli i pensieri.

«Ballerini non poteva più insegnarmi nulla. E pensai che quattro anni fossero un ringraziamento sufficiente per avermi portato via da La Rochelle. A volte me ne pento. Sono stato molto felice, lì. Conosci Montpellier?»

«No. Ma pare che laggiù le donne siano molto belle.»

«Si può dirlo forte. È a quelle che deve il nome. *Mons puellarum*, 'monte delle donne'. Le ragazze di lì hanno una pelle come di pesca matura.»

«E lui ti ha lasciato andar via semplicemente così?»

«L'accordo era che dovevo fargli da disegnatore fino a che fosse completato il suo testo di chirurgia. Mio Dio, non disegnerò mai più in vita mia organi od ossa. Ballerini mi costringeva a sedere con lui accanto a cadaveri squarciati che gli marcivano sotto le mani. Non potrò più dimenticare quell'odore. Dovevo sempre essere presente per disegnare a ogni taglio. Ogni volta che riusciva a procurare un altro corpo mi venivano i brividi. Stavo in piedi accanto a Ballerini nel teatro anatomico e aspettavo che finisse il suo discorso introduttivo. Intanto ero sempre costretto a guardare quella salma sdraiata accanto a me, che presto sarebbe stata aperta come un frutto morto, guastato. Non sarà stato peccato aprire il petto, che è sede dell'anima? Forse l'anima non sale subito al cielo, ma aspetta il giorno del giudizio racchiusa nel nostro corpo privo di vita. E l'anima dove aspetterà il Redentore, se non dentro le nostre spoglie? Ma la cosa peggiore era che l'interno del corpo appariva come una macchina escogitata con intelligenza eppure priva di anima. Non aveva più niente di umano. Sventra un maiale e potrai credere di vedere l'interno di un uomo.»

Lussac emise un soffio indecifrabile.

Per un po' cavalcarono in silenzio. Ma Vignac non aveva ancora finito la sua storia. Alla fine disse: «Una volta abbiamo sezionato una gravida. Quando abbiamo aperto il ventre, dentro abbiamo trovato un cantuccio in cui sarebbe dovuto crescere il bambino. Ma quando lo abbiamo staccato dalle carni, l'esserino sembrava un anfibio trasparente. Tra gli studenti scoppiò una discussione. Si chiesero se per caso la donna avesse fornicato con un'animale, o se a fecondarla fosse stato un diavolo orrendo. Io pensavo solo a come può Dio permettere che dentro di noi crescano animali e mostri. Ballerini disse che erano tutte sciocchezze e che ogni bambino trovato nel cadavere di una madre a quello stadio aveva il medesimo aspetto. Al che obiettarono che il fatto che tutte le donne fossero morte era la prova che si trattava di una gravidanza insana. Come ci si poteva spiegare, altrimenti, che un bambino che sembra un anfibio venisse poi al mondo con fattezze di uomo? Ballerini replicò che alla fine anche un pulcino che esce dall'uovo è diverso dalla creatura che si trova rompendo l'uovo a metà cova. Allora quelli ribatterono che non si possono mettere sullo stesso piano galline e uomini, perché contraddiceva le regole delle scritture, in cui si afferma che l'uomo è unico e creato a immagine e somiglianza di Dio».

Lussac sbuffò ancora. «Unico e creato a immagine e somiglianza di Dio! Soprattutto i preti grassi nelle loro sottane. Per non dire della plebaglia. Quegli esseri fetidi che ti si appiccicano addosso e ti rimangono alle calcagna non appena entri in una città. E le scritture? Dimmi, ti prego, come si spiega che nella Bibbia non si dice niente della terra favolosa scoperta da quel genovese? Se Dio è onnisciente e ha dettato le scritture agli evangelisti, avrebbe ben dovuto dire qualcosa riguardo la salvezza delle anime dei selvaggi in quelle terre, ti pare? Tutto è così confuso. A stare a sentire il parroco ogni cosa sembra lampante. Ma se uso la mia testa non trovo più né capo né coda.»

«Allora pensa di meno e prega di più.»

La strada, che scendeva ripida, si fece sassosa. Smontarono di nuovo e condussero cautamente i cavalli giù per una scarpata. Arrivati in basso videro del fumo a una certa distanza sulla sinistra. Lussac socchiuse gli occhi, ma non riuscì a distinguere nulla là dove si levava la fuliggine.

«Che ne pensi?» chiese Vignac.

Lussac si strinse nelle spalle. «Non sono mai stato da queste parti. Forse è un villaggio. O qualche contadino che brucia un campo.»

«Dopo una pioggia come questa?»

«Sì, è strano. La strada ci gira intorno alla larga. Probabilmente non è molto saggio passare di là.»

Cavalcarono un altro mezzo miglio, senza perdere di vista la colonna di fumo che ora si stagliava nera come pece contro il cielo. Soffiava un vento leggero, ma là dietro sembrava che non tirasse un filo d'aria, perché il fumo saliva al cielo dritto come un fuso.

Poi sentirono colpi di zoccolo.

«Maledizione», sibilò Vignac. «Via, lì tra i cespugli!»

Fecero invertire la direzione ai cavalli e risalirono la china fino a un boschetto. Appena arrivati saltarono giù dalle selle, tirarono i cavalli nella macchia e si nascosero tra il fogliame. Lo scalpiccio di zoccoli si avvicinava. I cavalli fecero movimenti nervosi.

«Siamo perduti», sussurrò Lussac. «Le nostre tracce li condurranno dritti fin qui... Maledizione! Perché i cavalli sono così inquieti?»

Ora si udiva già il tintinnio dei finimenti. Il terreno cominciò a vibrare, infine il tremito diventò un terremoto. La cavalla di Vignac nitrì spaventata e scalpitò.

«Lussac, per tutti i santi, mi scappa!»

Ma Lussac aveva già abbastanza da fare con il proprio cavallo.

Poi tutto accadde alla svelta. A pochi metri di distanza alcuni cavalieri passarono in ordine sparso. La cavalla di Vignac, spaventata a morte dai molti animali, cercò di scappare, ma all'improvviso dai cespugli saltò fuori qualcosa di nero che afferrò la testa della bestia e la fece cadere. Vignac era irrigidito dallo spavento. Un animale selvatico, pensò. Ma non osò guardare. Aveva le membra paralizzate dal terrore. A un tiro di pietra i cavalieri sconosciuti continuavano a galoppare a precipizio. Ogni movimento avrebbe potuto farli scoprire. Ma la cavalla non si mosse più. Lussac estrasse il coltello. Vignac lo fissò a occhi sgranati. Poi entrambi si volsero verso il fagotto che si era attaccato al collo della cavalla di Vignac. Se ne stava lì fermo e sembrava tutt'uno con l'animale immobile. Vignac riconobbe dei capelli neri e accanto a sé, allungato nel sottobosco, notò un piede minuto. Com'era possibile? Si mise un dito sulle labbra per far segno a Lussac di non parlare. Poi abbassò la testa al suolo fino a sentire l'odore della terra nelle narici. Ma ormai era tutto finito. Passarono altri cinque o sei cavalieri, poi più nulla.

Non appena il rumore di zoccoli si spense, Lussac si gettò con un balzo verso la cavalla di Vignac e ficcò le mani nel fagotto scuro. Una chioma nera scattò bruscamente indietro, e la lama di Lussac calò sulla chiazza bianca che vi baluginò sotto. Un piccolo corpo sgusciò di lato, ma Lussac riuscì a riacchiappare la testa e la scaraventò a terra. Poi sollevò un'altra volta la lama, ma fu colpito da un calcio che gli tolse il respiro per qualche secondo, e subito dopo da un pugno che lo fece cadere indietro. Quando riaprì gli occhi vide che Vignac teneva una fanciulla per le spalle. Lei però se lo scrollò di dosso con uno strillo, fece un salto indietro, si ritrovò inginocchiata davanti a loro e li fissò.

Lussac sentì nella bocca il sapore amaro del sangue. Vignac si mise piano in ginocchio e senza levare gli occhi dalla fanciulla sollevò le braccia per invitarla alla calma. La giovane aveva il volto cinereo e sulla guancia sinistra era tracciato il sottile solco rosso scuro del colpo di lama fallito da Lussac. Respirava affannosamente, poi il ventre cominciò a sussultarle selvaggiamente, i lineamenti si contrassero e senza distogliere lo sguardo da Lussac si mise a piangere come una bambina. Per un attimo sembrò sul punto di soffocare. Mentre il viso, devastato da lacrime e muco che le colava dal naso, si trasformava in una maschera di dolore e il corpo minuto sussultava come fosse preso a pugni, la fanciulla continuava a guardare Lussac con le labbra tremanti che lasciavano scoperti i denti. Si vedeva che avrebbe voluto saltare in piedi e scappare, mentre era costretta a rimanere lì seduta come un animale braccato, avvinta da una disperazione crescente che il suo cuore impavido non riusciva più a contrastare.

I singhiozzi si fecero più deboli. Vignac si avvicinò, la prese tra le braccia e la strinse a sé finché fu passato il successivo impennarsi della paura e quello che venne dopo ancora. Lussac li guardò in silenzio, asciugandosi il sudore dalla faccia. Poi si udirono di nuovo colpi di zoccoli.

Alla ragazza scappò uno strillo. Vignac si fece cadere a

terra con lei e le coprì la bocca. Lussac saltò verso la cavalla di Vignac, che si era rialzata e scuoteva la testa intontita.

I cavalieri in avvicinamento si fermarono alla strada sulla scarpata. Lussac riconobbe che non erano stranieri. Si guardarono intorno incerti e sembrarono discutere se valesse la pena proseguire l'inseguimento. Alla fine fecero dietrofront e scomparvero nella direzione da cui erano venuti. Quindi regnò di nuovo la calma.

Lussac si fece il segno della croce.

Vignac, rialzatosi, gli era andato accanto. «Spagnoli?»

«No, francesi.»

«E gli altri?»

«Non lo so. Non avevano l'aria di spagnoli. Lo sa il cielo. Da noi scorrazzano soldati di ogni paese.»

Poi si voltò, si avvicinò alla giovane che ancora sedeva per terra e sembrava incapace di muoversi. Avrà avuto sedici o diciassette anni. Aveva un aspetto smagrito e i lineamenti che gli ricordarono le ragazze che aveva conosciuto al Sud. I capelli le ricadevano fin sul petto con riflessi corvini. Le sopracciglia erano sottili e arcuate. Gli occhi luccicavano di stanchezza e intorno erano leggermente arrossati dal sale delle lacrime. Il vestito nero da contadina che la copriva fino ai fianchi aveva uno strappo al collo, e sotto la pelle si vedevano spuntare le clavicole. Aveva le mani sporche e coperte di graffi. Le gambe erano infilate in un paio di calzoni di tessuto grezzo legati alla caviglia con una stringa. Non portava scarpe e i suoi piedi non sembravano aver mai provato il piacere del contatto con il cuoio morbido.

Lussac le andò davanti e si inchinò. «Ho solo una vita e ve ne devo due. Fossi un dio potrei sdebitarmi. Ma sono solo un uomo, e per di più in debito. Perciò vi prego, perdonatemi.»

Lei non disse una parola, limitandosi a osservare intimorita l'uomo che fino a poco prima aveva attentato alla sua vita.

Vignac si avvicinò a loro. «Il mio amico non è una persona cattiva. Ha solo avuto paura, proprio come ne provate voi adesso. Perdonatelo e ringraziamo tutti e tre Dio per averci risparmiati.»

La giovane tacque. I suoi occhi, ancora bagnati di lacrime, sembravano guardare attraverso i due uomini, come fossero un'apparizione incredibile. Le loro voci arrivavano al suo orecchio da lontano, e lei non riusciva a trovare alcun senso in quelle parole.

Vignac si prese cura della cavalla. Le zampe le tremavano, ma per il resto sembrava incolume. Osservò stupito la giovane e si chiese come avesse fatto a far cadere l'animale. Poi slegò la bisaccia, ne estrasse pane e vino e li porse alla ragazza. Lei mangiò e bevve in silenzio. Nessuno dei tre disse una parola.

Dopo due ore ripartirono. Lussac davanti, Vignac e la giovane dietro a una certa distanza. La colonna di fumo che ancora saliva nel cielo gli indicò il cammino. Quando furono a tiro di voce dal villaggio distrutto, Vignac rimase indietro e osservò da lontano Lussac che si aggirava a cavallo tra le capanne abbattute dal fuoco. Poco dopo l'amico tornò e riferì che tutto il campo intorno era pieno delle tracce di molti zoccoli. Del villaggio non era rimasto che una mezza dozzina di cumuli di cenere fumanti e nel centro un mucchio di terra rivoltata di fresco che non avrebbe certo resistito a lungo agli animali in cerca di carogne. I saccheggiatori, sorpresi anzitempo, evidentemente non avevano avuto modo di portare via il bottino. Perciò a servirsi erano stati i salvatori giunti troppo tardi, che in quel modo si erano presi il compenso per il lavoro di sepoltura. Intorno c'erano anche un paio di cani e di gatti morti. Le ginestre, come per scherno, erano fiorite.

La ragazza mantenne un volto inespressivo. Entrambi gli uomini dissero una preghiera in silenzio, quindi diressero i cavalli verso ovest. Spire di fumo li seguirono per un tratto. La ragazza voltava continuamente indietro la testa per imprimere dentro di sé l'immagine del punto in cui era stato il suo villaggio che andava a confondersi con l'orizzonte.

Sul limitare di un bosco trovarono una capanna vuota.

Lasciarono pascolare per un po' i cavalli, quindi li fecero entrare al coperto dove trascorsero tutti la notte, raggomitolati nella paglia umida. Vignac fu il primo a svegliarsi. Senza destare il suo compagno, uscì e fece qualche passo nel bosco intorno. All'improvviso fu colto da una calma grave e meditativa che al leggero stormire delle foglie si fece ancora più assorta. Le scarpe sprofondavano silenziose nel muschio. La luce del mattino scintillava attraverso le corone degli alberi spruzzando uno sfarfallio di macchioline gialle. Poi lo spazio fu ampliato dall'irrompere di oblique colonne di luce.

Vignac si sentì stanco, ma non poteva più dormire. Non sapeva da dove venisse la strana inquietudine che lo accompagnava da mesi. Non doveva forse considerarsi fortunato a portare nella tasca la lettera di raccomandazione che gli prometteva lavoro, vitto e alloggio per l'inverno? No, lui disprezzava quella vita da lavoratore a giornata. Ma le dannate corporazioni non gli lasciavano altra scelta che litigare con altri artigiani itineranti per i pochi lavori in zone fuori mano. E i castellani sapevano ben sfruttare il bisogno di lavorare degli artisti franchi. Chi aveva qualcosa da ridire sulle condizioni di lavoro dure e ingiuste si ritrovava in fretta sulla strada o doveva addirittura vedersela con gli sbirri del datore di lavoro e se non voleva rimetterci le penne faceva meglio a cercare la fuga. Vignac aveva osservato spesso che fine facevano gli artigiani che protestavano per la paga. Una bella scarica di botte era ancora il male minore. In Alvernia aveva visto mozzare la mano, come niente fosse, a uno scalpellino che aveva brandito il pugno in direzione del padrone.

Ma lui, Vignac, avrebbe saputo procurarsi un impiego onorevole. La sua testa non pensava ad altro. Presto sarebbe venuto il momento di dimostrare di che cosa era capace.

Raggiunse una radura, si distese sull'erba e osservò ciò che lo circondava. Intorno a lui c'era una gran pace. Aprì una sacca di pelle che portava sempre con sé, estrasse un album da disegno, ne sfogliò le pagine e osservò severo gli schizzi degli ultimi mesi. Infine rimase assorto in una pagina doppia su sui erano riprodotti due dipinti a fini tratti di pennino. Un occhio non allenato avrebbe ritenuto i due disegni pressoché identici. Ma Vignac si ricordava con precisione delle sottili differenze tra le due versioni di quell'immagine che aveva visto mesi prima in un castello del Sud. Qualcosa dei due dipinti aveva catturato la sua attenzione e perciò li aveva accuratamente riprodotti. E dire che non avevano nulla di straordinario.

Nella radura di un bosco una donna stava in piedi in una fonte da cui era appena sortita. Sul suo corpo bianco come neve brillavano gocce d'acqua che scivolavano giù per le spalle, il petto e le cosce. Alla sua destra sedeva nell'erba una giovane che guardava divertita due uomini, a pochi passi di distanza, che spuntavano dai cespugli. Uno degli uomini teneva in mano un flauto. Dietro la bagnante si trovavano altre due giovani nell'atto di circondare la donna con un telo. Sullo sfondo si vedeva un cavaliere preceduto da una muta di cani latranti. La scena di caccia era descritta in modo vivace, tanto che sembrava quasi di sentire l'abbaiare dei cani e lo scattare delle loro mascelle. Alle spalle della bagnante cinque o sei animali correvano a perdifiato dietro un cervo che, con le zampe anteriori ormai piegate, cercava inutilmente di sollevare le corna per opporle alla muta. Il primo cane l'aveva già raggiunto, affondava i denti nel morbido fianco indifeso dell'animale e ne strappava ringhiando un brandello grande come un pugno. Contemporaneamente, due cani neri si gettavano alla gola e serrando le mascelle di scatto soffocavano il bramito straziato del cervo. Un breve scricchiolio e le zampe posteriori dell'animale cedettero. Cadde e rotolò su un fianco. I cani si attaccavano ovunque al corpo, come cuccioli impazziti, facendolo a brani. Le zampe del cervo falcavano inermi nell'aria. L'ultimo barlume di vita si spense in un freddo tremito.

Tutto accadeva così in fretta che il cavaliere non aveva nemmeno il tempo di raggiungere il centro della radura. Sul primo quadro portava una veste a strisce bianche e nere che lo denotava come un signore d'alto rango in lutto per un lontano parente. Sul secondo quadro era vestito di scuro e aveva i lineamenti del volto di re Enrico. Guardava soddisfatto da lontano il lavoro che i suoi cani avevano fatto per lui. Le dame erano spaventate. Il suonatore di flauto portava lo strumento alle labbra. L'altro uomo giaceva immobile nell'erba e guardava la dama che usciva dalla fonte.

Vignac osservò i due schizzi. La scena riproduceva senza dubbio il racconto di Atteone tratto dalle *Metamorfosi* di Ovidio. Un cervo dilaniato dai cani. La dama che esce da una fonte. Le immagini mostravano la terribile vendetta della dea Diana sullo sfortunato Atteone che vede la dea nuda nell'acqua e per punizione viene da lei trasformato in un cervo, diventando preda dei suoi stessi cani. Ma che funzione aveva il cavaliere sullo sfondo? Che cosa aveva a che fare con questa scena? La Diana e il cavaliere del primo dipinto erano ignoti a Vignac. Probabilmente ritraevano una coppia di amanti principeschi al cui amore, attraverso quella rappresentazione, veniva tributata un'elevazione allegorica. Ma ciò che più affascinava Vignac era che il pittore del secondo dipinto aveva conferito ai personaggi di Diana e del cavaliere i tratti del viso di Gabrielle d'Estrées e di Enrico IV. Vignac sentì che quel sottile cambiamento gli metteva inquietudine. Chissà che gli fosse possibile sfruttare quell'idea a vantaggio dei propri piani. Si alzò e fece qualche passo nella radura solitaria. Il sole era salito più in alto e il sottobosco scricchiolava con il levarsi dell'umidità. Quando fece ritorno alla capanna, Lussac e la ragazza dormivano ancora. Li lasciò di nuovo senza far rumore, andò a sedersi fuori nell'erba, sotto un albero, e guardò fisso avanti a sé, immerso nei suoi pensieri.

8
INTERROGATORIO DI LA VARAINE

Il teste si chiama Guillaume Fouquet, signore di La Varaine e Sainte-Suzanne, supremo maestro di posta e consigliere di Stato, di anni trentanove. Fu incaricato dal re di accompagnare la duchessa di Beaufort da Zamet.

Charles Lefebre In quale giorno la duchessa si recò nella chiesa di Petit Saint-Antoine ad ascoltare il Tenebrae?

La Varaine Fu di mercoledì.

C. L. Non fu forse colta da un malore, prima di mettersi in cammino?

La Varaine Lo stato avanzato della sua gravidanza le dava noie già da molto tempo. Inoltre il suo animo, come è noto a tutti, era funestato da ogni sorta di superstizioni. Ciò nondimeno desinava ogni giorno con un certo appetito.

C. L. In effetti lei richiamò espressamente l'attenzione su questo fatto anche nella sua lettera al marchese di Rosny. Leggo nella sua missiva del 9 aprile che la duchessa si recò in chiesa per ascoltare il Tenebrae dopo aver mangiato bene e con un certo appetito poiché, come lei aggiunse, « chi la ospitava la viziò con i piatti più prelibati e deliziosi che sapeva essere tra le pietanze preferite della duchessa ». Un fatto di cui lei, signore, non si sarebbe dovuto stupire. Non era la prima volta che la duchessa mangiava da Zamet. La tavola del finanziere era sempre apparecchiata riccamente e con gusto. In quell'occasione egli fece ciò che fa sempre quando riceve il re o una personalità di rango. Pertanto non riesco a chiarirmi del tutto la necessità della puntualizzazione nella sua lettera. Ma capisco ancora meno le parole che seguono: « ...

ciò che non sarà sfuggito alla sua attenzione, caro amico, mentre la mia non è sufficiente ad autorizzare supposizioni su cose di cui non mi sono accorto». Che cosa voleva dire con queste parole? Qui sembra nascondersi un'allusione.

LA VARAINE La malattia della duchessa giunse assai improvvisa e pertanto a molti parve straordinaria. Ma c'era davvero ragione per qualche sospetto? Io non lo so, e volevo semplicemente dire di non aver osservato nulla che giustificasse simili illazioni.

C. L. Tuttavia è vero che lei faceva riferimento a qualcosa che non nomina direttamente ma a cui vuole alludere. Sospetta forse il signor Zamet?

LA VARAINE Non ho mai manifestato un tale pensiero.

C. L. Il signor Zamet non era forse suo amico?

LA VARAINE In effetti gli ero molto obbligato. Quando l'esercito del signor Mayenne era davanti a Dieppe, il re mi mandò in Champagne e Piccardia a trarne il maresciallo d'Aumont e il duca di Longueville. Ma caddi in mano agli uomini di de Soissons. Il signor Zamet mise a disposizione il denaro per il mio riscatto.

C L. Questo in verità avrebbe dovuto disporla a comportarsi lealmente nei suoi confronti e a non esprimere alcun commento, peraltro ozioso, se è vero che dietro a esso non si celava alcuna allusione che sarebbe riferibile solo a lui. Si potrebbe credere che per paura di essere coinvolto in una eventuale indagine lei abbia voluto mettere per tempo le mani avanti così da poter successivamente dire: sono stato io il primo ad avanzare dubbi.

LA VARAINE Perché avrei dovuto ricorrere a simili misure di sicurezza? Io ebbi ben poco a che fare con il signor Zamet. Il servigio che mi rese un tempo fu più a beneficio del re che mio, e il re ha poi restituito il denaro. Non sapevo assolutamente nulla degli affari di Zamet. Né dovevo temere di essere coinvolto nella faccenda nel caso avessero davvero voluto istituire un processo contro di lui, poiché tutti sapevano che godevo tanto della fiducia della duchessa quanto di quella del re, il quale aveva posto Madame sotto la mia protezione. La sera precedente la partenza di lei da Fontainebleau io ancora nemmeno sapevo che avrei dovuto accompagnarla. Come avrei dunque potuto prender parte a un complotto contro la sua vita, e a quale scopo? I miei veri interessi mi prescrivevano piuttosto di salvarle la vita che di ordire la sua rovina. Non dovevo pertanto cautelarmi in alcun modo né stornare da me sospetti.

C. L. Quando cominciò la malattia della duchessa?

La Varaine Con il suo ritorno dalla chiesa di Petit Saint-Antoine. Fece qualche passo nel giardino del signor Zamet, ma nel corso della passeggiata la sorprese all'improvviso un crampo violento che minacciò di soffocarla.

C. L. Il crampo non era stato preannunciato da alcun sintomo?

La Varaine Sì. Certo. Durante il Tenebrae la duchessa ebbe un attacco di debolezza. Fu per questo che tornò prima del dovuto all'albergo di Zamet. La chiesa era poco spaziosa e faceva caldo. Inoltre c'era molta folla.

C. L. È vero. Sembra appurato che la duchessa, indebolita dalla gravidanza, soffrisse molto per quel caldo straordinario. Dopo il suo ritorno da Zamet la duchessa mangiò forse un frutto, un pomo di colore giallo-verde che chiamano cotogna?

La Varaine È possibile, ma io non lo notai.

C. L. Lo hanno confermato più persone, le quali hanno ricondotto la febbre improvvisa della duchessa al fatto che mentre era accaldata abbia consumato un frutto crudo, freddo e amaro che ha causato prima una colica e infine una pleurite.

La Varaine I crampi improvvisi e violenti di cui la duchessa è stata vittima escludono questa congettura.

C. L. Come si manifestarono gli attacchi?

La Varaine Sensazione di soffocamento e crampi che si ripresentavano regolarmente.

C. L. In effetti ha parlato di crampi anche madamigella di

Guisa, e i medici hanno confermato che questo tipo di malattia è molto frequente tra le donne in avanzato stato di gravidanza. Prosegua.

LA VARAINE Già in seguito ai primi attacchi perse per un tratto la conoscenza e la vista. Strozzamento, soffocamento e crampi accompagnavano ogni attacco. Credemmo che sarebbe morta da un momento all'altro. Invece le riuscì di riaversi dalla perdita di conoscenza, e quando fu di nuovo in sé non parlò d'altro che di voler lasciare all'istante la casa di Zamet per essere portata al chiostro di Saint-Germain, nella casa della zia che in quel momento si trovava nelle sue proprietà di Alluye.

C. L. Nella sua deposizione scritta il signor Chiverny sostiene che dopo aver ricevuto le prime cure la duchessa passò una notte tranquilla nell'albergo di Zamet e che solo il giovedì mattina pretese con insistenza di essere portata nella casa della zia.

LA VARAINE Il cancelliere si sbaglia. Il mercoledì sera, subito dopo il suo primo attacco, la duchessa ordinò che la portassero nella casa della zia. Mostrò una volontà così appassionata di essere allontanata dalla casa di Zamet che non ci rimase altra scelta che accompagnare immediatamente la duchessa nel decanato.

C. L. Che cosa accadde dopo che la duchessa fu portata nella casa della zia?

LA VARAINE Andò subito a letto e si mandarono a chiamare al più presto i medici. Ma quando gli attacchi si fecero più violenti e più frequenti decisi di avvertire il re per comunicargli che i medici temevano per la vita della duchessa. A causa della gravidanza non si potevano impiegare medicamenti che fossero commisurati alla potenza del male.

C. L. Dunque scrisse la prima lettera al re di mercoledì?

LA VARAINE No, di giovedì.

C. L. Non scrisse alcune lettere anche la duchessa?

LA VARAINE È possibile, sebbene io non abbia osservato nulla del genere. Era circondata dalle sue dame di camera e da alcune nobildonne accorse appena saputo della malattia. Gradualmente però, vedendo lo stato disperato in cui si trovava la duchessa, esse tornarono a ritirarsi. Io stesso non sono rimasto tutto il tempo nelle sue stanze.

C. L. Il signor Chiverny riferisce che durante la malattia la duchessa scrisse al re tre lettere. Mentre terminava la terza, fu colta da un attacco, più grave dei precedenti. Solo a questo punto perse conoscenza e qualche ora più tardi anche la vista, l'udito e gli altri sensi.

LA VARAINE Io non credo che giovedì sera nelle brevi pause tra gli attacchi le sia stato possibile scrivere tre lettere. In quel momento il cancelliere non si trovava a Parigi. Conosce il corso degli eventi solo di seconda mano.

C. L. Certo è che ne ha scritta *almeno* una. L'ha recapitata al re il signor Puipeyroux. In essa prega il re di permetterle di rientrare a Fontainebleau. Era convinta che egli avrebbe voluto risparmiarle quello strapazzo e sarebbe partito immediatamente di persona alla volta di Parigi. Effettivamente, Puipeyroux era appena arrivato che già il re lo rispediva a Parigi con il compito di tenergli pronto un traghetto alla Tuilerie, così da poter passare direttamente da Saint-Germain al Louvre senza dover attraversare Parigi. Quindi Sua Maestà partì a cavallo e si arrabbiò molto quando ben presto raggiunse Puipeyroux. Lo rimproverò di non essersi affrettato abbastanza, ma una volta ripreso con lui il viaggio, a metà strada Sua Maestà ricevette all'improvviso una notizia inviatagli da lei, La Varaine, in cui gli comunicava che la duchessa era morta. Quindi i servitori di Sua Maestà gli ostruirono la strada per Parigi e lo convinsero a fare ritorno a Fontainebleau. In che momento ha redatto tale missiva?

LA VARAINE Il venerdì pomeriggio.

C. L. La duchessa però spirò il mattino seguente. E allora come poté comunicare già di venerdì al re che era morta?

LA VARAINE Il volto della duchessa era orrendamente stravolto. La testa era completamente rovesciata indietro.

Quando la osservai in quello stato pensai che non fosse una bella cosa che il re la vedesse sciupata a quel modo. Inoltre i dottori avevano già perso ogni speranza. Volevo risparmiare al re il dolore e l'affanno che certo avrebbe patito quando l'avesse vista in quelle condizioni. Perciò ebbi l'ardire di scrivergli di non venire, perché la duchessa era pressoché morta e la sua vista avrebbe solo aumentato il suo dolore.

C. L. Sono motivazioni poco convincenti. È imperdonabile che in una situazione tanto seria lei abbia ingannato a quel modo il re. Lei gli ha sottratto la consolazione più grande: quella di stare accanto a colei che amava al di sopra di ogni cosa nella sua ultima ora. La sua lettera lo colpì come un fulmine. I suoi servitori, i signori Roquelaure e de Fontenac, lo portarono nell'abbazia di Saussaye presso Villejeuif e lo misero a letto. Ma ben presto lui si alzò nuovamente e disse che pretendeva di vederla da morta e di poterla tenere tra le braccia. Dovettero quasi usargli violenza per convincerlo a salire sulla carrozza per Fontainebleau. Che ragioni aveva lei dunque per impedire a Sua Maestà di giungere al letto della moribonda così da potersi fare egli stesso un'idea della situazione?

LA VARAINE Nessun'altra ragione oltre quelle che ho già esposto. Dalla duchessa il re non avrebbe potuto sapere nulla, poiché giaceva priva di conoscenza. Volevo proteggere il re da un dolore inutile e risparmiargli una visione orribile che forse avrebbe potuto spingerlo a compiere un gesto stolto. Non mi comportai diversamente dai più fedeli servitori del re, i quali gli impedirono di venire a Parigi. Anche il signor Bellièvre, che incontrò Sua Maestà sul cammino, gli disse che la duchessa era morta nonostante sapesse la verità. Tutti questi signori seguirono il mio stesso impulso: per amore del re lo tennero lontano dallo spettacolo orribile che lo aspettava a Parigi.

C. L. Vedo bene che a lei premeva di proteggere la sensibilità del re. Eppure i signori d'Ornano e Bassompierre non reclamavano un simile riguardo. E tuttavia a loro lei ha raccontato la stessa storia che al re. Venerdì cercò i due durante la messa di Pasqua a Saint-Germain-l'Auxerrois e disse loro che la duchessa era morta. Poi pregò i due uomini di cavalcare incontro al re, che di certo era già in cammino, per fare in modo che Sua Maestà non venisse a Parigi.

LA VARAINE Quei signori hanno riportato male le mie parole o forse le hanno male intese. Non dissi mai che la duchessa fosse morta, ma che la si considerava pressoché morta. Anche il marchese di Rosny è un amico di Sua Maestà e gode di una confidenza molto più ampia che i signori d'Ornano e Bassompierre. Gli ho forse nascosto la verità? Lei ha in mano la lettera che gli scrissi il venerdì sera e che feci consegnare dal corriere inviatogli dal re per richiamarlo a Fontainebleau. Nella lettera non gli spiegavo forse perché credevo di dovermi comportare in tale maniera nei confronti di Sua Maestà? Non giustificai forse con lui il mio comportamento? Lo tenni forse all'oscuro del fatto che Madame de Beaufort respirava ancora mentre il re già la piangeva? Queste furono le mie parole: *Eccomi qui a reggere questa povera donna come morta tra le mie braccia, e non credo che abbia da vivere ancora più di un'ora, considerate le terribili convulsioni di cui è vittima*. La prego di notare le mie parole: *come morta*! Scrissi questa lettera verso le nove di sera. Ma dalla tarda mattinata, quando avevo scritto al re, la situazione non era più mutata, e attendevamo da un momento all'altro l'arrivo della morte, cosa che infatti avvenne il mattino seguente.

C. L. Madamigella di Guisa tuttavia sostiene che a quel punto la duchessa partorì a causa dei medicamenti che le erano stati somministrati.

LA VARAINE Madamigella di Guisa erra. Del resto lei non era presente, poiché dopo le prime cure aveva lasciato la duchessa nella casa della zia. È vero il contrario. A causa dello stato avanzato della gravidanza i dottori non poterono prendere alcun provvedimento che fosse commisurato alla gravità del male. Non si lasciò partorire la duchessa, e solo dopo la sua morte il suo ventre fu aperto e ne venne estratto a pezzi e brani il figlio. Il bambino era già morto il primo giorno della malattia.

C. L. I medici aprirono dunque il cadavere. Di certo cercavano la causa della malattia. Conosce il risultato di quell'esame?

La Varaine No. Ma erano lì riuniti i medici migliori di Parigi, compresi due dottori inviati dal re. Si trattava di persone che a cagione del loro sapere e della loro posizione godevano di un certo prestigio. Non avrebbero mai taciuto la verità. Se avessero trovato i segni di una morte innaturale sarebbe davvero straordinario che si siano accordati per non far trapelare nulla. Almeno il re sarebbe venuto a saperlo. E invece a Sua Maestà non è giunto all'orecchio nulla di simile.

C. L. Il che prova a sufficienza quanto sia stato sconsiderato da parte sua fomentare motivi di sospetto la cui stolidità ora deve riconoscere lei stesso.

Reso in Parigi, addì 7 maggio 1599

9
IL PIANO

Tre giorni più tardi raggiunsero il castello. Giaceva come una nave arenata sulle colline avare di vegetazione della Bretagna. Consegnarono la lettera di raccomandazione e gli fu assegnato uno stanzino vicino alle officine. Dopo qualche contrattazione riuscirono a ottenere che per la durata della loro permanenza la ragazza aiutasse in cucina senza compenso, in cambio di vitto e alloggio.

Ovunque erano in corso lavori di riparazione. I fossati erano pieni di sabbia. Le mura esterne erano disseminate di innumerevoli colpi di proiettile, che avevano pesantemente danneggiato anche gli edifici all'interno. Il portale d'accesso era completamente distrutto e tutti gli ornamenti rovinati. Il giorno seguente Lussac era già chino sui vecchi disegni a studiare teste, volti, affreschi e ornamenti che presto sarebbero dovuti tornare ad abbellire il portale. Vignac si unì ai pittori che avevano già cominciato a pulire un dipinto danneggiato e si apprestavano a ridipingerlo. Tuttavia ci si rese conto che nella maggior parte dei casi non era più possibile salvare l'antico splendore, e così sulla falsariga dei modelli originali ci si accingeva a dipingere immagini nuove e ancora più splendide.

Rimasero lì tutto l'inverno. Le giornate sempre più corte fervevano di attività, e nelle notti sempre più lunghe gli artisti e gli artigiani originari di mezza Europa se ne stavano accoccolati nei loro tramezzi dalle pareti sottili, che puzzavano di cibo, sudore ed esalazioni, ad ascoltare il vento che batteva i campi all'esterno. Voci su quanto avveniva nel regno trapelavano fino a loro. Amiens era caduta a novembre. Un'altra sconfitta per la Spagna, che aveva occupato la città in primavera. Enrico aveva mandato in Normandia

Du Plessis Mornay, il papa dei protestanti, per intimare la sottomissione di Mercœur, l'ultimo lotaringio che ancora opponeva resistenza. Quello sarà sbiancato dalla rabbia, nel suo umido borgo di mare alla fine del mondo. Si prendeva atto delle novità, ma nei cuori abitavano troppo orrore e troppi ricordi dei trent'anni di guerra perché ci si potesse illudere di grandi speranze al sentire quelle notizie. Chi poteva prevedere che cosa avrebbe portato la primavera? Cosa sarebbe accaduto se Navarra alla fine fosse caduto vittima di uno dei molti coltelli che ancora lo cercavano? Da qualche parte dietro l'orizzonte velato venivano suggellati accordi che potevano essere infranti l'indomani stesso. Di sicuro c'erano solo il vento, la pioggia, il calore del fuoco e i morsi della fame.

Quando cadde la prima neve li fecero trasferire nelle cantine, che si differenziavano dalle segrete solo perché le porte non avevano chiavistelli e i pavimenti freddi erano cosparsi di paglia asciutta e pulita. Ma il cibo caldo e la paga – seppure misera – trasformavano quei tuguri bui in sale lussuose che offrivano riparo dalle incognite della gelida libertà che si stendeva imponderabile intorno al castello.

Vignac si occupò del rivestimento in legno della sala da pranzo, che andava dipinto. Finito quel lavoro lo aspettavano le decorazioni alle pareti in parecchie altre stanze del castello.

Dentro di sé tuttavia era occupato da altre impressioni. La scena di caccia, i due dipinti che aveva visto in uno dei castelli nel Sud, non gli dava pace. Ma perché quelle immagini lo visitavano con tanta insistenza? La sua anima gli mostrava in continuazione la scena nella radura nel bosco, e quando chiudeva gli occhi vedeva il volto bello e giovanile di una dama sconosciuta circondata di ninfe dei boschi assumere le fattezze della duchessa di Beaufort. I dettagli dei quadri gli erano così chiari davanti agli occhi come se li avesse visti solo il giorno prima. All'epoca aveva osservato i due dipinti con molta attenzione forse soltanto perché tra loro si assomigliavano tanto. Una donna, circondata da tre ninfe, stava presso una fonte e reggeva pudica un panno davanti al grembo. Alla sua destra era accovacciato un Pan che guardava timidamente l'osservatore, mentre in secondo piano un altro Pan suonava il flauto. A sinistra sullo sfondo un nobile a cavallo puntava su un cervo che i suoi cani, corsi avanti, avevano già trascinato a terra. Sì, non c'era dubbio. Era la scena di Atteone dal terzo libro delle *Metamorfosi* di Ovidio, l'orrenda fine del nipote di Cadmo che sorprese durante il bagno la dea della caccia Diana e per vendetta venne da lei trasformato in un cervo che poi fu sbranato dai suoi stessi cani. Mentre evocava sempre più distintamente i quadri dalla memoria, Vignac credette quasi di sentire le parole commoventi del poeta.

Appena entrò nella grotta irrorata dalla fonte,
le ninfe, nude com'erano, alla vista di un uomo
si percossero il petto e riempirono il bosco intero
di urla incontrollate, poi corsero a disporsi intorno a Diana
per coprirla con i loro corpi; ma, per la sua statura,
la dea tutte le sovrastava di una testa.
Quel colore purpureo che assumono le nubi se contro
si riflette il sole, o che possiede l'aurora,
quello apparve sul volto di Diana sorpresa senza veste.
Benché attorniata dalla ressa delle sue compagne,
pure si pose di traverso e volse il volto indietro.
Non avendo a presa di mano le frecce, come avrebbe voluto,
attinse l'acqua che aveva ai piedi e la gettò in faccia all'uomo,
inzuppandogli i capelli con quel diluvio di vendetta,
e a predire l'imminente sventura, aggiunse:
«Ed ora racconta d'avermi vista senza veli,
se sei in grado di farlo!» Senza altre minacce,
sul suo capo gocciolante impose corna di cervo adulto,
gli allungò il collo, gli appuntì in cima le orecchie,
gli mutò le mani in piedi, le braccia in lunghe zampe,
e gli ammantò il corpo di un vello a chiazze.

Gli infuse in più la timidezza. Via fuggì l'eroe, figlio di Autònoe,
e mentre fuggiva si stupì d'essere così veloce. Quando
poi vide in uno specchio d'acqua il proprio aspetto con le corna,
«Povero me!» stava per dire: nemmeno un fil di voce gli uscì.
Emise un gemito: quella fu la sua voce, e lacrime gli scorsero
*su quel volto non suo...**

Una fine orrenda, dilaniato dai propri cani. Una fine visibile sullo sfondo del quadro.

Ma quei cani
da ogni parte l'attorniano e, affondando le zanne nel corpo,
sbranano il loro padrone sotto il simulacro di un cervo:
e si dice che l'ira della bellicosa Diana non fu sazia,
*finché per le innumerevoli ferite non finì la sua vita.***

Ma chi era il nobile che arrivava a cavallo sul fondo della radura? Qui il pittore non si era forse distaccato dal racconto mitologico e nella sua rappresentazione aveva fatto del cavaliere il vendicatore della colpa di Atteone? Sì, doveva essere così. Per questo il volto della dea ricalcava quello della duchessa di Beaufort. Il dipinto offriva una relazione allegorica tra quel cavaliere e Gabrielle d'Estrées. Il nobile non era altri che il re stesso, Enrico di Navarra. Nessuno si avvicina impunemente all'amata del re! Era questo il messaggio contenuto in entrambi i dipinti.

La scoperta mise Vignac in uno stato di profonda eccitazione. Infatti, non appena comprese con quale variazione sottile il pittore aveva utilizzato il motivo di Diana per rappresentare l'amore tra Navarra e Gabrielle, fu colpito da un pensiero portentoso. A un tratto credette di avere compreso quale idea grandiosa gli avevano ispirato le due rappre-

* Publio Ovidio Nasone, *Metamorfosi*, trad. it. di Mario Ramous, Garzanti, Milano, 1995, libro III, vv. 177-203. (*N.d.T.*)
** *Ibidem*, vv. 248-252. (*N.d.T.*)

sentazioni. Sì, all'improvviso gli parve di aver trovato il modo di sfuggire alla sua esistenza di stenti.

Posò il pennello di lato e guardò trasognato avanti a sé, sul pannello di legno. Ma soltanto nelle ore notturne, a poco a poco, prese forma dentro di lui un'idea chiara: la chiave del suo destino era nascosta in quella visione. Si apprestò a seguirne furtivo le tracce.

In primavera si confermò quello che avevano profetizzato i viandanti di passaggio nel corso di tutto l'inverno: Enrico si accingeva a sottomettere gli ultimi ribelli lotaringi che ancora rimanevano. Fino all'ultimo Mercœur si era rifiutato di accogliere le molteplici offerte di mediazione e di dare ascolto alle suppliche della sorella. Ma ormai non era più possibile arrestare la vittoria del re, e si poteva solo trattarne il prezzo e stabilire se fosse da pagare in sangue o denaro.

La nobiltà bretone abbandonò Mercœur e si gettò a sciami dalla parte di Enrico. Una città dopo l'altra si aprì sottomettendosi al re. Lo scontro militare, a cui il duca ribelle sarebbe difficilmente sopravvissuto, sembrava inevitabile. Invece alla fine, al posto di fuoco di moschetto e campane d'attacco, i primi giorni di aprile portarono fuochi d'artificio e campane a festa. Mentre un numero infinito di curiosi provenienti da ogni angolo della provincia si accampavano intorno al castello di Angers, nella cappella riccamente addobbata il primogenito del re, César, sposava l'unica figlia di Mercœur.

Una settimana dopo la corte partì per Nantes. Pochi giorni prima Mercœur aveva ceduto il castello. Il 13 aprile 1598 la duchessa di Beaufort dava alla luce Alexandre, il suo secondo figlio. Si fermò in Bretagna ancora qualche settimana per riprendersi dal parto e mostrare i suoi nuovi sudditi al figlio maggiore, che impalmando la figlia di Mercœur era diventato governatore della Bretagna.

Dev'essere stato in quel periodo che Lussac una notte,

svegliandosi, si accorse che il giaciglio accanto al suo era vuoto. Dapprima richiuse gli occhi, ma si accorse subito d'istinto che le orecchie si erano tese in cerca di passi in avvicinamento. Dopo che furono trascorsi alcuni minuti senza che alcun rumore annunciasse il ritorno di Vignac, Lussac si alzò e risalì le scale delle cantine fino al vestibolo. Anche lì era tutto tranquillo. Trapelando nell'ampia sala attraverso i finestroni, la luce della luna propagava un debole chiarore. Lussac fece qualche passo incerto nell'atrio e si fermò ad ascoltare.

Tranne il russare e rantolare degli uomini che dormivano di sotto nelle cantine non si udiva alcun rumore. Dove era andato Vignac a quell'ora di notte? A pensarci bene era già qualche settimana che si mostrava sfuggente e pareva posseduto da una strana inquietudine. Ma questa scomparsa notturna era davvero strana, e Lussac sperò che l'amico non si fosse messo in testa di migliorare la sua misera paga con attività illecite. Che si aggirasse di notte nel castello per rubare? Aveva appena formulato quel pensiero quando alla sua vista si offrì uno spettacolo che impose una spiegazione non meno inquietante. Senza che il minimo rumore ne avesse preannunciato l'apparizione, all'improvviso vide Vignac in compagnia della ragazza che avanzavano da uno dei passaggi laterali. Attraversarono silenziosamente le pozzanghere di luce che la luna versava davanti ai loro piedi sul pavimento di pietra, entrarono nel vestibolo e lì si fermarono zitti nell'ombra di una colonna. Poco dopo la ragazza si staccò dall'oscurità e scomparve.

Vignac indugiò ancora un istante, finché la porta non si fu richiusa alle spalle della giovane, quindi fece per recarsi nel dormitorio. Ma dopo pochi passi lo raggiunse il bisbiglio di Lussac.

«Da dove diavolo vieni?»

Vignac si voltò. «Buono, buono. Non dormi?»

«E tu? Stai cercando di farci mettere in catene e appendere?»

Vignac gli mise una mano sulla bocca. «Parla piano!»

Lussac sputò. «Che cosa diavolo hai sulle dita?»

Vignac ridacchiò. «Perdonami. Dev'esserci rimasto sopra ancora un po' d'aceto. Ma tu parla più piano.»

«Dove sei stato?»

«Vieni. Andiamo a letto. Sono stanco.»

«Ah, sì? E lei? È stanca anche lei?»

«Che cosa fai adesso, ti metti a spiarmi nel cuore della notte?»

«E tu? Che cos'hai sulle mani? Sei stato nelle dispense a farti forte per le tue galanterie? Dove trovi il coraggio per sgattaiolare in giro per la casa come un ladro?»

«Un ladro? Io? Che sciocchezze. L'unico a cui rubo qualcosa sono io stesso, visto che mi sottraggo il sonno. Ma vieni. Tanto era un po' che volevo discutere con te una cosa. Ascolta. Voglio che scrivi a Perrault, a Parigi, per dirgli che arriviamo a giugno.»

Lussac non credeva alle sue orecchie. «A giugno? Perché a giugno? Vuoi andartene da qui? Non ci penso nemmeno. Qui c'è lavoro almeno per altri dieci mesi. E che cosa dovremmo mai fare noi a Parigi?»

Vignac lo trascinò dietro di sé giù per le scale. Gli altri uomini dormivano. Nessuno si era accorto della loro assenza. Quando si furono coricati, Vignac prese l'amico per il braccio, lo tirò a sé e gli parlò sottovoce: «Voglio diventare pittore di corte».

Lussac lo squadrò. L'amico aveva di certo perduto il senno. Ma Vignac proseguì irremovibile: «Guardaci, Lussac. Qui ce ne stiamo come topi in cantina, grati per ogni boccone e qualsiasi stupido lavoretto che ci gettano. E quando tutto sarà finito ci indicheranno la porta e già saremo dimenticati. Fra vent'anni nessuno saprà più chi ha dipinto tutto questo. Il mondo ha un creatore, che è Dio, e ogni essere umano sa di avere un padre e una madre, che ci guardano e dicono: questo è mio figlio, questa mia figlia. Le nostre opere invece vengono al mondo già orfane, sono senza nome e senza genitori. Sono anni che vago di castello in castello, dipingo un soffitto qui e riparo un paio di cimase là, così che l'anno dopo possano venire di nuovo distrutte. Vuoi passare la tua vita a martellare portali rovinati? Ascoltami, Lussac. Ho sentito i discorsi degli altri che sono qui. È ancora solo questione di tempo e poi verrà la pace. Enrico ha promesso la libertà di culto. Ci darà un editto, seggi fissi per il partito riformato, partecipazione al governo e all'amministrazione della giustizia. L'incubo sarà finalmente passato. Che mille diavoli si portino via Filippo e i cattolici tutti. Ha il male italiano.* Bel capo della cristianità.

«E che cosa accadrà quando ci sarà la pace? Si costruirà. Il re ha un consigliere astuto. Si chiama Rosny e ha già i progetti pronti. Pensa un po', si dice che Enrico voglia ampliare il castello del Louvre. Lussac, vuole costruire una galleria che gli permetta di andare a passeggio fino alla Tuilerie passando sopra la Senna. In questa galleria verranno allestiti laboratori per pittori, scultori, intagliatori, disegnatori, pittori di giardini, orologiai, ritrattisti, tutto quel che si può immaginare. E pensa solo alle opere gloriose che Enrico commissionerà! Quanti scalpellini credi che ci vorranno per fare questo lavoro immane? E chi scolpirà le statue che orneranno i fregi? I capitelli delle colonne? Gli angeli e i putti delle cornici? E chi dipingerà i soffitti e le pareti? Tu e io, mio caro. A Parigi ci sarà lavoro, e non come qui, dove abitiamo come porci nelle cantine e di giorno imbrattiamo di uve e di pomi i pannelli della sala da pranzo. Ne ho piene le tasche di fare lavori così indegni. E con questo materiale! Qui manca tutto. Ciò che dipingo oggi sarà già rovinato prima che io faccia in tempo a sprofondare nella fossa, se Dio vorrà concedermi ancora mezza vita. Il gesso è cattivo, l'olio impuro. Corroderà i pigmenti in pochissimo tempo. Non so se qui non capiscono nulla o se è l'avarizia a spingerli a utilizzare colori tanto scadenti. Che sciocchezza: così tutto è inutile, e i discendenti potranno tutt'al più ricominciare ogni cosa da capo, senza nemmeno dover aspettare una guerra. Quanto a me, mi guarderò be-

* La sifilide. (*N.d.T.*)

ne dallo svelare le mie ricette per i ridicoli pannelli del signor marchese.»

«Che tuttavia ti permettono di non morire di fame.»

«Lavori come questi si rimediano sempre. Ma io ho trovato la chiave per Parigi. Ti ricordi ancora i dipinti di cui ti ho raccontato una volta? Le due scene di Atteone? Li vedo sempre davanti a me, la coppia di amanti legata dall'allegoria. Enrico e Gabrielle. Lussac, che cosa succederà quando ci sarà la pace? Enrico sposerà la duchessa di Beaufort. Su questo non c'è alcun dubbio. Gabrielle d'Estrées diventerà regina. E tu sai come funzionano le cose a corte e in politica. Chi vuole qualcosa dal re deve rivolgersi alla regina. Questi pensieri mi giravano per la testa senza tregua, finché all'improvviso ho avuto tutto chiaro davanti agli occhi. Quando ho visto la duchessa ad Angers, qualche settimana fa, ricordi?»

«Al matrimonio dei bambini?»

«Sì. L'hai vista anche tu durante la processione. Che viso divino! Che incanto le aleggia intorno! Non stupisce che mezza Europa parli di lei. Hai visto i suoi capelli, disseminati di infiniti brillanti intessuti nell'oro della sua bella treccia? Il suo vestito di seta bianca sembrava nero a confronto con la neve del suo bel seno. E non hai notato i suoi occhi? Avevano il colore del cielo e splendevano talmente che era difficile stabilire se dovevano la loro viva luce al sole o se non fosse piuttosto l'astro di fuoco a doverle render grazie. Gli archi regolari delle sue sopracciglia, di un nero amabilissimo. Il naso un po' nella guisa di un nobile. La sua bocca rosso rubino e il collo liscio e bianco come avorio. Le sue mani, su cui si mescola il colore delle rose e dei gigli, sono così ben tornite che, come ogni altra cosa di quella creatura, bisogna ritenerle un capolavoro della natura. E mentre ci passava accanto a quel modo, all'improvviso ho avuto tutto chiaro davanti agli occhi. I due quadri di Atteone, gli sguardi, i volti, tutto ciò si è ricomposto in una visione che da allora mi perseguita come un dolce profumo. Ti ricordi ancora di Chenonceaux?»

«Il castello di Chenonceaux?»
«Sì, rammenti il dipinto nell'atrio d'ingresso?»
«Il ritratto della nobildonna nel bagno.»
«Esatto. Vieni, voglio mostrarti una cosa.»
Si alzò. Lussac voleva fermarlo, ma Vignac era già alla porta. Scivolarono per i corridoi bui, raggiunsero inosservati il primo piano, attraversarono l'ala ovest e infine arrivarono a una scaletta che conduceva in una delle torri. La rampa terminava in un piccolo pianerottolo, e dopo qualche passo si trovarono in una stanza dall'ampia soffittatura, con una finestra alta e stretta da cui si vedeva il cielo notturno. Vignac chiuse guardingo la porta e accese alcune semplici lampade a olio sparse sul pavimento di pietra. Lussac rimase a bocca aperta per lo stupore. Come era possibile? Come aveva fatto Vignac a procurarsi quell'atelier? La luce delle piccole lampade a olio danzava sulle pareti. Lo sguardo di Lussac cadde su un tavolo coperto di vasi e ciotole da cui si levavano spatole e pestelli prigionieri di paste essiccate.

Fece qualche passo nella stanza, raccolse dal tavolo alcuni schizzi, li sollevò e li distese davanti a sé. Quei disegni gli fecero battere il cuore più forte. Animato da una furia interiore sfogliò pagina dopo pagina, scrutando le figure che lo fissavano a loro volta con occhi privi di vita. Alcuni degli occhi guardavano altrove, nel vuoto. Altri cercavano i suoi come lo sguardo di una statua, beffardo, superiore, freddo. Davanti a sé vide inarcarsi un drappo di tende che pendeva pesantemente dall'alto; una mano posata su un ripiano stringeva tra le dita un panno delicato, come fosse stata sorpresa da uno sguardo curioso. Su un altro schizzo si vedeva un piatto di frutta ricolmo di pere, uve, mele e fiori, e davanti una mano che teneva un garofano.

Vignac gli prese di mano gli schizzi e lo trascinò davanti alla tela montata in fondo alla stanza. Lussac riconobbe il quadro all'istante. Sì, era il dipinto che si trovava nell'atrio d'ingresso del castello di Chenonceaux. Ma allo stesso tempo era un altro quadro. Si ritrasse, prese da terra una lampada e muovendola leggermente avanti e indietro cercò di trovare la luce migliore.

Mentre osservava il quadro davanti a sé sul cavalletto, Lussac richiamò alla mente il dipinto di Chenonceaux. La cosa non gli fu difficile, perché erano passati solo pochi mesi da quando l'aveva ammirato. Mostrava una nobildonna nel bagno. Sedeva in una vasca di ferro sul cui bordo era gettato un telo bianco. La dama era nuda, e il suo petto scoperto era rivolto verso l'osservatore. Il suo contegno, però, e anche i capelli accuratamente acconciati e coperti con una cuffietta di velluto blu scuro dal cui vertice pendeva sulla fronte della dama un diadema, le conferivano una dignità che la sottraeva in modo singolare dall'ambiente intimo e casalingo. Peraltro le tende rosso porpora che contornavano uniformemente la scena indicavano che a quella mostra di un privato dall'atmosfera maestosa andava attribuito un significato pubblico.

La nobildonna guardava nel vuoto, oltre l'osservatore. Tra pollice e indice della mano sinistra stringeva un lembo del telo bianco che copriva la vasca, così da scoprire un pezzo del bordo di pietra. La mano destra era adagiata su un piano di legno, a sua volta coperto da un telo, che poggiava sui due bordi della vasca a formare un tavolo su cui era posato un piatto di frutta. Bracciali d'oro intrecciato le adornavano i polsi, e tra le dita della mano destra teneva un garofano. Alle spalle della nobildonna si vedeva un bambino che si sporgeva da dietro il bordo della vasca e allungava il braccio destro per prendere uno dei frutti dal piatto. Accanto a lui, sul lato sinistro del quadro, sedeva una balia al cui seno era attaccato un neonato. Osservando il quadro di Vignac, Lussac ricordò anche lo sfondo del dipinto di Chenonceaux. Lì era tirata per metà una seconda tenda rosso porpora, dietro cui si vedeva un tavolo coperto da un panno verde. Accanto c'era una serva nell'atto di posare una brocca d'acqua su un ripiano di legno che si trovava al di là del tavolo. Dietro di lei c'era un camino il cui fuoco irradiava una debole luce. Sopra il camino si vedeva l'angolo di un altro dipinto su cui era rappresentato un paesaggio. Una finestra posta accanto al camino era semichiusa e offriva la vista di alberi sotto un brillante cielo serale blu e giallo. Il muro tra il camino e la finestra era ornato da uno specchio e dalla raffigurazione di un unicorno.

Tutti questi dettagli del dipinto del castello di Chenonceaux tornarono alla mente di Lussac mentre osservava stupefatto il quadro di Vignac sul cavalletto davanti a sé. Con che maestria Vignac si era avvicinato all'originale! Non solo avvicinato, no, aveva anche eccellentemente corretto i difetti prospettici del quadro di partenza; aveva compresso meno il corpo della bella donna, ne aveva modellato più finemente il volto e il collo e accorciato gli avambracci ottenendo una gracilità che l'ignoto pittore del primo quadro aveva cercato senza trovare. Per il resto Vignac si era concesso poche libertà. La vasca da bagno in cui sedeva la bella dama ricalcava fedelmente il modello. Lo stesso valeva per il piatto di frutta e per il bambino che afferrava il pomo da dietro le spalle della dama, sotto il sorriso benevolo della nutrice che allattava il più piccolo in secondo piano. Anche lo sfondo era tratto quasi completamente dall'originale. Il camino, il fuoco al suo interno, il tavolo coperto di verde, la mensola di legno che correva lungo di esso e su cui una serva poggiava una brocca da cui doveva aver appena versato acqua nella vasca della dama. Anche lo specchio e l'unicorno sulla parete di fondo non mancavano, e nemmeno la finestra aperta che permetteva all'occhio dell'osservatore di perdersi piacevolmente nel vasto cielo. Tutto ciò era riprodotto con tale perfezione che mentre guardava l'opera dell'amico in Lussac si alternarono ammirazione e invidia.

Ma nel quadro c'era anche qualcosa di completamente diverso, e Lussac cominciò a intuire i piani che Vignac perseguiva con quel dipinto. Sul dipinto infatti non si vedeva più il volto di una nobildonna sconosciuta, ma il viso della bella Gabrielle d'Estrées. Vignac aveva cambiato qualcosa anche del camino. Lussac si avvicinò al dipinto e osservò lo strano rilievo in pietra che nel quadro dell'amico appariva al di sopra della mensola del caminetto. Scoprì una sfinge che teneva tra le zampe una maschera. Lussac guardò Vignac e sogghignò. Vignac avvicinò le sopracciglia come per schermirsi. La maschera aveva i tratti di Enrico di Navarra. Lussac emise un fischio sommesso tra i denti. Cominciava a capire. Quell'omaggio alla duchessa gli era riuscito proprio bene. La bellezza e la sorte straordinaria di Gabrielle non erano forse note da tempo in tutta Europa? Non era forse la donna di cui si parlava in tutte le corti europee? Aveva già dato a Enrico tre figli. I due maschi erano visibili lì sul quadro, César, di sei anni, che protende la mano verso la frutta nel vassoio, e Alexandre, nato in primavera, al seno della balia. La piccola corona di perle che adornava i capelli di Gabrielle non era ancora completa, ma come tutti sapevano per il matrimonio mancava soltanto il benestare di Roma.

A Lussac non sfuggirono anche gli altri dettagli aggiunti al quadro da Vignac. Il garofano che Gabrielle teneva in mano come simbolo della purezza e del matrimonio imminente. Il vassoio ricolmo di frutta accanto alla preferita, un bel simbolo di fertilità. Una ciliegia solitaria caduta dal vassoio sul telo bianco a indicare una temporanea separazione tra amanti. Il significato della ciliegia solitaria veniva tuttavia mitigato dal ramo fiorito che le giaceva accanto, il quale aveva sostituito con un simbolo di speranza il ramo di abete che nel quadro originale annunciava un futuro cupo. E poi la purezza morale della bella signora non veniva forse anche onorata con discrezione dall'unicorno sullo sfondo? Secondo la leggenda era possibile catturare il più timido di tutti gli animali solo con l'aiuto di una vergine che gli mostrasse il seno nudo, in modo che il cacciatore potesse avere ragione dell'unicorno ammaliato.

Tutto era eseguito con una tale grazia che per minuti interi Lussac non seppe più che cosa dire.

Vignac gli era venuto accanto. Percepì con soddisfazione che il suo quadro aveva suscitato nell'amico una certa impressione. Non dubitava che avrebbe sortito il suo effetto anche sulla duchessa di Beaufort.

«E adesso che cosa hai in mente di fare?» chiese Lussac dopo un po'.

«Scriviamo a Perrault che abbiamo intenzione di andare a Parigi.»

Lussac annuì. «E a Parigi vuoi far avere il quadro alla duchessa?»

Un colpo di vento scosse le finestre e una leggera corrente d'aria fece danzare le fiamme delle lampade a olio. Vignac tirò a sé un panchetto e sedette appoggiandosi contro la parete di pietra lucida di umidità. Lussac rabbrividì. Ma non fu solo il freddo a farlo tremare. La pretesa di Vignac gli parve ardita. L'amico non sapeva forse con quanta gelosia gli artisti di corte difendessero la loro posizione di privilegio? Come pensava di riuscire a ottenere un'udienza con la duchessa per mostrarle il quadro? Il solo tentare di avvicinarla rischiava di metterlo in grave pericolo. E non poteva in alcun modo contare sull'aiuto di altri pittori. Al contrario. Questi avrebbero fatto di tutto per tenere alla larga ogni odiato concorrente. Il piano di Vignac era assurdo. E pericoloso. Come gli era venuto in mente di realizzare quel dipinto?

«La ragazza verrà con noi. Mi servirà ancora come modella.»

Lussac scosse la testa. «Perrault non le permetterà di abitare in casa sua.»

«Vorrà dire che la sistemeremo in un ostello.»

Lussac si infilò incerto le mani in tasca e si diresse alla finestra. Alle sue spalle udì l'amico che si alzava. Poi sentì le sue mani sulle spalle.

«Lussac, ti prego. Tu non puoi capire quanto sia importante per me ottenere la protezione della duchessa di Beaufort. Hai dei dubbi? Parliamone. Saprò sbaragliarli tutti. Credi che non sappia come affrontare le invidie di corte? Pensi che in tutte le notti che ho trascorso quassù non abbia riflettuto su come attuare il mio piano? Nessuno verrà a sapere da quale mano è venuta questa celebrazione della duchessa. La incanterò segretamente con quadri che faranno battere forte il cuore del re e gli faranno aprire gli occhi su quella creatura leggiadra che egli renderà sua consorte e regina di Francia. E lei, per ricompensarmi di avere presentato al mondo in quadri compiacenti la sua sorte straordinaria, mi innalzerà. Finalmente potrò uscire dal buco oscuro di La Rochelle in cui mi ha gettato il destino. Il mondo conoscerà il mio nome... »

Lussac ascoltò in silenzio. L'ambizione audace che animava il discorso di Vignac lo fece rabbrividire. Ma la temerarietà dell'idea non lo lasciava indifferente. Si voltò e tornò al dipinto. Poi guardò Vignac, i suoi occhi rossi di stanchezza e lucidi di eccitazione.

« Tu sei pazzo », sussurrò. « Ma sia: gli scriverò. »

Vignac andò dall'amico e lo abbracciò. « Non farne parola con nessuno. Scrivi a Perrault e aiutaci a levarci di qui. Vedrai che non potrà arrecarti danno. Ora vieni. Andiamo a dormire. »

10
TRACCE

BONCIANI, l'agente segreto del granduca di Toscana Ferdinando, era a Parigi già dai tempi in cui la capitale francese era ancora occupata dalla Lega. Da lì aveva sempre riferito coscienziosamente, informando in modo puntuale il suo signore che seguiva con grande attenzione gli avvenimenti di Francia. Da quando nel 1594 Enrico di Navarra aveva preso possesso della città, a Parigi non accadeva nulla che i dispacci di Bonciani non riferissero a Firenze. Naturalmente aveva un nome di copertura. All'epoca si chiamava Baccio Strozzi, e se si fosse potuto guardare nella sua testa si sarebbero scoperte non poche cose.

Non è difficile immaginarselo mentre, sotto la protezione del cardinal Gondi presso cui abitava due stanze, si aggirava in città per scoprire come andavano gli affari di cuore del re. Perché era soprattutto di quelli che si interessava Ferdinando de' Medici, il datore di pane e lavoro di Bonciani. Più amanti aveva, meno preoccupazione destava questa d'Estrées, che a Bonciani cominciava a piacere sempre meno.

Alla «copulatrice delle grazie del re», come amava chiamarla nei colloqui riservati con le spie di Venezia, Bonciani rendeva regolari visite di cortesia. Faceva anticamera giù nel vestibolo, osservando con occhio sprezzante gli arazzi turchi, reggendo in mano una scatola di dolcetti, finché i servitori lo invitavano a salire. La sera sedeva alla luce fosca di fuligginose candele di sego e riempiva grandi fogli con la sua caratteristica calligrafia da insetto.

«Madame la duchessa di Beaufort assicura i suoi servigi. Si potrebbero farle pervenire ancora certe gentilezze.» Il giorno seguente i dispacci partivano per Casa Tiberio Ceuli, a Roma. Dopotutto, la circospezione non era mai troppa. Perciò la corrispondenza segreta per la Toscana passava prima per un indirizzo di copertura nella Città Eterna.

Bonciani impiegava ore per tradurre le ampie corrispondenze nel complicato codice numerico che doveva utilizzare nei dispacci. Se anche le lettere fossero state intercettate, non sarebbe sussistito alcun pericolo. Il sistema, consistente in una serie codificata di numeri che faceva riferimento a un manoscritto, era così ben congegnato che anche riuscendo a decifrare il codice numerico ancora non si otteneva il messaggio.

Mentre trasformava faticosamente frase dopo frase le sue osservazioni in sfilze di numeri, lo spirito di Bonciani si occupava incessantemente delle grandi questioni del suo tempo, del continuo sollevarsi e calare di contrappesi, tutti dotati di un volto o di un nome, in un sistema complesso di reti e di fili connessi tra loro che avevano colori diversi e potevano stringere alleanze differenti. Gli Asburgo circondavano il mondo conosciuto come un busto possente. Ma la corazza cattolica era piegata e intaccata ovunque da brutte concrezioni protestanti, e ricordava più un corpetto pieno di toppe che un'integra armatura a difesa della vera dottrina. Inoltre, non un singolo filo di questa gigantesca maglia rimaneva al suo posto più a lungo di quanto fosse strettamente necessario. Non appena veniva esercitata la minima pressione, ecco che si strappava, si impigliava fulmineo ad altri e faceva tremare pericolosamente l'intero edificio fin nelle fondamenta.

Bonciani poteva sopportare le infinite permutazioni del mutevolissimo e confuso tableau delle brighe internazionali senza perdere il senno né il controllo. Dopotutto era un diplomatico. La sua comprensione della politica si era formata alla scuola della corte di Firenze, perciò non c'era bassezza che gli fosse estranea. Le uniche cose in grado di confondere quest'uomo erano la semplicità, l'innocenza, il candore. In una parola: Gabrielle d'Estrées.

Per questo la venticinquenne destava in lui sospetti

quando, mentre mangiavano dolcetti insieme, gli domandava del suo signore a Firenze cinguettando allegra come un uccellino. Che fosse davvero tanto ingenua? Tanto sciocca? No, era naturale: proprio come il resto della sua famiglia recitava la parte dell'innocente solo per farlo cullare nella sicurezza.

Lui: « A Firenze si ha un grande interesse per il bene del re di Francia, vostro Signore ».

Al che lei, senza battere ciglio: « Quale gioia trovarmi in tale unanimità con voi! »

Quella vipera nemmeno arrossiva!

« Guardatevi dall'astuzia delle persone di qui », scriveva Bonciani a Firenze la sera. « Questa Gabrielle ha un volto d'angelo ma è una *bourdaisière*, figlia dei sette peccati capitali. Vi ho già raccontato del destino di sua madre, che otto anni fa scappò a Issoire con un giovane amante, il governatore Allègre, per consumare colà il suo piacere vergognoso e offrire a tutto il circondario un bell'esempio di moralità? Questo Allègre, di per sé privo di qualsivoglia significanza, era uno sfruttatore la cui avidità era superata soltanto dalla rapacità e smodatezza dell'amante. Perciò non ci volle molto a che la Nemesi, nelle vesti di alcuni intrepidi giovani macellatori, si introducesse una notte nella casa che per avarizia era priva di guardie e tagliasse loro la gola. Il mattino seguente ritrovarono i cadaveri nudi nella piazza del mercato. Il re non aveva nemmeno sufficiente influenza su quella regione per far catturare gli assassini. Così vanno le cose in questa terra, dove corruzione e amoralità vengono punite casualmente da uomini che per primi meriterebbero il patibolo. »

Ma quando le sedeva davanti e la guardava, quelle brutte immagini si volatilizzavano. Su quella bellezza le calunnie e le diffamazioni rimbalzavano come perle d'acqua sulle piume cerose di un cigno, e talvolta a Bonciani spiaceva dover vedere in lei una nemica. Guardandola procedere accanto al re con i suoi splendidi vestiti verde scuro, che già facevano presagire il blu, e con il petto e le spalle che si ergevano delicate eppure sontuose dal calice di stoffa in cui il suo gracile corpo era incastonato come avorio tra lapislazzuli, la delizia era tale che veniva da dubitare.

Sfogliò di malumore vecchie carte. Che cosa doveva riferire? Ecco, già un anno prima aveva spiegato come stavano le cose. Scorse le poche righe di allora: «Senza la duchessa di Beaufort le nozze di Vostra nipote Maria con il re sarebbero sistemate in quattro mesi. E invece l'amore del re per la sua dama non fa che crescere. Qui sta montando un male incurabile, se Dio non frapporrà la Sua mano santa.» Gettò il foglio da parte, seccato. Ci si poteva forse esprimere in modo più chiaro?

«Per quanto concerne il re, di lui non bisogna in alcun modo fidarsi. Inoltre egli è un esperto di patti, che con la sinistra Vi prende quanto concede con la destra. Premunitevi. Non riceverete da lui alcuna offerta che non sia per Voi svantaggiosa.»

Sollevò lo sguardo e rivolse gli occhi stanchi al cielo privo di stelle. No, da lui ci si aspettavano analisi più chiare. Naturalmente il re era dilaniato. E per scoprirlo non servivano agenti. Ma lui, Bonciani, poteva analizzare meglio. Prese un nuovo foglio. Che senso avevano quelle esitanti trattative di matrimonio con Firenze? Che scopo si prefiggeva Navarra attraverso di esse? Tutti alla corte sapevano che il re voleva insediare al trono la sua preferita. Eppure continuavano quelle avance ambigue a Maria. Ah, che scorpione! Innanzitutto doveva ottenere il divorzio da Margherita. Ma il papa non lo avrebbe concesso finché sussisteva il pericolo che Enrico in seguito sposasse la sua amante. Bonciani intinse la penna e scrisse di getto: «Il re sta solo fingendo di voler sposare Maria de' Medici per ottenere l'annullamento del suo matrimonio. Ma non appena avrà avuto il divorzio sposerà la duchessa di Beaufort. Tenete occhi e orecchie aperte, perché non vi è alcun dubbio che abbiamo a che fare con persone astutissime. Ho sentito da Villeroi che Vostra Eccellenza è ben informata di queste cose, e tuttavia dovete sapere che il re, quando vuole, è scaltro come ogni altro essere umano. Sarei oltremodo dispiaciuto se Vi trovaste danneggiato, perciò appare opportuno che condividiate tali piani rendendoli noti a Sua Santità».

Dopo una breve pausa aggiunse in fretta: «Il re ha scritto a Sillery per informarsi dello stato della principessa Maria. Qui corre voce che sia così grassa che difficilmente sarebbe in condizione di avere figli. Il contestabile mi ha perciò pregato di richiedere a Vostra Eccellenza un ritratto al naturale della principessa».

Mentre Bonciani sedeva nella soffitta del cardinale Gondi a scrivere dispacci, la corte si tratteneva a Nantes e celebrava la nascita di Alexandre. Poco dopo ad Angers si festeggiò la sottomissione di Mercœur e il matrimonio di César con sua figlia.

«Non è possibile farsi un'idea chiara di come stanno qui le cose. La regina Margherita di Valois se ne sta prigioniera nel castello di Usson, mentre a Nantes il re assiste più felice che mai alla nascita del secondo figlio della sua preferita. A costei è riuscito persino di ottenere la mano dell'unica figlia del duca di Mercœur per il suo primogenito, il quale in questo modo può aspirare all'eredità più enorme del regno. Gli spagnoli, mi permetto di annotare, sono completamente straniti dagli eventi. Il medesimo giorno, come se l'enormità non fosse sufficiente, il re ha firmato a Nantes l'infausto editto.»

Il teatrino nella testa di Bonciani lavorava a pieni giri. Vide papa Clemente VIII sussultare e trattenersi a stento dal gettare nuovamente la scomunica su Navarra. Che cosa saltava in testa a quell'eretico convertito? Libertà di culto per i protestanti? Seggi sicuri? Accesso a cariche pubbliche per gli eterodossi? Giudici ugonotti? Poi l'agente segreto guardò il volto pallido di Filippo, che vedendo la risalita delle azioni asburgiche a Roma riacquistava lentamente colorito. Navarra sta puntando troppo in alto, pensava Madrid, e lo pensava anche Bonciani. Ma bisognava tener conto del quadro completo. Che cosa faceva il Kaiser, il cardinale d'Austria? E l'Inghilterra? Come procedeva l'avanzata dei turchi in Ungheria?

Bonciani rifletté con freddezza. La curia aveva battuto i piedi per terra e imprecato, ma alla fine aveva accettato l'editto. Le questioni di religione in futuro si sarebbero decise a Parigi? Quanto doveva sentirsi insicuro papa Clemente? Che smacco. Navarra aveva costretto la Spagna alla pace. L'inchiostro di Vervins era ancora fresco. Ma quell'editto! Diritti politici agli ugonotti? Per tutti i mesi estivi la spia scrisse, tenne le orecchie dappertutto e cercò di decifrare le grandi linee della lotta di potere che era cominciata, senza mai dimenticare che adesso Enrico era il più potente re della cristianità. Dopo la pace di Vervins Enrico di Navarra era diventato la figura più corteggiata tra i potenti d'Europa, e mettergli a fianco la dama giusta era solo una delle tante preoccupazioni.

I dispacci di Bonciani si occupavano anche di figure minori che potevano rivelarsi utili. Gli alleati naturali sono i più a buon mercato. Tra questi c'era innanzitutto Rosny. Senza dubbio quel corvo nero d'un protestante aveva il suo stesso obiettivo, seppure per altri motivi. A Bonciani avevano riferito la scena che si era svolta tra Rosny e il re nel marzo 1598, nei giardini di Rennes. Per quattro volte il re aveva invitato il suo severo ministro a caccia, prima di trovare il coraggio di affrontare con lui la questione. Ogni volta gli aveva annunciato di avere cose importanti da discutere con lui, ma solo la quarta volta riuscì a sputare il rospo. Prese per mano il suo servitore migliore, come era solito chiamare Rosny, e gli disse: «Avanti, andiamo a fare quattro passi noi due soli, ché devo parlare con voi di cose che ho avuto sulla punta della lingua già quattro volte, costringendovi a venire a caccia con me altrettante. Ve ne ricordate? Eppure ogni volta ho avuto tante cose in animo da non riuscire a parlare liberamente».

Navarra era quindi passato a dipingere il fosco quadro del regno per come lo aveva trovato, dello stato miserabile in cui versava, e degli sforzi mostruosi compiuti per liberarlo e riordinarlo. Aveva ricordato le fatiche e i pericoli affrontati, le contestazioni di ogni genere sopportate e attraverso le quali era infine diventato il re dispensatore di pace tanto all'interno del regno quanto verso l'esterno. Poi però aveva lamentato che tutti quegli sforzi si sarebbero dimostrati vani se ora non avesse assicurato discendenti ed eredi con cui fronteggiare le prevedibili pretese di suo nipote, il principe di Condé, e degli altri principi della stirpe.

Quindi aveva passato in rassegna tutte le possibili candidate, trovando qualcosa da obiettare per ognuna. L'Infanta di Madrid era brutta e rigida. A questo forse avrebbe anche potuto abituarsi se con lei avesse potuto sposare anche i Paesi Bassi. La cugina di Giovanni I, principessa Arabella Stuart, gli sarebbe anche andata bene se solo fosse almeno stata sulla lista dei possibili eredi del regno, ma la regina d'Inghilterra era ben lontana da un simile pensiero. Delle altre principesse straniere alcune erano ugonotte e le altre, le tedesche, valevano più come otri da vino. Il granduca di Toscana aveva una nipote che doveva essere assai graziosa. Tuttavia proveniva da una casa di basso rango, apparteneva a una famiglia di commercianti, era discendente di arricchiti che sessanta od ottant'anni prima non erano altro che celebrità locali avide di guadagno. Inoltre apparteneva alla schiatta di Caterina de' Medici, che aveva apportato grandi danni alla Francia e a lui medesimo.

Poi era passato alle principesse francesi. Sua nipote, madamigella di Guisa, gli sarebbe anche piaciuta, se non avesse avuto fama di essere priva di senso dell'umorismo e introversa, mentre lui cercava una donna che fosse più portata all'amore che ai mal di testa. Infine rimanevano soltanto le principesse di case minori, due del casato dei Maine, due d'Aumale, tre di Longueville e una sfilza d'altre di nascita ancora inferiore. Ma sempre c'era qualcosa da obiettare, e anche quando gli sarebbero potute piacere rimanevano scrupoli gravosi: «Chi mi garantisce che vedrò soddisfatte le tre condizioni senza le quali non prenderei alcuna donna in moglie? Ossia che mi dia figli maschi, che abbia un'indole dolce e condiscendente e che inoltre nel caso io muoia abbia sufficiente presenza di spirito da saper prendere in mano le sorti dello Stato e dei miei figli? Deve possedere abbastanza intelletto e capacità di giudizio da emulare il mio esempio. Pensate voi stesso se conoscete qualcuna che unisce in sé tutte queste caratteristiche».

Rosny aveva capito da un pezzo dove il re voleva andare a parare, tuttavia si guardava bene dall'ammetterlo. Avrebbe preferito finire dritto all'inferno piuttosto che risparmiare al suo sovrano di pronunciare lui stesso quella mostruosità. «Non conosco né una principessa né una donna che possa vantare simili caratteristiche.»

«E che cosa direste se ve ne nominassi io una?»

«Sire, io direi che voi dovete conoscerla meglio di me e che deve essere certo una vedova, altrimenti non potreste essere sicuro che è in grado di fare figli.»

«È così, dunque, che la pensate? Ebbene, se voi non sapete nominarne alcuna, io posso.»

«Allora nominatela, ché in questo la mia mente non arriva a tanto.»

Il re si era voltato bruscamente verso Rosny e aveva gridato: «Ah! Voi siete un furbo! Vedo bene a cosa mirate facendo il finto tonto che nulla sa. Volete che ve la nomini io stesso, è questa la vostra meta. Ma prego, lo farò, e allora voi dovrete ammettere che tutte e tre le condizioni sono soddisfatte in una persona: la mia amante».

Rosny si era irrigidito.

Enrico, come volesse prendere distanza dalle proprie parole, aveva aggiunto: «Non voglio con questo dire di avere deciso di sposarla. Vorrei solo sapere che cosa ne pensate nel caso che un giorno, in mancanza di altre possibilità, dovesse venirmi in mente di farlo».

Rosny aveva visto il baratro verso cui il re lo stava conducendo. Sapeva che Navarra pensava di mandare a Usson un messo per chiedere a Margherita il divorzio. Lei naturalmente avrebbe accettato. Non avrebbe rifiutato l'offerta di poter tornare a Parigi dall'esilio e di scaricare sulla Corona i suoi debiti immensi. Dal punto di vista del diritto, Enrico avrebbe potuto farla impiccare per alto tradimento e adulterio. Ma Rosny sentiva che il re voleva la verità, per cui gliel'avrebbe data.

«Sire, poc'anzi avete parlato dei pericoli che intendete sventare con questo matrimonio. Se volete essere certo che dopo la vostra dipartita la Francia non sprofondi nella guerra e nel caos, questo è il mio consiglio. A prescindere dall'indignazione generale che un simile passo solleverebbe, vi invito a pensare agli intrighi e rivendicazioni che si scatenerebbero nei confronti di figli ottenuti in modo tanto insolito e vario. Mi è permesso far notare che tra le persone la vostra paternità viene fortemente messa in dubbio? A prescindere anche dalla diceria agghiacciante riguardo uno speziale che sarebbe stato avvelenato da Madame de Beaufort per averle diagnosticato uno stato interessante in un'epoca in cui Vostra Maestà ancora non aveva ricevuto da colei alcuna grazia atta a produrlo, non si può negare che il primo figlio della duchessa sia il frutto di un doppio adulterio. Il secondo, che la duchessa ha messo al mondo da poco, si sentirà avvantaggiato, dal momento che, avendo nel frattempo Madame de Beaufort divorziato da Monsieur de Liancourt, proviene da un adulterio singolo. E che sarà di quelli che forse ancora seguiranno, quando avrete sposato la duchessa di Beaufort? Non si sentiranno questi figli gli unici legittimi? Vi prego di considerare tutte queste difficoltà, prima che io proceda con ulteriori argomentazioni.»

«Niente male, ma per ora avete già detto abbastanza. E sappiate tacere opportunamente qualsiasi cenno in proposito di fronte alla mia amata.»

Ulteriori argomentazioni. Poteva immaginarsele anche da sé. Lo conosceva il suo Rosny, il contabile avveduto, sempre con la mano sulla borsa. Se avesse sposato la nipote del banchiere fiorentino, la Francia si sarebbe liberata dei suoi debiti.

Questo quanto a Rosny. Bonciani annotò.

Poi prese in considerazione il nome successivo. Era Nicolas de Neufville, signore di Villeroi. Nato a Parigi nel 1542, nel 1567 subentrò al suocero alla carica di segretario di Stato. Poi si unì a Mayenne, che lasciò nel 1593 quando la causa della Lega si fece sempre più disperata. Nel 1594 Enrico lo nominò segretario di Stato per gli affari esteri. Spesso era in contrasto con Rosny e persino con il re, che peraltro lo considerava un amico segreto degli spagnoli. Nel caso di Villeroi, Enrico sembrava davvero contare più sulle sue capacità di segretario di Stato che sulla sua lealtà.

Bonciani scorse le direttive ricevute da Firenze. « Desideriamo che voi cerchiate di raggiungere in segreto un'intesa con Villeroi promettendogli una partecipazione ai proventi delle gabelle sul sale a noi spettanti. Ciò se Villeroi si dicesse pronto a collaborare nello spronare altri prìncipi a rivendicare i loro antichi diritti. Trattate con Villeroi a quattr'occhi e in massima riservatezza. Gondi e Zamet riferiscono di avergli fatto doni per ricevere indietro i loro beni. Ma qualora così facendo voi temeste di urtarlo, per la stessa partecipazione si occuperà della cosa Madame de Beaufort, se vi rivolgerete a lei passando attraverso Madame de Sourdis. »

Bonciani fischiò tra i denti. Così stavano dunque le cose. Mentre Rosny si dava da fare per strappare agli appaltatori del granduca Ferdinando il diritto d'appalto per le tasse sul sale, Gabrielle aveva la sfacciataggine di collaborare sottobanco con i vassalli di Ferdinando, così espropriati, nell'ingenua convinzione di potersi creare a quel modo amici a Firenze che avrebbero speso con il papa una parola a favore del divorzio del re. La duchessa aveva anche adescato il duca di Savoia con la promessa che se gli fosse riuscito di portare gli spagnoli dalla sua parte sulla questione del divorzio gli avrebbero ceduto Saluzzo. Non del tutto sciocca, pensò Rosny, scuotendo poi subito la testa preoccupato di fronte a una diplomazia tanto goffa. Villeroi avrebbe saputo come non lasciar tracce di affari tanto pericolosi. Per quanto ri-

1

2

3

4

5

6

7

8

9

guardava la duchessa, sarebbe bastato un piccolo accenno a Rosny per esser certi che il re venisse a saperlo.

Il successivo sulla lista di Bonciani era Zamet, il calzolaio di Lucca. Figlio a sua volta di un calzolaio, era venuto in Francia al seguito di Caterina de' Medici e sotto Enrico III era diventato valletto. Apparentemente era l'unico a conoscere il segreto per cucire scarpe comode per i minuscoli piedini dell'ultimo Valois. Quello era stato il fondamento della sua ricchezza. Diventato presto facoltoso grazie a scaltri investimenti, aveva finanziato la Lega ed elargito prestiti prima a Mayenne e più tardi a Enrico IV. Denaro ad alti tassi d'interesse. Ma Bonciani aveva in mente soprattutto l'albergo dell'italiano. Protetto con un alto muro dagli sguardi curiosi, era nascosto in rue de Cerisai, non lontano dall'Arsenale. Circondato da un fitto giardino, l'albergo splendidamente arredato offriva a coloro che vi trovavano accesso ogni immaginabile agio. Il re vi trovava un orecchio aperto a tutti i suoi desideri: libertà e disinvoltura, la possibilità di dedicarsi alle sue necessità, una borsa di denaro sempre aperta per i suoi debiti di gioco, una tavola sempre riccamente imbandita per la sua favorita e infine stanze riparate per le ulteriori relazioni occasionali.

Bonciani scrisse:

«Zamet assicura a Vostra Eccellenza la sua più sottomessa lealtà. Pochi giorni fa gli ho reso visita. Nel corso di essa siamo venuti anche all'incresciosa questione dell'appalto sulle gabelle. Mi ha confermato ciò che Vostra Eccellenza mi comunicava nell'ultima missiva. In futuro sarà la stessa Corona francese ad assegnare l'appalto per bando, e a versare la partecipazione direttamente a Voi. Zamet non vede alcuna possibilità di impedire la cosa, ma sostiene che i danneggiati sarebbero solo i vecchi detentori dell'appalto come lui e Gondi. Con questa novità Voi non incorrereste in alcuna perdita, mentre lui, se questa fonte dovesse esaurirsi, sarebbe costretto a dedicarsi ad altri affari.

«La vera ragione della mia visita tuttavia era un'altra, come potrete facilmente immaginare. Gli ho domandato senza mezzi termini come fossero i suoi rapporti con la duchessa. Come prevedibile il calzolaio ha girato intorno alla domanda evitando una risposta chiara. Sostiene che il grande favore di cui la duchessa gode presso il re gli fa ritenere con una certa sicurezza che lei ottempererà sempre ai suoi doveri nei confronti del sovrano. Sapevate che è stato lui a prestarle il denaro necessario per comprare il ducato di Beaufort? I due nelle questioni di soldi s'intenderanno sempre alla svelta, anche perché è stata lei a convincerlo con mille chiacchiere a prestare a Sua Maestà il denaro per la spedizione contro Amiens. Al momento il re sta contraccambiando il favore. Stiamo parlando di quarantamila talleri per i lavori di rinnovo al castello di Monceaux, che Zamet dovrebbe mettere a disposizione della duchessa.

«Quando sono stato più esplicito e gli ho domandato se fosse al corrente della situazione piuttosto infelice che queste prove di benevolenza del re nei confronti della duchessa suscitano nel casato fiorentino, mi ha risposto di esser certo che sarà possibile trovare un accordo che soddisfi a sufficienza tutte le parti coinvolte. Alla mia domanda di come immaginasse una tale soluzione ha replicato di fidarsi delle doti diplomatiche dei signori Sillery e Villeroi, che sono stati incaricati dal re di trattare tale accordo.

«Ho fatto notare che alcune delle persone coinvolte nutrono grandi riserve in proposito e che forse potrebbe venire un momento in cui sarà difficile affidarsi alle destrezze d'altri, e che in certe condizioni può essere indicato contare solo sulla propria capacità di giudizio. Alla mia domanda finale su come intenderebbe comportarsi in un simile caso non ho ricevuto risposta, ma solo l'inutile rassicurazione che vi ho riferito all'inizio.

«Frattanto ho preso l'abitudine di recarmi una volta la settimana nell'elegantissimo albergo di Zamet, e posso riferirvi che le pietanze ivi servite sono della più squisita qualità. Il proprietario mi riceve sempre con i segni del più grande rispetto e con tutta la considerazione dovuta a un inviato di Vostra Eccellenza. Ha la paura scritta in faccia, ma si sforza di celarla. Tuttavia forse sarebbe giunto il momento di integrare il ricco menu del nostro conterraneo qui a Parigi con un paio di speciali portate fiorentine. Sono certo che al momento opportuno non si mancherebbe di ricorrervi.»

Il servitore aveva già bussato due volte.

«Sì», risuonò dall'interno della stanza, seguito da un «*Entrez!*» aggiunto in tutta fretta.

Il servitore aprì e si inchinò profondamente. «Perdonate il disturbo, signore. Una visitatrice inaspettata. Rifiuta di andarsene.»

«Non sai che ore sono? Chi sarebbe?»

«È Madame de Mainville.»

«Mainville? Che cosa vuole a quest'ora?»

Il servitore si inchinò nuovamente. «Le riferirò che non potete riceverla.»

«No, falla entrare. Vengo subito.»

«Come desiderate.»

Bonciani scorse ancora una volta rapidamente le ultime righe del dispaccio sul tavolo davanti a sé. Poi richiuse accuratamente le carte nel *secrétaire* e discese nel salone.

La donna aveva preso posto in una poltrona accanto al fuoco del caminetto. Indossava una mantella blu scuro. La testa stretta e di forma un po' allungata poggiava su un collo robusto. Si era appena abbassata il cappuccio, e come nelle occasioni precedenti in cui Bonciani aveva avuto modo di vederla di sfuggita, il suo sguardo concesse qualche istante di ammirazione ai capelli rosso fuoco della governante della duchessa di Beaufort. Lei si accorse che la visita lo aveva irritato. Lo tradivano i suoi movimenti. Il modo in cui aveva disceso le scale, in cui si era fermato un momento sul fondo, l'aveva brevemente squadrata da lontano e solo allora aveva calcato l'ultimo gradino, con la mano trattenuta il più a lungo possibile sul pianerottolo come per assicurarsi un ultimo appiglio prima di traversare lo spazio vuoto che li separava: tutto ciò esprimeva insicurezza ed esitazione, l'inconfessata disponibilità a esaminare ogni spiraglio di soluzione, per quanto improbabile apparisse.

Lei gli tese la mano. Bonciani si inchinò contegnoso.

«Vi prego infinitamente di scusarmi se vengo a trovarvi a un'ora tanto tarda.»

L'italiano annuì. «Posso farvi portare un rinfresco?»

«No, grazie, troppo gentile. Ma non ho molto tempo.»

Bonciani si sedette. «Come sta la duchessa? Tutto al meglio, voglio sperare.»

«*Madame la duchesse* mi crede sulla strada per Monceaux, e colà vado a recarmi questa notte stessa.» Poi, dopo una breve pausa, aggiunse: «Sarete lieto di sentire che a causa del tempo piovoso d'autunno è assai incomodata e trascorre notti inquiete circondata di medici e astrologi».

Gli occhi di Bonciani si restrinsero. Si alzò, andò alla porta, la aprì brevemente per accertarsi che dietro non ci fosse alcun origliatore indesiderato. Poi richiuse la porta e si avvicinò alla finestra. I vetri erano scossi dal vento e gocce di pioggia battevano pesanti contro le lastre rozzamente molate. Com'era cupa e avvilente quella pioggia ottobrina nella capitale di Francia. Correva l'anno 1598. Era davvero lì già da otto anni? Ancora trovava opprimente ogni cosa che aveva intorno. Le nuvole sempre basse, la pioggia che non voleva mai finire, l'ottusità delle persone. Persino gli artisti non riuscivano a sollevarsi al di sopra di quella pesantezza pervasiva. Si edificava in modo massiccio e grossolano. Troppo alto, troppo largo, con tanta buona volontà e nessun occhio per la giusta misura. E i quadri, poi! Un qualsiasi panettiere italiano aveva più senso delle proporzioni di questi nordici con i loro corpi pastosi e bitorzoluti. E adesso veniva da lui questa donna e credeva di poterlo far sentire insicuro con un paio di parole gettate là.

«Conoscete il mio rango e la mia posizione?»

Bonciani si voltò a osservare la donna. Ma lei non si lasciò confondere da uno sguardo severo.

«Sono Marie Hermant, Madame de Mainville. Se facessi mostra d'essere più di questo, ciò sarebbe non solo presuntuoso, ma anche un segno di somma ingratitudine nei confronti di colui a cui è piaciuto assegnarmi questo posto. Se un principe volesse innalzarmi, gli sarei grata e mi piegherei umilmente al suo volere. Ma se gli venisse in mente di elevarmi oltre il limite per cui mi ha creata il Principe di questo mondo, lo pregherei con insistenza di offrire tale onore a colei che la Provvidenza ha prescelto a quello scopo. Tale modestia naturale non è concessa a tutte. Il mio sesso, già oppresso dalla colpa più terribile della storia del mondo, è infelicemente incline a essere smodato e insaziabile. Gli esempi non mancano. No, vi prego di non interrompermi. So la difficile questione intorno alla quale gravita la vostra mente. State certo che sono mossa da pensieri e preoccupazioni simili. Finalmente regna la pace. La Francia tira un respiro. Da Vervins la Francia conosce soltanto un pericolo. Voi sapete di che cosa sto parlando. Perciò ascoltate ciò che ho da proporvi...»

11
PERRAULT

Il suo nome?

Perrault. Pierre Paul Perrault.

Nato il 14 maggio dell'anno del Signore 1557. Di professione scalpellino, se non erro.

Dice bene.

Originario di Lione. Ha servito nell'esercito del re di Francia. Congedato a Parigi con onore nell'anno 1594. È stato ferito?

Sì, signore. Il giorno del trionfo delle truppe reali per me fu meno fortunato, poiché fui colpito da una balestra nemica. Ma non mi lamento. Il re mi ricompensò principescamente per i miei servigi, risarcendo con generosità i danni da me riportati. Così, siccome anche dopo la guarigione della ferita non avrei più potuto servire come soldato, tornai alla mia vecchia professione.

Ne sono lieto. Lei sa perché siamo qui?

L'incendio...?

L'hanno dunque già informata?

Due giorni fa ho ricevuto una lettera.

Di chi?

Di mio nipote.

Lussac?

Sì.

Ci scusi l'incomodo di questo interrogatorio. Ma ho il compito di indagare sulle circostanze che hanno condotto all'incendio della sua casa. Lei è disposto a rilasciare qui dichiarazioni che siano d'ausilio al chiarimento del caso?

Risponderò volentieri alle sue domande. Sebbene tema di non poterle essere utile.

Che cosa sa del soggiorno di suo nipote?

Una sua lettera mi ha raggiunto due giorni fa. Se lo desidera, può leggerla lei stesso. Quel buono a nulla ha ripagato in modo vergognoso la mia ospitalità. Mi ha scritto di essere giunto a Parigi attorno a mezzanotte, trovando la strada piena di gente. Nel capanno era scoppiato un incendio, che grazie all'intervento coraggioso dei vicini e a un temporale mandato dalla divina Provvidenza era stato spento per tempo. Continuava dicendo di essere molto preoccupato per il suo amico, che era scomparso, e di essere andato a cercarlo. Poi seguivano scuse e parole di ringraziamento che però ho letto solo di sfuggita perché mi tremavano le mani dalla rabbia, e infine ho accartocciato la lettera e l'ho gettata in un angolo.

La lettera veniva da Parigi?

Sì, almeno credo. Da dove, se no? Me la portò un messaggero. Per congedarlo gli dovetti anche pagare un compenso di due pani.

Oggi corre il giorno di mercoledì 21 aprile. La lettera la raggiunse, come lei dice, due giorni or sono. Un messaggero copre la distanza da Parigi a Clermont in poche ore. Perciò la lettera fu scritta il 19, ovvero solo nove giorni dopo l'incendio.

No. È stata scritta il 13 aprile. È la data segnata accanto ai saluti.

Dunque è di martedì.

Sì, martedì della scorsa settimana.

Eppure fu spedita soltanto una settimana più tardi?

Sì. In effetti è strano.

Lei seppe solo nove giorni dopo l'incendio di aver rischiato di perdere la sua casa a Parigi?

Maledetto farabutto!

Aspetti. Ancora non sappiamo come sono andate le cose. Dunque Lussac le scrisse di essere giunto a Parigi a notte tarda, di aver trovato la strada piena di folla e la casa in fiamme.

Proprio così.

Non abitava egli dunque nella sua casa a Parigi?

Sì, è così. Ma marzo l'ha trascorso tutto qua.

Da lei?

Sì.

Perciò il giorno in cui avvenne la disgrazia non era in città?

No. Ci stava andando. Ma alla carrozza si è rotta una ruota, quindi il suo arrivo è stato ritardato. È giunto a rue des Deux Portes solo verso mezzanotte, ma questo gliel'ho già detto.

E prima era da lei?

Sì, come ho detto, per tutto marzo. È spuntato due giorni dopo il martedì grasso. Non sono stato a pensarci sopra.

E il suo accompagnatore?

Si riferisce a quel Vignac?

Sì.

Lussac è arrivato da solo. Aveva preso la carrozza fino a Clermont e poi aveva percorso il resto del tragitto a piedi. Stavamo cenando tutti insieme quando lui è entrato in casa all'improvviso. Siamo rimasti molto sorpresi, ma eravamo felici di rivederlo e l'abbiamo invitato a sedersi subito a tavola con noi, come si fa tra parenti e buoni cristiani.

Che impressione le fece?

Ebbene, aveva fame ed era stanco per il viaggio. Non lo vedevo dall'estate dell'anno prima e così avevamo molte novità da raccontarci. Ero curioso di sapere come gli erano andate le cose a Parigi. Quella sera non ho notato nient'altro di particolare, in lui. Nei giorni e settimane successivi però è un po' cambiato. Ma io lo riconducevo alla situazione d'incertezza in cui si trovava. Era in trattative con Marchant e Petit. Forse saprà che l'anno scorso il re ha firmato il decreto di nomina per la realizzazione del Pont Neuf. Lussac si era presentato da loro, che gli avevano prospettato di fargli realizzare alcune delle maschere che orneranno il ponte. Un lavoro ben pagato. Prima di decidersi però volevano vedere qualche progetto. Alcuni li aveva già qui con sé: schizzi preliminari, volti di uomini e donne adorni di fantasiosi motivi fluviali, piante acquatiche, foglie, palmette, conchiglie. Ma non era sicuro di riuscire a incontrare il gusto degli impresari, e oltre a lui c'era una sfilza di aspiranti. Io gli facevo coraggio. Ma lui sembrava oppresso, un po' chiuso.

Le disse perché aveva lasciato Parigi?

Naturalmente gliel'ho chiesto, perché avendo affidato la casa alle sue cure ero non poco preoccupato di saperla incustodita. Lui però ha fugato i miei dubbi con l'assicurazione che Vignac era coscienzioso e degno di fiducia, e avrebbe pensato lui a custodire la proprietà.

Perché dunque Lussac era venuto da lei?

Ebbene, intanto per i disegni. Voleva sentire il mio consiglio. E poi si lamentava di Parigi, della sporcizia, il puzzo, i pericoli in agguato ovunque nelle strade. L'editto gli proibiva di esercitare la fede in città. Da quanto raccontava ho dedotto che non provasse un'attrazione particolare per la città. In primavera poi, a causa del cattivo raccolto, il prezzo del pane era assai salito. Tutto faceva pensare che volesse ritirarsi qui a Clermont per lavorare ai suoi disegni senza essere esposto alla confusione della città. Sono ragioni che io stesso capisco molto bene, perciò anche se non ha spiegato con parole sue il motivo per cui era venuto, non ho insistito.

In seguito però ritornò a Parigi?

Sì, il giorno che ho detto, il 10 aprile, una domenica.

La domenica di Pasqua?

Sì.

Lei sta dicendo che ritornò a Parigi la domenica di Pasqua? E perché proprio quel giorno?

Le persone sono libere di andare e venire. Il perché non lo so. È andato e basta.

Aveva ricevuto qualche notizia, o forse Vignac gli aveva scritto pregandolo di raggiungerlo?

No, sarei venuto a saperlo. Non abbiamo ricevuto alcuna notizia da Vignac. Di tanto in tanto chiedevo a Lussac se a Parigi era tutto in ordine, ma lui mi tranquillizzava sempre con le solite parole.

C'era forse qualche altra novità in corso che potrebbe spiegare la sua partenza?

Ebbene, Dio sa che di novità in quel momento non ne mancavano. Ovunque nel circondario si parlava di questa Marthe che avevano portato a Parigi da Loches. Un paio di viaggiatori di passaggio l'avevano vista a place Sainte-Geneviève, dove era stata esposta al pubblico. La sgualdrina strillava di avere in corpo un diavolo che le sussurrava che gli ugonotti erano tutti carne di Satana, il quale si aggirava tutti i giorni per La Rochelle e altrove in cerca di un'altra anima per la sua fornace. Non c'era da stupirsi che a Parigi credessero volentieri a quelle chiacchiere da agitatori. Dicevano che già sua madre fosse stata del diavolo, ma poi i medici del re l'hanno sottoposta a esami sicuri giungendo alla conclusione che in lei non c'era alcun diavolo. Siamo stati lieti di sentire che il re aveva ordinato al signor d'Estrées di consegnare la vaneggiatrice alla giustizia, e nemmeno tutte le urla forsennate dei cappuccini davanti alla Conciergerie hanno distolto il re dalla sua decisione. Pochi giorni dopo lo stesso signor d'Estrées ha dovuto patire un grande dolore, poiché sua figlia, la duchessa di Beaufort, è caduta vittima di una malattia misteriosa. Ma da quel che ho sentito la morte della figlia non lo ha trattenuto dal caricare su una carrozza tutti i beni e gli averi di lei e dal portarli a Cœuvres. Già, ci sono state novità di ogni genere, ma non so quale possa aver spinto Lussac a tornare a Parigi. Al contrario, quale buon cristiano timorato non sarebbe rimasto alla larga da simili avvenimenti?

Suo nipote partì dunque la domenica di Pasqua e da allora non fu più veduto?

Dopo la sua ultima lettera non ho più avuto notizie. Ma penso che verrà presto a darmi una spiegazione per l'incendio.

Lo spero, per lei come per noi, poiché dovrebbe essere lui a render conto a me dei fatti, e non lei che non ne ebbe alcuna parte.

Con lui non ha dunque parlato?

No.

Non è a Parigi?

Non lo sappiamo. In casa non abbiamo trovato alcun essere umano vivo.

Essere umano vivo...?

Allora lei non sa tutto?

Qualcuno si è fatto male nell'incendio?

Tra le macerie fu trovato un morto.

Santissimo!

Il fuoco fu notato verso mezzanotte. I vicini entrarono in casa sua, scoprirono l'incendio nel capanno e cercarono di spegnerlo. Quando intaccarono la parete di assi per raggiungere il focolaio, le fiamme si sprigionarono con più intensità e si sarebbero sicuramente propagate alle case circostanti se di lì a poco non si fosse rovesciato un temporale. Il cadavere dell'uomo fu trovato solo il giorno seguente, quando sgombrarono le macerie. Tuttavia non sappiamo chi sia il morto. Il corpo è completamente carbonizzato. Ciò che di lui rimane può stare in quella cassetta lì.

Buon Dio.

Lei capirà che ci farebbe piacere parlare con suo nipote. Probabilmente il morto è quel Vignac, cosa che naturalmente è ormai quasi impossibile stabilire. Ma la prego di dirmi che cosa si trovava nel capanno.

Nel capanno dietro la cucina?

Sì.

Niente di che. Scope, secchi, legna da ardere, cianfrusaglie di ogni genere.

C'era una porta?

Una porta? Sì, naturale che c'era una porta. Ce n'erano due, per essere precisi.

Dove si trovavano queste porte?

Una era nel cortile, subito a sinistra uscendo dalla casa. E poi c'era un accesso anche dal sottoscala. Ma non capisco. Perché me lo chiede?

La porta nel cortile era inchiodata. L'accesso dal sottoscala non era stato notato, altrimenti non avrebbero abbattuto la parete di assi dal cortile. Dunque lei non sapeva che cosa si trovava effettivamente nel capanno?

Buon Dio, devo andare subito a Parigi. Che sia accaduto qualcosa a Lussac...?

No, non è possibile. Lui le ha scritto una lettera dopo l'incendio, no? Per quanto naturalmente stupisca che non si sia ancora presentato qui a raccontarle i fatti di cui lei è dovuto venire a conoscenza in modo tanto sgradevole attraverso di noi.

Quell'ingrato buono a nulla. Preparo subito il cavallo: lo costringerò a darmi delle spiegazioni.

No, la prego, torni a sedere. Temo che se non è ancora caduto nella rete dei miei uomini non riuscirà nemmeno a lei di trovarlo. Mi dispiace di doverle riferire notizie tanto sconvolgenti. Ma la prego, prima risponda alle mie domande. Le ho raccontato alcuni degli avvenimenti verificatisi a Parigi, ma ancora non so quasi nulla su suo nipote e questo Vignac di cui forse è stato rinvenuto il cadavere tra le macerie dell'annesso. Se mettiamo insieme tutto ciò che sappiamo, forse sotto la riga dell'addizione otterremo una somma che potrà tornare utile a tutti e due. La prego, il suo viaggio sarebbe inutile. La sua casa a Parigi è piantonata dai miei uomini. Di suo nipote non v'è più traccia. Sarebbe inutile cavalcare fino a Parigi.

Sta bene, l'ascolto. Sia maledetto il giorno che ho fatto entrare quei due in casa mia!

Ma mi dica dunque che cosa avete trovato nel capanno.

All'apparenza sembrerebbe che i due avessero allestito nel capanno bruciato una bottega. Tra le macerie hanno trovato resti di tele così come ciotole e vasi per mescolare colori, oltre a tavole di legno mesticate, spatole, pennelli, barattoli con ogni tipo di polvere, flaconi di tinture, una scatola d'argento piena di crine, fili incerati e altro ancora.

Mio Dio. Un atelier?

Come se lo spiega?

Maledetto sconsiderato. In nome della Trinità! Ecco perché è sparito. Come ha potuto raggirarmi a questo modo? Ora naturalmente teme di essersi attirato le mie ire. E con ragione!

Dunque lei non ne sapeva nulla?

Io? Saperne? Li avrei scacciati di casa e dalla città il giorno stesso. Non so che cosa gli è preso, a Lussac. Come ha potuto permetterlo. Di certo è stato quel Vignac a persuaderlo. Ecco perché il capanno doveva essere inchiodato dall'esterno: così che nessuno da fuori potesse accorgersi di che cosa si faceva al suo interno.

Le spiacerebbe spiegarsi?

E dire che li avevo anche messi in guardia. Ma stia a sentire. I due arrivarono a Parigi il giugno dell'anno scorso. Qualche settimana prima Lussac mi aveva scritto chiedendomi se potevo offrire ospitalità a lui e al suo amico. Contavano di trovare in città del lavoro ben pagato. Ne parlammo brevemente, ma giunsero in circostanze tanto funeste che non potei granché occuparmi di loro. Mia moglie stava morendo. Avevo il cuore colmo di pena e disperazione: in una sola notte persi mia moglie e anche il bambino che portava in grembo. Noi avevamo deciso già da un pezzo di venire a Clermont. Entro l'inverno Parigi ci avrebbe contati per l'ultima volta tra i suoi tormentati abitanti. Ma dopo quei terribili avvenimenti non potevo rimanere oltre, e in capo a pochi giorni mi trasferii qui. Mi faceva addirittura comodo che Lussac e il suo amico rimanessero nella casa. Avevo già troppi pensieri. Puntai il mio carro verso nord e fino a oggi non sono più tornato laggiù.

Che cosa volevano fare i due in città?

Come ho già detto, volevano procurarsi un lavoro. Io gli dissi subito che non avevano speranze. Senza il beneplacito delle corporazioni e senza la protezione né la conoscenza di persone influenti è impossibile ottenere incarichi. La competizione è mortale. Per pittori come quel Vignac, poi, era del tutto impensabile. È per questo che i nuovi venuti si insediano nei sobborghi, dove le corporazioni non hanno controllo. Come più avanti mi riferì Lussac, Vignac aveva trovato lavoro fuori città, presso un fiammingo, perciò pensai che tutto fosse in ordine. Ma se ciò che lei dice è vero, se hanno allestito un atelier in casa mia, allora non mi stupisce più che lì si sia verificata una disgrazia.

Che cosa intende dire?

È pericoloso lavorare senza permesso. Gli artisti che infrangono la legge e lavorano senza regole vengono attaccati di continuo. Se hanno la fortuna di sottrarsi all'ira dei maestri delle corporazioni e dei loro sgherri, di certo non sfuggono alla punizione della legge. E poi c'è anche una gran quantità di teste calde che se trovano troppo lunga la strada di una denuncia non esitano a ricorrere alle mani. Se solo l'avessi saputo. Lussac! Come ha potuto permetterlo?

Nessuno era a conoscenza dell'atelier.

Lei come lo sa?

Abbiamo condotto alcune indagini.

Ebbene, chi era interessato l'avrà ben scoperto e avrà messo fine alla faccenda. Non ho un'altra spiegazione.

E Lussac le ha nascosto tutto per paura del suo biasimo?

Quella canaglia.

Non le ha mai raccontato ciò che facevano a Parigi?

Lussac sperava di lavorare all'edificazione della galleria del Louvre. Poi era venuto a sapere che Marchant e Petit avrebbero ripreso la costruzione del Pont Neuf. Ma questo gliel'ho già detto. Aveva con sé degli schizzi.

E Vignac, lei diceva, lavorava fuori città presso un fiammingo. Conosce il suo nome?

No. Ne abbiamo parlato brevemente quando Lussac era qua. Gli ho chiesto come andavano le cose al suo amico. Lussac rispondeva sempre a monosillabi, quando il discorso cadeva su Vignac.

E alla sua domanda che cosa rispose?

Proprio quello che le ho già detto. Che lavorava a Villejuif.

Tutto qui?

Sì. Lui non parlava di Vignac e io non gli ho fatto altre domande.

Lei sa dove si conobbero?

Si sono incontrati a Lione.

Quanto tempo fa?

Saranno due anni. O anche di più.

Ma al tempo in cui i due arrivarono a Parigi lei vide Vignac?

Sì. Naturalmente.

Saprebbe riconoscerlo?

Credo di sì. Ma il fuoco non lo ha...?

Di che cosa vive suo nipote?

Prima di venire a Parigi avevano lavorato l'inverno in Bretagna. Non lontano da Angers. Non mi ricordo in quale luogo di preciso. Avranno ricevuto il loro compenso quando se ne sono andati di là per venire a Parigi.

Può essere che a marzo Lussac sia venuto a Clermont perché tra i due c'era stato un diverbio? Mi lasci formulare altrimenti. Lei ha avuto l'impressione che Lussac covasse risentimento nei confronti dell'amico?

Dove vuole arrivare?

La domanda sorge spontanea, considerando lo stato delle cose. A marzo suo nipote lascia Parigi senza un motivo evidente. Appare qui presso di lei, non dice una parola sul suo compagno e dopo qualche settimana ritorna senza una chiara ragione a Parigi. Quando vi giunge, la casa è in fiamme e tra le macerie si trovano i resti di un uomo. Lussac le scrive una lettera, le comunica in modo quantomeno incompleto l'accaduto e in seguito si rende irreperibile. Lussac non le ha detto la verità riguardo a quanto avveniva nella sua casa. Non sarebbe possibile che ciò che ha riferito contenga altre menzogne? Lei ha naturalmente ragione quando dice che se le corporazioni avessero saputo dell'officina sarebbero intervenute, e non voglio assolutamente escludere che persone adirate che ritengono di aver subito un torto talvolta siano inclini a volerlo raddrizzare da sé, invece di lasciare alle autorità di far rispettare le leggi. Ma i due, consci di agire al di fuori della legalità, hanno saputo prendere provvedimenti per non farsi scoprire. Inoltre la proprietà era chiusa. Se ad appiccare il fuoco si fosse introdotto uno sconosciuto, avrebbe dovuto forzare la porta o rompere una finestra. Tutti i chiavistelli e le serrature erano invece intatti. Lei ha qualche spiegazione in merito? C'erano altri oltre Vignac e Lussac a disporre delle chiavi?

No. Perlomeno, io non ne sono a conoscenza.

Oltre a Vignac e Lussac nella casa abitavano altre persone?

Non che io sappia.

A giugno sono arrivati in due?

Sì, certo.

Un testimone dice di aver visto Vignac nella casa in compagnia di una fanciulla. L'ha descritta come una persona dai capelli scuri, di bell'aspetto, impertinente, dotata di maniere non buone e di apparenza meridionale. Lei conosce una persona cui potrebbe attagliarsi questa descrizione?

Una femmina come lei la descrive sarebbe difficilmente annoverata tra le mie conoscenze. No, una persona del genere non ha mai messo piede nella mia casa.

Sfortunatamente sembra che ciò non sia del tutto vero. Ma torniamo alla partenza di Lussac. Lasciò Clermont sabato 10 aprile, non è così?

Sì.

A che ora?

Subito dopo lo spuntare del sole. È andato in città a piedi. Da qui ci vuole circa un'ora per raggiungere la stazione della posta. La carrozza per Noyon tuttavia arriva solo verso mezzogiorno e normalmente raggiunge Parigi prima del calare dell'oscurità. Nella lettera di Lussac c'era scritto qualcosa riguardo la rottura di una ruota e che perciò lui aveva raggiunto la meta del suo viaggio solo dopo mezzanotte.

Com'era vestito?

Indossava calzoni marroni, una camicia di panno fiammingo, un corpetto rosso e un mantello grigio senza cappuccio; inoltre aveva una sciarpa di lana che faceva tutt'uno con il mantello ed era dello stesso colore.

Aveva con sé bagagli?

Una borsa e un fodero di pelle per i suoi disegni.

Possedeva un cavallo?

No. I cavalli li avevano già venduti in estate. Ma ecco, guardi qui: questo è mio nipote. È un disegno che gli ha fatto l'amico. Adesso porta i capelli un po' più corti, ma per il resto questo è il suo ritratto fedele. Se vuole farne realizzare una copia le lascio volentieri il foglio per qualche giorno.

La ringrazio. Molto gentile. Dunque lei non sa spiegarsi che cosa può aver spinto Lussac a lasciare Parigi per poi tornarvi più avanti e raccontarle in modo incompleto gli avvenimenti ivi verificatisi?

No, non capisco il suo comportamento. Non riesco a credere a ciò che lei mi ha raccontato. Se solo lei potesse trovarlo, di certo si spiegherebbe subito ogni cosa. Però s'è guadagnato il mio biasimo per avermi tenuto all'oscuro di tanto.

Chissà. Non possiamo esser certi nemmeno che Lussac sapesse qualcosa dell'atelier segreto. Forse quel Vignac vi ha tenuti all'oscuro tutti e due e ha mandato via Lussac da Parigi a quello scopo. Ma la prego. Ancora un'ultima domanda. Conosce un uomo di nome Giacomo Ballerini?

Ballerini, dice?

Sì.

In vita mia ho conosciuto molte persone, ma, Iddio m'è testimone, nessuna portava quel nome.

Sta bene. Lei ha parlato in modo sincero, e con l'aiuto di Dio riusciremo infine a giungere alla verità. La ringrazio.

Già. Con l'aiuto di Dio forse qualcuno potrà dipanare questa matassa ingarbugliata. Io no di certo.

Reso a Clermont, addì 21 aprile 1599

12
UN COLLOQUIO

VIGNAC uscì dalla casa di Perrault dopo il calare dell'oscurità. Era una sera di novembre fredda e inclemente dell'anno 1598. Seguì per un tratto rue des Deux Portes, quindi svoltò in rue de Haute Fuelle. Un impaziente vento autunnale falciava le strade gettandogli in faccia foglie strappate. La chiesa di Saint-André si stagliava scura contro il cielo notturno. Anche se le strade erano deserte Vignac si fermava spesso, si irrigidiva nell'oscurità dei vicoli senza illuminazione, ascoltava i rumori e a intervalli regolari tastava il pugnale che teneva nascosto sotto la giacca. Sapeva che in caso di pericolo gli sarebbe servita a poco, ma quell'arma fredda e pesante sortiva su di lui un effetto rassicurante.

L'aria era umida. Aveva piovuto tutto il giorno. Le strade prive di selciato, che come in ogni stagione erano disseminate di rifiuti e immondizie, si erano ammollate. Ci voleva arte per trovare il cammino nel buio senza scivolare sprofondando in un mucchio di scarti di pesce o qualche altra immondizia ancora più sgradevole. Il fetore diminuì un poco solo quando si avvicinò al fiume.

Dopo il calare dell'oscurità non viaggiavano più barche, perciò in realtà Vignac avrebbe dovuto scegliere di passare per la Cité. Ma non era consigliabile attraversare di notte lo stretto groviglio di vicoli della Cité. Persino le guardie cittadine dopo il tramonto si avventuravano in quel quartiere malfamato solo in gruppo e bene armate. Perciò Vignac seguì la Senna in direzione della corrente, finché poco dopo si ritrovò davanti alle impalcature del Pont Neuf. Ai suoi piedi l'acqua ribolliva nera tra le fondamenta che da vent'anni si ergevano al di sopra del fiume come piccole isole derelitte. I lavori erano ricominciati soltanto negli ultimi mesi e fra i piloni era stata tesa una prima trama, delicata come una ragnatela, di assi di legno legate tra loro. Al di sotto erano ormeggiate una accanto all'altra alcune barche. Intorno al piede di ogni pilone, appena sopra il pelo dell'acqua, era fissata una corona di grosse tavole incavigliate da cui in primavera sarebbe sorta la costruzione di sostegno per realizzare gli archi. Si fece scivolare giù per il pendio e salì sulle tavole bagnate che a ogni passo minacciavano di scivolargli sotto i piedi. Il fragore dell'acqua che scorreva impetuosa sotto di lui lo assordava, e una nebbiolina di spruzzi gli impediva la visuale. Con le mani strette intorno a una spessa corda di canapa procedeva lentamente, indugiando a lungo prima di avanzare il piede sulle travi ondeggianti. Dopo qualche metro era già coperto di sudore. La camicia infradiciata gli percuoteva fredda la schiena facendolo rabbrividire.

Si fermò alcuni minuti sul primo pilone. Le due sponde si stagliavano sotto le facciate delle case come i margini neri di fauci gigantesche, e il fiume sotto di lui era una lingua che leccava scura e vorace. A Vignac battevano i denti.

Perché mai tutta quella segretezza? Il messaggio della duchessa che Valeria gli aveva portato tre giorni prima era inequivocabile. Gli intimava di farsi trovare alla porta di Saint-Nicolas due ore dopo il calare del sole. Sarebbe stata sua premura accertarsi che nessuno lo seguisse o ricevesse notizia di quel convegno, altrimenti avrebbero dovuto desistere dall'affidargli l'incarico il cui preciso contenuto era da discutersi nel corso dell'incontro.

Vignac fece un altro passo sulle assi viscide, scivolò e cadde. Batté violentemente la testa, e mentre con le mani brancolava nel vuoto sentì che il piede gli si era impigliato in una corda, impedendogli di precipitare. Si fece oscillare per issarsi in alto, sentì qualcosa colpirgli il braccio e vide il coltello passargli a pochi centimetri dalla testa e cadere tra i flutti. Imprecò a bassa voce e si dondolò al cordame fino a riguadagnare la stretta passerella. Pochi minuti dopo si era liberato dalla cima che l'aveva fortunosamente salvato dalla caduta. Quindi procedette con cautela ancora maggiore sostando a ogni passo per accertarsi che, prima di azzardare quello successivo, la tavola a cui era in procinto di affidarsi fosse saldamente ancorata alle corde. Strisciando a quel modo attraverso il cordame che odorava di pece e catrame raggiunse infine la sponda opposta.

Senza curarsi del cranio dolorante, corse un centinaio di metri fino al punto stabilito e lì si fermò ad attendere nella nicchia in un muro. La porta ricavata lì nella parete rimase chiusa. Non gli avevano dato indicazione di bussare, perciò rimase quieto e attese.

Dopo qualche tempo percepì un cambiamento presso il portone buio. Si muoveva qualcosa di scuro. Vignac strizzò gli occhi ma poté distinguere soltanto un'ombra che si disegnava nera contro il muro lucido di umidità. Quindi udì il proprio nome.

«Maître Vignac?» sussurrò qualcuno bruscamente con la mano davanti alla bocca. Fece appena in tempo a uscire dalla nicchia che l'ombra scura scivolò rapida verso di lui e lo trascinò in fretta e furia al di là del portone richiudendolo subito alle sue spalle con un tonfo.

Vignac guardò stupito la persona che l'aveva trascinato dall'altra parte del muro così sgarbatamente. Lo sconosciuto era nascosto da un ampia mantella nera. Il suo volto era invisibile, avvolto da un cappuccio. L'uomo non gli badò oltre, limitandosi a trascinarselo dietro lungo una strada tranquilla fino a un albergo imponente il cui retro confinava con il Louvre. Bussò brevemente alla porta che si aprì all'istante inghiottendo i due visitatori.

Attraversarono in fretta un cortile interno privo di illuminazione, passarono un'altra porta e all'improvviso si ritrovarono in un atrio fulgidamente illuminato. Quando gli occhi di Vignac si riabituarono alla luce, l'uomo intabarrato che lo aveva raccolto alla porta di Saint-Nicolas era scomparso.

Vignac si guardò intorno. In fondo alla sala, due sinuose scalinate in pietra conducevano a una galleria da dove di certo si raggiungevano le stanze del piano superiore. Due servitori in livrea piantonavano le rampe. Nel camino sotto la galleria ardeva un fuoco che emanava un piacevole tepore. Il pavimento era intarsiato di marmi rossi e bianchi. Una serie di sfarzose poltrone bordavano le pareti del vestibolo, impreziosite di arazzi turchi.

I lacchè non si mossero. Vignac rimase indeciso nel punto in cui lo sconosciuto lo aveva lasciato, e attese. Da qualche parte sopraggiunse il suono di alcune voci che sembravano sforzarsi di parlare piano. Poi all'improvviso calò il silenzio. Fu chiusa una porta. Venne tirata una tenda. All'esterno si allontanarono dei passi.

A Vignac batteva il cuore in gola. Lui stesso non sapeva perché. Fece mostra di muoversi dal suo posto, anche se non sapeva dove andare. Già ai primi timidi passi, tuttavia, udì un leggero quanto perentorio *psss* del servitore alla sua destra. Guardò spaventato nel volto inespressivo dell'uomo. Ma sembrava che per uno del suo pari non fosse previsto più che quell'ordine sibilante. Dopo un lungo sguardo interrogativo rivolto al viso algido del lacchè, Vignac abbassò gli occhi a terra e rimase immobile.

Trascorsero così alcuni minuti. Poi apparve un altro servitore che intimò a Vignac di seguirlo. Il pittore obbedì, si diresse a una porta indicatagli dal servitore, attese che si aprisse ed entrò nella stanza cui dava accesso.

Era uno spazio piccolo e basso. Anche qui ardeva un focolare, ma questa volta insieme al calore emanava un gradevole profumo dolciastro. Su una poltrona in fondo alla stanza sedeva una donna che lo stava squadrando. Vignac si prostrò in un inchino a cui fece seguire una genuflessione, sforzandosi di trovare la giusta misura di umiltà. Lo sguardo che incontrò dopo che si fu rialzato in piedi gli disse che era lungi dall'averla trovata. Gli occhi della donna vennero distolti con un'indignazione a malapena dissimulata, ma poi tornarono subito a fissarlo con un'ombra di rassegnato autocontrollo. Una mano si levò appena, esitando come se temesse un contagio, facendogli segno di sedere.

«Spero di non dover dedurre dal vostro aspetto esteriore che sul cammino che vi ha condotto fin qui abbiate suscitato in qualsivoglia maniera l'attenzione d'altri. Le istruzioni che avete ricevuto erano, così voglio sperare, inequivocabili, e il loro più rigoroso rispetto è la condizione necessaria a che tra noi possano essere spese ulteriori parole. Mi assicurate di aver rispettato pienamente il nostro accordo?»

«Sono stato costretto a scegliere un tragitto che non permetteva di far ricadere sul mio vestiario l'attenzione dovutagli. Tranne alcuni pesci, nessuno mi ha visto venir qui.»

«Ciò che sarebbe nel vostro stesso interesse. Avete portato con voi lo scritto che vi ha condotto fin qui o è forse caduto vittima dei vostri intrepidi traversamenti?»

«La lettera di Vostra Eccellenza...»

Una mano si sollevò a spegnergli le parole in bocca. «Avete lo scritto con voi?»

«Riposa qui sul mio cuore.»

«Bene. Datemelo. Voglio presumere che tranne voi nessuno sappia dell'esistenza di tale scritto. Ecco. Riprendetelo e gettatelo lì, nel fuoco. Il nostro colloquio non richiederà molto. È già trascorso fin troppo tempo. Tempo sprecato. Il mio compito è di chiarirvi in poche parole la natura del vostro incarico. Il motivo per cui la scelta è caduta su di voi sfugge alla mia cognizione. La persona interessata e i suoi consiglieri non usano confidarsi prolissamente con coloro cui affidano la realizzazione del loro volere. Tuttavia hanno scelto noi per questo. Noi tutti siamo servitori di Dio. Ma solo a pochi è riservato di riconoscere il Suo consiglio e agire in ordine alla Sua volontà. Di qui i perpetui lamenti e le strida degli spiriti gretti che hanno la presunzione di saper meglio dei pochi eletti quanto ha da accadere nel nome Suo. E noi, che serviamo coloro che Egli ha prescelto come Suoi vicari secondo diritto e giustizia eterni, dobbiamo in egual misura obbedire a detta volontà e, in mancanza di un chiaro comando, soddisfare di tale volontà lo spirito.

In ciò non pertiene al braccio domandarsi che cosa vuole la testa. Compito del braccio è obbedire e obbedire bene. Mi capite?»

«*Poiché il Signore, l'altissimo, è santo, grande re di tutta la Terra...*»

Gli occhi della donna si strinsero. Vignac sostenne lo sguardo impenetrabile e colse l'opportunità per esaminare la persona nella sua interezza. Il volto bianco aveva lineamenti fini, giovanili, eppure appariva stranamente vecchio. La testa, che rimaneva rigidamente immobile anche quando parlava, troneggiava su un'immensa gorgiera di pizzo bianco in cui terminava un abito rosso corallo la cui porzione sulle spalle era a tal punto tesa verso l'alto da destare l'impressione che il resto del corpo fosse scivolato un po' più in basso. La testa era adornata da due trecce attorcigliate, dello stesso rosso del pesante abito inondato di pieghe della sconosciuta. Il volto bianco aveva un'aria quasi spettrale, e quando dalla bocca ricominciarono a fluire parole tigliose Vignac riconobbe perché il volto che in verità era giovane apparisse prematuramente invecchiato: sulla pelle era spalmata una spessa pasta bianca che gettava rughe traditrici intorno alla bocca severa.

«*Sia lodato, sia lodato Iddio, sia lodato, sia lodato il nostro re.* Invero, mi avevano incaricato di mandare a chiamare un pittore ed ecco che mi portano un cantatore di salmi. Avete ancora altri talenti da offrire? Sarebbe spiacevole se cercando in voi soltanto un buon artigiano dovessimo forse farci scappare un angelo.»

«Ciò che ho da offrire è il lavoro delle mie due mani e un occhio cui a Dio è piaciuto elargire il dono dell'osservazione. Avesse Egli stabilito altrimenti, difficilmente mi troverei ora dinanzi a voi.»

Vignac ebbe la netta sensazione che le sue parole sprofondassero lente nel corpo dietro la stoffa rossa. Si era spinto oltre il segno? Aveva parlato con troppa libertà, senza mostrare il dovuto rispetto? Ma che senso avevano tutti quegli impettiti discorsi da preti? L'incontro aveva forse lo scopo di mettere alla prova i suoi precetti religiosi? Aveva recitato quel versetto perché non sapeva come replicare alle singolari elucubrazioni della donna. Nel discorso di lei sembravano essere nascoste ovunque trappole e insidie. Vignac guardò incerto avanti a sé. In segreto però studiava con estrema attenzione ogni dettaglio di quella persona. Il volto di lei gli era in gran parte celato dal belletto, ma il portamento, il modo in cui teneva le mani e i piedini appaiati che occhieggiavano da sotto la stoffa rossa gli lasciavano intuire il corpo dietro quel mascheramento. Gli venne in mente un'antica regola: *Nessun moto umano, per quanto inafferrabile, che non trovi corrispondenza in una forma; e nessuna forma in cui non si celi un'intenzione.*

«Ebbene, non è neanche mio compito mettervi alla prova per fini che non sono qui perseguiti. Il vostro ritratto della mia signora ha suscitato compiacimento. Dovete ringraziare questa circostanza, se vi hanno mandato a chiamare. Un lavoro splendido, come bisogna riconoscere se si è scevri da invidia. Scevri da invidia, per quanto mi riguarda, dacché io non guadagno il mio pane nella vostra cerchia. Debbo dire che sono ammirata dal vostro coraggio. Quando i falegnami ebbero appeso il dipinto incorniciato nel castello di Monceaux e Madame de Beaufort poté mostrarlo pubblicamente, avreste dovuto vedere i volti dei pittori presenti. Uno di essi levò perfino la voce a rimostrare come fosse inaudito che il dipinto di un fattore ignoto, il quale forse creava nascostamente e privo di concessione, venisse esposto a dileggio dei probi pittori di corte. A ciò Madame accorse in vostro soccorso, domandando a quel pittore se a suo avviso fosse possibile utilizzare la madre dei figli del re di Francia come strumento per un seppur siffatto dileggio, al che lo sciocco sfrontato naturalmente si zittì. Tuttavia questo piccolo episodio forse vi mostra che è interesse di entrambe le parti mantenere il più assoluto riserbo riguardo il nostro incontro.»

«Il mio quadro era un dono e un ossequio alla duchessa.

Non è stato dipinto a Parigi. Il rimprovero di quel pittore non mi riguarda.»

«Non indugiamo oltre in simili piccolezze. Qualunque mira avesse il vostro agire, gli verrà attribuita un'altra intenzione. Non è così anche con Dio nostro Signore? Egli guarda direttamente nel nostro cuore e ci giudica per la sincerità della nostra fede, non per le azioni dubbie che possono significare una volta questo e un'altra quello. È così che recita la dottrina della gente cui voi appartenete, non è vero?»

Ecco che ritornava alle faccende di religione. Ma Vignac sentiva che era solo fumo che lei voleva gettargli negli occhi per farlo cadere altrove in una trappola ben più pericolosa. Ma quale? A corte avevano preso atto del suo quadro, che aveva sollevato attenzioni e naturalmente anche invidie. L'aveva messo in conto. Ora il suo più struggente desiderio si era realizzato. Volevano da lui altri dipinti. Perché non c'erano dubbi che era di questo che si trattava. Altrimenti che senso aveva quell'udienza presso la duchessa? Anche se non l'aveva ricevuto di persona, la donna che gli sedeva di fronte era senz'altro una sua emissaria. Era il braccio e la bocca della donna più influente di Francia, la futura regina. A tutte le corti dei principi d'Europa si parlava di lei e dell'amore prepotente che per lei provava il re. Lui, Vignac, l'aveva ritratta, aveva inserito nel suo dipinto tutti gli attributi immaginabili della bellezza, della fertilità, della grazia e della dignità regale creando un quadro grandioso e perfetto che non l'aveva lasciata indifferente. Lui aveva intuito che il modello dell'ignota nobildonna avrebbe incantato la bella Gabrielle quanto un meraviglioso gioiello di perle.

L'esca era stata gettata con astuzia e aveva raggiunto il suo scopo. Naturalmente ora non volevano fargliela credere. Da lui desideravano umiltà e sottomissione, e altri quadri. Quelle faccende di fede non erano altro che abbagli per mettergli paura. Tanto più che tutti sapevano che la stessa duchessa era protestante, per non parlare del re. Vignac si udì dire: «Giammai opere buone e pie fanno l'uomo buono e pio, e invece un uomo buono e pio fa opere buone e pie. Come dice Cristo: 'Un albero cattivo non reca buoni frutti. Un albero buono non reca frutti cattivi' ».

« Sì, sì, il saccente monachino germanico l'avete studiato bene. Ma da voi non vogliamo consigli in faccende di religione. Avete dimostrato di disporre di un talento straordinario. Ciò che invece vi manca è una piena comprensione del significato delle forme, di cui pure padroneggiate con tanta leggiadria l'allestimento esteriore. Concorderete certo con me quando dico che il compito del pittore non può essere quello di riprodurre meramente le cose, non è così? Questo può farlo ogni specchio, e meglio e più velocemente del più bravo nel vostro mestiere. La vera arte consiste nell'evocare attraverso la rappresentazione del soggetto qualcosa che esso stesso non è in grado di mostrare. Altrimenti si necessiterebbe forse della versione dipinta di un castello, di un paesaggio o di un volto, se si trattasse soltanto di strapparli alla tirannia della caducità? No, sarebbe un peccato grave tentare di gareggiare con il ciclo della Creazione ribellandosi per mezzo di tavole colorate all'inarrestabilità del progetto di Dio. Compito dell'arte dunque è mostrare l'essenza delle cose. Essa deve aspirare a strappare l'unicità dal flusso continuo delle apparenze.

« Queste idee non vi saranno del tutto estranee, giacché osservando il quadro della duchessa che avete dipinto si riconosce il vostro sforzo, sì scolastico, ma non del tutto ingenuo, di appalesare un significato. Per farlo vi siete servito di un modello preesistente. Un procedimento molto furbo, ché non è mai un rischio troppo grande seguire sentieri per i quali altri non sono incespicati. Voi siete astuto, Maître Vignac, e questo ci piace. Tuttavia nell'arte l'astuzia è un veleno. Essa è madre della prudenza, e con ciò nemica di ogni grande opera. Non è in grado di trovare alcuna verità, ma nel migliore dei casi solo un effetto, una sorpresa che ci stanca presto perché dobbiamo all'istante pagare quel breve piacere con una cognizione che ci viene porta come una magnifica scoperta e di cui si è però già tediati prima ancora di averla del tutto compresa. Si vedono i telai, le corde e gli affanni dietro le quinte. Si odono lo scricchiolio e il cigolio degli ingranaggi nascosti e ben presto ci si augura solo che un colossale terremoto venga a spazzar via all'istante quell'arnese dalle buone intenzioni.

«In voi si celano capacità, ma mancate di direzione. Il vostro sguardo sa cogliere i più piccoli dettagli ed è poi deplorevolmente cieco per l'insieme. Vi siete ispirato a un predecessore ai tempi del quale erano in auge questi benintenzionati giochi di bussolotti, e ciò può valervi di giustificazione. D'altro canto avete ugualmente dimostrato di possedere spirito cercando di attirare l'attenzione su di voi in maniera tanto inaudita. Così vi si può perdonare l'attrezzo ottuso, poiché gli era sottesa una meno ottusa intenzione.»

Vignac fissò come impietrito la bocca da cui scorrevano quelle parole. Il tono basso e pacato sortiva un effetto soporifero. Al contempo, da qualche parte tra quelle matasse infinite di frasi sembrava che si parlasse di tutt'altro, di qualcosa che non doveva in alcun modo sfuggirgli. Sentiva germogliare dentro di sé l'indignazione per lo spregio con cui quella persona parlava del suo lavoro. Con che razza di insopportabili ciance si arrogava il diritto di criticarlo? Il suo ceto, la sua fede, la sua provenienza, si poteva rinfacciargli tutto ciò. Ma dargli del copista da quattro soldi, questo gli faceva andare il sangue alla testa. Che poteva sapere quella donna delle sue capacità? Eppure allo stesso tempo sentiva che le parole di lei trovavano in lui un'eco di approvazione. Sebbene lui l'avesse subito soffocato, un dubbio si insinuava nella sua ira bucandola prima ancora che si fosse davvero gonfiata.

All'improvviso il fiume di parole della donna si arrestò e Vignac si accorse di aver commesso un errore imperdonabile. Cercò disperatamente di riafferrare la domanda che fino a un istante prima ancora aleggiava nella stanza, ma a causa del suo breve istante di disattenzione l'aveva perduta. Spavento e ammirazione si contesero dentro di lui il primato quando dovette riconoscere con quale abilità la sconosciuta aveva colto il breve difetto della sua concentrazione utilizzandolo per umiliarlo ulteriormente. E va bene, dunque: qui non intendevano lasciargli alcuno spazio per riflettere. Qualunque cosa volessero da lui, non avrebbe avuto il tempo di meditare sulle condizioni. Inspirò a fondo per conferire alle sue parole un suono pieno, ma lei lo precedette.

«Non sono abituata a discorrere con i vostri pari, e mi dispiace se ho preteso troppo dalla vostra capacità di concentrazione. Vi ho chiesto dove esercitate la vostra professione.»

«Lavoro per un fiammingo a Villejuif.»

«Altri hanno visto il quadro della duchessa prima che voi lo spediste al castello?»

«No, Madame. Solo il mio amico, di nome Lussac. Gliel'ho mostrato quando l'ho terminato. All'epoca ci trovavamo in Bretagna, dove ho realizzato il quadro nascostamente. Nessuno l'ha visto, cioè, una ragazza che si chiama Valeria, che mi ha fatto alcune volte da modella, naturalmente sa del quadro. È stata lei che l'ha portato...»

«Lo so. Siete legato al fiammingo da un contratto?»

«No.»

«Bene. Allora ditegli che non lavorerete più per lui.»

«Come sarebbe a dire?»

«La duchessa richiede i vostri servigi. Non potete servire al contempo due padroni. Quando lascerete la casa vi consegneranno una somma di denaro che vi permetterà di lavorare senza dovervi preoccupare di trovare altri guadagni. Al momento la situazione fa sembrare inopportuna la vostra apparizione a corte. Perciò porterete a termine le opere che vi verranno commissionate in segreto, cosa che non dovrebbe riuscirvi difficile dacché avete già esperienza in tal senso. Non sta a me riferirvi altro riguardo le motivazioni che animano la duchessa. Le relazioni di corte continueranno per voi a rimanere estranee e imperscrutabili, e per il compito che vi sarà affidato non abbisognate di sapere più di quanto vi sia già stato comunicato. La duchessa e il re si trovano in grande pericolo. Proprio come voi perseguono uno scopo ambizioso e più gli si avvicinano più fitti si fanno i rischi che si levano intorno a loro. Il re non ha occhi per il baratro che si spalanca dinanzi a lui e non vede che la creatura che ha risvegliato in lui questo amore obnubilante è minacciata di rovina da ogni parte.

«Il vostro compito sarà di aprirgli gli occhi, poiché se ciò non accade incomberà su di noi l'annientamento e sulla Francia un danno incommensurabile. Anche le vostre speranze sarebbero allora perdute, perciò sarà a vostra stessa protezione se rimarrete nascosto e realizzerete nell'anonimato i lavori che vi affideremo. No, ora non parlate. Ascoltatemi e ricordate quanto vi dico: quando vi congederò, recatevi innanzitutto nella stanza che vi sarà indicata dal servitore nell'atrio. Non spaventatevi di quanto vi troverete. Per prima cosa vedrete solo una tenda chiusa. Al centro della stanza indicatavi dal servitore si trova una sedia, su cui prenderete posto. Quando la tenda si aprirà, vedrete qualcosa che potrà apparirvi enigmatico. Come ho già avuto modo di chiarire, non abbiamo tempo per spiegazioni prolisse. Imprimetevi per bene ciò che vedrete. Quando l'avrete fatto, alzate la mano destra. La tenda allora si richiuderà e voi potrete lasciare la stanza.

«Avete sei settimane di tempo per dipingere la scena. Quando avrete finito il lavoro, fatemene pervenire notizia attraverso la fanciulla di Zamet. Provvederò a visionarlo io stessa e quindi a farlo ritirare. Nella borsa di denaro che il servitore vi consegnerà troverete ulteriori dettagli. Se non doveste sentirvi nella condizione di condurre il lavoro, lasciando la casa rifiutate il denaro. Diamo per assodato che questo incontro non ha mai avuto luogo. Non verrete più importunato e dimenticherete tutto quanto avete qui visto e udito.»

«Perdonatemi, ma non capisco...»

«Diventerete un uomo ricco, Vignac. Sapete quanto dovevate sapere, e sono certa che avete capito ciò che vi è richiesto. Ulteriori informazioni sarebbero solo di ostacolo al vostro lavoro. Lavorate con cura e utilizzate solo il materiale migliore. Riceverete denaro a sufficienza per comprare gli ingredienti necessari. Come riuscirete a ottenere che nessuno vi osservi durante il vostro lavoro è un'incombenza che lasciamo a voi. Ma accertatevi di essere l'unico responsabile dell'assoluta segretezza riguardo la paternità dell'opera. Ora uscite. Vi ringrazio a nome della duchessa per la vostra visita. Non la deludete e vi sarà soltanto di vantaggio. »

Vignac si guardò intorno. La porta attraverso cui era entrato era spalancata. Cercò ancora una volta gli occhi della sua interlocutrice, che però si era già alzata e gli rivolgeva le spalle. Fece scivolare ancora una volta gli occhi meravigliati sul vestito rosso corallo, quindi si voltò deciso e seguì il servitore fino nell'atrio.

Il lacchè gli fece segno di attendere e scomparve. Nella casa regnava un silenzio di tomba. Il fuoco nel caminetto era del tutto consumato. Le poltrone vuote lo scrutavano e un alito freddo gli lambiva le gambe. Sentiva la testa al contempo colma e vuota. Dentro vi echeggiava ancora spettrale quella voce estranea. Andò alla porta d'ingresso e fece per abbassare la maniglia. Non si muoveva. In quell'istante udì il sibilo sommesso del servitore e quando si guardò intorno notò che la porta da cui era appena entrato nell'atrio d'ingresso si era riaperta. Vignac ripensò alle ultime parole della donna sconosciuta, afferrò la maschera che il servitore gli porgeva, la indossò ed entrò nella stanza.

13

13 OTTOBRE 1598

NON andare. Stringimi forte. Concedimi ancora un breve istante il tuo calore sulla mia schiena, la delicatezza delle tue mani sul mio corpo, che è tuo e sempre e solo tuo sarà. Sì, lo so, appartiene a un altro, ma lui è lontano. I miei pensieri e la mia anima sono con lui, che ha necessità di me. Eppure il mio cuore e tutto ciò per cui il misero linguaggio non ha parole sono con te, caro amico più di ogni altra cosa amato. E solo a te si schiude rapito il mio desiderio, la mia brama pronuncia balbettante il tuo nome, e io sono la più sola di tutti gli esseri umani se il tuo guardo non posa su di me, la tua voce non mi circonda e non sento sulla pelle il calore del tuo respiro. Ti allontani e una notte di nero gelo mi paralizza i sensi, e volo senza vita per algidi spazi in distanze infinite dove non c'è nemmeno un Saturno che indulge nel suo orrido pasto. Ma se vieni da me, allora tutto si colma di futuro e promesse. Un brivido meraviglioso percorre il mio essere e so che sto nascendo, la tua presenza trasforma questa carne e le dona la vita. Vieni, mio amato, e baciami mille volte.

Un torrente di felicità la pervase e trovò sbocco in un grido sommesso, soffocato da mani accorse a precipizio. L'uomo sopra di lei, con gli occhi chiusi e il respiro affannato, attese irrigidito che i tratti del volto dell'amata si ammorbidissero. Quando vide le lacrime non gli parve altro che di essere abbracciato da un dio possente e ignoto e che tutto il suo minuscolo e misero essere fosse teso su un corpo gigantesco. Le sue labbra cercarono le lacrime salate di lei, e la lingua ne percorse il volto arroventato, in preda a un completo dissolvimento. Poi rimasero fermi, sdraiati come due piccoli animali allacciati da cui si è appena ritirato un gran temporale.

Dopo un po' la donna si sciolse dall'abbraccio dell'uomo, si fece scivolare piano giù dal letto e andò alla finestra. Scostò leggermente le pesanti tende e godette sulla pelle il calore della luce solare che ricadeva all'interno. Fuori le cose sembravano balocchi sistemati nel paesaggio. Le due torrette a destra e a sinistra sul muro, il covone di fieno più dietro sul campo falciato, scuro sull'orizzonte, il bosco confinante. Presa dall'allegria gli fece una linguaccia, ma oggi la sua spavalderia rimbalzò sulla parete verde e le ricadde addosso pesante.

Nel castello di Monceaux era tutto tranquillo. Il cortile interno sembrava abbandonato. Pesanti riquadri di marmo italiano giacevano ovunque intorno, in attesa degli scalpellini che si erano allontanati dal castello per la pausa di riposo serale. Una carrozza presso il fontanile aveva l'aria persa, come se i cavalli si fossero sciolti dai finimenti per bere e poi avessero scordato di portare con sé nella stalla il loro veicolo. Latrati di cane e il richiamo di un bambino lasciarono indovinare per qualche istante la vicinanza di un villaggio. Poi il suono sprofondò di nuovo dietro una scarna fila di alberi, in un ordine eterno sottomesso a Dio.

Lei sentì che le si era avvicinato alle spalle. Il calore del corpo di lui si irradiava contro la sua schiena, e il respiro le lambiva il collo nudo. I seni si tesero quando lui la strinse a sé e le fece scivolare le mani lungo il corpo con la delicatezza di ciglia, fin lì dove la sua mascolinità le urgeva calda e pressante tra le cosce. In quello le parve all'improvviso di vedere alcuni cavalieri affrettarsi fuori dal bosco. Si irrigidì. Le mani dell'uomo si fermarono interrogative. Poi la visione si dissolse, lasciandole solo lo spavento negli occhi, spalancati come a voler inseguire l'apparizione.

Bellegarde indietreggiò nella stanza. Lei udì il fruscio delle lenzuola e il rumore sordo di un cuscino che cadeva a terra.

«Venite», sussurrò lui. «Non era nulla.»

Lei si voltò e si avviò lentamente verso il letto. Ma all'improvviso lui alzò la mano.

«No, fermatevi», disse, «restate dove siete.»

Gabrielle lo guardò interrogativa, ma si fermò.

L'uomo si lasciò scivolare a terra. Un lembo di lenzuolo rosso gli ricadeva tra le gambe gettando una traccia scura intorno ai lembi. Sedette così, inspirando la bellezza di lei come un profumo. Gabrielle era davanti a lui, sopra di lui, nella penombra della sera autunnale, e lo osservava con un sorriso sottile, beffardo. Poi attraverso una porta tappezzata scomparve nella stanza adiacente. Quando fu di ritorno indossava una vestaglia di seta verde scuro. Sotto di essa, la sua pelle occhieggiava splendente come marzapane.

Bellegarde si mise a sedere nel letto.

Lei si sistemò accanto a lui e gli posò la testa sul petto.

«*Tu sei bella, amica mia. Guarda come sei bella! I tuoi capelli sono come un gregge di capre che discendono il Galaad. Le tue labbra sono come un nastro scarlatto, e la tua bocca è graziosa...*»

La bocca graziosa lo baciò, facendolo zittire.

«Non parlate, Bellegarde, ve ne prego. La mia testa è piena di parole e pensieri e non voglio pensare o dir nulla. Poc'anzi, quando eravamo alla finestra, ho creduto che fosse già tornato e ci avrebbe trovati qui come quella volta a Cœuvres. Come potrei affrontarlo? E sì che non provo nemmeno un po' di colpa. Dovremmo non assecondare il nostro cuore? Che fare dunque se un re avanza pretese su un cuore di cui un altro è già sovrano?»

«*Divide et impera*» sussurrò Bellegarde stringendo forte le braccia intorno alla donna delicata.

«Voi dite così, ma poi fuggite per il giardino quando l'altro si appressa.»

«Che cosa pretendete? Dovrei forse diventare rivale del mio re? Inoltre voi lo amate quanto me, e quanto io stesso lo amo.»

Gabrielle chiuse gli occhi e premette forte la testa contro il petto di lui. «Oh, sì. Io vi amo, Bellegarde, con tutta l'anima, eppure amo anche il mio signore e re. È possibile? Perché un amore non mi guasta quell'altro? Perché l'uno invece di saziarmi mi desta appetito per l'altro?»

L'uomo rise. «A voi l'uno può dare sempre solo ciò di cui l'altro ha difetto. Io posso farvi regina del mio cuore. Ma solo a fianco dell'altro diverrete regina del regno.»

«Oh, Bellegarde. Voi parlate come fosse già fatta.»

Lui le baciò delicatamente i capelli, poi cercò con le labbra la vicinanza del suo orecchio e sussurrò: «Mentre noi giaciamo qui, a Fontainebleau il Consiglio decide chi inviare a Roma e chi a Usson per avviare il divorzio del re».

Gabrielle si drizzò a sedere. «Come lo sapete?»

Bellegarde le baciò le labbra. «Da La Varaine. Ieri è montato a cavallo diretto a Fontainebleau, da cui ha fatto ritorno oggi stesso. In verità il Consiglio si era riunito per stabilire gli esborsi per l'anno a venire, ma poi il discorso è venuto al vostro matrimonio. Sebbene i più siano contrari a tale unione, è stato deciso di mandare il signor Langlois a Usson per ottenere da Margherita il benestare al divorzio. Non appena sarà giunta la procura, Sillery partirà per Roma. Sui dettagli non c'è poi stato più tempo di discutere. Come sapete, è sopraggiunto l'attacco del re.»

«A mia onta! Io indugio qui con voi mentre il re giace malato a Fontainebleau.»

«Considerata la natura del suo male potrebbe difficilmente sostituirmi.»

«Bellegarde!»

«*Ssst*, potrebbero sentirvi.»

«Non vi permetto di parlare di lui a questo modo. Non vi ha mai fatto nulla di male e vi ha sempre perdonato i vostri errori.»

«Anche l'errore di amarvi?»

«No. Ma dove non c'è errore non c'è biasimo. Enrico è un grande re. La Francia gli deve tutto e non lo ricompensa in alcun modo. Ma da un grand'uomo non ci si può attendere ciò che non possono nemmeno gli dei. Lui mi ama, e sa bene che colui che lo ha portato a me non potrà mai uscirmi dal cuore. Potrebbe annientarvi e non lo fa, perché voi siete suo amico. E noi lo ringraziamo della sua fiducia raggirandolo. Siamo davvero cattivi... eppure, com'è dolce questa cattiveria.»

Bellegarde le carezzò i capelli e sprofondò la testa tra i cuscini. Per un tratto non dissero nulla, ascoltando solo il respiro dell'altro. Gabrielle chiuse gli occhi e cercò di scacciare i pensieri che la discussione aveva destato in lei. Quando non le riuscì, cercò di distrarre i sensi adattando il proprio respiro a quello dell'amante. Ma si accorse che se si costringeva a seguire il ritmo di lui per qualche minuto si sentiva soffocare, e le apparve un brutto presagio.

«Roger, ho paura. Che cosa succede se gli accade qualcosa? Che ne sarà dei miei bambini? Nella cerchia intorno al re non c'è nessuno che sostenga la mia causa.»

«Non è necessario, poiché è il re stesso a farlo. Io vi dico, carissima, bellissima e graziosissima Gabrielle, che siete con lui giorno e notte come il calore nella luce. Non dubitate della sua lealtà. Conosco il re come me stesso. Leggete le sue lettere, guardate i suoi occhi quando entrando vi vede circondata dei vostri figli. Se non fosse per quell'infausto, infruttuoso matrimonio con Margherita vi farebbe assurgere al trono domani stesso.»

Lei sapeva che aveva ragione. Le lettere del re. C'era una prova più eloquente del suo amore? *Mio cuore prezioso, vi siete lagnata di essere rimasta due giorni senza mie notizie. Ma ciò è accaduto soltanto perché mi trovo lontano e sono stato molto malato. Appena giunto qui vi ho scritto un saluto. Non riesco a liberarmi del mio umore malinconico e credo bene che domani dovrò assumere un rimedio. Ma niente può aiutarmi quanto il vedervi, che è l'unico rimedio contro tutti i miei affanni. Verrei da voi domani stesso se non ci fossero da regolare con il Consiglio queste faccende urgenti per l'anno venturo. Al nostro prossimo incontro vi racconterò tutte le novità. Vi invio la lettera per Fourcy, per il marmo, e Monsieur de la Rivière è lì a vostra disposizione, qualora lo desi-*

deriate. Buona notte, mio cuore prezioso. Vi bacio un milione di volte. Addì 13 ottobre 1598...

Bellegarde la guardò incuriosito.

« Voglio crederlo. » Gabrielle si schiacciò contro di lui e respirò a fondo. Poi, appena percettibile, parlò come fosse assorta in una preghiera: « Dio, se gli regalassi ancora un maschio... »

Il sole era tramontato e al di sotto dei pesanti tendaggi era ancora visibile soltanto una sottile striscia di luce. Bellegarde guardò pensieroso il fagotto scuro che riposava sul suo grembo, ma non fece trasparire nulla dell'inquietudine che l'ultima frase di lei gli aveva suscitato.

Presumibilmente il re non sarebbe tornato che di lì a qualche giorno. Ma anche se fosse dovuto arrivare prima, a lui, Bellegarde, sarebbe rimasto abbastanza tempo per allontanarsi non visto dalle stanze della duchessa. La Varaine gli aveva riferito le condizioni di salute di Enrico. Domenica sera, dopo la prima seduta del Consiglio a Fontainebleau, era tornato il vecchio malanno: ristagno di urina e rapida insorgenza di febbre alta. Erano già alcuni mesi che un gonfiore ai genitali procurava incomodo al re quando andava a cavallo, e ormai anche i calcoli alla vescica erano peggiorati tanto da destare preoccupazione. La Rivière, il medico del re, aspettava impaziente che Navarra gli ordinasse di prepararsi a trattarlo, ma Enrico procrastinava l'intervento. Bellegarde aveva sempre ricondotto ciò al comprensibile timore di un'operazione, ma le parole di Gabrielle facevano improvvisamente apparire la malattia sotto una luce del tutto diversa. C'era forse la possibilità che il re...? No, non poteva essere. Fece un respiro profondo, come se in quel modo potesse scacciare il pensiero. E invece affiorò soltanto un altro pensiero, che lo stranì non di meno. Quasi non ebbe il coraggio di pronunciare la frase a sé stesso, nel silenzio: che cosa sarebbe accaduto se in seguito all'operazione il re avesse perso la sua facoltà di procreare? Il pensiero gli fece battere più forte il cuore. Sentiva che in quello si annidava un pericolo inatteso, una concatenazione di possibilità che sui due piedi non gli riusciva nemmeno di prevedere.

O forse un simile stato era già subentrato da tempo? La discendenza ereditaria era la preoccupazione principale di Enrico. Avrebbe potuto proteggere i figli di Gabrielle oltre la propria morte solo se ne avesse fatto gli eredi legittimi della Corona. Ma i due maschi erano stati concepiti nel peccato. Il loro diritto al trono era oppugnabile. Se però Enrico avesse sposato Gabrielle e lei gli avesse dato un altro figlio, nessuno avrebbe potuto mettere in dubbio la legittimità di questo principe.

Appena pensata, la costruzione si sbriciolò subito dinanzi alla possibilità che dopo l'operazione Enrico potesse perdere la capacità di figliare. Il bel piano sarebbe fallito. Non dipendeva forse tutto dal fatto che la donna che stava dormendo sul suo grembo venisse nuovamente messa incinta dal re e che gli fosse data in moglie prima del parto?

Bellegarde si sentì inondare di sudore. Che lei gli avesse concesso per ciò quel favore inaudito? Dopo tutti quegli anni? Ed era forse... ma no, era impensabile. Che fosse stato lo stesso Enrico a...? Con una spinta delle reni sollevò in alto la donna e avvicinò la sua testa al proprio viso. Ma non vide nulla. Tra loro incombeva l'oscurità e lui sentì solo il respiro caldo di lei e l'odore della sua pelle. Prima ancora di poter pronunciare una parola, in quell'oscurità lui ricadde su morbide labbra, mani esperte e una lingua agile e delicata come un bruco, che cercava desiderosa la sua.

Da lontano risuonò leggero il trotto e il tintinnio di cavalli in avvicinamento. Bellegarde saltò in piedi e ascoltò. Nel castello furono sbattute porte. Passi si affrettarono attraverso il cortile e dalle finestre penetrò nella stanza l'odore di fiaccole accese. Prima ancora che venissero tirati indietro i pesanti battenti di ferro del portale, Bellegarde era già rivestito presso le tende e guardava fuori. Li vide trottare lungo il margine del bosco. Dovevano essere otto o dieci animali, senza contare la carrozza a cui i cavalieri stavano intorno. Quando tornò al letto lo trovò già abbandonato. Origliò senza far rumore alla porta, l'aprì di uno spiraglio ma poi la richiuse subito, si affrettò di nuovo alla finestra e con un salto fu sulla balaustrata. Fece ancora in tempo a sentir bussare forte alla porta, quindi balzò sulla tettoia coperta di muschio, corse via svelto e rimase nascosto finché i primi cavalli entrarono trottando rumorosamente nel cortile. Solo allora osò saltare giù dal tetto, mescolandosi subito al viavai forsennato delle persone che all'improvviso popolarono il cortile interno.

La truppa era guidata dal duca di Montbazon e dal capitano della guardia de Mainville. I cavalieri smontarono immediatamente a terra e circondarono la carrozza. Due servitori che viaggiavano in piedi dietro la carrozza saltarono giù e si affrettarono ad aprire lo sportello e a ribaltare la scaletta riposta all'interno. Qualcuno già portava una lettiga, ma quando il re scese pallido e febbricitante dalla carrozza agitò brevemente la mano in un gesto di rifiuto e si fece condurre in casa appoggiandosi a Montbazon. Non aveva ancora raggiunto le scale che Gabrielle gli si gettò incontro.

Bellegarde si tenne in disparte e non udì quel che dissero. Quando si voltò, vide Rosny che gli veniva incontro. Il suo volto cupo la diceva lunga. Andò dritto da Bellegarde e venne subito al sodo.

«Vomito e febbre alta da domenica sera. Dov'è La Rivière?»

«Credevo che fosse stato chiamato a Fontainebleau. A quanto ne so l'ha mandato a cercare La Varaine.»

«Allora ci siamo mancati. Bel pasticcio. Faccio subito spedire un messo da Bérault a Parigi. Tanto avremo bisogno di tutti e due.»

«La situazione è tanto grave?»

«Non auguro un simile male ai miei più acerrimi nemici.»

Guardò in alto verso la scalinata d'ingresso dove il re e

Gabrielle si scambiavano alcune parole. Rosny tacque, ma il suo era un silenzio più eloquente di cento parole. Poi fissò Bellegarde.

«Non sapevo che la duchessa avesse l'abitudine di andare a letto tanto presto.»

«Nel castello fa freddo. I camini tirano male.»

Lo sguardo di Rosny cadde come una pioggia gelida sul suo interlocutore sorpreso.

«Dovreste cercarvi un nuovo servitore di camera. Al vostro attuale sembrano tremare tanto le mani che non è più capace di abbottonare come si deve il corpetto del suo padrone.»

Detto ciò, Rosny lo piantò in asso. Si diresse dai cavalieri che ancora stavano intorno alla carrozza e ordinò a due di loro di recarsi a Fontainebleau a prelevare La Rivière per riportarlo a Monceaux.

Bellegarde lo seguì con lo sguardo. Con un'imprecazione sommessa sulle labbra si allacciò il corpetto come si deve e quindi si accodò a passi misurati al seguito dei cortigiani che attraverso il portone si spingevano nel vestibolo del castello.

Poche ore più tardi sopraggiunse La Rivière. All'alba apparve anche Bérault, accompagnato da altri medici e chirurghi della capitale. Un bagno caldo e un clistere di olio di mandorle dolci avevano lenito i dolori del re, ma dopo una visita accurata del drappello dei dottori riuniti si giunse alla conclusione che un'estrazione chirurgica dei calcoli vescicali fosse inevitabile.

Nei giorni seguenti i medici montarono in cattedra al cospetto della corte riunita e disputarono sulla diagnosi corretta. Per prima cosa andava deciso il momento opportuno per l'operazione. Tutti concordarono che la stagione era propizia. Dal momento che freddo e secchezza erano ritenuti elementi pertinenti la vescica, per un'operazione a quell'organo si raccomandava di scegliere un momento in cui Marte e Saturno non fossero opposti alla Luna. Si trovarono invece in disaccordo riguardo il sito ove effettuare l'operazione. Alcuni si produssero in un'arringa a favore di un intervento sul membro. Di lì pietruzza poteva essere estratta con minor pericolo. L'esperienza aveva mostrato che l'incisione tra ano e scroto era rischiosa oltreché più dolorosa di quella a lato del membro. Inoltre con un simile procedimento si poteva profittare del fatto che il prepuzio, il quale all'effettuazione dell'incisione era da trarsi il più possibile avanti sopra il pene, a operazione effettuata sarebbe scorso indietro sulla ferita offrendo una protezione naturale contro le infiammazioni. La Rivière difese questo metodo per un intero pomeriggio, ma poi dovette riconoscere con Bérault che, primo, il calcolo non si era ancora fatto strada fin nell'uretra e, secondo, non era nemmeno certo che le sue dimensioni permettessero di utilizzare tale via. Inoltre era ignoto con quante pietre si avesse a che fare, e sarebbe stato spiacevole estrarre un calcolo dall'uretra per poi dover stabilire successivamente che nella vescica ne erano rimasti altri i quali in breve tempo avrebbero ripresentato lo stesso problema.

Alla fine il collegio dei medici si accordò per preparare l'operazione sotto la conduzione di Bérault. Il mattino del 20 ottobre l'assemblea si riunì nella biblioteca del castello. La Rivière e Bérault la presiedevano. Accanto ai dottori di medicina Marescot, Martin e Roset e al chirurgo primario Regnault, che aveva già liberato il re di una fistola in ambito genitale ma che per l'operazione convenuta aveva lasciato la direzione a Bérault, nella stanza si trovavano anche alcuni altri colleghi della corporazione. Questi però avevano preso posto dietro, contro il muro, dove scribacchiavano solerti i loro appunti.

La Rivière prese la parola per primo, richiamando subito l'attenzione dei colleghi sulla straordinaria importanza dell'intervento. In un lungo discorso introduttivo, che ebbe cura di adornare in modo acconcio con innumerevoli interpolazioni retoriche, fece rifulgere dinanzi ai convenuti i meriti e i contributi del re. Enumerò i servigi che aveva reso al regno e a tutti gli esseri umani in esso viventi, sostenendo che fosse dovere di ognuno di questi di pregare per il re e di invocare la misericordia di Dio per la salvezza del loro signore. Quanto ai presenti, a loro era affidata un'incombenza maggiore che la sola preghiera. Poiché così come il Signore aveva riposto nella culla di ognuno un talento particolare, all'uno quello di viaggiare sopra i mari, all'altro di cuocere il pane, e a un altro ancora di essere versato nelle Scritture e nel loro significato per l'umanità, così a Dio era piaciuto di affidare ai convenuti in quella stanza la conoscenza del corpo umano.

Giunto finalmente alla conclusione, pregò il collega Bérault di esporre ai presenti con quale procedura intendeva liberare il re del suo male, così che ognuno, quando fosse arrivato il momento dell'azione rapida ed efficace, venisse informato e potesse compiere il proprio dovere.

Bérault si alzò dalla sua panca, si insediò sul pulpito e parlò: «Il sommo Marianus Sanctus Barolitani e il suo ottimo allievo Ambroise Paré ci hanno tramandato le meravigliose cognizioni che con l'aiuto di Dio ci permetteranno di asportare il male che affligge il nostro amato re. Starà alla natura, alla volontà di Dio e all'abilità degli operatori qui presenti di guarire le ferite che saremo costretti a infliggere al corpo del sovrano. Non è necessario che vi chiarisca la maniera in cui il paziente deve essere preparato per l'intervento. Così come l'anima deve purificarsi con la preghiera e la confessione prima di poter ricevere la sacra comunione, allo stesso modo prima dell'operazione deve purgarsi e purificarsi l'interno del corpo: la vescicola biliare ha da svuotarsi, il sangue da fluidificarsi con salassi, e dal corpo ha da essere tenuta lontana ogni medicina così che esso non ne sia debilitato. Le pudende del paziente hanno da essere pulite, rasate e mantenute elastiche e morbide mediante bagni e oli, acciocché sia agevolato l'intervento e facilitata l'estrazione del calcolo. Abbiamo esaminato l'urina del re, trovandola limpida sebbene frammescolata a sangue. Da ciò desumiamo che si tratti di un calcolo spigoloso e aguzzo e inoltre che la vescica non dovrebbe ospitarne altri. Di ciò non possiamo avere certezza, e però l'esperienza ci insegna che più pietre normalmente sfregano allisciandosi vicendevolmente. La fine molatura che ne deriva viene eliminata con l'urina che intorbida rendendola lattiginosa, che non è il caso qui presente. Se tuttavia attendessimo che il calcolo si faccia strada attraverso l'uretra, sussisterebbe il pericolo che nel cammino all'interno del corpo esso causi ulteriori lacerazioni. Nemmeno conosciamo le sue dimensioni. Perciò abbiamo suggerito di intraprendere l'intervento direttamente alla vescica e non già sul membro. Tuttavia chiederete con ragione come un'operazione tanto difficile debba procedere. In quale maniera possiamo trovare il punto confacente all'incisione? Io vi rispondo che la natura stessa ci mostra il cammino per giungere al focolaio del male. Ma prima permettetemi di spendere poche parole sull'apparecchiamento del paziente, così che possano essere allestiti i preparativi della bisogna.

«Necessiteremo di un tavolo che andrà saldamente ancorato a una parete. Alcuni cuscini sosterranno la schiena del malato all'altezza delle reni, mentre le natiche poseranno su morbide coperte imbottite di paglia o crusca, capaci di accogliere e assorbire il sangue e l'urina. Le ginocchia del paziente, che sarà più seduto che disteso, andranno sollevate e fissate con cinghie di pelle in modo tale che il sito dell'operazione appaia completamente sgombro. Occorreranno altresì quattro uomini robusti e impavidi. Due per tenere le braccia del paziente, due per le ginocchia e i piedi, affinché questi non complichi l'intervento con un movimento brusco. Prima di porre il malato in tale poco gradevole posizione bisogna tuttavia approntare gli strumenti che vedete qui: sonda scanalata, bisturi, cannula di guida, ferri dilatatori quali le pinze divaricatrici, le ganasce e il becco d'anatra, e poi pinze a becco liscio o dentato per tagliare o frantumare i calcoli come anche altre pinzette e forbici più piccole. I quattro ferri più importanti li porterò nelle maniche sotto la veste, perché il paziente non si inquieti alla loro vista. Inoltre in questa maniera avranno modo di riscaldarsi a sufficienza e non potranno arrecare danno alcuno all'interno del corpo. Sarà mia cura chiudere le maniche con alcune garze, in modo che gli strumenti non si sporchino anzitempo di sangue».

Mentre parlava, Bérault sollevò i diversi strumenti che, una volta illustrati, venivano posati su un tavolino ricoperto da un panno di velluto nero, dove in seguito i colleghi avrebbero potuto osservarli da vicino. Nessuno dei ferri era più grande di una mano. Erano lì distesi accanto a Bérault come gioielli rari, e per guardarli i presenti protendevano curiosi il collo. Tutti gli strumenti portavano decorazioni emblematiche, correlate alla loro funzione. Così l'impugnatura della sonda era lavorata a formare due teste di serpente, le pinze divaricatrici replicavano due sciabole da duello e nei manici delle ganasce erano intarsiate piccole placche madreperlacee che ricordavano la corazza di granchi o astici.

Bérault proseguì: «A questo punto, quando tutto sarà pronto, l'operazione può cominciare. Ritorno ora alla domanda che ho posto all'inizio: come possiamo esser certi che la lama d'incisione incontri il punto confacente già al primo tentativo? Per questo è necessario inserire anzitutto nella vescica attraverso l'uretra il cannello della sonda, opportunamente lubrificato con l'olio. Una volta giunto in sito, il chirurgo deve assicurarsi che il vertice ricurvo e smussato della sonda sia leggermente spostato a sinistra e punti verso il basso, cosa che si può facilmente ottenere esercitando delicati movimenti rotatori. Così disporremo ora all'interno della vescica di una solida superficie d'appoggio per il taglio: la scanalatura della sonda a cannello. All'assistente alla mia destra spetta ora il compito di tenere sollevato verso destra lo scroto del paziente, così da sgombrare il punto da incidere. E con questo siamo giunti appunto all'incisione. Essa va praticata leggermente a sinistra del perineo e non troppo vicino al posteriore. Se nel praticare il taglio si danneggiasse il muscolo detrusore, ne conseguirebbe uno svuotamento incontrollato dell'urina. Se l'incisione avviene troppo vicino all'ano sussiste il pericolo che subito o durante l'estrazione del calcolo rimangano danneggiate le vene emorroidali, ricche di sangue, il che condurrebbe a emorragie forti e inarrestabili e dunque alla morte certa del paziente. Se anche ciò non dovesse verificarsi, con un taglio praticato troppo vicino all'ano la successiva dilatazione della ferita porterebbe a lacerazioni nel tessuto della vescica. Perciò pratichiamo il taglio esattamente nel mezzo tra l'ano e il punto più esterno dell'osso iliaco. L'incisione va eseguita nel senso delle fibre del tessuto e non deve essere più grande di un pollice. In seguito saranno i divaricatori a dilatare la ferita, e giacché il tessuto strappato guarisce meglio di quello tagliato, l'incisione praticata deve essere la più piccola possibile.

«Con il dito cerchiamo ora l'opposizione dura della sonda che si trova all'interno della vescica. Quando abbiamo individuato il punto con precisione, pratichiamo un taglio rapido ed energico, in cui il metallo della lama deve incontrare il metallo della scanalatura della sonda. In questo modo la lama perfora al contempo la pelle e la parete della vescica. La sonda ha compiuto la sua funzione e può ora essere estratta. A questo punto inseriamo attraverso la ferita le due ganasce fino a raggiungere l'interno della vescica e allarghiamo con esse il canale operatorio. Per farlo è necessario separare con forza le due ganasce, in modo da creare abbastanza spazio agli altri ferri. Se lo spazio non è sufficiente per inserire il becco di papera si dovrà far ricorso alle pinze divaricatrici. Successivamente allarghiamo il taglio nella vescica a piacimento con il becco di papera. Talvolta è già possibile estrarre il calcolo con questo strumento.

«Ora che la ferita è abbastanza larga, entriamo nella vescica con la pinza a becco e afferriamo cautamente la pietra. Questa non deve essere strappata fuori con forza, ma va staccata ed estratta dalla vescica con leggeri movimenti altalenanti. Nel caso fosse troppo grande per poter essere sfilato a questa maniera, il calcolo deve essere frantumato e infine estratto a pezzi. A questo scopo si usa la pinza a becco dentato. Una volta che la pietra è sbriciolata, procediamo come con un normale calcolo. Prima della fine dell'operazione bisogna accertarsi che nella vescica non rimangano altre pietre o coaguli di sangue che potrebbero causare la formazione di nuovi calcoli. A questo scopo esaminiamo accuratamente la pietra già estratta in cerca di punti di attrito o consunzione. Se non ve ne sono possiamo essere certi che nella vescica non si trovano altri calcoli.

«Ora bisogna chiudere al più presto la ferita. Se necessario si daranno alcuni punti, scegliendo all'uopo un filo di seta resistente, che deve essere incerato così da non tagliare la carne e da non essere disgregato dall'urina e dall'efflusso della ferita. Il punto va dato in profondità nella carne in modo che non si strappi e che il dolore che il paziente ha sopportato sia stato del tutto inutile. Tuttavia deve rimanere una piccola apertura attraverso la quale inserire una cannula d'argento fin nella vescica attraverso cui possano fuoriuscire il sangue e l'urina. Tale cannula non deve però rimanere troppo a lungo nella vescica, altrimenti la natura si abitua a servirsi di questo sbocco per l'espulsione dell'urina. Dunque la cannula rimane nella ferita solo fintantoché l'urina torna a fuoriuscire da essa chiara e senza traccia di sangue. Quindi va sfilata e la ferita va definitivamente saldata.

«Con ciò termina il lavoro del chirurgo. Il paziente va bendato e sdraiato a gambe incrociate in una stanza buia e riscaldata, così che Morfeo possa abbracciarlo portandogli sollievo dalle sofferenze patite. Dopo qualche giorno deve essere iniettato nella vescica del convalescente un balsamo di piantaggine, solano e acqua di rose. Se dopo l'operazione le vie di scarico della vescica dovessero essere intasate da grumi di sangue coagulato o altre particole, bisogna reinserire la sonda per liberare l'uretra. Questo, Dio m'è testimone, è quanto deve essere fatto per preservare in vita il nostro re. Che Iddio gli sia vicino. Amen».

Bérault lasciò il pulpito e tornò al suo posto. Dall'altra parte della stanza si sentì ancora il raspare concitato delle penne che svolazzavano sulla carta. Poi anche quel rumore tacque. La Rivière si alzò e si rivolse all'assemblea.

«E così sia. Lodato sia il Signore. Preghiamo.»

Una quiete devota si distese sui convenuti. Non ci voleva molta fantasia per immaginare che cosa passasse in quelle teste chine. Poco più tardi l'assemblea si sciolse e ognuno si dedicò a preparare con coscienza il compito assegnatogli.

Ma fatta eccezione per Bérault, che da quel momento fu costantemente accompagnato da due guardie scelte, dopo quella relazione non ci fu più alcuno nel castello che non considerasse contati i giorni del re.

14
POST SCRIPTUM

ECCELLENZA,

peccatore e aggravato di colpe è l'uomo, egli attende la salvezza dalla misericordia di Dio. Sempre porti seco una muta preghiera nel cuore: Signore perdonami ché ho peccato. Vacillante è la mia fede, superbi e immondi i miei pensieri, e facile preda di poteri oscuri è la mia anima incostante. È solo un bene che sappiamo quanto perfida e maliziosa, quanto infida e astuta è la creatura umana, altrimenti saremmo consegnati ai suoi inganni e alle sue insidie come agnelli ai lupi. Non è bastato che nel corso di queste indagini sia stato costretto a gettare lo sguardo nei torpidi e insani abissi dell'anima d'un alchimista, giacché ciò cui ho dovuto assistere nella casa di quello speziale, Allheboust, supera la mia capacità di descrizione. Non è stato possibile trarre alcuna parola di senso compiuto da quell'abitante del microcosmo, per non dire poi di quel buffone del suo aiutante Sébastien, che al termine della nostra visita abbiamo tosto portato con noi, sottraendolo ai suoi rospi e alle sue erbe, per farlo visitare da medici avveduti che verificassero se negli oscuri labirinti della sua anima riluca ancora almeno un bagliore della luce di Dio.

Per quanto riguarda Allheboust, quell'ingrediente che noi generalmente chiamiamo intelletto non è stato impiegato al momento della sua creazione. È più facile che un albero cresca all'interno di una noce che un grano di ragione si faccia strada nel suo cranio. Ma dove non c'è una chiara coscienza non si può nemmeno cercare una colpa, per quanto sarebbe stato di grande utilità per la nostra indagine se avessimo scoperto già allora a che scopo lo speziale e le due persone scomparse si recarono in ottobre nel campo fuori della città.

Che infine lo abbiamo scoperto, insieme ad altro ancora, è la ragione del mio odierno rapporto. Come potete evincere dall'allegato protocollo dell'interrogazione del signor Perrault, il proprietario della casa seppe soltanto due giorni prima del mio arrivo, tramite una missiva, dell'accaduto che è motivo di tante seccature per noi tutti. Il nipote del signor Perrault, Lussac è il suo nome, informava in tale scritto lo zio dell'incendio che era già scoppiato al momento del suo arrivo in città. Potete leggere quanto riferisce in proposito l'interrogato. Vi invio anche una copia della lettera che l'interrogato mi ha lasciato insieme a un disegno che ritrae il ricercato. Nella lettera troverete confermate le dichiarazioni rilasciate dall'interrogato, ovvero che Lussac raggiunse la meta del suo viaggio intorno a mezzanotte, trovando la strada in subbuglio e la casa dello zio in fiamme, e che abbandonò il luogo della sciagura per cercare il suo amico, senza fornire ulteriori indicazioni. La lettera recava la data del 13 aprile, ma fu consegnata soltanto due giorni prima del mio arrivo.

Ero ancora sulla via per Clermont che già venni colto dai primi dubbi riguardo la giustezza di tali dichiarazioni. Tuttavia, non disponendo di appigli per un sospetto e avendo il signor Perrault destato in me un'impressione di sincerità, dopo che il postiere mi ebbe confermato che quel sabato la rottura di una ruota aveva effettivamente ritardato a notte fonda l'arrivo della carrozza postale a Parigi, mi recai nel mio ostello a dettare allo scrivano una copia di detta lettera. Quando però giunsi a un passo in cui l'autore della missiva raccontava del suo arrivo a Parigi, mi crollò improvvisamente davanti il castello di menzogne che mi avevano presentato. Lo scrivente infatti non faceva menzione alcuna di ruote rotte. Mi recai all'istante nuovamente dal postiere e gli domandai se dalla Pasqua avesse parlato con il signor Perrault. Il postiere disse di no e aggiunse che Perrault non si recava più tanto spesso in città, dal momento che ora c'era il nipote a sbrigare per lui la consegna della corrispondenza. Questi era stato infatti a Parigi il sabato di Pasqua e – non credetti alle mie orecchie – ne era ritornato il lunedì o martedì.

Domandatogli se fosse pronto a giurarlo, il postiere si disse certo e mi fornì finanche una descrizione della persona, in cui ravvisai subito il ritratto lasciatomi da Perrault.

Chiamai immediatamente a me alcune guardie e coprii nuovamente a cavallo le quattro miglia fino al podere che giaceva in aperta campagna. Prima di giungere a distanza di avvistamento, ordinai alle guardie di distribuirsi intorno al podere badando di rimanere sufficientemente lontane da non essere udite e di fermare chiunque volesse allontanarsi di là. Io stesso mi avvicinai quindi di soppiatto alla casa insieme a due guardie. Una breve occhiata nella finestra illuminata mi confermò ciò che sospettavo da tempo. Mentre la famiglia sedeva intorno al focolare, nella stanza accanto Perrault camminava in lungo e in largo, gesticolando infuriato. Il suono della sua voce giungeva fino alle mie orecchie interrotto a tratti da un'altra voce, non meno alterata, che cercava di sovrastare le urla rabbiose di Perrault.

I due litigavano con tale veemenza che non si accorsero affatto delle grida di sorpresa e spavento suscitate dal nostro ingresso nella casa. Solo dopo che spalancammo la porta della stanza adiacente e le guardie fecero irruzione ad alabarde spianate la paura chiuse loro la bocca ed essi si rivolsero verso di me a mani levate, per poi subito gettarsi a terra implorando pietà.

Li feci mettere in catene e incarcerare. Ma leggete voi stesso ciò che dovetti scoprire il giorno seguente.

15

UNA CANZONE

VIGNAC non avrebbe più dimenticato quel mercoledì delle ceneri.

L'avevano raggirato senza che lui se ne accorgesse? Oppure erano i suoi sensi sovreccitati che gli stavano giocando un brutto tiro?

Fissò sbigottito il disegno che dal volantino gli era saltato in faccia come un ragno. Era opera sua? Quello intagliato in fretta e rozzamente nel legno di una silografia era il suo quadro? Ma no, era soltanto la riproduzione fedele di ciò che lui aveva visto quella sera nella casa della duchessa e che nelle settimane seguenti aveva dipinto, seguendo gli ordini trovati nella borsa del denaro. Eppure in quel disegno un significato diabolico si era impadronito della rappresentazione. Attonito, scorse le quartine che campeggiavano più in basso, come smorfie grottesche...

In nome di Dio! Sposatevi, sire,
Ché la progenie, badate, non muoia.
Il piombo, la lacca ed il vostro dire
Legittimeranno un figlio di troia.

Lei, lo sappiamo, ha sorelle sgualdrine,
Come la madre che già le istruì.
Troie le zie e le degne cugine
Come, s'intende, madame de Sourdis!

Venisse piuttosto l'odiata Lorraine,
E il regno a un tratto perisca così,
Che vada al bastardo di quel La Varaine
O al figlio segreto di Stavahi.

Vignac si fece trascinare dal flusso dei passanti in una delle mescite lì accanto, e prima di rendersene conto si ritrovò in una bettola buia ricolma di dozzine di corpi. Intorno a lui si rideva. Dalle bocche sdentate sgorgavano a gola spiegata quei versi che si riversavano di tavola in tavola come una marea sizigiale. Ogni nuovo venuto che ridendo e sghignazzando entrava nella mescita affollata si univa entusiasta alla melodia che si era creata dal nulla ad accompagnare quei versi taglienti.

«Una corona d'alloro per il poeta!» gridò uno.

«Un brindisi alla salute della duchessa del Porcaio», strillò un altro.

Il lazzo fu apprezzato dall'intera compagnia, che lo accolse con uno scroscio di risa. Da ogni parte arrivavano nuovi avventori e si pigiavano tra gli scatenati che non riuscivano a saziarsi di quello scherno mordace.

Vignac percepiva tutto come attraverso una nebbia. Teneva gli occhi costantemente sul foglio che aveva in mano, fissi sul disegno. Quasi lo bucò con lo sguardo. La fronte si coprì di sudore. Qualcuno lo spinse in un cantone. Rovesciarono del vino che gli cadde sulla giacca. Nella confusione quasi inciampò in uno sgabello. Ma tutto quel bailamme era nulla a confronto del tumulto che impazzava nella sua anima.

Come aveva potuto essere così sciocco? Tutti quegli sforzi erano serviti solo a insultare con il suo aiuto la duchessa nel modo più ignobile. Però non capiva. Lui era stato ricevuto a casa della duchessa. Era stata lei stessa a ordinargli di dipingere quel quadro. Lo aveva addirittura pagato. Ma a che scopo?

O non era stata affatto la duchessa a chiamarlo? Era forse possibile che tra le persone che più le erano vicine ci fosse chi aveva interesse a insultarla a quel modo? Che mostruosità insozzare la futura regina con uno scherno così tagliente. E per somma disgrazia sopra quei versi campeggiava una silografia del quadro dipinto da lui. Il cuore gli si strinse per la paura. Se l'avessero trovato sarebbe suonata la sua ultima ora. Non gli avrebbero attribuito solo il quadro, ma anche i versi. Pensiero sciocco. Se l'avessero trovato. Sapevano benissimo dove trovarlo. Qui c'era qualcosa che non tornava. Che volessero annientarlo? Ma che cosa aveva mai fatto? In città non lo conosceva nessuno.

Più ci pensava, più si sentiva confuso. E più si sentiva confuso, più la paura gli toglieva l'aria. Chiuse gli occhi e richiamò alla mente la sera di ottobre in cui l'avevano convocato in casa della duchessa. Il rumore lacerante delle tende che venivano tirate. I passi che si allontanavano rapidi. Poi il colloquio con quella donna. Non avrebbe mai più dimenticato il suono della sua voce. Perché non se n'era andato come aveva pensato di fare? Invece si era avvicinato alla stanza che il servitore gli indicava, aveva indossato la maschera che quello gli porgeva senza dire una parola, quindi era entrato e si era seduto sulla sedia, come obbedendo a un ordine, e aveva guardato le tende rosse che erano chiuse in fondo alla stanza. Erano tende porpora, di una stoffa pesante orlata con un passamano dorato, del rosso carminio dei re. Poi le avevano tirate di lato, scoprendo lo scenario più enigmatico che gli fosse mai capitato sotto gli occhi. Il ricordo assumeva i contorni di un sogno impenetrabile, quasi come la visione che aveva avuto un anno prima nel bosco. Ma mentre allora la sua anima gli aveva presentato il ricordo di quadri, qui avveniva il contrario. Ciò che aveva visto davanti a sé in quella stanza non era un ricordo, ma una realtà, per quanto misteriosa, che ancora doveva diventare quadro.

Davanti a lui due donne sedevano in una vasca di pietra sul cui bordo era gettato un telo bianco. Sullo sfondo era visibile un secondo tendaggio rosso davanti a cui entrambi i corpi bianchi si stagliavano nettamente. Le donne erano nude, e ci era voluto del tempo perché Vignac riuscisse a distogliere lo sguardo dalla bellezza perfetta dei due corpi per dedicare la sua attenzione allo strano gioco di gesti che intessevano con le loro mani. La donna alla sua destra sedeva diritta e guardava dietro di lui, nel vuoto. Se ne vedeva soltanto il busto. Riposava la mano sinistra sul bordo della vasca e tra pollice e indice teneva stretto un lembo del telo bianco. Vignac aveva subito riconosciuto il gesto. Era lo stesso che lui aveva fatto compiere alla duchessa nel suo primo quadro. Quella donna, il cui corpo era bello e perfetto come quello di Gabrielle, ma il cui volto non aveva con lei nulla in comune, doveva dunque rappresentare la duchessa. Ma che cosa stava mai facendo con la mano destra? Piegando il braccio la teneva ad altezza delle spalle. Pollice e indice sembravano afferrare qualcosa, era come se reggessero un anello. Ma non si vedeva alcun anello. A sinistra, la seconda donna sedeva sul bordo della vasca. Gli volgeva la schiena, però teneva il volto girato verso di lui e lo osservava. Aveva uno sguardo del tutto inespressivo, eppure sembrava che volesse svelargli un segreto. Con la mano destra si sorreggeva al bordo. La sinistra era tesa come per farsi sposare dalla duchessa, che le infilava l'anello invisibile al dito.

Chi era quella donna? Che matrimonio immaginario stavano stringendo? Ovunque guardasse, la scena emanava un'atmosfera che lo intrigava e al contempo lo respingeva. Aveva impresso dentro di sé ciò che vedeva come un profumo greve e sconosciuto, alla cui attrattiva una parte di lui cercava senza successo di resistere. Poi aveva osservato nuovamente i volti nella speranza di trovarvi un segno, un'indicazione. Ma aveva capito subito che non erano quelli i volti che la sua committente voleva vedere. La donna alla sua destra tradiva la propria identità con la mano che teneva stretto il telo. Ma l'altra chi era? Anche il suo corpo era bello e privo di difetti come quello della duchessa. Sembrava che fosse sul punto di lasciare il bagno, e che aspettasse soltanto che l'altra dama completasse il movimento della mano per infilarle l'anello. Vignac aveva notato solo allora il pallore della duchessa, il tono chiaro e femmineo della pelle, a confronto con i colori più caldi dell'altro corpo. E mentre ancora indagava con gli occhi sgranati per lo sbigottimento il mistero che aleggiava invisibile tra quelle due figure, mentre domande e presentimenti guizzavano come cervi intimoriti nel tramonto, aveva avuto la certezza che avrebbe dipinto quel quadro, non fosse altro che per dare al segreto che si offriva ai suoi occhi, se non una risposta, almeno una forma.

Gli giunsero all'orecchio stralci di conversazione. Che cosa? Al re avevano già mostrato quei versi. Diamine. Sì, lunedì. Cioè ieri l'altro. A Saint-Germain? È un bene che li conosca. Ci penserà due volte a sposare quella donnaccia. Che onta e disonore sulla casa reale! Macché. Era solo uno scherzo di carnevale. Quell'altra non era mica meglio. Sul trono di un eretico può starci solo il culo di una puttana. Ha, ha, ha. Dove li ha trovati? Nell'aranceto di Saint-Germain-en-Laye? Sì, erano appesi a uno degli alberi in modo da non passare inosservati. E il re che cosa ha detto? Che avrebbe appeso anche lui l'autore dei versi, però non a un arancio ma a una quercia. Ha, ha. Ben detto. Evviva il re. Abbasso la duchessa.

Vignac non resistette più. Saltò in piedi, scostò di lato i corpi che gli ostruivano il passaggio e le cui esalazioni gli levavano il respiro. Si fece largo a fatica fino alla porta. La baraonda non accennava a diminuire. Ognuno gridava quello che gli passava per la testa. Prima ancora che Vignac raggiungesse l'uscita, una frase lo trafisse come una lama: «E passata la domenica in Albis vuole sposarla».

Vignac si voltò e afferrò l'uomo per il bavero. «Che cosa hai detto?»

«Lo ha annunciato ieri. Al banchetto. Levami le mani di dosso, altrimenti...»

Due passi e fu fuori. Senza sapere dove fosse diretto, discese la strada. C'erano volantini ovunque, e piccoli capannelli di persone riunite che discutevano animatamente.

Infastidito, si fece strada tra i carretti che ostruivano la via. Dietro nuvole grigiastre splendeva un debole sole marzolino. Rue des Deux Portes distava soli cinque minuti di cammino, ma Vignac si sorprese a evitare involontariamente la strada. Camminò in direzione sud, lungo rue Saint-Jacques, giunse alla porta con lo stesso nome, diresse indeciso i suoi passi a destra, poi di nuovo a sinistra, e infine ripercorse la strada da cui era venuto.

La sua mente lavorava febbrile, e nonostante sapesse che per pensare in modo ordinato avrebbe fatto meglio a recarsi in un luogo calmo e tranquillo, l'agitazione interiore in cui lo aveva gettato il volantino lo costringeva a muoversi senza sosta. All'improvviso lo colse un pensiero. Cambiò bruscamente lato della strada e qualche momento dopo traversò il fiume e piegò in rue de Vennerie che portava davanti all'Hôtel de Ville su place de Grève. Poco dopo si lasciò la piazza alle spalle e seguì rue de la Martellire fino all'Arsenale. A qualche passo da lì cominciava rue de Cerisai e poco dopo che l'ebbe imboccata, al suo fianco si eresse l'alto muro che proteggeva l'albergo del finanziere italiano dalla strada. Disse il proprio nome alla guardia che stava all'ingresso e la pregò di fargli chiamare una ragazza che si chiamava Valeria che faceva parte del personale della casa. Ma la guardia gli comunicò che essendo un giorno di festa in casa non c'era nessuno del personale, e che si ripresentasse l'indomani.

Vignac rifletté brevemente, quindi estrasse di tasca una moneta, la diede alla guardia e la pregò di dire a Valeria, quando fosse tornata, di cercare al più presto il signor Vignac. Era molto urgente.

L'uomo annuì, intascò la moneta e rientrò con un'alzata di spalle sotto la sua tettoia.

Vignac non poteva fare altro, perciò si mise sulla via del ritorno. Intanto il tramonto calava implacabile nei vicoli, e quando fu di nuovo all'angolo in cui rue des Deux Portes si diramava da rue Saint-Jacques, sulla città era già calata la sera. Indeciso, rimase ancora fermo qualche minuto all'incrocio. Ma quando la sera prese a stringergli le ossa con dita umide, infine svoltò nella via.

Nella casa era tutto tranquillo. Lussac non era ancora tornato. Chiuse la porta, si affrettò senza fare luce attraverso la stanza, diretto all'angolo buio del sottoscala, aprì una porta che era nascosta lì nell'ombra ed entrò nella stanza dietro di essa. Solo dopo aver richiuso e sbarrato la porta dietro di sé accese una lampada a olio, la appoggiò sull'ampio tavolo che si trovava in mezzo alla stanza e si lasciò cadere su una cassa di legno accostata alla parete.

Il suo sguardo scivolò sugli oggetti posati sul tavolo, di cui esaminò attento ogni dettaglio. Non c'era nulla che indicasse che qualcuno era entrato nell'atelier in sua assenza. La parete di legno di fronte era ricoperta di fogli di schizzi, che ora sembravano guardarlo interrogativi. Dietro un retino di righe orizzontali e verticali fluttuavano i contorni di due corpi femminili. Altre linee tirate tra i due corpi convergevano nel punto esatto in cui le mani delle due dame erano intente in quello strano gioco di gesti.

Vignac distolse seccato lo sguardo e passò in rassegna gli attrezzi e gli utensili sparsi ovunque. No, qui avrebbe trovato solo ciò che era scaturito dalla sua mano e dalla sua fantasia. Forse era tutto un equivoco e basta. Probabilmente il nesso tra i versi di scherno e il tracciato del suo quadro era del tutto casuale. Che cosa era accaduto al quadro dopo che lo avevano ritirato? Se solo avesse trovato Valeria! Si sarebbe ripresentato da Zamet l'indomani stesso. Lentamente ritrovò la calma. No, se qualcuno intendeva danneggiarlo in qualche modo non era necessario darsi tanta pena. Chi poteva avere interesse a giocargli un tiro tanto malevolo?

Ancora una volta, per quel poco ordine cui riusciva a costringere i pensieri confusi, riprese in esame tutte le possibilità. Se qualcuno voleva insultare la duchessa attraverso il dipinto, era difficile che fosse stata lei stessa a commissionarlo. Di conseguenza c'era qualcuno nella sua casa che lo aveva imbrogliato. Ma chi? Lunedì, dunque due giorni prima, il re aveva trovato il volantino mentre ispezionava gli alberi d'arance. Quale ignominia. La sua amata veniva diffamata dandole della prostituta, la di lei famiglia era paragonata a un bordello. Si diceva che era preferibile affidare la successione del trono all'odiata Lega cattolica che al presunto figlio del re, il quale sarebbe stato un bastardo di cortigiani come La Varaine o quel Bellegarde.

Erano voci vecchie come la stessa storia d'amore tra il re e la duchessa, tanto improbabili quanto sciocche. Il consueto veleno di corte che schizzava addosso a chiunque salisse troppo in alto nelle grazie del re. In esse non c'era una sola parola di verità. Il re prometterebbe forse a una donna di sposarla, se credesse che gli ha messo tra le braccia da battezzare i figli concepiti con altri uomini? La storia con quel Bellegarde risaliva ad anni prima. E La Varaine? Quel gesuita occulto. E con lui la duchessa avrebbe dovuto... Era un pensiero completamente folle. Si sapeva come nascevano certe dicerie. Una parola grossa buttata lì da qualcuno che nell'ebbrezza colorisce per un attimo i propri sensi annebbiati con le tinte di desideri reconditi, e già la voce corre di bocca in bocca, per tutti i corridoi, in tutte le camere, fino all'orecchio del re che la scaccia ridendo, come una mosca fastidiosa.

Dunque aveva trovato lo scarabocchio lunedì. E il giorno seguente, durante la festa di carnevale le aveva promesso pubblicamente di sposarla. Oh, Dio del cielo! Che cosa era avvenuto durante quel banchetto? Qualunque fosse stato l'intendimento dietro le calunnie, adesso il loro effetto era sotto gli occhi di tutti. Il re avrebbe sposato la duchessa. Gabrielle era stata ufficialmente eletta principessa. D'ora innanzi nessun potere terreno avrebbe potuto impedirle di ricevere la corona di Francia.

Vignac si fregò nervosamente la mano sul viso. Quale diavolo lo aveva convinto ad accettare quella maledetta commissione? Lo avevano sfruttato. Fin dall'inizio quel quadro era destinato a offendere la duchessa nel modo più vergognoso, e solo il volere del re aveva soffocato sul nascere una calunnia con un gesto coraggioso, ponendo fine a tutte le speculazioni sul suo matrimonio.

Già, quant'era stato stupido. Come aveva potuto credere che la duchessa volesse per sé un quadro tanto inaudito? Che cosa gli avevano detto quella sera d'autunno? Che il re e la regina si trovavano in grande pericolo. Quale pericolo? Che il re non aveva occhi per il baratro che si spalancava dinanzi a lui e stava mettendo in pericolo il proprio bene e quello del regno. Maledette menzogne. Il pericolo veniva da coloro che lo avevano ricompensato tanto generosamente per quel quadro. Qualunque fine avesse fatto il dipinto, avrebbe dovuto esercitare la sua opera diffamatoria non solo alla corte, ma anche per le strade della capitale e tra i cittadini di Parigi.

E invece il piano era fallito. La duchessa oltraggiosamente bollata come prostituta usciva dalla macchinazione come futura regina. Le avevano gettato addosso fango, e il fango si era trasformato in oro. Ma adesso avrebbe perseguitato i cospiratori, avrebbe cercato di scoprire chi doveva ringraziare per quel subdolo intrigo. E coloro che avevano tirato le fila dietro le quinte si sarebbero liberati al più presto dell'unico testimone che poteva accusarli.

Vignac saltò in piedi. Doveva andare via al più presto da quella casa, da quella città. Senza pensarci oltre, staccò gli schizzi dalle pareti e li infilò arrotolati in una custodia di pelle. Mise quelli che rimanevano nel camino, impilandoli uno sull'altro. In pochi minuti le fiamme li divorarono. Nel frattempo Vignac ne approfittò per riempire una grossa borsa di pelle con gli attrezzi da pittura che non voleva perdere. Quindi prese il volantino e scribacchiò svelto qualcosa sul retro. Chiuse accuratamente l'atelier, spinse un canterano davanti alla porta e salì in fretta al primo piano a prendere qualche vestito. Quando fu di nuovo nella stanza d'ingresso, con stivali e bagagli, posò il volantino sul tavolo, lo piegò leggermente in modo che fossero visibili le righe frettolose che aveva scritto sul retro e lo fermò con il candelabro. Poi aprì circospetto la porta di casa e sbirciò fuori.

La strada era deserta. Rintoccarono le sette. Prima di uscire passò in rassegna mentalmente il tragitto che lo attendeva: da rue des Deux Portes fino a rue de la Harpe, poi in rue du Foin fino a rue Saint-Jacques. Avanti diritto oltre

Noijer e Sainte-Geneviève fino a Porte Saint-Marcel. Una volta nei sobborghi vi avrebbe trascorso la notte, per riprendere il viaggio il giorno dopo fino a Villejuif dove lo attendeva un'accoglienza in amicizia e dove sarebbe stato al sicuro.

L'ombra fu visibile solo per la frazione di un secondo, ma Vignac riconobbe la figura all'istante. Scivolò indietro nell'oscurità protettiva della casa e chiuse la porta. La serratura scattò con uno schiocco leggero. Con la schiena poggiata contro la porta, fece scivolare la chiave nella tasca del panciotto e rimase immobile. Non accadde nulla. Trattenne il respiro, in ascolto. Quando cominciarono a bruciargli i polmoni, respirò a fondo due volte e poi si immobilizzò di nuovo. Quindi sentì dei passi dietro le spalle. Un ferro venne inserito nella toppa. Un leggero sfregamento metallico fu la prova che i denti di una chiave stavano saggiando la resistenza della serratura. Poi la porta si spalancò. Dal nascondiglio sotto il tavolo, scelto in tutta fretta, Vignac vide le gambe di un uomo disegnarsi brevemente nello spiraglio della porta contro la grigia facciata notturna della casa di fronte. Poi la porta si richiuse e non vide più nulla.

L'intruso aveva un respiro affannoso, come se avesse corso. Le assi dell'impiantito scricchiolarono sotto i suoi passi esitanti. Vignac scrutava nell'oscurità a occhi sgranati. L'estraneo passò accanto al tavolo e si diresse verso la porta sul retro. Un leggero fruscio e picchiettio segnalò a Vignac che l'uomo procedeva tastando i pannelli delle pareti. Poi venne abbassata una maniglia e una corrente d'aria fredda fu la prova che l'intruso aveva trovato la porta per il cortile. Stivali scricchiolarono sulla sabbia. Ancora il rumore di mani che carezzavano il legno in cerca di qualcosa.

Cerca l'entrata dell'atelier, pensò Vignac. Non sa dove si trova. Vignac saltò in piedi. Con un balzo fu alla porta di casa e in un batter d'occhio già scendeva giù per la strada. Corse senza sapere dove andava, affrettandosi lungo stretti vicoli. Cambiò più volte direzione finché all'improvviso si ritrovò presso il fiume. Non sapeva nemmeno se lo sconosciuto l'avesse seguito, perché tanta era la paura che non aveva osato voltarsi indietro a guardare.

Attese di riprendere fiato, poi corse protetto dall'oscurità in direzione di Porte Saint-Marcel. Non aveva alcun dubbio che l'intruso fosse lo stesso uomo che in autunno lo aveva accolto alla porta di Saint-Nicolas. Gli stavano alle calcagna. Debole per la stanchezza e tormentato da cattivi presagi, Vignac barcollò per le strade deserte, senza riuscire a levarsi dagli occhi la figura che poco prima gli era scivolata accanto come uno spettro.

16

LUSSAC

CHARLES LEFEBRE Deve solo ringraziare sé stesso, se viene condotto qui in catene. Guardie! Togliete i ferri all'uomo e chiudete la porta. Dunque, si sieda. No, lì sulla sedia accanto al tavolo. Scrivano, annoti: Gaston Lussac, nato a Lione il 27 aprile 1568. Interrogatorio condotto il ventiquattresimo giorno del mese di aprile dell'anno 1599 nel cortile di Pierre Paul Perrault, territorio di La Roque, presso Clermont. L'interrogatorio ha inizio alle ore tre del pomeriggio. Il prigioniero è illeso nel corpo. Dal suo arresto nella sera di ieri ha ricevuto un pasto e acqua a sufficienza. L'interrogatorio è condotto dal sottoscritto Charles Lefebre in presenza dello scrivano Bartholomé Lerroux e delle guardie Michel Castel e Nepomuk de Vries.

Signor Lussac, è disposto a rispondere oggi alle domande che le verranno poste, e ci assicura di farlo in tutta sincerità e piena coscienza, che Iddio le sia testimone?

LUSSAC Sì. Sono disposto.

C. L. Non le verrà fatto nulla. Si tratta di un'indagine di polizia in merito all'incendio in rue des Deux Portes...

LUSSAC Risparmi i suoi imbrogli. Non so chi l'ha mandata, ma non sono così stolto da credere che qui sia in questione uno stupido incendio. Però, prego, recitiamo pure tutti il teatrino. In fondo è per questo che la pagano, non è vero? Il finale tanto lei lo conosce meglio di me.

C. L. Suo zio mi aveva in effetti messo in guardia che le piace parlare per enigmi...

LUSSAC ... vada per la commedia, allora. Lei recita l'imperatore e io...

C. L. Ora basta.

LUSSAC Ah, sì? Ora basta. È quel che dico anch'io. Bello spettacolo. Bell'intreccio. Doveva essere una farsa, non è vero? Si cerca un fesso che stia al gioco. Che è del tutto ignaro di ciò in cui si va imbarcando. Quando poi il pasticcio è fatto, è troppo tardi. Ma non è solo troppo tardi. Nossignore. La burla infatti non era solo un imbroglio innocente. O sono addirittura in due, che nulla sapevano uno dell'altro, ad aver rotto le uova nel paniere? Qualche sciocco ha pestato la coda al diavolo? Chi lo sa? Lei da me non vuol sapere un bel niente, di questo sono sicuro come del sudore che vedo sulla sua fronte. Lei vuole solo avere la certezza di quel che *non* so, il che è un bel mucchio di roba. Mi manca soprattutto l'ultima tessera, per capire l'antifona. Vede? È così che stanno le cose. A esser giusti qui dovrei essere io a fare le domande, se non voglio sprofondare nella tomba come uno zuccone con la testa piena di mezze certezze e di «si dice».

C. L. Ebbene, forse potremmo porre rimedio insieme alla sua ignoranza...

LUSSAC Così posso finire più rapidamente all'inferno, non è vero?

C. L. Freni la lingua. Non sono ancora riuscito a comprendere a che cosa vuole alludere con le sue affermazioni, ma le assicuro che avrò la pazienza di ascoltare tutto ciò che ha da dire, a condizione che nella sua esposizione s'ingegni a mantenere un certo ordine.

LUSSAC Prego, attenda al suo ufficio.

C. L. Dov'è Vignac?

LUSSAC Ah, lei non è tipo da menare il can per l'aia. Già, dov'è? Se lo sapessi, mi creda, sarei lì prima di lei a insegnargli ciò che penso dei suoi maneggi.

C. L. Quando lo vide l'ultima volta?

LUSSAC Il mattino del mercoledì delle ceneri.

C. L. Il 3 marzo, dunque.

LUSSAC Sì, era marzo di sicuro. Se era il 3, non posso giurarlo.

C. L. E dove vi separaste?

LUSSAC Quel mattino lui è uscito di casa.
C. L. Sa dove fosse diretto?
LUSSAC No.
C. L. Andò via senza profferire parola?
LUSSAC Sì.
C. L. Notò in lui qualcosa di insolito?
LUSSAC No.
C. L. Aveva un appuntamento, oppure qualcuno lo aveva mandato a chiamare?
LUSSAC Se così è stato, io non ne sapevo niente.
C. L. A che ora lasciò la casa?
LUSSAC Due ore dopo il sorgere del sole.
C. L. Nei giorni precedenti aveva notato in lui niente di strano?
LUSSAC No. Era di poche parole, come sempre.
C. L. Di poche parole? Il suo amico è sempre stato taciturno?
LUSSAC No, solo da quando aveva ricevuto quella commissione in autunno.
C. L. Quale commissione?
LUSSAC Come se non lo sapesse! È lì che è cominciato tutto, quando Valeria in autunno ha portato quella lettera. E poi quel quadro orrendo. Gli ho chiesto cento volte che cosa si era messo in testa di ottenere, senza mai cavare un ragno dal buco. Che il diavolo se lo porti.
C. L. Una cosa alla volta. Voi due arrivaste a Parigi nel giugno dell'anno scorso. In precedenza eravate presso un castello della Bretagna, non è così?
LUSSAC Sì, al castello di Bellefort. Abbiamo trascorso lì l'inverno.
C. L. Come vi eravate conosciuti?
LUSSAC Ci eravamo incontrati due anni prima a Lione. Vignac era appena rientrato dall'Italia. Era di La Rochelle, dov'era cresciuto a casa di uno speziale. Per qualche anno aveva lavorato come disegnatore per un chirurgo. Nel 1590 si era separato da lui e aveva girato l'Italia per studiare gli antichi maestri. Aveva lavorato in diverse botte-

ghe nell'Italia del Nord. Vignac conosceva ricette preziose che devono avergli aperto più di una porta. Qualche anno più tardi si è incontrato di nuovo con il chirurgo, perché questi lo aveva pregato di aiutarlo a trasportare i manoscritti.

C. L. Quali manoscritti?

LUSSAC Un manuale di chirurgia. I manoscritti dovevano essere portati da Montpellier a Lione, dove li avrebbero stampati. Vignac aveva anche il compito di perfezionare le illustrazioni. Sono partiti nella primavera del 1596 e sono arrivati a Lione in estate. Io li ho aiutati a scaricare i muli quando sono arrivati alla stamperia di Lione. E così ci siamo conosciuti.

C. L. Quando lasciaste Lione?

LUSSAC La primavera successiva. In dicembre le illustrazioni erano finite. Vignac aveva sempre commissioni, e io mi sono unito a lui, perché dove c'è lavoro per uno c'è qualcosa da fare anche per un altro. Io me la cavo con la pietra e il legno, ma so anche battere il ferro, piombare e tagliare il vetro. Volevo andarmene da Lione.

C. L. E perché veniste a Parigi?

LUSSAC È stata un'idea di Vignac. Si era messo in testa di diventare pittore di corte. Non passava giorno senza che ne parlasse. Naturalmente sapeva di non avere speranze. Inoltre era troppo orgoglioso per rivolgersi ad altri pittori che a corte godevano già di una certa fama e forse avrebbero potuto essergli d'aiuto. Era convinto che ne avrebbe ricevuto solo invidie e inimicizia e che era del tutto insensato prendere contatto con loro. Se avessero valutato insufficienti le sue abilità lo avrebbero subito scacciato. In caso contrario c'era da attendersi che i pittori affermati avrebbero gelosamente vigilato che nessun concorrente trovasse accesso alla corte, in particolar modo uno capace di superarli. Vignac era molto sicuro di sé. Cercava una via diretta per guadagnare la protezione della corte senza passare per i pittori. Un intendimento folle. Eppure gli è riuscito.

C. L. Davvero?

LUSSAC Ha dipinto un ritratto della duchessa di Beaufort. Lo portava nei bagagli quando siamo arrivati a Parigi. Il quadro è poi giunto nelle mani della duchessa tramite Valeria, e poco dopo Vignac ha ottenuto la commissione per un altro quadro.

C. L. Quando accadde?

LUSSAC In ottobre.

C. L. Il dipinto fu consegnato in ottobre?

LUSSAC No. In ottobre è giunto l'invito della duchessa. Il ritratto era arrivato alla corte già a settembre.

C. L. Lei ha citato un nome... Valeria?

LUSSAC Prima di arrivare al castello di Bellefort avevamo incontrato una ragazza che aveva perso la famiglia in un sacco. Si chiama Valeria. Suo padre, un italiano, si era staccato dalla sua truppa anni prima, nel Sud, per unirsi ai fuggiaschi ugonotti. Non so niente di preciso in proposito. Lei era uscita a far legna quando avevano attaccato il villaggio. Io e Vignac eravamo casualmente nei dintorni, e quando abbiamo visto le colonne di fumo sull'orizzonte e abbiamo sentito dei cavalieri che venivano verso di noi ci siamo nascosti nella macchia. Lì abbiamo incontrato la ragazza, che si nascondeva a sua volta. Quando i cavalieri se ne sono andati e qualche ora più tardi siamo passati per il luogo della sciagura abbiamo trovato solo macerie fumanti e tumuli coperti in tutta fretta. Una pattuglia del re aveva sorpreso i cavalieri mentre raccoglievano il bottino, mettendoli in fuga. Ma non c'erano sopravvissuti. La ragazza è rimasta con noi.

C. L. Venne con voi a Parigi?

LUSSAC Sì. Ma l'abbiamo acquartierata in un ostello. Non volevo portarla nella casa di mio zio, che sicuramente non ce l'avrebbe voluta. È poi stata lei ad avere l'idea di cercare un impiego come aiuto di cucina presso Zamet e di attendere lì l'occasione utile per far pervenire il quadro alla duchessa. In qualche maniera le è anche riuscito, ma non mi chieda come. Un giovane cuciniere di nome Andrea l'ha dunque introdotta nell'albergo di questo Zamet, dove si davano sufficienti intrighi e vie segrete per far passare il ritratto alla duchessa. Per quanto ne so, da lì è poi finito a Monceaux, dove ha sortito un grande effetto sulla duchessa.

Qualche settimana più tardi Valeria si è presentata con un messaggio della duchessa che invitava Vignac a presentarsi la sera del giorno seguente alla porta di Saint-Nicolas. Doveva essere sua cura di non farsi vedere da nessuno. Vignac era troppo felice per sospettare di qualche pericolo. Si è presentato nel luogo indicato al momento stabilito, e da quando ne è tornato, molto dopo mezzanotte, è stato un libro chiuso. Già solo per il fatto che le sto raccontando tutto ciò mi attiro di certo la sua collera. Mi ha intimato di non pronunciare con alcuno una sola parola su quel convegno. Con nessuno. Io naturalmente volevo una spiegazione per il suo strano contegno, ma gliel'ho già detto cento volte e continuerò certo a mormorarlo tra me e me fino al secondo avvento del Redentore: non mi ha detto nulla. Invece di fornire spiegazioni mi ha mostrato una borsa di pezzi d'oro. Non so quanto denaro gli avessero dato, ma con una somma del genere si può chiudere la bocca a chiunque. Mi ha dato due pezzi d'oro e mi ha pregato di non insistere. È tutto.

C. L. Che cosa accadde dopo?

LUSSAC Si è messo al lavoro. Per prima cosa naturalmente doveva procurarsi i colori e gli altri materiali per dipingere, ciò che ha richiesto qualche settimana. Poi andava riadattato il capanno. A me tutta quella segretezza non piaceva, perché è pericoloso allestire un atelier in città senza il permesso delle corporazioni. Questo è il motivo per cui Vignac fino allora aveva lavorato da un fiammingo a Villejuif.

C. L. Lei conosce questo fiammingo?

LUSSAC No. Ma se chiede in giro a Villejuif di sicuro lo troverà all'istante. Dopotutto Vignac ci ha lavorato tre mesi, e certamente si ricorderanno di lui. Come ho già detto, Vignac conosce ricette che vengono molto apprezzate.

C. L. Dunque gli strani orci di aceto che trovarono sotto il cumulo di letame fuori città sono in relazione con i preparativi per il quadro?

LUSSAC Come lo sa?

C. L. Qualcuno vi vide.

LUSSAC Allora è stato questo sconosciuto ficcanaso a rovesciare l'aceto.

C. L. È dunque vero che avete seppellito insieme ad Allheboust vasi di argilla pieni di aceto?

LUSSAC Sì. Vignac aveva bisogno di biacca per la mano di fondo, e siccome pretendevano che utilizzasse solo materiale di prima qualità, lui aveva insistito per produrla da sé. Grazie a Dio il babbeo che ha rovesciato un orcio non ha trovato gli altri, oppure il quadro non sarebbe mai stato pronto per tempo.

C. L. Il testimone che vi osservò ha riportato di aver trovato nel vaso un serpente.

LUSSAC Un serpente. Ah, che testa di rapa.

C. L. Che cosa si trovava dunque negli orci?

LUSSAC Piombo, naturalmente. Una banda di piombo martellata a nastro. La si sospende tra fumi d'aceto e si seppellisce il tutto, ben chiuso, sotto il letame. Mescolandosi ai vapori il piombo si sgretola in una polvere bianca come la si può trovare nella bottega di qualsiasi pittore. Un serpente? Buon Dio del cielo.

C. L. Il testimone affermò di avervi osservati nel campo fuori dalla città il 31 ottobre. Ciò corrisponde al vero?

LUSSAC Ebbene, se lui lo ricorda così bene sarà vero. Pioveva a dirotto, e in città regnava grande inquietudine per la malattia del re.

C. L. Dunque il quadro era stato commissionato pochi giorni prima?

LUSSAC Sì, se le cose stanno così come dice lei dev'essere vero. Potrei avere dell'acqua, di grazia?

C. L. Castel, prenda all'uomo dell'acqua. Proseguiamo. Vignac fu ricevuto dalla duchessa in ottobre. Lei dice che in città si parlava della malattia del re. In quel periodo Sua Maestà si tratteneva a Monceaux. E la duchessa altrettanto. Da ciò dobbiamo dedurre che Vignac non fu ricevuto dalla duchessa in persona.

LUSSAC Questo esula dalle mie conoscenze.

C. L. Come fu assegnata la commissione? Gli descrissero il quadro? Gli fornirono un disegno?

LUSSAC Non ho visto alcuno schizzo che non fosse di sua mano.

C. L. E quando il quadro fu pronto qualcuno venne a ritirarlo?

LUSSAC No. Valeria lo ha portato con sé nell'albergo dell'italiano.

C. L. Da Zamet?

LUSSAC Sì. Doveva essere consegnato lì, proprio come quell'altro ritratto prima di allora. Del resto, il re e la duchessa non si recavano lì di rado.

C. L. Zamet sapeva qualcosa di queste transazioni?

LUSSAC Questo non lo so. Credo di sì.

C. L. Lei vide il dipinto terminato?

LUSSAC Sì.

C. L. Ebbene?

LUSSAC Che cosa vuole che dica. Una nefandezza che mi dispiacque non poco. Credo che allo stesso Vignac non fosse chiaro che cosa volessero farne. Lo aveva dipinto solo per i soldi e nella speranza di guadagnarsi la protezione della duchessa.

C. L. Descriva il dipinto.

LUSSAC Sopra si vedevano due donne. Il fondo del quadro era chiuso da pesanti tendaggi rossi. Davanti pendevano altre tende dello stesso colore, che però erano scostate e incorniciavano la scena vera e propria. Sembrava un sipario di teatro, perché dal margine superiore penzolavano bordure o nappe. Le due dame rappresentate erano prive di vestiti e sedevano in una vasca di pietra, sul cui bordo era disteso un telo bianco. Della duchessa si

vedeva solo il busto. Lei sedeva a destra nella vasca, aveva la testa rivolta leggermente di lato e guardava oltre l'osservatore. La sua mano sinistra poggiava sul bordo della vasca e teneva raccolto tra indice e pollice un lembo del telo, così che in quel punto il bordo superiore della vasca rimaneva scoperto. Vignac aveva tratto questo punto direttamente dal primo quadro, forse per assicurarsi che il legame con il dipinto precedente saltasse agli occhi, poiché il volto della duchessa si differenziava decisamente dalla prima versione. Allora Vignac aveva dipinto la duchessa molto giovane, quasi una fanciulla. Ora il suo viso era più maturo, e anche il suo corpo era reso più colmo, più femminile, con seni rigonfi e spalle più aperte. La sua acconciatura era pettinata verso l'alto secondo l'ultima moda, e non raccolta in una treccia ritorta sul capo com'era di moda in precedenza.
A sinistra sedeva sul bordo della vasca un'altra dama. Di costei si vedeva solo la schiena, tuttavia con una leggera torsione del busto teneva la testa rivolta all'osservatore. Tutto ciò sarebbe stato di già assai bizzarro. Ma che cosa si doveva dunque pensare dello strano gioco delle mani che fluttuavano sopra la vasca? Il braccio destro della duchessa era sollevato. La sua mano era aperta come se volesse afferrare qualcosa tra pollice e indice. Sembrava che tenesse stretto un anello invisibile e volesse infilarlo all'anulare dell'altra dama, che apparentemente porgeva la mano alla duchessa con la medesima intenzione. La dama sulla sinistra portava la stessa acconciatura della duchessa, e però non aveva i capelli biondi ma bruni. Con la mano destra si sosteneva al bordo della vasca mentre tendeva la sinistra come per sposare la duchessa, la quale appunto le infilava al dito un anello invisibile. Tutto qui.

C. L. Chi era l'altra dama?

LUSSAC Non lo so. Tutto il dipinto era talmente singolare. Come posso dire? Quel gesto di per sé nobile era in un contrasto tanto evidentemente lascivo con sé stesso. Il quadro era realizzato con grande maestria. Si aveva l'impressione che da un momento all'altro le due dame potessero destarsi alla vita. Mi sono rotto spesso il capo pensando a quale significato potesse avere il loro gesto, ma inutilmente. Vignac per me è un mistero, e quel quadro non è da meno.

C. L. E tale Valeria vide il quadro?

LUSSAC Sì, naturalmente. Lei gli ha fatto da modella. Senza di lei Vignac non avrebbe mai completato il quadro tanto in fretta.

C. L. E Valeria lo portò con sé da Zamet?

LUSSAC Sì.

C. L. Il quadro venne esposto lì?

LUSSAC Questo non lo so. Alcune settimane più tardi, d'improvviso si sono visti in giro quei pamphlet con i versi di scherno contro la duchessa, su cui era riprodotto anche il dipinto. È stato per ciò che ho dovuto lasciare Parigi.

C. L. Fu Vignac a mandarla via?

LUSSAC Sì.

C. L. Quando?

LUSSAC Il mercoledì delle ceneri, al calare delle tenebre, ho fatto rientro a casa. Ho capito subito che c'era qualcosa che non andava, perché sebbene non ci fosse nessuno la porta non era chiusa a chiave. Sono entrato in casa e l'ho chiamato, pensando che forse era nell'atelier. Ma anche lì non c'era nessuno. Gli schizzi alla parete erano scomparsi. Quando sono rientrato di là ho trovato un biglietto sul tavolo. Sul retro di uno dei pamphlet che ancora il giorno seguente giravano per le strade era scritta una breve nota. Non avevo bisogno di spiegazioni. Appena ho visto il volantino con il quadro e i versi di scherno ho capito che Vignac si era fatto prendere dal panico. Mi pregava di lasciare subito la città e di aspettarlo a Clermont.

C. L. Ebbene? Lei lo fece?

LUSSAC Sì. Ma sono stato trattenuto.

C. L. Trattenuto?

LUSSAC Ero ancora presso il tavolo su cui avevo trovato il biglietto quando all'improvviso hanno bussato alla porta. Mi sono spaventato non poco, temendo che cercando l'autore dei versi si sarebbero rivalsi per primo sul creatore del dipinto. Siccome non potevo più sortire inosservato dalla casa sono andato ad aprire, e ho trovato davanti a me uno sconosciuto che chiedeva in modo impellente di entrare. Gli ho domandato chi era e che cosa andava cercando. Al che lui mi ha semplicemente spinto da una parte, è entrato, ha chiuso la porta e l'ha sprangata. Prima che potessi rimproverarlo era già passato a serrare le imposte, sussurrando che doveva parlare subito con Vignac. Infine l'ho riconosciuto dalla voce. Si trattava del medico con cui Vignac era arrivato a Lione. Giacomo Ballerini.

C. L. Ballerini?

LUSSAC Sì.

C. L. Maledetto imbroglione!

LUSSAC Come sarebbe?

C. L. Nulla. Che cosa accadde dopo?

LUSSAC Gli ho chiesto nuovamente con quale intendimento apparisse lì all'improvviso. Quell'uomo faceva un'impressione assai poco rassicurante. Correva agitato per la casa, si fermava di continuo a origliare alla porta se per caso si udissero rumori dall'esterno. Il suo contegno insolito mi rendeva enormemente nervoso, e quando gliel'ho dato a intendere con alcune chiare parole mi si è parato innanzi e ha detto che se avessi saputo quali sciagure si andavano cucinando là fuori non sarei stato lì tranquillo con le mani in mano. Quello è stato davvero troppo, e l'ho rimbrottato che aveva un bell'ardire a calare lì come un temporale e tempestarmi con simili domande. Non so se allora si è chetato oppure si è rassegnato alla mia evidente ignoranza. In ogni caso mi ha pregato di comunicargli dove poteva trovare Vignac. Quando ho replicato che non avrei fatto nulla del genere fintantoché non si decideva a spiegarmi perché saltava

fuori dal nulla così all'improvviso, lui ha risposto che per quello non c'era abbastanza tempo. Ma poi, vedendo che altrimenti da me non avrebbe saputo nulla, mi ha spiegato con poche frasi frettolose che Vignac versava in grande pericolo ed era perciò assolutamente indispensabile che lui gli parlasse. Lui stesso abitava a Parigi da ottobre, poiché lo avevano convocato a corte per una difficile operazione. Ma gli era impossibile comunicarmi tutti i dettagli che lo avevano portato a essere al corrente della presenza di Vignac in città, e per il bene del mio e del suo amico dovevo ora di grazia dirgli dove lo avrebbe trovato, altrimenti non avrebbe più potuto arrestare le sventure che già stavano per abbattersi su di lui.
Qualcosa nei suoi modi mi diceva che fosse davvero oltremodo in ambasce, perciò gli ho raccontato quanto avevo trovato al mio ritorno. Ballerini conosceva già il volantino che gli ho mostrato a illustrazione del mio racconto, ma prima che il nostro colloquio potesse proseguire abbiamo udito un rumore improvviso e poi qualcuno che bussava. Ballerini è andato alla porta con un balzo. Mi ha fatto segno di aprire. Sono andato alla porta e a un tratto ho notato che brandiva tra le mani un attizzatoio. L'ho fissato esterrefatto, ma il suo sguardo non ammetteva repliche. Ho abbassato la maniglia. Non appena ho visto chi era là fuori, però, ho dato subito a intendere a Ballerini di abbassare la sua arma. Davanti a me sulla soglia c'era un giovane dai capelli scuri che avrà avuto diciassette anni. Era vestito poveramente e prima di rivolgermi la parola ha chinato educatamente il capo. Si chiamava Andrea e mi pregava di scusarlo infinitamente se appariva senza preavviso né invito, ma che cercava una ragazza di nome Valeria di cui sapeva che a tratti frequentava quella casa.
Di più non ha potuto dire, ché subito Ballerini è uscito da dietro la porta invitandolo a entrare. Tra i due si è quindi dipanato un colloquio che conteneva all'incirca quanto segue: Andrea era un ragazzo di cucina dell'al-

bergo di Zamet. Era stato lui a procurare a Valeria l'ingresso nell'albergo dell'italiano. Si evinceva inoltre che nel corso dei mesi invernali Andrea aveva seguito nascostamente la ragazza quando veniva nell'atelier di Vignac a posare. Siccome Valeria quel pomeriggio non era apparsa a un appuntamento, lui si era preso la libertà di venirla a cercare lì nella speranza di scoprire qualcosa della sua dimora. Devo forse aggiungere che anche un cieco avrebbe potuto vedere quanto il giovane fosse perdutamente innamorato della fanciulla. Ballerini lo ha ascoltato pazientemente, quindi gli ha posto alcune domande e a un tratto l'ho udito dire che Valeria si era recata per alcune settimane in campagna da certi parenti e che lui non doveva preoccuparsi perché sarebbe presto ritornata. Dopo essersi assicurato più volte che il ragazzo fosse venuto di propria volontà e non lo avesse mandato per esempio Zamet, lo ha pregato di tornare all'albergo e di attendere lì il rientro di Valeria.

Devo ammettere che cominciavo a non capire più nulla. Ma non ho avuto nemmeno il tempo di riflettere, poiché appena il ragazzo è scomparso Ballerini ha insistito che lasciassimo immediatamente la casa. Diceva che non c'era un solo istante da perdere. Che evidentemente avevano già preso la ragazza ed era solo questione di tempo prima che comparissero anche lì.

C. L. E dunque lei lasciò la città.

LUSSAC Sì, il mattino seguente.

C. L. Perciò trascorse nella casa ancora una notte?

LUSSAC No. Ho passato la notte nella casa di Ballerini. Mi ha portato con sé, mi ha offerto un letto e mi ha dato a intendere che il mattino seguente dovevo recarmi nel podere di mio zio. Lì dovevo attendere che si presentasse Vignac, proprio come mi aveva chiesto nella sua lettera. A quel punto ero talmente confuso e inquieto che non ho più opposto alcuna obiezione.

C. L. Non domandò a Ballerini che relazione sussistesse tra questi annunciati pericoli e tale dipinto?

LUSSAC No, perché mai? Potevo ben immaginarlo io stesso. Con il suo dipinto Vignac aveva offeso la duchessa a morte: a leggere i versi ostentati sotto il disegno non si poteva giungere ad altra conclusione. Lo avevano raggirato. Un brutto tiro, come ho detto già all'inizio. Ma il peggio è che lei qui recita la parte dell'ignaro e mi interroga su cose che le saranno già note. Non so chi abbia ordito questa burla, ma infine alla duchessa non mancavano certo i nemici. Chi avrebbe creduto che erano così tanti. E per di più assai influenti. Nemmeno la mano del re ha potuto proteggerla dai cospiratori...

C. L. Taccia!

LUSSAC ... e chissà che forse proprio da quella parte...

C. L. La faccia finita! Non vedo perché dovrei stare a sentire le sue illazioni fantastiche. Prosegua piuttosto nel riportare ciò che il suo limitato intelletto può comprendere. E l'avverto: la sua posizione è già abbastanza grave. Quando arrivò qui a Clermont?

LUSSAC Il giovedì dopo carnevale.

C. L. Suo zio mi ha già raccontato la fandonia che lei gli scodellò.

LUSSAC Che altro avrei dovuto dirgli? Non sapevo che cosa fosse accaduto a Parigi. All'improvviso Vignac era scomparso. Poi era spuntato Ballerini. Infine il giovane. Se mio zio avesse saputo dell'atelier sarebbe andato su tutte le furie, perciò ho dovuto nascondergli alcune cose. Non pensavo certo che sarebbe finita così.

C. L. E che cosa pensava, dunque?

LUSSAC Che Vignac sarebbe venuto a Clermont e mi avrebbe spiegato che cosa era accaduto. Dal momento che i suoi piani erano falliti avrebbe dovuto cercare fortuna altrove. E io più avanti avrei fatto ritorno a Parigi per cominciare i lavori al Pont Neuf.

C. L. Lei è dunque rimasto qui a Clermont per cinque settimane?

LUSSAC Sì. Aspettavo.

C. L. E poi a un tratto è tornato a Parigi?

LUSSAC Sì.
C. L. Perché?
LUSSAC Perché non mi giungevano notizie di Vignac.
C. L. Ma perché proprio il sabato di Pasqua?
LUSSAC Per la duchessa.
C. L. Che c'entra la duchessa?
LUSSAC Lei sa bene quanto me che è morta il sabato di Pasqua. Il venerdì ero venuto a sapere che a Parigi doveva essere accaduto qualcosa di terribile. Eravamo a Clermont per ascoltare la predica. Quando siamo arrivati davanti alla chiesa la notizia andava già di bocca in bocca. Non potevo crederci. Ho detto in silenzio una preghiera per lei e sono entrato in chiesa. Ma mi ricordo a malapena di quel mattino, poiché dentro di me ero del tutto assente. Ripensavo a Vignac, a quel quadro singolare e alle strane circostanze che ne avevano accompagnato la realizzazione, all'improvvisa apparizione di Ballerini e ai pericoli che aveva paventato. Non riuscivo più a pensare ad altro.
Le settimane precedenti si era parlato ovunque dell'imminente matrimonio del re con la duchessa di Beaufort. La duchessa non piaceva a nessuno, però la sua morte improvvisa ha colpito molti. Dopotutto era una di noi, anche se aveva seguito il re nella fede cattolica. Più ci pensavo, più in me prendeva forma un'idea confusa. Improvvisamente ho avuto la certezza che Vignac non sarebbe venuto a Clermont. Perciò ho deciso di andare io a Parigi, a scoprire che cosa stava succedendo. Inoltre non potevo più eludere mio zio. Ero deciso a vedere come stavano le cose, rimettere la casa in ordine, far sparire l'atelier. Vignac mi doveva delle spiegazioni. Avevo intenzione di parlare con Valeria, perché credevo che lei avrebbe saputo dove trovare Vignac. E sarei andato a trovare anche Ballerini. Perciò il sabato di Pasqua sono partito per Parigi.
C. L. Ma il suo arrivo fu ritardato perché si ruppe una ruota alla carrozza.

LUSSAC Sì. È vero. Sono arrivato a Parigi solo dopo il tramonto.

C. L. Dopo il tramonto? Nella sua lettera lei scrive che era quasi mezzanotte.

LUSSAC Sì, lo so. Ma non corrisponde al vero.

C. L. E che cosa è vero?

LUSSAC Sono stato nella casa due ore prima che scoppiasse l'incendio.

C. L. Ebbene?

LUSSAC Non c'era nessuno. Tutto era esattamente come l'avevo lasciato ad aprile. Le finestre erano sprangate, e all'interno non era stato toccato nulla. L'atelier era sbarrato.

C. L. Entrò nell'atelier?

LUSSAC No. Ho lasciato subito la casa e mi sono recato in rue Cerisai a cercare Valeria. Ma l'albergo era chiuso. E non c'erano nemmeno le guardie all'ingresso. Un paio di mendicanti che giravano da quelle parti mi hanno detto che l'albergo era chiuso dal giovedì santo. Senza aver concluso nulla, me ne sono andato di lì dirigendo i miei passi verso place de Grève. Le strade erano come morte. Avevo fame e ho impiegato un'ora buona a cercare una zuppa calda e un tozzo di pane. Poi ho diretto i miei passi verso il quartiere universitario. Quando sono giunto alla casa di Ballerini, anche lì non ho trovato nessuno. Alla fine ho fatto ritorno in rue des Deux Portes.

Non appena ho svoltato nella strada ho visto un viavai di gente davanti alla casa. Le campane suonavano a martello. Da ogni dove accorrevano persone per aiutare nello spegnimento. Tra le case stagnava un fumo denso, e dietro di me sentivo già i cavalli della guardia che era stata allertata. Allora mi ha colto un terrore profondo. Dopo tutto quanto era accaduto, quella disgrazia poteva solo essere un'altra tappa nella nefasta catena di avvenimenti che Vignac aveva scatenato con le sue segretezze. Senza preoccuparmi oltre della sorte della maledetta casa, ho girato i tacchi e sono tornato a casa di Ballerini.

Dopo che mi ero quasi fatto sanguinare i pugni, infine qualcuno è venuto ad aprire e io ho chiesto di parlare subito con il medico. Ma lui non era in casa. Ho preteso di aspettare il suo ritorno, e così mi hanno lasciato da basso in un cantone. Devo essermi addormentato, perché quando ho riaperto gli occhi trovandomelo all'improvviso davanti, già schiariva. Ballerini aveva l'aria di essere appena smontato da cavallo. Era completamente sudato e aveva un aspetto pallido e stanco. Prima ancora che potesse dire una sola parola l'ho afferrato per il bavero, l'ho gettato a terra e gli ho gridato che mi dicesse all'istante dove si trovava Vignac, se non voleva che gli spaccassi il cranio.
Perfino in un momento come quello lui non ha perso il suo contegno altezzoso, e c'è mancato poco che l'ammazzassi di botte. Mi diceva in tono calmo che mi avrebbe spiegato tutto, ma che di grazia lo lasciassi andare e gli dessi la possibilità di alzarsi, ché non era sua abitudine strisciare a quattro zampe. Alla fine l'ho lasciato e ho atteso che si levasse il mantello. Poi l'ho seguito su per le scale fino nella sua stanza e mi sono seduto sulla sedia indicatami.
Gli ho raccontato che cosa era successo nella notte. Lui è inorridito e voleva andare subito a vedere la casa. L'ho minacciato di tirargli il collo se non avesse immediatamente risposto alle mie domande. Al che lui ha replicato che avessi solo la pazienza di permettergli di stabilire che a Vignac non fosse accaduto nulla. Gli ho detto che la casa era vuota, ma Ballerini mi ha scongiurato di non muovermi di lì finché si fosse accertato che il suo presentimento era errato. E io, stupido, gli ho creduto. L'ho lasciato andare, ed è stata l'ultima volta che l'ho visto. Qualche ora più tardi sono venute a cercare il medico due guardie. Le ho sentite parlare di sotto con la locatrice. Allora sono stato nuovamente preso dal panico e sono scappato dalla casa.
Sono andato in rue des Deux Portes. Davanti alla casa

c'era un gran trambusto. Ma sembrava che avessero spento il fuoco per tempo, sicché non aveva arrecato troppi anni. Temendo di essere riconosciuto, ho lasciato subito il luogo della disgrazia e ho deciso di tornare all'istante a Clermont per raccontare a mio zio la verità. Glielo chieda pure. Le confermerà che sono arrivato qui a Clermont lunedì. Ero sicuro che ci sarebbe stata un'inchiesta, così abbiamo escogitato l'imbroglio della lettera. Questa è la verità, Iddio m'è testimone.

C. L. Basta ora! Veniamo al dunque. Ne ho abbastanza di queste storie. Ma stia sicuro che non sono così sciocco da bermi le fandonie di un ladro assassino.

LUSSAC Ladro assassino?

C. L. Sissignore. Perché questo lei è. Tutta la sua storia non è altro che un arazzo di menzogne mal tessute con cui spera di salvarsi il collo. Dov'è dunque tutto il denaro che il suo amico ricevette in gran copia dal suo committente?

LUSSAC Denaro?

C. L. Sì, il denaro. La borsa con le monete che ricevette come compenso del suo lavoro.

LUSSAC Che cosa c'entra?

C. L. Non faccia l'allocco. Crede sia la prima volta che qualcuno deruba il suo amico e poi gli spacca anche la testa? L'ha escogitata bene, ma non c'è una sola parola di verità. Nessuno tranne lei sapeva dell'atelier. Lei è l'unico ad aver visto che Vignac ricevette una considerevole somma di denaro per il suo lavoro, poiché nella sua generosità gliene donò persino una parte. Ma a lei non bastò. Lei voleva averlo tutto e perciò lo uccise, Caino che non è altro! E per cancellare ogni traccia e confondere le autorità con una storia fantastica di misteriosi dipinti, appese il morto a una corda nella sua officina e diede fuoco alla baracca. Andò così, non è vero?

LUSSAC Morto...

C. L. Non faccia quello che cade dalle nuvole. La casa era sprangata ovunque. Nessuno sarebbe potuto entrare senza chiave. Lei però la chiave la possedeva. Fu uno scherzo assalire Vignac, impiccarlo nella baracca, appiccare il fuoco e poi attendere che le fiamme divorassero ogni traccia del misfatto. Inoltre lei fuggì subito dopo che l'incendio fu scoperto. Esiste forse un'ammissione più chiara della sua colpa? Non tornò indietro nemmeno una volta per scoprire che cosa fosse accaduto nella casa di suo zio. Ma non ne aveva bisogno, poiché fu lei stesso l'autore del crimine che causò l'incendio e quindi la morte del suo amico.

LUSSAC Mio Dio, vengo meno. Mi sta dicendo che Vignac è morto?

C. L. Sì. Morto. Arso nel fuoco appiccato da lei.

LUSSAC Ah, scorpione, freni quella lingua!

C. L. Guardie!

LUSSAC Se mi dicessero che i fiumi risalgono al cielo e i pesci volano nell'aria...

C. L. Guardie!

LUSSAC ... o che gli animali parlano e dagli alberi tagliati sgorga il sangue...

C. L. Prendetelo!

LUSSAC ... lo crederei. Ma se mi dicessero che ho ucciso il mio amico...

C. L. Colpite, dunque, se si contorce a quel modo. No, non così forte. Gli romperete il collo. Basta, portatelo via. Lontano dai miei occhi!... *Scrivano!*

17
IL BANCHETTO

CHICOT, il buffone di corte, aveva preparato ogni cosa. Erano settimane che provava con gli attori, le danzatrici e i musici lo svolgimento dei festeggiamenti. Sul suo tavolo nell'attrezzeria erano srotolati i piani della sala da ballo grande del Louvre.

La sala era addobbata da giorni. Nella parte anteriore, scostata dagli altri tavoli e leggermente sopraelevata con una pedana, si trovava la tavola del re e della duchessa. A destra e a sinistra di quella erano ordinati in due file opposte i tavoli a cui avrebbero preso posto gli invitati. All'altro capo della stanza il ferro di cavallo veniva chiuso da un palcoscenico che digradava leggermente verso la sala.

Lungo tutta la galleria di legno che correva al di sopra dei tavoli erano appese grandi lampade a olio con i riflettori tirati a lucido rivolti verso il palco. Chi guardasse giù in sala da lassù si sarebbe facilmente accorto che il singolare motivo tracciato sul parquet davanti al palco riproduceva una cartina del mondo, su cui si sarebbe tenuto il balletto dei popoli stranieri.

Ma innanzitutto lì avrebbero esposto le vivande. Davanti al palcoscenico era sistemata una grande carrozza dipinta d'oro, a forma di gigantesca conchiglia, che avevano consegnato pochi giorni prima ed era costata ottocento lire. E mentre Chicot ripassava mentalmente il programma della festa, in cucina erano già occupati a preparare i cibi.

Anche nel cortile interno del Louvre si compivano gli ultimi preparativi. Due file di tamburini avrebbero orlato la rampa d'accesso. Alle pareti erano appese le torce, e lungo il camminamento avevano infilato alcuni paletti nella terra ammorbidita tra le pietre del lastricato, sempre pericolosamente instabili, a cui erano appesi lampioncini di carta cerata di ogni colore. Nel cortile interno era stato eretto un albero alto come una casa. Sotto vi avevano sistemato fascine di rami secchi. Come voleva la tradizione, i sacchi con dentro i gatti erano già appesi ai rami più alti. Di tanto in tanto li si vedeva sussultare. Era privilegio del re incendiare le fascine e aprire i festeggiamenti al suono delle urla strazianti degli animali arsi vivi.

Il tempo era mite e asciutto. La pioggia era passata e per i vicoli della città soffiava un dolce vento già quasi primaverile.

Chicot conferì un'ultima volta con gli attori. Poi andò in cucina a prendere visione dello stato delle preparazioni. Quando ebbe trovato che tutto era in ordine, si recò in sartoria e chiese del mastro costumista. Quello, che lo stava aspettando, gli consegnò una pila di federe di lino. Chicot le contò rapidamente, stabilì soddisfatto che erano sette, le infilò sotto il braccio destro e si incamminò verso l'ala est del castello. Lungo il percorso fece scorrere di nuovo nella mente tutti i dettagli della festa. La sfilata nel cortile interno, l'accensione dell'albero, l'ingresso del re e degli ospiti. Il banchetto, poi il balletto e infine il culmine segreto, di cui tranne lui e altre due persone nessuno sapeva. Solo a pensarci, il cuore gli batteva più forte. Già vedeva davanti a sé con che gioia, con che orgoglio la duchessa avrebbe reagito a quell'omaggio. Quando qualche settimana prima lo avevano avvicinato per proporgli la cosa, inizialmente lui aveva esitato. Poteva osare di allestire uno spettacolo simile, anche se era la duchessa stessa a richiederlo? Alla fine si era detto disponibile a vedere almeno una volta i dipinti. Marie Hermant, la governante della duchessa, lo aveva accolto con gioia, quando a inizio febbraio si era presentato da lei. Aveva detto che la sua signora avrebbe apprezzato se lui l'avesse aiutata con quel piccolo scherzo. Si era rammaricata con lui che fosse passato molto tempo dall'ultima volta che a corte ci si era allietati con il gioco dell'indovinello di quadri, e che la duchessa intendeva regalare al re quel piacere inatteso in occasione del banchetto di carnevale. Chicot aveva ribattuto cortesemente che avrebbe fatto volentieri il possibile per aiutarla, se solo gli avesse anzitutto mostrato gli esemplari che aveva scelto per quel bel gioco. La donna gli aveva risposto che potevano subito incominciare: bastava che si guardasse in giro, perché si trattava per l'appunto dei dipinti che abbellivano le pareti intorno a loro.

Erano in numero di sette. Tre ciascuno impreziosivano le opposte pareti laterali. Il settimo era appeso a quella di fronte, sopra il caminetto. Chicot aveva camminato da uno all'altro, osservando i quadri tanto incuriosito quanto perplesso. Sui primi tre era visibile sempre la stessa scena, ogni volta in una forma leggermente variata. Una nobildonna riccamente adornata di gioielli sedeva a un tavolo e sembrava aver appena terminato la toletta. Sullo sfondo una serva era in ginocchio su un pavimento di mattonelle di pietra, davanti a una cassapanca aperta, all'apparenza intenta a estrarne pezzi d'abbigliamento. La nobildonna in primo piano era vestita soltanto di un velo sottilissimo che lasciava scoperte le grazie del suo busto. Sopra il tavolo davanti a lei, su cui era gettato uno splendido panno di velluto rosso ricamato, giaceva un cuscino su cui posava l'avambraccio destro della dama. Fiori di ogni sorta, garofani e rose erano sparsi tutt'intorno a un cofanetto portagioie riccamente decorato da cui la dama aveva appena preso un anello che teneva tra la punta delle dita della mano destra con il chiaro intento di infilarlo alla sinistra. Aveva i capelli splendidamente acconciati e disseminati di perle e pietre preziose. Alla sua sinistra era uno specchio sorretto da una coppia denudata che in uno dei quadri era avvinghiata in un bacio. Anche lo specchio era riccamente ornato di perle e pietre preziose, e racchiuso nella sua cornice d'oro cesellata si poteva riconoscere il profilo della nobildonna sconosciuta. Al collo essa portava una lunga collana che si insinuava in mezzo ai seni, dove veniva trattenuta dalle dita della mano sinistra.

Chicot aveva osservato diffidente i dipinti. Era disdicevole mostrare una nobildonna nel bagno? Una simile spudoratezza avrebbe sicuramente procurato diletto al re, ma le nobili presenti, e prima tra tutte la duchessa, non avrebbero provato scandalo per una simile rappresentazione? D'altro canto quei dipinti erano splendidi e rendevano omaggio alla bellezza femminile. Gli annessi attributi della purezza, in forma di garofani, così come il monito dello specchio in cui si rifletteva il profilo della bella dama, a simboleggiare la caducità, in realtà non permettevano alcuna interpretazione licenziosa. Dopotutto era carnevale, il tempo delle maschere, dei messaggi cifrati.

Si era rivolto ai quadri sulla parete opposta ed era stato lieto di trovarvi due rappresentazioni il cui tema gli era ben noto. Nella radura di un bosco la dea cacciatrice Diana usciva da un bagno in una fonte. Era contornata da alcune ninfe che si apprestavano ad avvolgerla in un telo. Alla sua destra un satiro con le guance enfiate suonava il flauto, mentre ai piedi della dea sedeva un altro spirito dei boschi che fissava l'osservatore con sguardo faceto. Sullo sfondo un cavaliere vestito da re conduceva il suo destriero lungo il margine della foresta, diretto verso un cervo che alcuni cani da caccia, corsi innanzi, avevano già tirato a terra. Era l'orribile sorte toccata ad Atteone, che avendo sorpreso Diana nuda al bagno era stato da lei per vendetta trasformato in cervo e così fatto a brani dai suoi stessi cani. Anche questi due quadri si differenziavano appena. Chicot non sapeva riconoscere chi fossero le persone ritratte. Soltanto sul secondo dipinto aveva visto all'istante che la dea Diana aveva i lineamenti della duchessa di Beaufort.

Chicot aveva cominciato a divertirsi con quel carosello di quadri, comprendendo sempre più chiaramente con quanta grazia i singoli elementi dei dipinti si combinavano in un grandioso omaggio alla duchessa di Beaufort. Se la graziosa Gabrielle era rappresentata in primo piano nelle vesti di Diana, il cavaliere regale sullo sfondo doveva essere Enrico di Navarra. E l'allegoria della scena di Atteone voleva significare senz'altro che il re avrebbe subito sistemato per le feste chiunque avesse avvicinato impropriamente la sua amata. Che quella fosse un'allusione nascosta alle molte dicerie sui supposti amori segreti di Gabrielle?

Anche l'ultima coppia di quadri dava adito a una sovrapposizione di immagini altrettanto abile. Entrambi i dipinti che seguivano la scena di Atteone mostravano a loro volta ognuno una donna nel bagno, ove l'oggetto della rappresentazione era una volta una nobildonna sconosciuta, e l'altra la duchessa Gabrielle d'Estrées. Chicot si era stropicciato gli occhi per lo stupore mentre il suo sguardo scivolava senza posa da un quadro all'altro. Se si osservavano i quadri nella sequenza lì allestita, i loro infiniti, misteriosi richiami si riunivano a raggiungere un culmine momentaneo nel ritratto della duchessa. In quale illustre genealogia veniva posta la duchessa attraverso quelle rappresentazioni? Era un fatto che a corte non sarebbe sfuggito ad alcuno. Tutti avrebbero riconosciuto ammirati che con la giustapposizione di quei dipinti alla duchessa veniva conferita un'elevazione allegorica che ne faceva tanto nell'arte come anche nella vita la quintessenza della bellezza femminile.

« Vedo che la nostra piccola galleria non vi dispiace. »

« Dispiacermi? » Chicot aveva battuto le mani per l'entusiasmo. « Verrebbe da credere che i pittori di quest'epoca abbiano solo e sempre atteso di misurare la loro abilità e ingegno con la bellezza di colei che ha incantato il cuore del nostro re. Tali saranno l'ammirazione e lo stupore che non si troveranno parole, e sono certo che questa filza di quadri raccoglierà un grande plauso. Ma ditemi, come vi immaginate il gioco? »

Marie Hermant aveva annuito soddisfatta, conducendo il buffone di corte nella sala dei ricevimenti. « A dire il vero pensavamo a voi, che sapete eccellentemente cantare. La duchessa desidera che i quadri, coperti con teli, vengano montati nella sala subito dopo il balletto dei popoli del mondo. Il vostro compito sarebbe quello di cantare con alcune rime acconce la bellezza e la sorte straordinaria della dama rappresentata, scoprendo i quadri uno dopo l'altro nel corso della declamazione. »

«Oh, che pensiero meraviglioso!» Chicot aveva attraversato eccitato la sala. «So già come tradurlo in opera. Non preoccupatevi d'altro. Sento una melodia nell'orecchio, e le parole che la completeranno quasi vi si accompagnano da sé. La duchessa sarà soddisfatta, e anche il re.»

Chicot aveva raggiunto la stanza dell'ala est dove avevano riposto i quadri, chiuse la porta dietro di sé, posò a terra le federe di lino e tirò indietro le tende. Ora che vedeva i dipinti in fila, uno accanto all'altro, si rafforzò in lui ancora di più l'impressione originaria che quei quadri diversi fossero legati da un significato misterioso. Non avrebbe saputo dire dove stesse di preciso il nesso, ma non era forse proprio quella la fascinazione su cui la duchessa faceva affidamento per la serata?

Distese per terra davanti ai quadri le federe di lino e cercò sui bordi i numeri ricamati in rosso. Quando ebbe trovato i numeri da I a III, gettò i foderi sopra i primi tre dipinti. Poi prese le federe con i numeri IV e V e le infilò sulle due scene di Atteone.

Ora rimanevano da incappucciare solo gli ultimi due dipinti. Fece un passo indietro e li osservò attentamente.

Quando aveva visto i quadri la volta precedente, qualche settimana prima, gli erano parsi pressoché identici. In essi una nobildonna sedeva in una vasca di pietra, teneva stretto nella mano sinistra un lembo del panno bianco che era gettato sul bordo della vasca, arruffato tra pollice e indice, mentre le dita della mano destra reggevano un garofano. Accanto a lei c'era un piatto di frutta su un'asse di legno gettata a cavallo della vasca, e al di sopra del piatto fluttuava la mano di un bambino che si sporgeva da dietro la vasca della dama per prendere un frutto. Chicot osservò la nutrice che sedeva lì a fianco e allattava un poppante. Poi vide la dama di camera che sullo sfondo posava una brocca d'acqua su un tavolo coperto con un panno verde. Tra la finestra e il camino che costituivano il fondo del quadro erano appesi uno specchio scuro e sotto di esso il dipinto di un unicorno.

Adesso che li osservava meglio, però, Chicot notò alcune piccole differenze tra le due composizioni. La dama sconosciuta del primo quadro era splendidamente acconciata. Un piccolo cappuccio di velluto le adornava i capelli, e là nel mezzo dove la chioma era ripartita pendeva un meraviglioso diadema con una perla che le sfiorava la fronte appena sotto l'attaccatura dei capelli. I polsi erano impreziositi con braccialetti d'oro e al mignolo della mano sinistra si vedeva un anello. Il secondo quadro mostrava la duchessa di Beaufort nella medesima posa. Anche qui era elegantemente pettinata, ma l'acconciatura sembrava incompleta. Sul capo era posata una coroncina a cui però mancavano alcune perle. Collo e polsi erano adornati con catene di perle e il mignolo era impreziosito da un anellino. Ma all'anulare c'era un piccolo anello che era infilato sul dito solo per metà. Chicot osservò stupito quel dettaglio singolare. È naturale, pensò, manca ancora un piccolo passo e sarà regina. Una parola del re e l'anello con cui sarà sposata al regno potrà adornarle il dito fino in fondo e la corona di perle tra i capelli sarà completa. Poi lo sguardo gli cadde sul camino. Anche qui il pittore del secondo quadro si era distaccato un poco dalla prima rappresentazione e aveva inserito sul caminetto un rilievo caratteristico. Vi riposava una sfinge che teneva tra le zampe... no, com'era possibile? Chicot si avvicinò al dipinto per osservare meglio quel dettaglio poco appariscente. Sì, non c'erano dubbi, la sfinge reggeva una maschera che mostrava grande somiglianza con il profilo del re.

Chicot ebbe un momento di esitazione. Che cosa era mai saltato in testa al pittore? Guardò lo stesso punto nell'altro quadro, ma là c'era soltanto lo scorcio di un paesaggio. Chicot corrugò la fronte. Al contempo, il rebus dei motivi gli procurava sempre più piacere. All'improvviso fu folgorato da un pensiero. Sì, doveva essere così. La sfinge, il simbolo della prudenza, tiene la testa del re mentre in primo piano l'amata contornata dai figli e circondata dagli attributi della verginità e della fertilità attende un cenno del re. Divincolatevi dalla presa paralizzante della prudenza e impalmate la vostra amata. Completate l'ornamento regale di lei e sposatela al regno. Ecco il significato recondito. Guardate, diceva il quadro, osservate l'immagine adorabile della vostra amata nell'illustre consesso delle più belle dame del regno. Superate le vostre esitazioni, ché non vi è nulla da biasimarle. È lei che vi ha donato i figli tanto agognati di cui il regno fortissimamente abbisognava. Garofano e unicorno garantiscono della sua purezza e fedeltà. Il suo figlioletto già afferra i frutti del futuro dominio, ché il vostro matrimonio fa di quel bambino il futuro re. Non è forse ciò che voi stesso desiderate? Quale incantesimo segreto vi raggela dunque nell'inerzia? Non è questa la donna che amate come nessun'altra? Perché la fate attendere adornata a metà? Guardate la piccola ciliegia solitaria caduta sul telo bianco accanto al piatto di frutta. Dov'è la ciliegia che fa il paio, la vostra dolce metà? Non è forse questo frutto sempre un gemello, il simbolo più bello dell'amicizia e dell'amore? Seguite il vostro cuore, re della Francia.

Chicot prese in mano i cappucci rimanenti e coprì gli ultimi due dipinti. Soddisfatto, lasciò la stanza, chiuse accuratamente a chiave la porta e tornò allietato nell'animo nella grande sala da ballo, per metter mano agli ultimi preparativi.

Due ore dopo il calar del sole, gli invitati arrivarono puntuali. Fuori dall'entrata si era riunita una gran quantità di popolo, che accompagnava la sfilata degli ospiti di corte con grida e applausi. I tamburi battevano un ritmo di marcia che sembrava cingere come un nastro invisibile la folla, ammaliandola e gettandola in uno stato crescente di allegria smodata. All'improvviso l'aria fu squarciata da uno squillo di trombe. Tirata da quattro cavalli bianchi entrò nel cortile interno una carrozza a forma di gigantesco cigno che si arrestò a pochi metri dall'albero lì sistemato. I tamburi vibrarono nuovamente, lo sportello della vettura si aprì e partorì uno spirito dei boschi e una ninfa. Gli astanti levarono grida di giubilo e batterono le mani in preda all'eccitazione. Lo spirito dei boschi prese la ninfa per mano e la condusse due volte intorno all'albero, a passi misurati, e intanto salutò la folla a destra e a manca agitando allegramente le mani ricoperte di muschi e licheni. Al fianco scivolava la sua accompagnatrice, che pareva ricoperta di argento liquido. La ninfa aveva il capo adornato con una corona di rami di salice e fiori di seta, e tra i fiori si ergevano sette candele bianche, accese, che circonfondevano la maschera sul suo volto di una luce festosa.

A un tratto lo spirito dei boschi ebbe tra le mani una fiaccola, e senza attendere gli incitamenti della folla la infilò rapidamente in punti diversi del mucchio di fascine di rami secchi. I tamburi ammutolirono e le fiamme, accompagnate da un crepitio sempre crescente, si aprirono il cammino tra le fascine secche fino a intaccare i rami dell'albero. I sacchi a essi appesi sobbalzavano come cuori messi a nudo. Le strida strazianti degli animali riarsi si fecero sempre più forti, e infine si ruppero in un folle soffiare che soccombette sotto gli scoppi di giubilo della folla.

L'intero spettacolo durò solo pochi minuti. Ballerini mascherati danzarono intorno all'albero in fiamme, e mentre sempre più astanti si univano al girotondo lo sciame degli invitati, composto da un centinaio di persone, varcò tra il suono festoso di trombe e tamburi il portale occidentale, entrando nell'immensa sala da ballo.

Lo spirito dei boschi condusse la sua ninfa alla tavola nella parte anteriore della sala e osservò soddisfatto gli altri tavoli che via via si riempivano. Appena tutti ebbero preso posto, da ogni lato si portarono al centro della sala altri spiriti del bosco e ninfe, che formarono un grande cuore e al suono nascente di violini, flauti e cetre cominciarono un'incantevole danza fantastica. I piedi, che calzavano curiose scarpe di legno a forma di zoccolo di cavallo, battevano al ritmo della musica. Il girotondo si trasformò gradualmente in una sarabanda. Dal cuore si staccava una coppia di danzatori che faceva qualche passo e poi si fermava per lasciare subito spazio alla coppia successiva. Lentamente il cuore si disfece, e quando anche l'ultima coppia ebbe trovato posto nella nuova formazione, sulla pista da ballo spiccava una G formata da molti corpi. Tuttavia anche questa si sciolse subito per ricomporsi un momento dopo in un giglio. Ancora una volta, cambiò il ritmo della musica. Ventiquattro coppie di zoccoli, accompagnati da battiti di mani in controtempo, annunciarono la configurazione successiva, e come dal nulla si formò sotto gli occhi ammirati del pubblico una grande E che, appena formata, scomparve con i ballerini in fuga per far posto alla grande carrozza del banchetto, subito portata in sala.

L'applauso per i danzatori proseguì senza soluzione di continuità ad accogliere l'ingresso delle cibarie. Panini bianchi e filoni entrarono accompagnati da rognoni di vitello arrostiti con senape e zenzero. A zuppe e pâté di ogni sorta seguirono gli insaccati. Sanguinacci, salsicce alla senape, salamelle e salsicciotti di manzo si riversarono sui vassoi riccamente decorati. Non fecero in tempo a comparire che già li succedettero lingue di bue affumicate, selvaggina e poi beccacce, pernici, capponi, galli e anatre. Perfino aironi e capre vennero portati fuori dalle cucine lessati e arrostiti, ma solo per fare immediatamente posto a formaggi, dolciumi, panna montata e conserve. Quando poi fu introdotto il vino, seguirono crostoni biscottati, caviale, burro fresco, crema di piselli, spinaci, decine di tipi di insalate, più salmone affumicato e ostriche a coronare il tutto. E come se non fosse ancora abbastanza, si passò al sacco dei fiumi e vennero portati trote, barbi, lucci e tinche, contornati da cosce di rana e granchi, e infine semolino, prugne, fichi, uva, datteri, noci, carciofi e quant'altro si può aver scordato di quel banchetto che avrebbe fatto onore a un Trimalcione.

Chicot osservò soddisfatto il procedere della festa. Il re e la duchessa mangiavano divertiti e da dietro le loro maschere boschive si sussurravano ogni sorta di affettuosità. La sala era illuminata a festa, e il profumo dei cibi che entravano si mescolava piacevolmente all'odore del vino e delle erbe aromatiche bruciate negli angoli, all'interno di crateri di ottone. L'atmosfera era lieta, come sempre accadeva in prossimità di questo re che aveva trascorso metà della sua vita in tende e trincee e che, ogni volta che poteva, sfuggiva alla rigida vita di corte per andare a caccia nei boschi e stare nella natura con i suoi compagni. Chicot pensò alla strana impressione che l'anno prima gli spagnoli avevano lasciato alla corte francese dopo la firma della pace di Vervin. Avevano arricciato il naso dinanzi alla rilassatezza dei costumi, avevano osservato piccati il re che giocava a tennis, disapprovando la sua veste strappata. Chicot dovette ridere sotto i baffi ripensando agli spagnoli che se ne stavano a bordo campo con le teste affondate nelle ampie gorgiere, come denti di leone intrisi di pioggia. Si lamentavano in continuazione di quanto poco si potesse dormire alla corte di Francia, perché i divertimenti sembravano non avere mai fine. Quando, prima di quanto ci si aspettasse, intrapresero il viaggio di ritorno, li videro ripartire stanchi e affaticati sui loro cavalli. Che cosa avrebbero detto, allora, di una festa come quella?

Lo sguardo del buffone di corte tornò nuovamente a posarsi sulla coppia reale. Navarra era di umore eccellente, porgeva alla sua adorata signora bocconcini delle pietanze più prelibate e con il consueto sprezzo di ogni etichetta di tanto in tanto le scoccava un bacio sulle guance leggermente arrossate dall'emozione. Quanto alla duchessa, era raggiante come un arbusto di magnolia appena fiorito. La minuscola vita che da qualche mese cresceva dentro di lei aveva disteso un fulgore sulla sua bellezza che si poteva percepire anche attraverso il travestimento. Che coppia meravigliosa, pensò il nano buffone dallo spiraglio nella porta attraverso cui osservava, non senza invidia, le due figure. Invero non si sarebbe trovata in tutto il mondo cristiano una regina più bella e leggiadra. Come atteggiava il capo in modo dignitoso e però al contempo modesto. Con quale semplicità impareggiabile e priva di qualsivoglia pretenziosità si muoveva. Sembrava quasi che alla natura fosse piaciuto di infondere in quella creatura tutte le qualità immaginabili ma senza infine donarle coscienza della sua perfezione. Eccola là seduta, un regalo della natura che questa sembrava aver voluto creare per il desiderio svagato di poter rimirare in esso la meraviglia di una bellezza dimentica di sé.

Chicot si staccò a fatica da quell'immagine e diede ai servi il segnale convenuto. Nella sala furono spente le luci. Contemporaneamente vennero accese le lampade a olio della galleria. Tutti gli sguardi si volsero incuriositi verso il re, che si limitò a sollevare la mano a comandare silenzio in attesa degli eventi sul palcoscenico.

Entrò di lena una ninfa, si gettò a terra a chiedere pietà e si rivolse con voce implorante a Madame Catherine, la sorella del re, chiedendole di liberare la Francia da un grande male. Con frasi arzigogolate spiegò che una strega potente aveva gettato il regno nello scompiglio e ve lo teneva, e pregò Madame a che facesse ogni cosa per stornare dal regno quella maledizione. Appena terminata la lamentazione, dal fondo buio del palcoscenico fu spinto avanti un trono nero contornato di fiamme. In esso sedeva una spaventosa Medea orrendamente acconciata, che reggeva nella sinistra le insegne di Francia e dei Navarra e nella destra le insegne di Spagna. Alle sue spalle apparve una fila di colonne. Due coboldi lestamente appropinquatisi le tolsero di mano le insegne dei regni, gettarono a terra con disprezzo quelle di Francia ed esposero quelle vittoriose di Spagna al capitello della colonna più esterna. Entrarono due cavalieri francesi e due spagnoli e si disposero accanto al trono. Medea era fuori di sé dalla gioia per la vittoria, che cantò con una lunga enumerazione dei suoi poteri e della sua influenza.

Quando ebbe finito, apparvero quattro ninfe. Avanzarono concitate incespicando lungo la balaustrata, infine si schierarono davanti al trono volgendo le spalle alla strega e gridarono indignate quanto fosse ingiusta la vittoria della Spagna, perché era stata sorretta dal potere ultraterreno di Medea. Nel frattempo i cavalieri francesi erano avanzati sul proscenio dove discutevano mimicamente su come porre fine a quell'ingiusta dominazione. Il più grande dei due sembrava esitare, mentre il più piccolo voleva ricorrere subito alle armi per gettarsi sugli spagnoli che se ne stavano là vittoriosi. Non appena le ninfe notarono i cavalieri si avvicinarono a loro danzando leggiadramente. Il più grande le accolse con gioia e annunciò loro che i giorni del dominio spagnolo erano contati. Dopo un breve consiglio fu stabilito di richiedere la profezia della Sibilla, e mentre i cavalieri si mettevano in cammino le ninfe condussero un'altra danza a piccoli passi graziosi in cui pregavano silenti Giove che ponesse fine al potere di Medea sulla Francia. Intanto venne spinto sulla scena il tempio della Sibilla. La sua comparsa fu accompagnata dal suono dei violini, mentre dalla graticcia calava un sole ricoperto di foglie d'oro. La Sibilla era impersonata da una dama bionda vestita di bianco, in evidente opposizione alla cupa Medea. Danzando con le quattro ninfe al suono dei violini, i due cavalieri giunsero davanti al tempio della Sibilla. Questa si levò e annunciò con voce solenne che entrambi erano destinati a un imminente successo. Avrebbero salvato la Francia. Enrico di Navarra, sostenuto dalla sorella Catherine, avrebbe portato l'opera a compimento. Allora i due cavalieri sollevarono le spade, gridarono il nome del re e della sorella, si gettarono sui cavalieri spagnoli e dopo una breve battaglia uscirono vittoriosi. A colorire musicalmente il trionfo risuonarono trombe e corni. I due prigionieri spagnoli si presentarono alla tavola del re e gli si sottomisero. Medea, arrabbiata per la sconfitta, saltò giù dal trono, lamentò la propria malasorte e infine annunciò che in futuro si sarebbe sottomessa al volere di Catherine. Per ultima si levò anche la Sibilla, condusse gli attori in un girotondo e ordinò in nome di Giove alcuni giorni di feste sfrenate.

La recita non mancò di sortire il suo effetto sul pubblico.

Prima ancora che risuonasse l'ultima nota gli ospiti si alzarono ad applaudire entusiasti lo spettacolo. Il re ricondusse i due spagnoli sul palcoscenico, strinse deliziato al cuore le danzatrici e abbracciò grato gli altri attori. Chicot si tenne in disparte, felice per la riuscita della recita. Che cosa poteva aver pensato Madame Catherine dello spettacolo? Dopotutto lei aveva piegato i desideri del suo cuore alla ragion di Stato e seguendo il volere del re aveva sposato il duca di Bar invece del conte di Soissons, cui andava il suo vero favore. Lei, la protestante di rigidi costumi, era stata data in sposa al casato cattolico dei Lotaringi, per far pace tra le due casate. Ma il plauso del pubblico, che naturalmente aveva subito compreso i retroscena politici del balletto, dava ragione al re. Evviva il re! Lunga vita a Madame Catherine! Chicot era soddisfatto.

Mentre in sala risuonavano ancora i battimani, Chicot si affrettò dietro le quinte a curare i preparativi per il balletto successivo. Le sei coppie di danzatori indossavano già i costumi e stavano applicando gli ultimi ritocchi al belletto. La danza dei popoli del mondo l'anno precedente aveva raccolto un'accoglienza talmente positiva presso la corte che Chicot aveva deciso di riproporlo. Mentre osservava i danzatori vestiti da persiani, indi e turchi, a un tratto lo sguardo gli cadde sulla giovane Henriette d'Entragues. La ragazza, che aveva diciassette anni, sedeva nel gruppo delle inde ed era confacentemente poco vestita. Aveva i capelli bruni nascosti da un turbante rosso fuoco, e il bel viso colorato di marrone scuro. Al collo portava un nastro di velluto ornato di brillanti da cui pendevano fino alla vita strette bande di seta blu intessute di fili d'oro. Aveva gli avambracci scoperti e le braccia ornate di lucidi cerchi d'oro che stringevano le belle membra come spire di serpente. Le gambe erano infilate in un ampio paio di calzoni giallo acceso che alle caviglie erano fermati da fibbie rosse ricamate di perle. Chicot era ammirato, ma mentre stava per avvicinarsi a lei sopravanzò Marie Hermant, che lo apostrofò.

«Salute a voi, egregio signor Chicot. I miei complimenti: la recita è stata da tutti molto apprezzata.»

Chicot si voltò verso la donna. Come tutti i presenti indossava anche lei una maschera, ma i suoi famosi capelli rossi si riversavano traditori fuori dal cappuccio da silfide. «Vi ringrazio.» Quindi abbassò il tono della voce. «Perché la ragazza balla nel gruppo degli indi?»

La donna si volse brevemente verso Henriette e la soppesò con uno sguardo indagatore. «Dovete ammettere che sarebbe stato un peccato se avessimo nascosto le sue grazie sotto le coltri di una persiana.»

Chicot fissò di nuovo Henriette. La ragazza dovette percepire il suo sguardo poiché si voltò sorridente verso di lui. Le bande di seta blu scura si scostarono scoprendo seni ben torniti.

«Avete ordinato voi questo rimpiazzo?»

«Ebbene, naturalmente ne ho parlato con il signor Bassompierre. Ma in segreto posso comunicarvi che è stato un desiderio del re vederla danzare con gli indi. Non lo dite ad altri. Sua Maestà ha già visto il balletto quest'autunno e conosce i vantaggi dei costumi delle inde. Devo ammettere che vedendola così posso solo complimentarmi con il re per il suo suggerimento. E dire che in verità pare che le inde siano piccole e brutte e abbiano nasi schiacciati. Una volta ne ho viste alcune esposte a Marsiglia. Ma ditemi, caro Chicot, come vanno i preparativi del nostro piccolo gioco?»

Chicot gettò un ultimo sguardo a Henriette e si strinse nelle spalle. Se quello era il desiderio del re, allora non c'era niente da obiettare. «Andrà tutto come abbiamo stabilito. I quadri sono già coperti e attendono di sopra in galleria.»

Marie Hermant annuì soddisfatta. «La duchessa mi ha pregato di ringraziarvi ancora una volta per la vostra gentile disponibilità. Sono certa che svolgerete bene il vostro compito. Ora vi prego di perdonarmi, non voglio perdermi l'inizio del balletto.»

Chicot si inchinò e con lo sguardo la seguì ritornare nella sala da ballo. Ma quando la traversò di sbieco e poco dopo salì le scale per la galleria, lui non guardava già più.

Quando nella sala l'illuminazione si spense per la seconda volta ad annunciare lo spettacolo successivo, era già mezzanotte. Dalla graticcia calò un telo che trasformò il palcoscenico in un immenso paesaggio marino solcato da onde. Il telo tremava minacciosamente. Si udivano scoppi di tuono. Una saetta traversò la sala, e quando i fumi dell'esplosione si diradarono, all'interno scivolò una barca. Si affannò faticosamente sulla carta del mondo tracciata a terra. Sei vogatori mimavano pesanti colpi di remo. Sul parapetto un capitano scrutava il mare in cerca di terra. A un tratto il frastuono cessò e la sala si colmò di una luce calda e accogliente. Il telo venne ritirato in alto e subito risuonò una musica turca. Capitano ed equipaggio si stropicciarono gli occhi abbacinati e osservarono attoniti i danzatori turchi che tessevano sul palcoscenico un allegro ballo di benvenuto. Poi calò di nuovo il mare, la barca partì alla volta della Persia, scampò fortunosamente a una tempesta scatenata con un baccano assordante di timpani e tamburi, e al suo arrivo sulla costa persiana fu salutata da altrettanto leggiadre coppie di danzatori. Lo stesso spettacolo si ripeté una terza volta. Il mare calò dall'alto e infuriò la tempesta. Fu sconfitto un mostro marino. Un tesoro venne felicemente stivato. Poi la barca raggiunse le Indie. Suoni curiosi accompagnarono il ritirarsi del mare. Un tempio indico sostituì la costa persiana. Statue di leoni e di tigri fiancheggiavano il tempio. Dall'alto caddero fiori. I marinai e il capitano si gettarono a terra incantati e osservarono deliziati il balletto.

Sei danzatori entrarono a precipizio e condussero una danza delle spade da mozzare il fiato. Infine si disposero in due file da tre, sollevarono le spade al di sopra delle teste e apparvero le danzatrici. La prima si sedette sotto l'arco di spade e lasciò ricadere le braccia verso il basso. La seconda prese posto dietro di lei, e quando anche le altre quattro si furono sistemate, il pubblico pieno di meraviglia vide un'unica figura femminile da cui si irraggiavano sei coppie di braccia come un ventaglio intorno al corpo leggiadro. Tutti applaudirono rapiti. I danzatori si fecero da parte e lasciarono il palcoscenico sgombro per le ballerine. Queste si disposero una accanto all'altra con le braccia conserte e fecero roteare le teste a destra e a manca come fossero bocce malferme. Poi all'improvviso scesero dal palco e andarono vicino alla barca, dove si disposero a semicerchio. Una per una, le danzatrici ballarono rivolte alla barca con mosse seducenti dei fianchi per poi rientrare nel semicerchio. Quindi si voltarono e ripeterono la coreografia davanti alla tavola del re.

A Chicot non sfuggì l'impressione che la giovane Entragues sortì sul re. Mentre già gli sfilavano davanti le altre danzatrici per disvelare a lui e alla duchessa con gli ondeggiamenti dei fianchi i segreti erotici delle lontane Indie, il re sembrava avere occhi soltanto per una ballerina. Quando finalmente venne il suo turno e al suono di note inconsuete agitò la figura di silfide al cospetto del sovrano, sembrò quasi che, esclusi loro due, il resto della sala si fosse momentaneamente tramutato in pietra. Cento paia d'occhi fissarono ammaliati la bella ragazza. Ora lei era in piedi davanti al re, gettò la testa indietro, allargò le braccia, levò in alto una gamba, afferrò il piede con entrambe le mani e lo condusse dietro la nuca. Poi girò più volte sul proprio asse con un movimento leggero del piede che toccava terra. Chicot deglutì, incapace di staccare gli occhi dalle grazie scoperte della danzatrice. In quella posizione acrobatica i suoi seni erano completamente liberi e a ogni giravolta tra le strisce di stoffa che pendevano lasche si vedeva la calda, morbida schiena graziosamente tesa.

« *Voilà, une autre putain pour le Roi* » sussurrò qualcuno.

Chicot si voltò, ma dietro di sé vide soltanto una fila di

maschere rigide con i buchi scuri per gli occhi rivolti verso lo spettacolo.

Henriette d'Entragues terminò la sua danza con un profondo inchino e rientrò nella fila delle inde. Il gruppo risalì sul palcoscenico, il fondale ridiscese e nella musica che si spegneva piano l'equipaggio della barca cercò di cogliere insieme al pubblico un'ultima occhiata dell'incanto che andava scomparendo. Ma lo spettacolo era giunto al termine. La ciurma fu circondata dal rumore del mare e del vento e infine le luci si spensero.

L'applauso non si fece attendere. Gli interpreti dovettero uscire più e più volte a inchinarsi sulla ribalta. Sul palco venne chiamato Chicot, che fu ringraziato con un'ovazione. I battimani si chetarono solo dopo che riattaccò la musica e il pubblico prese possesso dello spazio scenico per ballare a sua volta.

Trascorse almeno un'altra ora prima che Chicot desse ai servitori il segnale di prendere i dipinti dalla galleria. La festa era giunta al suo culmine. Il re e la duchessa, accaldati dalle danze, sedevano in un'ampia poltrona. Molti occhi seguirono curiosi i sette servitori che discendevano lentamente le scale dalla galleria, recando ognuno un dipinto coperto tra le mani. Gli invitati si fecero da parte e lasciarono passare la processione. Altri due servitori entrarono nella sala portando alcuni treppiedi di legno. Quando lo strano carico fu disposto e montato davanti al palco, sui convenuti calò un silenzio colmo d'attesa. Il re osservò meravigliato le sette federe di lino e guardò interrogativo la duchessa. Ma questa si limitò a fare un cenno d'assenso a Chicot e si reclinò impaziente nella poltrona.

Il buffone di corte afferrò il suo liuto, si portò al cospetto della coppia reale e fece un inchino profondo. Gli ultimi ospiti, resi incerti da quello strano comportamento, si recarono ai loro posti e attesero muti il volgersi degli eventi. Chicot retrocesse nel mezzo alla sala, si inchinò di nuovo al resto del pubblico, fece risuonare un accordo e prese a cantare.

Più tardi nessuno avrebbe saputo dire nel dettaglio che cosa fosse accaduto di preciso. L'evento inatteso suscitò nel pubblico un turbamento tanto profondo che dalla memoria dei presenti sembrò cancellato ogni ricordo di quanto era avvenuto nei minuti che lo precedettero. I più erano certamente stanchi per l'ora tarda, avevano ascoltato il canto distrattamente e avevano dedicato poca attenzione ai dipinti scoperti dopo ogni strofa. Tutti furono d'accordo solamente sul fatto che a un tratto la duchessa aveva lanciato uno strillo acuto e si era sollevata dal sedile. Al buffone era morta la voce in gola. Anche il re era saltato in piedi e aveva guardato Chicot colmo di risentimento. Questi, non capendo, si era guardato intorno spaesato, cercando di comprendere se il motivo dell'improvvisa collera del re e della duchessa fosse riposto proprio nella sua persona. In quel momento tra la folla si era gonfiato improvviso un brusio, e quando anche Chicot aveva posato lo sguardo sul settimo quadro appena scoperto aveva creduto che il cuore gli si fermasse. Com'era possibile? Da dove veniva quel dipinto infamante? Si era voltato subito e aveva mosso qualche passo verso il re, allargando le braccia in segno di scuse. Ma il re non lo guardava nemmeno. Era chino sulla duchessa che era sprofondata nel suo sedile con un'espressione raggelata. Già alcuni servitori si affrettavano a ricoprire i quadri e a portarli via. Allora il re si era drizzato. In un attimo nella sala era calato il silenzio.

Quindi era accaduta una cosa straordinaria. Navarra si era messo a ridere. Aveva fatto risuonare la sua scrosciante risata contagiosa, aveva preso la duchessa per mano, aveva atteso che si alzasse, poi si era tolto un anello e l'aveva infilato dimostrativamente all'anulare sinistro di lei.

Il giorno seguente a Parigi non c'era nessuno che uscendo di casa non fosse stato subito raggiunto dalla notizia: passata la domenica in Albis l'avrebbe sposata. Gabrielle d'Estrées sarebbe diventata regina. La prima domenica dopo Pasqua...

18

VIGNAC

VIGNAC raggiunse Villejuif il giovedì sera. Vandervelde, il fiammingo presso cui aveva lavorato l'anno prima, lo accolse con stupore, ma fu felice di riavere in casa un pittore così abile. Vignac gli spiegò di aver rinunciato a cercare la fortuna a Parigi e che dopo la Pasqua voleva ritornare nel Sud. Trovarono presto un accordo, e Vignac promise di rendersi utile nella bottega fino alla sua partenza definitiva. Di più non dissero.

Vignac prese possesso di una camera nella soffitta della casa e trascorse il resto della serata da solo. Le poche cose che aveva raccolto in tutta fretta da rue des Deux Portes erano distese sul sacco di paglia che serviva da giaciglio. Da sotto giungeva il fracasso sollevato dalla famiglia di dodici teste del fiammingo.

Vignac cercò di riordinare i pensieri. Non aveva più paura. Lì non l'avrebbe cercato nessuno. Tra poche settimane sarebbe stato in viaggio per il Sud e nessuno avrebbe mai più saputo nulla di lui. Ma fino a Pasqua avrebbe atteso e osservato. Due notti prima aveva reagito in modo sbagliato? Avrebbe dovuto sopraffare e interrogare l'intruso? Chissà cosa pensava Lussac. Probabilmente era ritornato e aveva incontrato lo sconosciuto, e ora l'amico doveva pagare le conseguenze del suo piano fallimentare.

Tirò fuori gli schizzi, li posò uno accanto all'altro sul letto e li studiò a fondo. Da qualche parte lì davanti a lui era nascosta la soluzione. Che misterioso matrimonio celebravano le due dame nella vasca? Perché la duchessa voleva vedersi ritratta a quel modo? O era stato lui a commettere un errore? La sua memoria lo aveva ingannato? No, era impossibile. Quella notte d'autunno nella casa della duchessa le due dame gli erano apparse proprio così come lui le vedeva disegnate lì. A destra Gabrielle, con il telo gettato sulla vasca arruffato tra pollice e indice; a sinistra una dama sconosciuta che sedeva sul bordo della vasca e riceveva dalla duchessa un anello invisibile. Ma costei chi era? Vignac chiuse gli occhi e ne richiamò il volto alla mente. Era molto giovane, avrà avuto diciassette anni, e i suoi capelli erano bruni. Possibile che non ci fossero altri indizi per risalire alla sua identità? No, il quadro da solo non gli avrebbe potuto fornire alcuna risposta, perché le due donne che aveva visto quella sera erano soltanto modelle. Eppure, chi avrebbe dovuto rappresentare la dama a sinistra?

Vignac andò alla finestra. La strada era deserta. Il cielo riluceva debolmente come un marmo nero disseminato di stelle. I rumori intorno andavano via via smorzandosi. Solo in lontananza si udivano gli zoccoli di un cavallo. Poco dopo risuonarono a poche case di distanza e subito si interruppero. Venne aperta una porta. Stralci di parole aleggiarono nella notte. Poi i colpi degli zoccoli risuonarono nuovamente sul selciato. Adesso poteva distinguere il cavaliere. Camminava lungo la strada accanto al suo cavallo e veniva verso la casa. Non sembrava del posto. Andava lentamente di casa in casa, cercando con lo sguardo le travi sulle porte. Poi Vignac non lo vide più.

Poco dopo Vignac sentì bussare alla porta da basso. Saltò in piedi. Vandervelde aprì. Furono scambiate parole, ma di lassù non era possibile intenderle. Poi Vignac udì dei passi che salivano le scale. Cercò un'arma nell'oscurità e gli capitò tra le mani un pesante candelabro. Si mise dietro la porta. I passi si avvicinarono. Quindi sentì la voce di Vandervelde.

«Maître Vignac?»

Non si mosse. La maniglia venne abbassata, ma la porta, serrata, non si aprì.

«Dormite, signore?»

Poi risuonò un'altra voce. Vignac l'ascoltò incredulo. Fece scivolare piano a terra il pesante candelabro, tolse il chiavistello alla porta e aprì. Davanti trovò Vandervelde, che lo fissava incuriosito, e dietro il fiammingo, timidamente illuminato dalla lampada di Vandervelde, Vignac riconobbe il volto di Giacomo Ballerini.

Vignac si fece da parte e li lasciò entrare. Vandervelde gli consegnò la lampada, richiuse la porta e scomparve. Ballerini gettò una rapida occhiata agli schizzi sparsi intorno, quindi si tolse il mantello e rimase in piedi in mezzo alla stanza, in attesa.

« Non vuoi farmi accomodare? Ho fatto una lunga cavalcata e mi riposerei volentieri prima di prendere la via del ritorno. »

Vignac tolse gli schizzi dal paglericcio. Ballerini si sedette. « Come mi avete trovato? »

Ballerini fece un gesto sprezzante con la mano. « Se io ti ho trovato tanto facilmente, possono farlo anche altri. Non mi sorprenderebbe se domattina spuntassero qui alcuni soldati a cercare di te. »

Il medico si guardò intorno nella stanza. Poi osservò di nuovo il pittore, che si mordeva nervosamente le labbra.

« Sono tempi inquieti. Troppo inquieti per un'offesa di lesa maestà. »

« Maledette menzogne. Se sapeste come stanno davvero le cose. »

« È del tutto indifferente. La verità è che non sei il solo a esserti ingannato. Si sono ingannati tutti, persino i cospiratori. Persino il re. Il che rende tutto soltanto più pericoloso per te. »

Vignac lo guardò a occhi sgranati. « Non capisco una sola parola. »

Il medico estrasse di tasca una carta e la spianò con la mano. Vignac riconobbe il volantino con il disegno.

« È questo il quadro di cui mi hai raccontato a gennaio? »

Vignac annuì. « È una cattiva copia. Ma un poco gli somiglia. »

« Lo so, l'ho visto. »

Vignac lo guardò meravigliato.

Ballerini proseguì: « Siete arrivati a Parigi l'estate dell'anno scorso. Tu avevi nel bagaglio un ritratto della duchessa e gliel'hai fatto avere tramite Valeria, non è vero? »

Vignac annuì.

« Quando ci siamo visti al mercato mi hai raccontato che era la copia di un dipinto che avevi visto a Chenonceaux. Un'allegoria della fertilità e della purezza. »

« Sì, la duchessa che fa il bagno circondata dai suoi figli. Valeria l'ha portato da Zamet, e da lì è arrivato fino a Monceaux dalla duchessa. »

« Come lo sai? »

Vignac squadrò il medico. Non era cambiato in nulla. Portava lo stesso abbigliamento dei tempi di Montpellier, un paio di calzoni neri attillati e una tunica, nera anch'essa, che gli ricadeva fin sopra le cosce. Il cappello dall'ampia tesa giaceva sul letto accanto alla borsa di pelle che il medico non perdeva mai di vista.

Vignac sapeva che cosa si trovava al suo interno. Troppo vivido era il ricordo di quella spaventosa amputazione a Tolosa e degli orrendi ferri che erano spuntati all'improvviso dalla borsa.

« La sera che la governante della duchessa mi ha ricevuto ha detto che quando i falegnami consegnarono il quadro a Monceaux Madame ne rimase infatuata. »

Ballerini scosse la testa. Poi disse piano: « La duchessa non ha mai visto quel quadro ».

« Che cosa? »

« Il quadro non ha mai lasciato Parigi. »

« Come lo sapete? »

« Sono stato io stesso a Monceaux in ottobre e novembre, per assistere all'operazione del re. Ciò che ti ha riferito la governante, che per inciso si chiama Marie Hermant, non è mai avvenuto. »

Il pittore guardò incredulo nel vuoto. Poi si voltò e andò alla finestra. « Vipera. » Fissò immobile la notte.

« Ha portato Valeria il quadro da Zamet? »

La domanda sembrava giungere da lontano. Che senso aveva tutto ciò? Si sentì rispondere affermativamente.

«Perché?»

«Diceva che lì sarebbe stato più facile farlo avere alla duchessa. L'ambiente rilassato dell'albergo ci sembrava un buon posto per farle pervenire il dipinto.»

«E Valeria glielo ha consegnato di persona?»

«Sì, credo. Ha detto di essersi recata nelle stanze della duchessa e di averlo consegnato lì.»

Vignac tacque un momento. Come vi si sarà introdotta?

«Avevo allegato uno scritto per spiegarmi. Invitavo la duchessa ad accettare il mio dono come ossequio al suo promettente futuro. Qualche giorno più tardi Valeria è arrivata con un messaggio in cui mi si chiedeva di recarmi nella casa della duchessa in rue Froidmenteau per ricevere una commissione. L'accoglienza è stata piuttosto strana. Ma questo ve l'ho già raccontato a gennaio.»

«Dov'è Valeria?»

«Non lo so. Dopo che mercoledì ho visto il volantino l'ho cercata all'albergo di Zamet. Ma mi hanno riferito che non c'era. Le ho lasciato detto che mi venisse subito a cercare a casa di Perrault, però...»

«... non è venuta.»

«Già. Invece la sera è apparso quel servo della Hermant. Aveva una chiave della casa... Oh, no, mio Dio...»

Ballerini chiuse gli occhi. Vignac sprofondò a terra e rimase lì immobile, accovacciato. Fuori cantò un merlo. Grilli frinivano. Ballerini raccontò con poche parole ciò che era avvenuto quella sera tra lui e Lussac. Quando accennò all'arrivo di Andrea, a Vignac sfuggì un grido trattenuto. Ballerini si chinò avanti e parlò più in fretta.

«Non sappiamo ancora che cosa sia realmente accaduto. Vignac, rifletti. Sono loro ad avere paura. Il loro piano è fallito, ma prendendo una strada del tutto inattesa.»

Il pittore sollevò lo sguardo. «Quale piano? Di che cosa andate parlando?»

Il medico raddrizzò la schiena. «Nessuno che sappia

usare la testa è a favore di questo matrimonio. I pericoli che da esso possono scaturire sono tanto numerosi che per elencarli ci vorrebbero un giorno e una notte. In tutto il regno ci sono solo due persone che non vogliono riconoscere tali pericoli: la duchessa e lo stesso re.»

Le parole della donna dai capelli rossi riaffiorarono nella coscienza di Vignac da una grande distanza. Che cosa gli aveva detto prima di mandarlo via? *La duchessa e il re si trovano in grande pericolo. Proprio come voi perseguono uno scopo ambizioso e più gli si avvicinano più fitti si fanno i rischi che si levano intorno a loro. Il re non ha occhi per il baratro che si spalanca dinanzi a lui. Il vostro compito sarà di aprirgli gli occhi.* Alla luce dei discorsi di Ballerini quelle parole assumevano all'improvviso un significato completamente diverso. La duchessa un pericolo per il re? Che brutta storia gli stavano scodellando? Intanto Ballerini parlava sempre più accorato.

«A settembre ho ricevuto una lettera di Bérault, il chirurgo personale del re. Mi pregava di venire a Parigi perché avrebbe ben presto dovuto condurre un'operazione difficile e aveva bisogno dell'aiuto di colleghi esperti. Sono arrivato a Parigi in ottobre e già pochi giorni dopo mi sono recato insieme a Bérault a Monceaux, dove il re giaceva malato. L'operazione fu condotta magistralmente da Bérault e riuscì. Sua Maestà guariva rapidamente. Noi medici approfittammo dell'ospitalità del re e della duchessa per tutto ottobre e novembre. La natura del male che aveva colpito il re era di specie assai particolare, e sussisteva il pericolo che in conseguenza della malattia e dell'intervento potesse perdere la virilità. Durante tutto il tempo che trascorsi a Monceaux non si parlava d'altro che di successione al trono. Non passava giorno senza che in un modo o in un altro venisse affrontata la questione.

«Persino la duchessa era irritabile e indebolita. Il Consiglio si riunì più volte per discutere la spinosa faccenda del divorzio. Non era un segreto che papa Clemente non avrebbe mai annullato il matrimonio di Enrico se lui in seguito avesse inteso sposare la sua amante. Le trattative con Roma si erano arenate. A un tratto fu annunciato che la duchessa era nuovamente incinta. Allora accadde una cosa strana. Navarra riuscì a imporre che venisse mandato a Usson dalla regina un ambasciatore che le strappasse il beneplacito al divorzio. Prima ancora di avere in mano la procura, il re comandò a Sillery di recarsi a Roma per sostenere presso il papa la sua causa. Navarra inoltre mise in atto ogni preparativo per sedare le tensioni politiche interne. Furono conclusi alcuni matrimoni. Navarra diede in sposa sua sorella, fervente protestante, al cattolico duca di Bar. A dicembre Alexandre, il figlio più piccolo di Gabrielle, fu battezzato con tutti gli onori di un erede al trono.

«Puoi ben immaginarti come questi avvenimenti furono presi a corte. Tutti sapevano che il re voleva sposare la duchessa, ma nessuno aveva creduto seriamente che avrebbe davvero compiuto quel passo pericoloso. Possibile che quel principe per una passione amorosa volesse mettere a repentaglio tutto ciò per cui aveva combattuto interi decenni? Che cosa sarebbe accaduto dopo la sua morte? Prima ancora che il corpo si fosse raffreddato e avessero avuto il tempo di comporlo nella bara, i pretendenti si sarebbero messi in fila per spartirsi l'eredità dei bastardi.

«E ora immagina una mente calcolatrice ma in fondo stolida, una persona la cui astuzia e spirito d'intrigo sono superati soltanto dalla sua abissale stupidità, una persona che vuole impedire a tutti i costi che si realizzi quella disgrazia. Mettiti nei panni di un essere simile, di cui la corte pullula più che di vermi un cadavere. Che cosa farebbe un tale essere? Egli escogiterebbe uno stratagemma proprio come quello di cui sei caduto vittima. Egli o, meglio, ella, poiché naturalmente sto parlando di quella Marie Hermant che ti ha attirato in trappola, una persona che crede di poter influenzare il corso degli avvenimenti con i suoi intrighi furbeschi. Ti fa dipingere un quadro che al momento giusto sottopone al re così che questi venga messo a nudo in pubblico e sia costretto a prendere le distanze dai suoi intenti smodati. Vedo che non mi credi: mi guardi come se stessi parlando latino. Ma ascolta ciò che è avvenuto martedì notte alla festa di carnevale, cioè ieri l'altro, durante il banchetto che si è tenuto al Louvre.»

Ballerini si alzò e mentre parlava prese a camminare in lungo e in largo per la stanza.

«Il mio modesto contributo alla gloriosa operazione di Bérault ha fatto sì che nel corso della mia permanenza a Parigi, a cui peraltro penso di porre presto fine, io sia stato onorato con ogni sorta di dimostrazione della benevolenza del re. Così qualche settimana fa ho ricevuto un invito al banchetto di corte per carnevale. Non so come questa Hermant sia infine riuscita a imbrogliare il buffone di corte, che faceva da maestro di cerimonia. Il re e la duchessa, entrambi vestiti da spiriti boschivi, banchettavano divertiti nella parte anteriore della sala da ballo mentre gli ospiti si erano distribuiti nel resto dello spazio. Come è d'uso vennero inscenate alcune danze, per le quali la corte francese è invidiata con ragione ovunque in Europa. Io, che avevo già udito molto in proposito, devo dire che i miei conterranei italiani sono ineguagliati nella pittura e nella scultura ma per quanto riguarda le danze devono prender lezioni dai francesi.

«Durante l'ultimo balletto accadde qualcosa che devo descriverti visivamente. Si intitolava 'Balletto dei popoli stranieri' ed era una sorta di giro del mondo danzato. Una barca con capitano e marinai solcava gli oceani giungendo nel corso dello spettacolo in terre remote. Ogni volta che approdavano, i naviganti venivano accolti dal benvenuto degli indigeni che, diversamente da quel che ho letto nelle relazioni di simili spedizioni, li circondavano di canti e di danze e infine li facevano ripartire in pace. Nel corso di quel balletto si fece scalo anche nelle Indie. Uno stuolo di inde succintamente abbigliate salì sul palco e inscenò una danza davvero incantevole. Alla fine il gruppo si mosse verso la tavola del re e della duchessa, dove a ogni danzatrice piacque mostrare al re le proprie grazie. Il fatto, considerati i costumi qui in uso, non fu nulla di straordinario. Navarra si servì generosamente, lasciando indugiare lo sguardo là dove non arrivavano le mani. Ma quando fu la volta della penultima danzatrice, l'atmosfera cambiò repentinamente.

«Tutta la sala parve trattenere il fiato. Una delicata Afrodite indica si mosse a piccoli passi di danza verso il re. Navarra parve trasformarsi all'istante in un giovane che vede un corpo femminile per la prima volta. Voilà, ecco un'altra puttana per il re, sussurrò qualcuno accanto a me. Guardai la duchessa, ma il suo volto non lasciava trapelare alcuna emozione. Domandai a Bérault, che era in piedi accanto a me, chi fosse quella ragazza, e lui mi sussurrò che era la giovane Henriette d'Entragues. Non mi dovevo stupire di quella scena: al vecchio leone veniva gettata carne fresca, niente più. Il balletto fu applaudito generosamente, e Navarra non si negò il piacere di abbracciare come si deve tutte le sue flessuose servitrici. Non avrei certo tenuto a mente tutti questi dettagli se poco dopo non si fosse verificato un episodio incredibile che conferì al commento di Bérault una luce tutta diversa.

«A un tratto Chicot, il buffone di corte, si presentò al centro della sala con il suo liuto e sette dipinti che aveva fatto montare dietro di sé, incappucciati in altrettante federe. Suonò un paio di accordi e attaccò a cantare. Io capii a stento i versi che andava declamando, poiché erano composti in un francese a cui non sono uso. Ma era evidente che cantasse la bellezza delle donne, che elogiasse le loro grazie, le loro virtù e l'incanto che sanno esercitare su noi uomini. Dopo ogni strofa un servitore scopriva uno dei quadri, e come a conferma dell'omaggio testé pronunciato, sulle tele appariva una nobildonna alla toletta. Io non riuscivo a trarre grande godimento da quello spettacolo, ma agli altri ospiti del banchetto, e soprattutto al re, la rappresentazione sembrava arrecare grande divertimento.

«Pian piano tuttavia nelle scene rappresentate sui quadri andava verificandosi un'interessante mutamento. Da quanto potevo comprendere da quelle strofe contorte, Chicot era passato a cantare la leggenda di Atteone. Su uno dei piedistalli se ne vedeva per l'appunto l'illustrazione. Diana che esce dalle acque mentre sullo sfondo un nobile cavaliere si dirige nel punto in cui i suoi cani stanno già sbranando l'infelice Atteone trasformato in cervo. Quando fu scoperto il quadro successivo apparve esattamente la stessa scena, solo che al posto di Diana...»

«... c'era la duchessa di Beaufort.»

«Sì. E il nobile sullo sfondo...»

«... ritraeva Navarra.»

«Conosci quei quadri?»

«Come le mie mani.»

«Ebbene, allora conoscerai anche il successivo. Chicot cantò dell'amore eterno, della fede coniugale, della felicità che donano i figli e della purezza. Credo che abbia speziato quei ragionamenti con ogni sorta di doppi sensi nascosti, perché molte delle sue strofe furono accolte con grandi risate. Quindi fu rimossa un'altra federa, e apparve il penultimo quadro. Mostrava una nobildonna nel bagno, in compagnia dei suoi due bambini, di una nutrice e di una dama di camera che sullo sfondo posava una brocca d'acqua su un tavolo.»

«Buon Dio... il quadro di Chenonceaux?»

«Accanto alla dama c'era un piatto di frutta e il suo figlioletto...»

«... che sta dietro la vasca allunga la mano per afferrare un pomo. Non datevi la pena. Conosco il quadro meglio delle dissezioni dei vostri cuori e polmoni. Mi è servito da modello per il mio primo ritratto della duchessa.»

«Ma sul tuo ritratto hai sostituito il volto della dama sconosciuta con quello della duchessa, non è vero?»

«Sì. Ho aggiunto anche qualche altro cambiamento, ma il più importante era quello.»

«Allora Chicot deve aver pensato che l'ultimo quadro da scoprire mostrasse la duchessa nella stessa posa nel bagno, circondata dai propri figli.» Ballerini tacque un momento.

Poi rise piano. «Povero Chicot. Come lo hanno raggirato per bene. Probabilmente gli è quasi venuto un colpo quando fu tolta l'ultima federa e al posto della graziosa Gabrielle apparve alla vista l'odiata puttana del re. Appena scoperto il quadro, tutti se ne ritrassero. La duchessa lanciò un grido e ricadde nella sua poltrona pallida come un cadavere. Il re fulminò Chicot con lo sguardo, a cui un misto di onta e rabbia colorava il viso alternativamente di rosso e di bianco. Sembrava aver perso non solo la parola, ma anche il senno. Bel lavoro, Vignac, se si considera che non hai mai visto quell'Entragues.»

«Che cosa state dicendo?»

«Non ci voleva molta fantasia per riconoscere che la donna nella vasca accanto alla duchessa somigliava molto alla danzatrice che aveva ammaliato il re a quel modo.»

Vignac fissò il medico, ma quello proseguì con il suo racconto.

«Il senso era più che evidente. Guardate qua, esclamava il quadro, le puttane del re si passano l'un l'altra i loro immaginari anelli nuziali, ma il re non ne sposerà nessuna, ed è per questo che non si vede alcun anello. Costei è già fuori dai giochi. Ma la prossima è già pronta.»

Il pittore impallidì. Così stavano dunque le cose. La fronte gli s'imperlò di sudore. «Vipera maledetta. Questa me la pagherà.»

«Prima aspetta di aver sentito la fine. Navarra si chinò sulla duchessa e la fece alzare. Nella sala si diffuse l'incertezza. Nessuno sapeva come comportarsi. Chicot andò verso il re, allargò le braccia e giurò di non aver mai visto prima quel quadro. Ma il re non lo degnò di uno sguardo e abbracciò e baciò la sua amata comportandosi come se le fosse andata di traverso una briciola di pane e dovesse essere consolata. E poi accadde l'inconcepibile.

«Navarra si drizzò in tutta la sua altezza, e all'istante tornò il silenzio. Tutti gli occhi erano posati su di lui, che gettò uno sguardo all'infelice Chicot, quindi osservò il quadro intorno a cui si affaccendavano due servitori per allontanarlo al più presto. Poi all'improvviso il re si mise a ridere. Un riso allegro e liberatorio che veniva dal profondo della sua anima e pervase la sala. Non ci volle molto perché si mettessero a ridere anche tutti i presenti. Persino la duchessa sembrò contagiata dall'ilarità, e i suoi lineamenti si rilassarono visibilmente. Quindi il re disse le seguenti parole: 'Un bello scherzo di carnevale, mio caro Chicot. Bravo! Vi ringrazio per i vostri canti. E vi ringrazia in special modo la mia signora, che presto sarà signora di voi tutti, poiché udite: dopo la domenica in Albis ella sarà mia moglie e la regina di Francia'. E con ciò mise il proprio anello al dito di Gabrielle e guardò impaziente il pubblico.

«Gli astanti sembravano colpiti da un fulmine. Per lunghi secondi regnò il silenzio più assoluto. Poi Chicot si levò e gridò con la voce tremula di uno che è stato appena salvato dal patibolo: 'Evviva il re! Evviva la regina!' Il grido fu ripreso da tutti, e chi la pensava diversamente badò bene di gridare più forte degli altri.»

Ballerini si reclinò indietro. Osservò Vignac, che teneva le labbra strettamente serrate e fissava fuori nella notte.

«Me la pagherà», sussurrò appena.

Ballerini lo guardò preoccupato. «Non lo capisci?»

Vignac si voltò adirato. «Lo capisco benissimo. Voi lascereste correre impunito un simile tiro? Non solo mi sono reso inaccettabile a corte prima ancora di potervi metter piede. Ma con l'odio che ora la duchessa proverà per me, quando scoprirà chi ha realizzato quel quadro non farà forse di tutto per punirmi? Devo andare a trovarla, spiegarle tutto, denunciare i veri colpevoli. Andrò dal re, invocherò perdono e misericordia...»

«Vignac!» La voce di Ballerini ricadde pesantemente su di lui. «Non ti accorgi che non sei stato tu a essere imbrogliato? Il re ha riso. Quel piano così ben congegnato per lui è soltanto ridicolo. E ridendo ha promesso la corona. Questo non ti fa pensare?»

Il pittore tacque. Dove voleva arrivare il medico? Lo udiva solo confusamente, attraverso l'ira che gli infuriava dentro. Lui sarebbe ritornato a Parigi, sì, ecco che cosa avrebbe fatto. E avrebbe punito quella Hermant. Inoltre doveva cercare Valeria, e se le era successo qualcosa avrebbe ben trovato chi le aveva fatto del male. Che cosa gli andava dicendo ancora il medico?

«Ascoltami, amico mio. In questa vita io ne ho viste tante. Ho traversato guerre e follie, malattie e sofferenze. Ho visto bruciare bambini accusati di stregoneria e ho visto portare in tribunale e giustiziare animali accusati di omicidio. Ho conosciuto tutte le forme della follia e dell'irragionevolezza, non da ultimo nella mia stessa professione, che è particolarmente feconda di errori e conclusioni erronee. Eppure mai ho conosciuto un re con tanta forza d'animo e tanto acume politico come ne possiede il vostro. Perciò stai bene a sentire ciò che ti dirò, perché capisco che sei arrabbiato, e a buon diritto, per essere stato raggirato. Ma nella tua ira non vedi che tanto tu quanto i nemici della duchessa di Beaufort correte dietro a semplici chimere.

«Tu volevi ricevere la protezione della duchessa nella speranza di ottenere un impiego onorevole presso la regina. I suoi nemici hanno sfruttato la tua ambizione e il tuo talento per rendere evidente uno scandalo e in tal modo impedire che si compiesse quel matrimonio. Ma siete stati entrambi delusi. Tu, perché sarà difficile che la duchessa apprezzi un quadro siffatto, e i suoi nemici perché il re ha deciso l'esatto contrario di ciò che il tuo dipinto avrebbe dovuto ottenere. Ma che cosa ha fatto il re in realtà? Navarra si è limitato a ridere. Adesso capisci, finalmente?»

No. Vignac non capiva nulla. E non voleva capire nulla. Lui voleva tornare a Parigi.

Ballerini lo afferrò per le spalle. «Il re ha riso perché lui questo matrimonio non l'ha mai preso in considerazione. Gabrielle non diventerà mai regina di Francia. Sarebbe una follia, e Navarra lo sa. Anche la duchessa lo sa. Ma non lo possono ammettere a sé stessi perché tra essi c'è qualcosa che quelli come loro non possono permettersi: l'amore.»

Vignac mise la testa tra le mani, come se dopo le ultime parole del medico fosse diventata a un tratto indicibilmente pesante. Qualcosa dentro di lui rifiutava con tutte le forze il discorso di Ballerini. Ma il medico non si placò.

«Mettiti nei panni del re. Lei gli sta accanto da otto anni. Gli dà i figli di cui il suo regno ha così urgentemente bisogno. Gli finanzia le campagne militari e se è necessario impegna tutto il proprio patrimonio per la sua guerra, mentre la vera moglie, la regina, gli manda contro le sue truppe. Non ho bisogno di dirti che in tutto il mondo non c'è nessuno che eguagli Gabrielle in bellezza. È una natura dolce e serena. Nessuna amarezza o meschinità intorbidano i suoi modi schietti. Si può forse rimproverare a Navarra di essere caduto a quel modo per lei? Guarda chi vogliono mettergli nel letto per il bene della politica. L'infanta di Spagna. Le principesse tedesche, una più brutta dell'altra. E poi la de' Medici, quella megera figlia di bottegai imbottita di ducati d'oro. Dovrebbe forse far salire costei sul trono per donare eredi cattolici alla Francia, mentre la sua incantevole, la sua fida Gabrielle continuerebbe a rimanere soltanto una favorita di corte con i suoi bastardi? Non può farglielo. Gli si spezzerebbe il cuore. Eppure sposarla non potrà mai. Significherebbe la rovina della Francia. Chi dovrebbe infatti regnare sul paese, dopo la sua morte? Forse Gabrielle con i suoi figli? Nel giro di poche ore verrebbero macellati e le antiche fazioni tornerebbero a contendersi la corona. Persino Navarra dubita che quei figli siano i suoi. Tu hai sognato, Vignac. Non la sposerà mai. Mai. Per questo ha riso. Ha riso perché non poteva piangere.»

Vignac aveva ascoltato muto. Sul suo volto si erano avvicendati incredulità e stupore. Poi aveva scosso il capo. No, il medico si sbagliava. Oppure gli raccontava tutto ciò soltanto per trattenerlo dal compiere qualcosa che lui, nel profondo della sua anima, aveva deciso da lungo tempo. Gliel'avrebbero pagata, per quel brutto tiro. Chi lo raggirava così malamente non poteva rimanere impunito.

Ballerini avrebbe parlato ancora, tuttavia Vignac lo interruppe.

«Ho ascoltato abbastanza. Vi prego, andate da basso e avvertite Vandervelde che verrò con voi. Inoltre voglio ringraziarvi per avermi offerto una seconda volta il vostro aiuto in una situazione scabrosa. Spero che un giorno avrò la possibilità di contraccambiare. Ora, vi prego, andate. Vi raggiungerò subito.»

Ballerini non replicò. Il medico ritornò in città quella sera stessa. Vignac lo seguì all'alba.

Vignac trascorse le settimane prima di Pasqua nella casa di Ballerini, che gli fornì ospitalità mentre lui attendeva l'evolversi degli eventi. Grazie ai buoni contatti di Ballerini presso la corte, tutti i giorni veniva a sapere i nuovi sviluppi. La Santa Sede sembrava prendere sul serio l'annuncio di Enrico, perché dal Vaticano giungeva notizia che il papa si fosse ritirato in meditazione a colloquiare con Dio riguardo il divorzio del re di Francia. Roma digiunava.

A Parigi si andava incontro alla data annunciata con trepidazione e curiosità. Arrivarono le prime delegazioni di nobili da tutte le parti del regno. Nell'abitazione di Madame de Sourdis, nel decanato confinante con il Louvre, erano già pronte le vesti da nozze rosso carminio per la duchessa.

Passarono quasi due settimane prima che Vignac ritrovasse il coraggio di uscire per strada. Badando bene a non farsi riconoscere, girava per la città recandosi con regolarità anche in rue des Deux Portes. Ma nella casa di Perrault non entrò. Rimase sempre a una certa distanza, controllando le persiane chiuse senza dare nell'occhio. La vita nella strada continuava il suo corso abituale e nessuno degli abitanti sembrò accorgersi di lui.

Su consiglio pressante di Ballerini, aveva rinunciato al suo intento originario di presentarsi alla duchessa o allo stesso re. Del resto che cosa avrebbe potuto raccontare?

Nient'altro che voci e congetture. Nella lieta attesa dell'imminente matrimonio gli animi sembravano essersi nuovamente quietati. Nessuno parlava più dell'incidente occorso durante il banchetto né del volantino infamante. Nessuno sembrava più interessarsi dello scandalo che Vignac aveva inconsapevolmente sollevato con il suo dipinto. La città intera attendeva come incantata la magica data indicata dal re: la domenica in Albis. E più quel giorno si avvicinava, più le grida sobillatrici e oltraggiose degli oppositori si attutivano. La parola definitiva del re aveva soffocato ogni dubbio, e sarebbe stato poco saggio, già, sarebbe stato addirittura pericoloso prendere la parola in quel silenzio imposto dal più alto livello.

Valeria rimaneva introvabile. Così Vignac, condannato all'inattività, osservava nervoso gli avvenimenti. La penultima domenica prima di Pasqua si recò nella chiesa di Saint-Germain. Sapeva che il re sarebbe andato lì ad ascoltare la predica dei cappuccini. Quasi non credette alle proprie orecchie quando udì con quali parole rabbiose il predicatore parlò del libro del protestante du Plessis. Disse che era un'opera orrenda, che era degna di tutto il disprezzo, un'offesa al Signore e a tutti i buoni cattolici, poiché conteneva passaggi falsi riguardo ai padri della Chiesa. Il re, che era in mezzo alla folla di fedeli insieme al marchese di Rosny, venne spronato a farlo bruciare pubblicamente in place de Grève. Poi il predicatore si moderò e aggiunse che questo valeva solo per il libro e non per il suo autore, al quale veniva soltanto chiesto di convertirsi alla vera fede. Per quanto riguardava però il libro, proseguì domandando a tutti i presenti se i cattolici della città di Parigi non avrebbero dovuto avere almeno gli stessi diritti degli ugonotti nelle loro roccaforti, che non sarebbero mai stati costretti a sopportare un simile testo contro la loro religione.

Lasciando la messa il re comandò che il libro venisse proibito e ne fosse vietata la vendita. Quando fecero notare a Sua Maestà che il cappuccino in questione era un noto istigatore e un sobillatore di popolo, il re rispose che per ognuno che sosteneva una cosa del genere si trovavano molti altri pronti a testimoniare l'opposto. Secondo lui, quell'uomo aveva ben predicato.

La duchessa e il suo seguito intanto avevano già lasciato Parigi, e con l'approssimarsi della Pasqua anche il re la seguì a Fontainebleau.

Ballerini si è sbagliato, pensò Vignac. Ancora pochi giorni e il matrimonio sarebbe stato celebrato. Da Roma non giungevano ancora notizie, ma girava voce che in mancanza di un pronunciamento della Santa Sede il re avrebbe incaricato del suo divorzio da Margherita un vescovo francese compiacente. Ormai soltanto un miracolo avrebbe potuto impedire che Gabrielle d'Estrées divenisse regina.

E tuttavia Vignac sapeva che il suo piano non aveva più speranze. Più ripensava alle circostanze che lo avevano condotto in quella miserevole situazione, più profondo diveniva il suo rancore. Lo ammetteva, era stato stolto ed era caduto in una stupida trappola. Non lo aveva forse colto un presentimento, mentre portava a termine il dipinto? Il presentimento che stesse compiendo qualcosa di inaudito? Cieco e votato soltanto al successo, aveva completato il lavoro senza riflettere un solo istante sulle conseguenze dei suoi atti. Eppure, alla fine non aveva comunque compiuto un servigio alla duchessa? Non era stato forse il suo dipinto a convincere il re riluttante che era giunto il momento di porre fine alla situazione impossibile in cui si trovavano lui e la sua amata e di osare finalmente quel passo liberatorio? E l'unica ricompensa di Vignac doveva essere quella di strisciare via come un ladro? Non faceva che tormentarsi. Eppure, più ripensava agli eventi più gli diveniva chiaro che il suo cruccio principale, nella sventura, non era il pericolo che correva. Ciò che gli dava più noia era tutt'altro: non sapere che cosa significava il suo quadro. Il suo stesso dipinto per lui era un enigma.

Dieci giorni prima di Pasqua tornò infine nell'atelier. Protetto dall'imbrunire, riuscì a entrare in casa senza farsi vedere. Quando ebbe richiuso la porta dietro le spalle, il cuore gli batteva all'impazzata. Ma l'oscurità che lo circondava sortì su di lui un effetto tranquillizzante. Procedette a tentoni nella stanza, trovò la porta nascosta nel sottoscala, tirò il chiavistello ed entrò nell'atelier.

Le sottili assi del pavimento scricchiolavano traditrici e Vignac compì soltanto qualche passo esitante per addentrarsi nella piccola stanza. Raggiunse il tavolo, cercò il candelabro e stava per accendere una candela quando a un tratto la sua mano colpì qualcosa di morbido. Spaventato, ritrasse la mano. Si udì un leggero tintinnio. Gli si contrassero i muscoli. Trattenne il respiro e sgranò gli occhi. Un leggero soffio d'aria gli carezzò i capelli. Attese immobile. Ma non accadde nulla. Infine prese il coraggio a due mani e accese la candela. Questa fece un'alta fiamma chiara e illuminò davanti a lui sul tavolo un fagottino rosso porpora.

Vignac osservò stupito il suo strano ritrovamento. Infilò una mano nella tasca interna della giacca e ne estrasse la borsa di seta che in autunno, dopo essere stato ricevuto in rue Froidmenteau, andando via aveva ricevuto dalle mani del servitore. Le due borse erano uguali. Ma quella sul tavolo era piena zeppa. La sollevò e la soppesò tra le mani, attonito. Poi, senza pensarci due volte, la gettò sul tavolo e ne rovesciò il contenuto. Fece scivolare incredulo la mano tra le monete e nascosto nel mucchio incontrò un piccolo rotolo di carta. Ruppe il sigillo, srotolò la pergamena e lesse: *Maître Vignac, vi rendiamo grazie per i vostri buoni servigi. Non abbisognando oltre di voi, vogliate accettare questo segno della nostra riconoscente amicizia. Addio.*

Lo scritto non recava alcuna firma.

Vignac si sedette. Gli sembrava di precipitare. Sentiva il pavimento sotto i piedi, ma ciò non cambiava la sensazione. Perciò doveva essere l'intera stanza a cadere con lui, tutto il miserrimo atelier, la casa, la via. Sì, la città intera che gli stava intorno precipitava in basso con lui, in un grande vortice. Stava sognando? Si passò una mano sulla faccia. No, era sveglio. Onnipotente!

Un rumore lo fece trasalire. Spense immediatamente la

fiamma e si affrettò a uscire dall'atelier. Una volta in casa, sentì di nuovo rumore. Qualcuno armeggiava alla porta. Prima ancora di riflettere sul da farsi, Vignac la spalancò. Subito una figura si gettò tra le sue braccia, e mentre lui cercava con fatica di riguadagnare l'ingresso per chiudere la porta, la fanciulla terrorizzata gli si aggrappò strettamente e lo implorò con parole concitate di portarla subito via di lì. Vignac si affrettò a dire che avrebbe fatto tutto ciò che desiderava, che non doveva aver paura, che lì non poteva accaderle nulla, ma le sue parole tranquillizzanti sembravano solo aumentare l'agitazione della giovane. La portò con sé nell'atelier e chiuse accuratamente la porta. Quando ebbe riacceso la luce, pian piano Valeria si calmò. Vignac la abbracciò amichevolmente, le disse che si era molto preoccupato per lei e le chiese di raccontargli dove si fosse nascosta per tutte quelle settimane.

L'aspetto esteriore della ragazza era la prova eloquente di ciò che lei gli raccontò in poche frasi affannosamente pronunciate. Aveva impiegato due notti per ritornare a Parigi dalla casa lontana in cui l'avevano portata il mercoledì delle ceneri. Ormai dovevano aver scoperto la sua fuga da un pezzo, e gli chiese di portarla via dalla casa e dalla città, perché sarebbe successo qualcosa di terribile se fosse caduta di nuovo tra le mani di quella donna cattiva e del suo servo pazzo.

Valeria gli raccontò che cosa era accaduto la notte del martedì grasso dopo il lavoro, mentre si trovava a letto nella sua stanzetta da Zamet. A un tratto era stata svegliata di soprassalto. Si ritrovò davanti al letto Sandrini – il servitore di quella donna con i capelli rossi che una volta le aveva dato un messaggio per lui, Vignac – con indosso un singolare travestimento, che le ordinò sgarbatamente di vestirsi subito e di andare via con lui. Non appena ebbe indossato in fretta un vestito, lui la spintonò avanti a sé, giù per le scale e attraverso un'uscita secondaria fino in strada, dove la costrinse a salire su una carrozza che li attendeva. La carrozza si mise subito in movimento e Sandrini le comandò di dargli la chiave della casa di Perrault. Lei gli rispose di non avere alcuna chiave, al che lui la colpì in viso con tale violenza che lei per qualche istante perse i sensi. Quando rinvenne era sola. Si ritrovò pesta sul pavimento della carrozza che volava nella notte come fosse senza guida. Il vestito era strappato sul petto e la chiave che portava appesa al collo con una catenella era scomparsa.

Quando la carrozza si fermò iniziava già ad albeggiare. Valeria fu condotta attraverso una stalla in un lavatoio dove fu costretta a spogliarsi. Le rovesciarono addosso alcuni secchi d'acqua, l'avvolsero in una coperta e la condussero attraverso alcuni scalini fino a una stanzetta dalla cui finestra munita di sbarre si vedevano campi e prati. Poi le portarono del cibo, che posarono senza dire una parola ai piedi del letto, sul pavimento di pietra.

Quella sera Sandrini apparve accompagnato dalla donna con i capelli rossi. Le chiesero dove potevano trovare Vignac. Lei rispose che abitava in rue des Deux Portes e che non sapeva dove altro trovarlo. Allora le domandarono con ostinazione tutto quello che sapeva di lui. Da dove veniva, come era arrivato a Parigi e dove fosse finito quell'altro di nome Lussac.

Quando lei assicurò di non conoscere altro domicilio, l'uomo la colpì nuovamente, mentre la donna guardava e intanto minacciava che se non avesse sciolto la parlantina l'avrebbero ammazzata di botte come un cane. Poi la donna sparì e l'uomo profittò di lei nel modo peggiore, facendole cose che lei avrebbe conservato per sempre chiuse nella sua anima, fino al giorno in cui fosse venuto per tutti il Giudizio universale, e allora sarebbe tornata a cercare nel proprio cuore, forgiando nel fuoco dell'odio il ferro per la sua vendetta. Non una sola volta, no, ma ogni singola notte quell'uomo impose la sua lurida carne lussuriosa su di lei inerme, pascendosi del suo terrore. Fino alla notte in cui il servo a un tratto fu vinto da un sonno propizio, e lei riuscì a sfuggire, scese le scale e uscì da quella casa maledetta, guadagnando i campi e la protezione del bosco. Inseguita dai cani, Valeria si gettò tra i cespugli, e se si era salvata doveva soltanto ringraziare la selvaggina spaventata, che si levò come uno sciame di spiriti protettori tra lei e la muta che la inseguiva, disperdendola.

Vignac ascoltò muto. Quando la ragazza ebbe finito la fece alzare, la mise a sedere sul tavolo e cercò in fretta qualche straccio da avvolgerle intorno ai piedi nudi. Poi lasciarono insieme la casa di Perrault e si misero in cammino verso la dimora di Ballerini. Giunti lì, Vignac diede da bere alla ragazza un po' di vino, la fece coricare sul suo giaciglio e attese che si addormentasse.

Quando poco più tardi Ballerini entrò nella stanza, Valeria dormiva profondamente e Vignac era seduto al tavolo che scriveva. Sussurrando, raccontò al medico quanto era accaduto. Ballerini si guardò intorno di malumore, andò nervoso alla finestra e si assicurò che fuori fosse tutto tranquillo. Poi lo sguardo gli cadde sui fogli scritti che erano sul tavolo.

Spiegò al pittore che per lui la cosa migliore era lasciare al più presto la città. Qualsiasi piega prendessero gli avvenimenti, per Vignac potevano derivarne solo danni. Se ciò che la ragazza aveva raccontato era vero, sarebbe stata soltanto una questione di giorni prima che la rintracciassero lì. E in verità era lui, Vignac, a cui era diretta quella caccia, perciò poteva ancora farsi vedere a girare in città solo a rischio della propria vita.

Vignac scosse la testa. Replicò che con quella gente aveva ancora un conto in sospeso e continuò a scrivere. Il medico, irritato non poco da tanta caparbietà, obiettò che era mera illusione credere di poter influenzare in qualche modo il corso degli eventi. Lui era meno di niente, era un pittore di pannelli che il caso e il destino avevano portato vicino a un mondo con cui non aveva minimamente a che fare. Se da colà gli era giunta per un breve istante qualche attenzione, non era certo per merito suo. A quella stregua, proseguì, una foglia che il vento sospinga casualmente avanti a sé potrebbe pensare che il vento soffi apposta per lei. Che ne sapeva lui di quanto avveniva a corte? Gli avevano commissionato un quadro e l'avevano pagato. Invece di ritenersi fortunato e andarsene felice, però, ecco che si baloccava con un futuro di cui lo illudeva soltanto la sua smodata ambizione. Non ci sarebbe voluto molto perché la risata di un diavolo lo risvegliasse dalle sue chimere e gli rivoltasse la pelle come un guanto. Doveva portare al più presto Valeria in salvo, via dalla città, e cercarsi un lavoro onorevole al Sud, tra i suoi protestanti. Era un miracolo che la giovane fosse sfuggita alle grinfie di quel Sandrini. Ma la prossima volta non se la sarebbe cavata così a buon mercato, lì in quelle lande dove c'erano signori di rango che usavano scaldarsi i piedi nei ventri squarciati di giovani contadinelle.

Vignac sollevò scontroso lo sguardo e lo tacitò con un rapido gesto in direzione della ragazza che dormiva. Voleva forse rovinarle anche quel sonno ristoratore, con i suoi discorsi? Ballerini guardò infastidito avanti a sé. Vignac gli andò accanto e gli prese la mano. Disse che sapeva di trovarsi in grande pericolo, ma come poteva pensare che avrebbe lasciato la città senza prima tentare di mettere in guardia la duchessa?

Ballerini ritrasse la mano e rivolse esasperato gli occhi al cielo. Ma Vignac proseguì: «Fino a oggi ho creduto che aveste ragione, Maître Ballerini. In tutte queste settimane da quando siete venuto a cercarmi a Villejuif ho riflettuto sugli eventi giungendo sempre alle vostre stesse conclusioni. E tuttavia ora non credo più che il re non sposerà la duchessa. Guardate: nel decanato sono già esposti i suoi abiti nuziali. Ogni giorno arrivano nuove delegazioni di nobili che vogliono partecipare ai festeggiamenti. In tutta la città non si parla d'altro. Si affittano già i posti alle finestre e sui balconi. Accorrono sciami di venditori in cerca di buoni affari. È inimmaginabile che il re lasci accadere tutto ciò per nulla. Guardate quanto questa Hermant e il suo servitore Sandrini bramano liberarsi di me. Si comporterebbero così se non temessero che un pittore di nome Vignac possa presto presentarsi al cospetto della nuova regina di Francia per riferirle chi intorno a lei le ha giocato quel tiro? Altrimenti perché avrebbero perseguitato Valeria? È evidente che sono mossi dalla paura. E ne hanno ben d'onde, giacché io farò esattamente ciò che loro cercano di impedire. Io metterò in guardia la duchessa».

Ballerini rise. «Tu sei pazzo. Credi forse di sapere qualcosa di cui la duchessa non sia a conoscenza da un pezzo? Per l'anima mia, è lei stessa a desiderare che tu lasci Parigi. Non lo dice anche il biglietto che era insieme al denaro?»

«Il biglietto è un falso.»

«Può darsi, eppure io non lo credo. Ma ciò è del tutto indifferente. Di te non hanno più bisogno. Prendine atto e vai per la tua strada, prima che accada una disgrazia.»

Vignac raccolse i fogli. «Non vi capisco. Io metterò in guardia la duchessa e lei me ne sarà grata. Mi perdonerà e punirà coloro che mi hanno imbrogliato.»

«Vignac, caro, carissimo amico...»

«Non lascerò Parigi prima che siano concluse le nozze e non mi darò pace finché non avrò parlato con la duchessa. Se lei non mi riceve, allora le mie parole giungeranno al suo orecchio tramite questa lettera, e se non sarà così allora troverò un altro modo ancora.»

Ballerini scosse desolatamente la testa, ma Vignac proseguì imperturbato: «Non capite quanto sia per me importante portare chiarezza in questo guazzabuglio? Ho alle mie spalle un lungo cammino, da quando mi avete strappato a quella maledetta bottega di speziale a La Rochelle. Vi ho servito fedelmente per quattro anni. Anche se ho spesso temuto di perdere i sensi, mi sono seduto accanto ai vostri cadaveri squarciati e ho disegnato ossa e budella. All'epoca mi sono riproposto di non disegnare mai più qualcosa di morto e brutto. Non so a che scopo voi guardiate all'interno dei cadaveri. Cercate di trovare là dentro la spiegazione della vita? Nei morti? Può darsi che siate diventato un grande medico. Da tutti i vostri esperimenti e ricerche io vedevo soltanto spalancarsi davanti a me l'abisso della caducità, la morte miseranda e gravida di dolore che attende noi tutti. E a essa, all'amara, monotona, insensata morte volevo opporre con tutta la mia forza creatrice la bellezza dell'attimo rubato alla caducità... e, sì, lo ammetto volentieri, volevo sottrarre anche me stesso alla fuga nel nulla e portar via al tempo, il grande ladro, una parte del suo bottino. Se tutte le mie speranze di un impiego a corte sono ormai distrutte, desidero almeno sapere a chi devo render grazie. Devo sapere per conto di chi ho dipinto il ritratto. Tutto dipende da questo».

A Vignac era salito il sangue alla testa. Si fece cadere su una sedia presso il tavolo e si passò le mani sui capelli tagliati corti. Ballerini si rese conto che era tutto inutile. Tornò in silenzio alla finestra, ma guardò solo brevemente all'esterno, perché all'improvviso fu colto dal pensiero che, seppure contro ogni probabilità, qualcuno potesse giungere all'idea di cercare Vignac o la ragazza lì da lui. Osservò il pittore che sedeva al tavolo con gli occhi chiusi e sembrava assorto. La ragazza si era rigirata sul giaciglio. Ballerini si accorse solo allora che era sveglia e lo osservava attenta. I suoi occhi scuri erano fissi su di lui e suscitarono in Ballerini una sensazione sgradevole. Anche quando poco dopo le palpebre della giovane calarono e sembrò aver visto abbastanza di lui, la strana sensazione suscitata dal suo sguardo non accennava a dissiparsi. Il medico guardò dall'una all'altro, ascoltò i rumori che penetravano nella stanza dalla strada e prese rassegnato atto che i suoi consigli, almeno per il momento, erano indesiderati. Infine si strinse nelle spalle e andò alla porta. Alla domenica in Albis mancava ancora una settimana. Che Vignac aspettasse pure fino allora. In seguito si sarebbe dimostrato come stavano davvero le cose riguardo il trono di Francia.

Vignac vide la duchessa da lontano quando, il martedì prima di Pasqua, entrò a Parigi attraccando all'Arsenale. Era visibilmente indebolita e un soldato la aiutò ad attraversare la passerella instabile gettata sulla sponda. Accorsero molti curiosi, ma la duchessa, circondata dei suoi parenti più stretti, salì subito su una portantina e si sottrasse agli occhi della folla.

Vignac seguì il corteo. Gabrielle trascorse alcune ore a casa della sorella, la marescialla di Baligny. Poi la portarono in rue de Cerisai. Giunti davanti all'albergo di Zamet, il capitano della guardia de Mainville l'aiutò a scendere dalla portantina. Il padrone, che pretese di ricevere personalmente quella visita altolocata sull'ingresso del suo albergo, si prostrò in un inchino dopo l'altro, sibilando contemporaneamente ordini in ogni direzione.

Vignac osservò attentamente lo spettacolo, ma dovette constatare deluso che non era pensabile avvicinarsi lì alla duchessa. Come sarebbe potuto entrare nell'albergo? Vide la donna dall'aspetto pallido e debole varcare la porta al braccio di un nobile. Doveva essere quel La Varaine. Vignac lo osservò attentamente, ma all'improvviso fu distratto da un altro viso spuntato dal seguito della duchessa. Sandrini camminava con il volto contratto dietro gli uomini del duca di Montbazon. Il servitore guardava scontroso a terra, annuendo di tanto in tanto a uno sconosciuto che gli stava parlando. Vignac si ritrasse dietro i corpi della folla di curiosi. Quando l'assembramento di perdigiorno cominciò a disperdersi, il codazzo di cortigiani era già scomparso all'interno dell'albergo.

Vignac tornò sui suoi passi, risalì rue de Cerisai e svoltò in un vicolo stretto a cui nessuno si era mai preso la pena di dare un nome. Sotto una malandata scala di legno che conduceva a una schiera di balconi incastrati uno nell'altro in un intrico da far venire il capogiro, Vignac scostò di lato una tenda grigia piena di macchie ed entrò in una mensa dei poveri. Come d'accordo, Valeria sedeva lì in un angolo, ma Vignac la riconobbe soltanto dopo che lei con un breve cenno della mano lo invitò a raggiungerla. Il suo vestito nero infatti quasi si fondeva con le pareti annerite di fuliggine. Vignac si sedette accanto a lei sulla dura panca di legno e raccontò brevemente ciò che aveva visto davanti all'albergo. La ragazza annuì e poi spiegò che durante i suoi soggiorni da Zamet la duchessa abitava tre stanze sopra un colonnato che univa l'edificio principale al giardino.

Vignac domandò se fosse possibile raggiungere quelle stanze dal giardino. Valeria raccontò che quando in autunno aveva confidato ad Andrea l'intenzione di consegnare il primo ritratto alla duchessa, lui le aveva mostrato una rampa di scale che non venivano mai usate. Aveva dunque preso quella via insieme ad Andrea, era salita per le scale, era entrata nella prima stanza, vi aveva lasciato il quadro e la lettera di accompagnamento e se n'era subito andata.

Vignac trasalì. Stava forse dicendo che non aveva consegnato il quadro personalmente?

Valeria annuì. Sì. Non aveva avuto il coraggio. Guardò contrita avanti a sé, sul tavolo. Vignac sentì montare dentro di sé la collera. Allora Valeria non aveva la minima idea di che cosa fosse capitato al quadro. Magari l'aveva trovato un servitore che l'aveva consegnato a Zamet? Valeria scosse la testa. No, la duchessa era sopraggiunta in albergo poco dopo e si era subito ritirata nei suoi appartamenti. La ragazza era certa che prima dell'arrivo della duchessa nessuno del personale di Zamet fosse entrato nelle sue stanze. Spiegò che aveva pianificato tutto con Andrea. Certo, per quel che riguardava il personale della duchessa, però, non era possibile escludere che qualcuno avesse scoperto il dipinto prima di lei. Ma dal momento che la duchessa stessa aveva poi convocato Vignac, tutto doveva essere andato come previsto, no?

Vignac lasciò cadere il discorso. Valeria non aveva alcuna colpa. Dunque Ballerini aveva ragione, e la duchessa non aveva mai visto il dipinto. Era stata la governante a trovarlo, quella Hermant, e aveva intessuto il raggiro prendendo spunto dal suo quadro. Quando furono scoperti i dipinti nel corso del banchetto Gabrielle era all'oscuro di tutto e fu solo grazie alla forza di volontà del re se il colpo non riuscì.

Senza dubbio la governante non aveva agito da sola e probabilmente ora i suoi complici avrebbero tentato di impedire il matrimonio della duchessa con altri mezzi. Era martedì: ancora dodici giorni alla domenica in Albis. Vignac si fece improvvisamente inquieto. Perché mai Gabrielle era venuta a Parigi? Perché non era rimasta come gli altri anni a fianco del re durante i giorni di Pasqua? E perché l'avevano portata nell'albergo di Zamet?

Anche Ballerini, a cui pose quelle domande la sera stessa, non seppe dargli alcuna risposta soddisfacente. Da quanto aveva udito, per evitare uno scandalo il re voleva sapere la duchessa lontana da Fontainebleau durante la Pasqua. Non si addiceva trascorrere la festività nel peccato. Vignac aggiunse che era comunque strano far soggiornare la duchessa nella malfamata casa di Zamet, al che Ballerini obiettò che quello era l'unico posto in cui la duchessa si sentiva sicura e a suo agio quando era a Parigi da sola. Senza il re, al Louvre non entrava mai. E la casa della zia era chiusa, poiché Madame de Sourdis si trovava a Chartres. Dunque rimaneva soltanto l'albergo di Zamet, a cui erano legati molti ricordi piacevoli di ore passate in compagnia del re.

Ciò che Vignac ebbe modo di osservare il giorno seguente sembrò confermare le supposizioni di Ballerini. La duchessa fu portata alla chiesa di Petit Saint-Antoine, dove desiderava assistere alla messa. La vide passare a pochi metri di distanza. Aveva il volto pallido, ma un lucore sacrale cingeva tutta la sua figura. Gli parve quasi che fosse stata già benedetta, che il titolo di regina le fosse già stato conferito da tempo. Per l'occasione della festa religiosa i suoi bei capelli castano chiaro erano stati ornati di perle e pietre preziose, ma erano intrecciati con tanta arte che l'acconciatura stessa sembrava un gioiello raro. Come anche nelle poche occasioni precedenti, in cui sempre l'aveva vista a distanza ravvicinata, Vignac rimase ancora una volta stordito dalla sua apparizione. E tanto più dolorosamente gli fu chiaro che il sogno di essere ammesso al suo cospetto almeno una volta si allontanava ogni ora di più. Mai gli sarebbe riuscito di ottenere un'udienza presso di lei. Una volta che la duchessa avesse raggiunto la propria meta, di certo niente sarebbe stato più inappropriato che ricordarle quel quadro orrendo che tramando la sua rovina aveva poi aperto la strada alla sua salvezza. Da qualunque prospettiva guardasse la faccenda, alla fine a farne le spese rimaneva sempre lui.

Senza sapere bene perché, Vignac seguì il corteo fino alla chiesa. Si fece largo tra i corpi e guadagnò a fatica una posizione all'interno dell'affollata casa di Dio, da cui poté vedere Gabrielle nella sua loggia riservata. Nella piccola chiesa il calore era insopportabile. Da fuori si accalcavano sempre più persone per godere della bella musica e gettare un'occhiata alla futura regina. Gabrielle sedeva immobile nella sua loggia e ascoltava madamigella di Guisa che le leggeva alcune lettere arrivate da Roma quel mattino.

Poi, non appena il coro cominciò a cantare, in galleria ci fu del trambusto. Alcune guardie si affrettarono giù per le scale spintonando brutalmente a lato la folla stipata e aprirono un varco per la duchessa e madamigella di Guisa. Vignac vide il sudore sul volto di Gabrielle e il sussultare affannato dei muscoli del collo. Aveva gli occhi rovesciati, tanto che quasi cadde. Fuori si riprese e sorrise risollevata quando la portantina si mise in marcia verso l'albergo di Zamet.

La sera Vignac seppe da Ballerini che cosa le era successo. Ritornata all'albergo aveva fatto qualche passo nel giardino dove, sorpresa da un crampo improvviso, era crollata a terra. Dopo che si fu un poco ripresa era salita nelle sue stanze a riposarsi dal malore. Aveva cominciato a scrivere una lettera al re ma non era riuscita a terminarla che un secondo crampo si era abbattuto su di lei con una tale violenza da lasciarla piegata a terra per diversi minuti. L'attacco era stato così violento che non si riuscì a farla rialzare. Passato il crampo, la duchessa aveva chiesto con forza di lasciare all'istante la casa di Zamet e di essere portata in rue des Poulies, a casa della zia. La richiesta era stata esaudita e la donna condotta immediatamente nel decanato. Là tuttavia si era verificato un ulteriore attacco che quanto a violenza superò a tal segno i due precedenti da far sorgere i primi sospetti che la duchessa patisse un male straordinario e si trovasse seriamente in pericolo. Nelle ore serali tuttavia le sue condizioni erano tornate a migliorare, e verso le otto si era addormentata.

Udito il resoconto, Vignac guardò il medico in modo allusivo. Ma quello scosse il capo. Disse che era sicuramente stato un veleno a causare simili crampi, ma di certo non un veleno somministratole da qualcuno. Lui non conosceva alcun caso di avvelenamento cagionato ad arte che non si presentasse con conati di vomito. Il male di cui la duchessa soffriva veniva da dentro; era lei stessa a produrlo.

Vignac non credette a una sola parola. Senza attendere che Ballerini terminasse le sue spiegazioni, si affrettò in strada e poco dopo si ritrovò nella piazza davanti al decanato. La notizia della malattia della duchessa era dilagata per Parigi come un incendio e aveva fatto sì che in poche ore rue de Poulies si colmasse di curiosi. I cittadini di Parigi fissavano increduli la piccola finestra illuminata dietro cui la loro futura regina si rotolava in preda a crampi funesti. Dai soldati che ancora il mercoledì piantonavano gli ingressi non si riusciva a sapere nulla. Di certo la voce gli era stata portata via dalla paura e dall'orrore. Non dovevano forse rispondere con la loro vita della sicurezza della duchessa?

Siccome quella sera non accadde nulla di nuovo, la folla si disperse, ma soltanto per sciamare il giorno dopo ancora più numerosa intorno al decanato. Lentamente andò affermandosi l'opinione che forse lassù una fine rapida sarebbe stata la cosa più desiderabile. Vignac si trovò a ripensare a quel terribile mattino in cui lo scritto calunnioso nei confronti di Gabrielle era stato accolto dai cittadini di Parigi con sommo diletto. Ora doveva prendere atto ancora una volta di quanto lì fosse odiata. Non c'era uno solo che volesse vederla accanto al re, figurarsi poi sul trono.

Il re, lui sì – dicevano – era un brav'uomo. Ma la sua favorita e la famiglia di lei succhiavano la Francia come ragni insaziabili. Il re lo sapeva benissimo. Non più di qualche settimana prima, quando lui e la duchessa avevano preso la barca per il Louvre travestiti da contadini per non essere riconosciuti, Navarra aveva chiesto al traghettatore che cosa pensasse del re. E lui gli aveva risposto con sincerità che il re gli stava bene, ma che la sua amata era smodata e aveva bisogno di più vestiti e gioielli della regina di Saba, per cui di ogni tallero che guadagnava con la sua barca gli rimaneva ben poco per tirare a campare. Gabrielle era andata su tutte le furie e aveva preteso che quell'uomo venisse severamente punito, ma il re si era limitato a ridere e aveva ordinato che per il futuro il traghettatore fosse esentato dal pagare le tasse.

Che se la prenda il diavolo, là sopra! Anche Navarra non sembrava pensarla diversamente, perché per tutto il giovedì non si fece vedere, aspettando indolente a Fontainebleau che le cose seguissero il loro corso. Quando nel pomeriggio apparve il dottore, per i più fu tutto chiaro: là dove spunta il medico, il becchino non è lontano. E il sudore sulla fronte del signor de La Varaine, che la sera si aprì un varco tra la folla e partì al galoppo per Fontainebleau, era un segno inequivocabile che presto si sarebbero avute grandi novità.

Nella notte precedente il venerdì sembrò che della casa in rue de Poulies si fosse impadronito uno spettro, tanto che il mattino seguente non si trovava più al suo posto uno solo degli uomini della guardia. Nell'aurora il decanato appariva come una nave senza equipaggio, con le porte d'ingresso aperte e le stanze abbandonate. Soltanto al piano più alto, a un tiro di pietra dal Louvre che lei doveva avere costantemente davanti agli occhi ogni volta che guardava fuori dalla finestra, Gabrielle giaceva quasi incosciente, ormai annientata dai crampi che si ripresentavano con ostinazione. Sarebbe diventato un lungo giorno e una lunga notte, quel venerdì santo. E non l'avrebbe più seguito alcuna

Pasqua: erano le ultime ore di Gabrielle prima della domenica in Albis.

Il pomeriggio, dopo che l'arte medica ebbe fatto tutto il possibile su di lei, il suo viso cominciò a colorirsi di nero. Quello fu troppo anche per coloro che fino allora avevano aspettato accanto a lei nella speranza di poter ancora mettere un freno al male. La confusione fu assoluta. Servitori, religiosi, cortigiani, lacchè, cocchieri, dame di camera, cameriere e soldati, insomma chiunque negli ultimi giorni avesse fatto capolino nella stanza della moribonda ora lasciava quel luogo sinistro facendosi in fretta il segno della croce. Al loro posto affluì dentro casa il popolo, animato da una curiosità macabra, e si distribuì intorno al corpo della donna morente, contorta in modo singolare e legata al letto. Fosse stata una bestia la si sarebbe uccisa per un atto di pietà. Invece dovette andarsene lentamente, a piccoli passi furtivi, consumandosi attacco dopo attacco.

Fu così che finalmente Vignac riuscì a incontrare la duchessa, venerdì sera, quando prese il coraggio a due mani e si avvicinò al letto di morte. La stanza era piena di persone, eppure regnava un silenzio quasi perfetto, che sembrava emanare dal letto e dalla donna che vi giaceva come in una bara. Vignac osservò affranto quel volto color melanzana, le labbra morsicate, solcate da croste livide di sangue rappreso, le orbite bianche e fisse. Per un attimo ebbe l'impressione che la moribonda cercasse di guardare indietro, all'interno del corpo, per osservare impotente la malattia di cui era ostaggio nella sua opera di annientamento. Vignac si sentì male. Sprofondò indietro nella folla che gli stava intorno e respirò a fatica. Quando tornò padrone dei propri sensi si accorse di avere le lacrime agli occhi. Le asciugò, ascoltò il brusio che pervadeva la stanza e continuò a lanciare nuove occhiate a quel fagotto nero che giaceva là in fondo: a volte aveva un fremito o si inarcava debolmente per poi ricadere su sé stesso e di tanto in tanto rigurgitava un misto di bava, sangue e altri umori, come se piccoli diavoli le stessero spalando pian piano fuori le viscere.

Come attraverso una nebbia, a un tratto Vignac vide la governante della duchessa accasciarsi davanti al letto. Era sempre stata lì? Non si era accorto del suo arrivo. Poi guardò verso la porta e incontrò il volto di Sandrini, che osservava immobile la scena davanti al letto e sicuramente non lo aveva riconosciuto. Perché non aveva paura? Non gli stavano forse alle calcagna? La vista di quella morte orribile lo aveva forse colmato di un'indifferenza che lo stordiva? Ma che cosa stava facendo la governante lì presso il letto? Vignac la udì lamentarsi di quanto fosse terribile quella sventura. Abbracciò la donna inanimata, baciò e strinse al cuore le sue mani flosce e alla fine, sopraffatta dal dolore, si ritrasse dalla moribonda per affidarsi alle braccia consolatrici del marito.

Sulla scena gravava qualcosa di irreale. Vignac vide i gioielli che Madame Hermant aveva sfilato alla donna priva di sensi scivolare nelle tasche del marito.

Poi si avvicinò un'altra dama di corte che si gettò a terra davanti al capezzale altrettanto straziata. Vignac non riuscì a sopportare oltre la scena e scivolò fuori dalla stanza senza farsi notare.

Quando sabato mattina Gabrielle fu finalmente morta, Vignac rimase tutto il giorno seduto nella casa di Ballerini, immobile. Le ore scorrevano a fatica. Valeria era con lui. Aveva paura. Implorò Vignac di portarla lontano dalla città e infine riuscì a strappargli la promessa che domenica sarebbero partiti. Anche lei non capiva più che cosa trattenesse ancora il pittore. Lui si teneva avvolto nel silenzio. Non ascoltava più. Nel labirinto in cui brancolava non lo raggiungevano i buoni consigli di chi gli stava intorno. Sedeva alla finestra e fissava davanti a sé. Infine la sera, quando il medico con il calare del tramonto ancora non sopraggiungeva, Vignac lasciò la casa. La città era immersa in un crepuscolo spettrale. Un lilla cupo e intenso tingeva il cielo. Negli stretti vicoli ristagnava un'afa che per quella stagione era innaturale. Si recò in rue des Deux Portes. Per un po' osservò la casa di Perrault da una distanza sicura. Quando fu buio, entrò. Si infilò nell'officina, chiuse la porta e attese. Che cosa? Non lo sapeva. Ascoltò teso i rumori fuori in strada e nel cortile davanti al capanno. Ma tutto era tranquillo. Latrati. Frinire di grilli. Ogni tanto il nitrito di un cavallo.

Ripensò alla sua vita, al suo smodato desiderio di fama e gloria. Gli parve insensato. Quale demonio gli aveva sorriso dai due quadri di Diana? Non avrebbe fatto meglio ad accontentarsi del lavoro che aveva e che pur non promettendogli gloria gli garantiva un reddito sicuro? La vita non gli aveva forse ripetutamente dimostrato che le opere buone e belle possono sicuramente essere il frutto degli sforzi umani, ma quelle gloriose e valide al di là del tempo sortiscono da un atto di misericordia che oltrepassa di gran lunga le facoltà dell'uomo? Dio voleva forse mettergli quell'amara verità davanti agli occhi donandogli un talento ma negandogli la misericordia del suo compimento? Doveva essere condannato per tutta la vita a sentire dentro di sé la potenza della creatività senza mai vederla realizzarsi in una forma?

Alle otto suonarono le campane. Che cosa faceva ancora lì? Raccolse alcuni attrezzi che quattro settimane prima, nella fretta della fuga, non aveva preso con sé. I preziosi pigmenti, come aveva potuto lasciarli indietro? Anche i colini per l'olio erano ancora utilizzabili. Ma non appena ebbe radunato davanti a sé sul tavolo gli attrezzi, ecco che gli furono di nuovo indifferenti. Dove poteva mai andare? Da Lussac a Clermont? O di nuovo nel Sud? Per lui Parigi era preclusa per sempre. Fintanto che la duchessa era in vita sussisteva ancora la speranza che l'imbroglio potesse risolversi a suo vantaggio. Ma ora le cose erano cambiate. Quanto odio era stato gettato contro Gabrielle nella sua ultima ora. Nessuno l'aveva amata. Tutti disprezzavano la sua famiglia. Era stato un pazzo a far dipendere la propria fortuna dal successo di lei. Che Ballerini avesse dunque ragione? Il re non era nemmeno venuto a Parigi per starle accanto nella sua ultima ora, aveva trascorso tre giorni nell'inerzia prima di partire per raggiungerla e poi, a metà strada, udendo che era già morta, era tornato indietro.

«Vedo che siete in procinto di partire.»

Vignac si voltò e vide Sandrini nello spiraglio della porta. L'uomo levò la mano a placarlo, ma per il resto rimase immobile sulla soglia. Dietro di lui, nella casa, regnava la più completa oscurità. Vignac non poteva stabilire se di là si trovassero altre persone. Si ritrasse spaventato e cercò meccanicamente un oggetto che avrebbe potuto servirgli come arma.

Sandrini lo osservò con curiosità preoccupata. «Non spaventatevi. Sono un uomo debole e malato, e non sono accompagnato. Volete permettermi di entrare?»

Vignac lo squadrò in silenzio mentre richiudeva la porta e prendeva posto su una sedia all'altro capo del tavolo.

«Comprendo la vostra soggezione e la vostra riservatezza. Se permettete, il mio nome è Sandrini. Abbiamo già avuto il piacere, sebbene non siamo mai stati presentati.»

Tese la mano verso di lui, ma Vignac non si mosse dal suo posto.

«Che cosa volete?»

«Nulla, Maître Vignac. Da voi non vogliamo più nulla. Avete portato a compimento tutto ciò che vi era stato commissionato, con nostra piena soddisfazione. Che infine la Provvidenza abbia sventato un piano così ben ordito è una disgrazia che nessuno poteva prevedere. Ma ormai la corda è spezzata. La duchessa non vive più. Lo sa il cielo, che le cose stanno così. Madame sarebbe profondamente rattristata se sapesse con quale astio la città la saluta. Avete trovato il suo ultimo presente?»

L'uomo sollevò le sopracciglia interrogativo e indicò con gli occhi il punto in cui Vignac pochi giorni prima aveva scoperto la borsa di soldi. Il pittore annuì muto. Nella sua testa imperversava un frastuono possente. La paura gli sconvolgeva i sensi. Cercava di seguire i discorsi dell'uomo, ma riusciva soltanto a pensare che adesso era in trappola.

«Ebbene, così tutto è in ordine. Ho grande rispetto della vostra abilità, Maître, e mi rincresce assai che in futuro non troveremo più impiego per i vostri servigi. E tuttavia forse vi sarà di consolazione sapere che anche i miei giorni a corte sono contati. Il personale di casa della duchessa è stato oggi licenziato dal re. Madame Hermant e suo marito sono stati arrestati. Il caso di entrambi era ormai evidente. La lista delle loro manchevolezze è assai lunga. Invero, con la morte improvvisa della duchessa la situazione a corte s'è fatta estremamente tesa. Vedete bene che è nel vostro interesse lasciare la città.»

Vignac studiò l'uomo che sedeva davanti a lui sulla sedia. Perché era venuto? Osservò il volto pallido e affilato e gli occhi marrone scuro che lo guardavano con curiosità. Per un motivo imperscrutabile, le sopracciglia erano state assottigliate con un rasoio. La fronte si levava alta e proseguiva in un cranio immenso su cui rimanevano ormai pochi capelli.

Quell'uomo sembrava poter leggere i pensieri.

«Immaginavo che vi avrei trovato qui. Ci siamo spesso intrattenuti parlando di voi, domandandoci come avreste reagito all'impiego cui era destinato il vostro dipinto. La duchessa voleva sapervi pienamente al corrente, ma si ricredette con facilità quando le fu chiarito che sarebbe stato imprudente mettervi a conoscenza di tutti i dettagli del piano. Avreste potuto rifiutare o considerare rischioso l'intento. Senza dubbio nel dipingere vi sarebbero tremate le mani, se aveste conosciuto il vero scopo del quadro. Il mio rispetto. Avete riprodotto il nostro piccolo teatrino eccellentemente.»

Vignac fu incapace di articolare una risposta. Le ginocchia gli tremavano. Che cosa andava sproloquiando quell'uomo? Discorsi come quelli gli avevano già confuso i sensi una volta. Gli passarono per la testa domande infinite, ma resistette alla tentazione di intavolare con quell'uomo una discussione che avrebbe distratto la sua attenzione dalla persona per dirigerla al contenuto dubbioso del suo discorso. Aveva già fatto le sue esperienze e non si sarebbe lasciato abbindolare una seconda volta da una nebbia di parole.

Sandrini intanto proseguiva la sua dissertazione. «Posso capire che non siate bendisposto nei nostri confronti, dopo tutto quanto è accaduto.»

Scivolò giù dalla sedia e fece qualche passo nella stanza. I muscoli di Vignac si tesero involontariamente. «Rimanete dove siete!» disse minaccioso.

Sandrini si fermò e sorrise. «La vostra paura è del tutto ingiustificata, ma rispetto il vostro desiderio. Vedete, il vostro dipinto era l'ultimo mezzo per sottoporre agli occhi del re la situazione impossibile in cui versava la duchessa. Egli era cieco per il pericolo in cui poneva la sua amata con i suoi incresciosi indugi. In effetti l'espediente è stato un poco rozzo e tuttavia, dovrete ammetterlo, efficacissimo. Se avesse incassato quella pubblica ingiuria avrebbe ammesso davanti a tutto il mondo che rinunciava alla duchessa. Era un passo arrischiato, ma in fondo noi non abbiamo mai dubitato che al momento del dunque egli avrebbe condotto a termine il matrimonio. Come si poteva però portare Sua Maestà a dichiararlo pubblicamente così da rendere la decisione irrevocabile? Dovete ammettere che il piano era perfetto, attagliato su misura all'indole tentennante ma impulsiva del nostro re e signore. Poteva permettersi di farle subire quello smacco? Egli infatti non sapeva che era stata lei stessa a gettarsi nella fossa da cui ora doveva salvarla. Già, chi può mai eguagliare le donne in astuzia? A voi sarebbe mai venuta in mente una scaltrezza di tal fatta?»

La mente di Vignac lavorava febbrile. Sentiva che l'uomo che aveva davanti gli stava mentendo. Niente di quanto diceva corrispondeva a verità. Il suo era solo un sospetto indefinito, ma era sicuro di non ingannarsi. O erano state le parole di Ballerini a renderlo immune a quelle ciance?

Se solo avesse conosciuto il motivo per cui quell'uomo era venuto a trovarlo. Gli tornarono in mente le parole di Ballerini. Si sono ingannati *tutti*.

L'uomo era in piedi a pochi passi di distanza da lui e lo guardava curioso. Vignac notò che respirava affannato e che sembrava tenersi in piedi a stento. A un tratto oscillò, si aggrappò al tavolo con la mano e tornò a sprofondare pesantemente sulla sedia. Vignac gli andò incontro, ma lui sollevò una mano per fermarlo, quindi la posò sul petto e riprese fiato, strizzando dolorosamente gli occhi a ogni respiro.

« Lasciate stare. È tutto a posto. Lo so che non mi credete. Ma ormai, ora che è tutto finito, non ha più importanza. » Le sue parole si trasformarono in un leggero rantolo. La testa gli ricadde in avanti, poi subito si raddrizzò di nuovo irrigidendosi in una posizione innaturale, leggermente sollevata.

Vignac si avvicinò ancora un po'. « Volete che vi prenda dell'acqua? »

« No, lasciate stare. Il piccolo diavolo che rosicchia il mio cuore di peccatore ne avrà presto abbastanza. Se però poteste aprire un poco la finestra, ve ne sarei grato. Come tutti gli spiriti cattivi, rifugge l'aria fresca. »

Vignac si affaccendò alla finestra, ruotò verso l'alto il chiavistello, che cedette cigolando, e scosse il telaio imbarcato dall'umidità. Quando finalmente si spalancò la finestra, attraverso le persiane chiuse soffiò una leggera corrente d'aria.

Per tutto il tempo non aveva perso di vista l'estraneo. Sandrini sedeva sulla sedia, ripiegato su sé stesso, e respirava pesantemente. Vignac tornò dall'altra parte della stanza e si appoggiò contro la parete. No, per il momento non aveva nulla da temere da lui. Era evidente che Sandrini si teneva a stento sulle gambe. Dopo un po' il respiro dell'italiano si chetò.

« Non credo a una sola parola » disse infine Vignac. « Di certo tutto è ormai indifferente. Ma nulla di ciò che volete farmi credere è vero. Il vostro piano era di coprire pubblicamente d'infamia la duchessa così che il re prendesse le distanze dal matrimonio. Bisogna soltanto ringraziare Navarra se il colpo non è andato a segno. E voi temevate che io potessi riferire alla duchessa chi doveva ringraziare per quest'imbroglio. Perciò avete portato via la ragazza dall'albergo di Zamet contro la sua volontà, l'avete battuta e seviziata perché rivelasse dove dimoravo. Le avete strappato dal collo la chiave di questa casa e vi siete appostato qui ad attendermi. Credete davvero che io sia così sciocco da cadere nella vostra rete di menzogne?»

Sandrini sorrise. «Ah, già, la ragazza. Si chiama Valeria, non è vero?»

Gli occhi di Vignac divennero freddi. Cercò dietro di sé e si ritrovò in mano un ceppo di legno.

«La duchessa di Beaufort era fuori di sé dalla gioia quando il colpo è andato a segno. Ma, vedete, voi non avete conosciuto quella donna, perciò non potete capire il suo modo di agire. A un tratto fu colta dal timore che qualcuno potesse vedere attraverso le trame così ben ordite della sua tela. Il giorno dopo volle che foste prelevato per pregarvi di lasciare la città fino a nuovo ordine. Siccome io non riuscii a trovarvi, in mancanza del pittore presi la ragazza e le ordinai di rivelarmi dove vi tratteneste. Costei era testarda e ostinata, e non voleva tirar fuori la voce. Io non ho l'abitudine di trattare con il servitorame. Quel paio di schiaffi non le avranno arrecato gran danno. Quando la duchessa seppe che non riuscivamo a trovarvi fu colta da un attacco d'ira e ordinò di imprigionare la ragazza e di rintracciarvi all'istante a qualsiasi costo.»

«E voi avete mostrato di saper condurre la faccenda.»

«Ho già detto che le domestiche ostinate mi ripugnano.»

«Ora basta. Risparmiatemi le vostre fandonie. Non c'è nulla di vero.»

Sandrini fece una smorfia. «Siete un uomo diffidente, Maître Vignac. Forse al vostro posto lo sarei anch'io. Ma mettetevi per un istante nei panni di Madame de Beaufort.

A un tratto la sua meta era a portata di mano. La posta da Roma era propizia. Navarra si era deciso e aveva annunciato pubblicamente il proprio matrimonio. C'è forse da meravigliarsi se la duchessa desiderava escludere che anche il più piccolo pericolo potesse rovinare i suoi grandi piani? Se voi non vi foste nascosto lei vi avrebbe ricoperto d'oro e vi avrebbe fatto portar via da Parigi, quant'è vero che siedo qui davanti a voi. Non abbiamo mai avuto in mente di fare del male a colui che dovevamo ringraziare per la buona riuscita dell'intera faccenda. Ma colui che regna sopra tutti noi ha deciso diversamente. La duchessa è caduta vittima del proprio stato di sovreccitazione. Oggi hanno aperto il suo corpo e ne hanno tratto fuori il bambino che essa recava morto dentro di sé.»

Vignac sprofondò lentamente a terra. Sandrini, rannicchiato sulla sedia, lo osservava stancamente e pareva combattere di nuovo con il suo cuore. Il pittore si oppose strenuamente all'impressione che l'estraneo esercitava su di lui. Avrebbe voluto odiarlo, spezzargli le braccia per ciò che aveva fatto a Valeria e riempirgli la bocca di pugni per le sue folli menzogne. Eppure il tono pacato della voce e il modo posato e freddo di parlare gli insinuarono qualche dubbio. Lo avevano poi davvero perseguitato? Qualcuno lo aveva forse affrontato con intenti ostili? Oppure tutte queste minacce erano soltanto frutto della sua immaginazione? E la visita di Sandrini il mercoledì delle ceneri? Vignac era fuggito da lui senza nemmeno ascoltare una parola di spiegazioni. Avevano seviziato Valeria, ma le paure della duchessa non erano forse comprensibili? Forse credeva che lui, in preda alla paura, avrebbe potuto commettere qualche sciocchezza, e per questo lo aveva fatto cercare in modo tanto pressante.

Il movimento fu lesto e agile come lo scatto improvviso di un rettile. Solo dopo che la lama si conficcò bruciante nella sua spalla Vignac realizzò che l'uomo lo stava colpendo selvaggiamente. Con un grido lacerante si gettò di lato, rotolò via e così facendo sbatté contro il tavolo. Si udì un botto sordo, poi la luce si spense. Un'ombra scura volò poco sopra la sua testa. Sentì un forte colpo contro il farsetto di pelle. Soltanto allora capì fino in fondo che quell'uomo voleva pugnalarlo a morte. Il colpo successivo si abbatté contro il suo fianco e lì si impigliò nella giacca. Vignac allora riuscì ad afferrare la mano, la tenne più stretta che poteva, si drizzò per metà, piegò il braccio libero e fece ricadere il gomito sotto di sé nell'oscurità, con sopra tutto il peso del corpo. L'impatto fu accompagnato da uno scricchiolio. La mano prigioniera si afflosciò. All'improvviso un'altra mano si sollevò contro di lui e gli avvinghiò la faccia. Vignac spalancò la bocca, si ritrovò un dito fra i denti e li strinse. Un rivolo di sangue gli schizzò in bocca e sul volto. Sputò fuori e subito gettò la testa con tutta la forza nell'oscurità sotto di sé. Poi non seppe più nulla. Si tuffò in un'ebbrezza rosso scuro da cui si risvegliò soltanto quando l'uomo giaceva a terra immobile, accanto a lui, con il cranio coperto di sangue.

Il resto procedette come una sequenza di manovre ben studiate. Vignac si vide spogliare il morto. Poi sfilò i propri vestiti e li infilò al cadavere. Da un angolo prese un barattolo, lo aprì e distese una spessa pasta nera sul corpo privo di vita. Era come se una volontà ignota si fosse impossessata dei suoi sensi. Tutto, deve scomparire tutto, si disse a bassa voce. Non deve rimanere niente. Spalmagliela sulla faccia. E sulle mani. Ma soprattutto sulla testa fracassata.

Rigirò il cadavere sulla pancia e cosparse anche la schiena con uno spesso strato di pece. Poi gli venne in mente un'altra idea. Si staccò indietreggiando dal cadavere e attraversò di nuovo la stanza. Quando ebbe trovato un tratto di fune tornò dal morto, gli girò un capo due volte intorno al collo e lo annodò. Poi mise a fatica il corpo sul tavolo, lo drizzò in piedi, gettò l'altro capo della corda a cavallo di una trave del tetto e issò il cadavere per qualche palmo. Mentre il corpo oscillava nella stanza come un pendolo, Vignac imbrattò con la pece rimanente le pareti del capanno. Infine ammucchiò tutt'intorno della paglia. Poi sistemò tra la paglia diverse candele in modo che svettassero al di sopra di essa per la lunghezza di un dito indice. Quando ebbe acceso le candele cominciò a indossare i vestiti del morto, e solo allora fu percorso da un brivido leggero di fronte alla mostruosità di quanto aveva compiuto. Con membra tremanti osservò la sua opera. Il cadavere pendeva dalla corda e si girava lentamente verso destra, verso sinistra, verso destra. La trave scricchiolava sotto il suo peso. Poi, senza più voltarsi, Vignac chiuse la porta del capanno e lasciò in gran fretta quel luogo sciagurato.

Poco dopo era seduto di fronte a Ballerini, che lo fissava incredulo. Che cosa gli andava raccontando il pittore? Eppure gli abiti che indossava non lasciavano molti dubbi sulla veridicità del suo racconto. La camicia era intrisa di sangue, le mani e gli avambracci neri di pece. Il volto di Vignac era inespressivo, il tono della sua voce tranquillo. Disse che voleva chiedere al medico soltanto un ultimo favore. Ballerini doveva portare immediatamente lui e Valeria fuori dalla città. Il mattino seguente, quando fosse ritornato, sarebbe poi dovuto andare alla casa di Perrault e affermare che l'uomo che avevano trovato tra le ceneri era lui: Vignac. Nient'altro. No, non aveva niente da spiegare, e non aveva nulla di cui rimproverarsi. Il dottore lo implorò di farsi prima medicare, di farsi bendare le ferite e di scappare dalla città l'indomani mattina. Ma il pittore, assolutamente convinto che ogni altro istante trascorso in città avrebbe portato alla sua sicura rovina, non volle saperne nulla.

PARTE TERZA

LA MANO DEL PITTORE

1

QUANDO alzai gli occhi dai fogli, fuori cominciava già a imbrunire. Avevo letto fino alla prime ore del mattino, poi, sopraffatto dalla stanchezza, avevo dormito fino alle undici, quindi avevo ordinato la colazione in camera e per il resto del giorno non mi ero più mosso dalla scrivania. Mi alzai e diedi un'occhiata all'orologio, che segnava già quasi le otto. Presi un pacchetto di salatini e una bottiglia di birra dal frigobar e mi sdraiai sul letto.

Ero stanco e mi sentivo allo stesso tempo esaltato e abbattuto. Koszinski aveva ragione. Lo scritto non arrivava a una conclusione convincente. Afferrai il telefono e composi il numero della sua stanza, ma poi riagganciai prima che suonasse il primo squillo. Quindi presi in mano i fogli di carta da lettera su cui durante la lettura avevo annotato alcune domande e rilessi i miei appunti. La duchessa era stata avvelenata o no? Bonciani era realmente esistito? Come stavano le cose riguardo il dipinto del Louvre? Era stato dipinto solo in seguito? Dove? Perché?

Mi lavai la faccia e scesi in sala da pranzo. L'ora di cena era passata da un pezzo, ma il cameriere mi disse che al bar mi avrebbero ancora senz'altro servito qualcosa. Non trovai Koszinski da nessuna parte. Probabilmente era già andato a letto. Ordinai un sandwich, ma ne mangiai solo metà. Poi uscii a fare due passi nel parco. Mi bruciavano gli occhi, e all'improvviso fui colto da una stanchezza che mi fece ben presto rientrare in camera. Nella mente mi scorsero ancora alcune scene del romanzo, finché caddi in un sonno profondo e senza sogni da cui mi risvegliarono soltanto gli squilli del telefono, il mattino dopo.

«Speravo di incontrarla per colazione» sentii dire.

« Che ore ho fatto? »

« Sono le nove. Ha dormito bene? »

« Sì, grazie. »

« Il ristorante chiude tra mezz'ora. Ci vediamo dopo nella sala di lettura? »

Risposi affermativamente e mi buttai sotto la doccia. Dopo colazione tornai in camera a raccogliere tutte le carte. Poi mi misi in cerca di Koszinski e lo trovai, come d'accordo, nella sala di lettura. Era chino su una scacchiera. Quando mi vide avvicinarmi con il fascio di carte si illuminò in volto. Indicò il quadrante dell'orologio e vi fece girare sopra il dito, un gesto che non fu difficile interpretare come l'invito perentorio ad attendere la fine della partita. Sulla scacchiera c'erano ancora pochi pezzi di artiglieria pesante e qualche pedone bloccato in un angolino, il che mi parve il presupposto per un ostico finale di partita. Me ne andai al bar dell'hotel, ordinai un tè e sfogliai un quotidiano.

Nel frattempo la difesa di Koszinski si dimostrò avere un punto debole che era sfuggito al mio sguardo superficiale. Avevano appena portato il tè che lui già usciva dalla sala di lettura. Venne da me e lamentò che era già la terza volta che quel maestro di coro di Norimberga lo attirava in una trappola. Raccontò che tra l'altro si trattava di un tizio davvero interessante, che per la sua abitudine di parlare senza peli sulla lingua si era fatto quattro anni di carcere a Bautzen, dove era riuscito a ritagliarsi un posticino nell'olimpo degli scacchi. Un traguardo che lui, ammise Koszinski, non avrebbe mai raggiunto. Comunque, proseguì, la giornata era troppo bella per starsene lì a covare su mosse complicate.

Riprese i fogli che gli porgevo, li lasciò alla ricezione e uscimmo dall'albergo attraverso la porta che dava sul giardino. Dopo pochi minuti fummo circondati dalla fresca pace mattutina della Foresta Nera. Pensai a quello che mi attendeva nel prossimo futuro. Di lì a pochi giorni sarei stato sulla strada di Bruxelles, assorbito dalla preparazione delle lezioni. Feci un respiro profondo e scacciai quella prospettiva sgradevole.

Seguimmo il vialetto e poi piegammo in uno stretto sentiero. Poco dopo anche questo si biforcava, e scegliemmo ancora una volta il cammino più impervio, che ben presto ci ricompensò con una vista incantevole. Dopo mezz'ora di salite ripide raggiungemmo una sporgenza rocciosa a strapiombo, sotto la quale il paesaggio si stendeva come un immenso tappeto sulla pianura. Tranne un paio di batuffoli di nuvole immobili sopra la pianura, il cielo era sgombro.

«Ebbene?» chiese alla fine. «Che cosa pensa della storia?»

«L'ho letta quasi d'un fiato», risposi. «Ma lei ha ragione. Il finale non funziona. In realtà rimangono aperte tutte le possibilità.»

«Sono convinto», replicò, «che il finale non sia altro che un abbozzo. Il dialogo con Ballerini andava ancora molto sviluppato. Alla fine è l'incertezza su chi fosse il vero committente a trattenere il pittore in città. Di certo questo elemento doveva essere ulteriormente elaborato. Basta pensare a che cosa si sarebbe potuto fare della scena nella stanza della moribonda. Vignac si trova davanti al cadavere della duchessa e all'improvviso spunta la rossa che lo ha cacciato nei guai. Tra l'altro, lei sa che è un personaggio reale? Nelle fonti è citata una certa *La Rousse*, una donna al centro di molti scandali, che faceva parte della cerchia della duchessa. Lei e suo marito, il capitano della guardia de Mainville, dopo la morte di Gabrielle finirono per sei anni alla Bastiglia. Nessuno sa perché. Forse ricorderà che nell'interrogatorio del marchese di Rosny si accenna brevemente a questo fatto. Poi, intorno al 1605 i due furono improvvisamente reintegrati con tutti gli onori nei loro uffici, una circostanza per cui non si trova alcuna spiegazione. Ma si tratta di un fatto documentato. E poi c'è la scena finale nell'atelier, quando vogliono eliminare l'ultimo testimone. Morstadt fa sostenere a Sandrini che è stata la stessa duchessa a commissionare il dipinto, per mettere il re con le spalle al muro. Un ragionamento singolare. Vignac non sa più nemmeno che cosa credere. Un finale improvviso, peccato. Anzi, a ben guardare il finale non esiste proprio. Spero che lei non sia rimasto deluso, ma l'avevo avvertita che secondo me Morstadt non era arrivato a concludere.»

Koszinski si tolse la giacca.

«Già», ammisi, «si resta con la voglia di sapere chi ha davvero commissionato il quadro. Ma purtroppo rimangono oscure anche le circostanze inerenti la morte della duchessa.»

«Sì, questa è la cosa più strana di tutto il manoscritto. Ci fu un complotto contro la duchessa? Oppure è vero quel che Morstadt fa dire a Ballerini, e cioè che il re non avrebbe mai davvero avuto intenzione di sposarla? Se lo si potesse provare si dimostrerebbe che un attentato alla sua vita era inutile.»

«E lei», domandai, «che cosa ne pensa?»

«Io penso che la duchessa sia stata avvelenata. Morstadt si sbagliava. Ecco perché il libro non è giunto a una conclusione. Ha architettato una bella teoria, ma poi non è più riuscito a trovare il bandolo della matassa. Se non avesse reso la faccenda tanto complicata ne sarebbe uscito un bel giallo storico.»

«Eppure doveva pur tener conto dei fatti. O quello che racconta nel manoscritto è tutto inventato?»

Koszinski si strinse nelle spalle. «Naturalmente non ho verificato ogni cosa, ma la maggior parte degli avvenimenti ha un fondamento storico. La questione della morte tuttavia non fu mai chiarita. Anche se per me l'omicidio rimane la soluzione più probabile. Non può essere un caso che Gabrielle sia morta un momento prima di salire sul trono.»

«Ma nel manoscritto si dice tutt'altro», obiettai.

«Vuol dire la versione di Ballerini?»

«Sì. Il medico sostiene che la duchessa è morta per i nervi sovreccitati. Non c'erano segni di un avvelenamento proveniente dall'esterno. Dopo aver mangiato dall'italiano non ha vomitato.»

«Caro amico, il medico è un'invenzione di Morstadt.»

«Sì, va bene, ma nel contesto del racconto ciò che asserisce è del tutto logico. È inconcepibile che la duchessa sia stata avvelenata con il benestare del re!»

«Perché con il benestare del re?» si stupì.

«Perché tutti i passaggi del manoscritto che accennano all'eventualità di un assassinio lo ascrivono a carico del re. Vediamo. Enrico e Gabrielle sono al castello di Fontainebleau. Improvvisamente il re decide di mandarla a trascorrere la Pasqua da sola a Parigi. L'avvenimento non ha precedenti. Gabrielle si dispera. Perché deve separarsi da lui due settimane prima del matrimonio? Ma Enrico resta irremovibile. L'addio al battello presso Melun è straziante. Poi la portano proprio da Zamet, che con ogni evidenza è assoggettato al volere degli italiani. Finito di mangiare crolla a terra in preda a crampi spaventosi. Quando il re viene a sapere della malattia lascia passare due giorni prima di mettersi finalmente in cammino per Parigi. A metà strada lo intercettano e gli fanno credere che la duchessa è già morta, anche se sarebbe vissuta ancora un giorno e una notte interi. L'imbroglio rimane impunito. Tutto farebbe pensare che il re sia in qualche modo partecipe della disgrazia.»

«Non escluderei completamente la possibilità che Enrico fosse al corrente del complotto. Stando alle apparenze fu ben felice che la faccenda si fosse sistemata a quel modo.»

La teoria di Koszinski mi parve mostruosa. «Non riesco proprio a immaginare una cosa del genere», obiettai. «Inoltre negli interrogatori di Rosny e La Varaine viene detto chiaramente: all'epoca nessuno credette seriamente a un avvelenamento.»

Koszinski rise. «Questo non deve certo stupire. I due avranno ben saputo come evitare di compromettersi. Dopo quella morte inspiegabile, Rosny e La Varaine avevano entrambi buoni motivi per tenersi al riparo da ogni sospetto di cospirazione. Rosny odiava Gabrielle oltre ogni misura. Inoltre dubitava che i suoi figli potessero legalmente aspirare al trono. La Varaine in segreto apparteneva alla Compagnia di Gesù. Da quando un gesuita aveva attentato alla vita del Navarra, l'ordine era stato bandito dal paese. Se il re avesse sposato la cattolica Maria de' Medici, al suo seguito sarebbero rientrati in Francia anche i gesuiti. Insomma, l'assassino di Gabrielle indirettamente si sarebbe reso addirittura benemerito della riabilitazione dell'ordine dei gesuiti. Dopotutto nemmeno il re mostrò interesse a indagare più a fondo. A posteriori la morte di Gabrielle deve essergli sembrata un dono del cielo.»

«Lo pensa davvero?»

«Non voglio dire che ci fosse direttamente lo zampino di Enrico. Però pur sapendo di esporla a un pericolo il re non prese alcuna precauzione per scongiurare un eventuale attentato alla sua vita. E si sa benissimo che a Firenze il granduca Ferdinando de' Medici alambiccava volentieri con i veleni.»

Le argomentazioni di Koszinski mi parvero poco convincenti, però lui aveva da mettere sul tavolo altre riflessioni a cui sul momento non seppi che cosa replicare.

«Per Ferdinando de' Medici la situazione era chiara», proseguì. «Una volta levata di mezzo Gabrielle non sarebbe stato difficile piazzare sul trono di Francia la nipote Maria. In fondo era la soluzione migliore per tutti. Per Roma, per Firenze e ancor più per la Francia. Morstadt lo scrive chiaramente. Ai fini dinastici l'unione tra Enrico e Gabrielle sarebbe stata una catastrofe. E allora, perché non fornire un aiutino? Quando Gabrielle fosse uscita di scena, nessuno si sarebbe interrogato a lungo sui come e perché, rallegrandosi piuttosto per la fine di quella situazione precaria. Inoltre quello non era il primo avvelenamento ascrivibile a Ferdinando. Si sospettava che avesse già avvelenato il fratello Francesco e sua moglie Bianca Capello. È una storia strana che non è mai stata chiarita, come molte altre in quella famiglia. Ferdinando, il fratello Francesco e sua moglie Bianca si trovavano nella loro residenza di campagna. Nel giro di poche ore i due coniugi sono morti all'improvviso per una malattia inspiegabile. Tutti sapevano quanto Ferdinando disprezzasse l'intrigante Bianca, e il sospetto che insieme all'odiata cognata abbia tolto di mezzo anche il fratello non è mai stato fugato. Quell'uomo era un avvelenatore provetto.»

«Ma i sintomi mostrati da Gabrielle non erano riconducibili a una malattia legata alla gravidanza?»

«Questo bisognerebbe chiederlo a un medico forense. Ma crede che all'epoca sarebbe stato possibile diagnosticare con certezza un avvelenamento? Lei stesso ha letto quali mezzi chirurgici avevano a disposizione i medici di allora, e le cose non andavano certo meglio con la diagnostica. Inoltre c'è anche quel curioso aneddoto su Roma. Si ricorderà che alla fine del primo capitolo si racconta che il mattino di sabato 10 aprile papa Clemente VIII esce all'improvviso dalla sua cappella privata annunciando che il problema è risolto. Dio ha provveduto, dice. All'inizio ho creduto si trattasse di un'invenzione di Morstadt. Invece è vero. L'ho verificato. Molti testimoni confermano l'avvenimento. All'epoca un dispaccio per raggiungere Roma da Parigi impiegava almeno cinque giorni. Nemmeno un piccione viaggiatore poteva spiccare il volo dal letto di morte di Gabrielle all'alba e consegnare prima di pranzo al papa la notizia che uno dei suoi problemi più spinosi era risolto. Invece si può benissimo prevedere quanto ci vuole perché una persona venga stroncata da un determinato veleno.»

Le argomentazioni di Koszinski mi lasciarono sconcertato. In un certo senso a quel modo la storia assumeva una sua logica interna. Il complotto contro Gabrielle era partito da Firenze. Prima di tutto avevano esercitato pressioni sul papa. Ma Clemente VIII si era rifiutato di sciogliere il matrimonio tra il re e Margherita finché questi avesse mostrato l'intenzione di sposare Gabrielle. Quando Enrico rimase saldo nei suoi propositi, a Parigi misero in moto contro Gabrielle la macchina della propaganda. La duchessa fu oltraggiata pubblicamente e si gridò ai quattro venti che i suoi figli erano bastardi. Per la città girarono volantini, scritti sobillatori e poesie infamanti. Infine, con l'aiuto del dipinto di Vignac, cercarono di mettere pubblicamente in imbarazzo il re rendendo manifesta la sua relazione scandalosa. E dove è esposto oggi quel dipinto? A Palazzo Vecchio a Firenze! Un bel souvenir degli intrighi sapientemente intessuti da Ferdinando. Ma il re si irrigidì testardamente sulle sue posizioni. Anzi, annunciò addirittura la data del matrimonio e ordinò gli abiti nuziali. Così non rimaneva che un ultimo rimedio, che sarebbe stato somministrato alla duchessa da Zamet. Che il re ne fosse a conoscenza o no, in tutti i casi non l'aveva impedito. La perdita dell'amata non dovette fargli poi troppo male, considerato che gli permise di uscire da una difficile *impasse* politica.

Era andata così? Ma allora, se Morstadt aveva intenzione di raccontare la storia a quel modo, perché poi non l'ha fatto? In effetti nel suo racconto aveva raccolto tutti gli elementi di un complotto contro la vita di Gabrielle, ma c'erano alcuni passaggi del manoscritto che non si accordavano con questa ipotesi. Nella parte finale del racconto la storia prende una piega tutta nuova. Il medico non sosteneva forse che il re non avrebbe mai sposato Gabrielle? E non lasciava forse intendere che Enrico non avrebbe mai subordinato la sicurezza del regno ai propri sentimenti? E nel manoscritto non si parlava forse ripetutamente dell'ambizione smodata di Gabrielle che minacciava di mandare nuovamente la Francia in rovina?

Comunicai a Koszinski le mie riflessioni, ma lui rimase della sua opinione.

«Lei ha ragione», ammise. «L'autore del manoscritto è caduto in un mucchio di contraddizioni. Ha perso il controllo della storia. E dire che la trama, con la finta commissione e la simbologia nascosta dei dipinti, era stata concepita in modo molto originale...»

«... ma inconcludente», obiettai.

«Già», ammise. «L'ossatura del racconto non regge.»

«È vero», mi illuminai. «Manca una cosa!»

Koszinski rimase sorpreso. «Ah sì? E che cosa?»

«Il quadro del Louvre!»

Koszinski avrebbe voluto replicare qualcosa, ma rimase semplicemente a guardarmi interrogativo. Io stesso non sapevo come mi fosse venuto in mente quel pensiero. Ma certo. Doveva essere così. Il racconto non era finito, perché anche il pittore non aveva finito. Il manoscritto taceva, eppure doveva ancora esserci una traccia che conduceva all'ultimo dipinto.

«Forse lei non ha trovato tutti i fogli. Magari in un altro scatolone c'erano altre carte.»

Koszinski si scurì in volto. «Già, può essere. Nel qual caso, sarebbero già andati distrutti da un pezzo.»

Tacque un istante, poi aggiunse: «Sarebbe un vero peccato, non è vero?»

Io non lo stavo nemmeno più a sentire. Mi era venuto in mente un altro pensiero che mi aveva gettato nello scompiglio. Improvvisamente rividi il quadro davanti agli occhi, le due dame nel bagno, il pizzicotto al capezzolo, l'anello, la dama di camera sullo sfondo e il dipinto sopra il caminetto, visibile solo per metà. Fui colto da un'intuizione vaga. No, il racconto si interrompeva sicuramente lì. Non c'erano altri fogli, perché ciò che raccontavano non bastava a tessere altro filo con cui arrivare a quell'ultimo quadro. Morstadt aveva intuito qualcosa. Me lo sentivo. Ma poi si era bloccato poco prima del traguardo. Eppure il pittore aveva lasciato un'ultima traccia. Là, sul quadro che era conservato al Louvre, da qualche parte tra le due donne nel bagno, il racconto proseguiva. Ma dove?

2

QUELLO stesso pomeriggio rientrai a Friburgo per fotocopiare il manoscritto. Con Koszinski ci salutammo calorosamente.

« Mi faccia sapere se scopre qualcosa di nuovo », mi pregò. « Gli originali farà meglio a rispedirmeli direttamente a Stoccarda. »

Per prima cosa andai alla casa dei professori ospiti a prendere il resto dei miei bagagli. Tanto per provare, domandai se fosse possibile affittare lì una stanza ancora per qualche giorno, ma il portiere, dispiaciuto, mi disse che non si poteva. Così andai a restituire la macchina e trovai un albergo a pochi passi dall'autonoleggio. Il mattino seguente portai innanzitutto il manoscritto a fotocopiare e rilegare. Quindi mi recai alla biblioteca dell'università e trascorsi la giornata a cercare le fonti a cui si era affidato Morstadt. Ma non feci un gran bottino. In biblioteca erano disponibili soltanto i diari di un certo Pierre de l'Estoile, che avevo sentito nominare da Koszinski. Richiesi i volumi e ingannai l'attesa nella sezione biografica. Nel *Diccionario de Mujeres Célebres* trovai una voce dedicata a Gabrielle d'Estrées:

« ... famosa cortigiana francese, marchesa di Monceaux e duchessa di Beaufort. Nata nel 1573, al castello di La Bourdaisière. Morta nel 1599. Il padre era il marchese Antoine d'Estrées. La madre era una donna attraente che all'età di quarant'anni lasciò marito e figli per il marchese d'Allègre. Secondo alcuni autori, prima che Enrico IV la incontrasse Gabrielle era già stata amante di Enrico III, del cardinale di Guisa, del duca di Longueville e di molti altri. Il re si innamorò appassionatamente di lei, benché avesse atteso due anni prima di farne la propria favorita. Il marchese d'Estrées, per mettere a tacere lo scandalo di quella relazione amorosa, diede la figlia in sposa a Nicolas d'Amerval, signore di Liancourt. Enrico IV tuttavia riuscì a far immediatamente annullare il matrimonio invocando l'incapacità dello sposo di attendere ai doveri coniugali. Dal 1593 Gabrielle ed Enrico IV non si separarono più. La loro passione era inesauribile. Alla nascita del primo figlio, Enrico IV lo riconobbe e si apprestò a divorziare da Margherita di Valois per sposare Gabrielle. La Estrées esercitava una forte influenza sullo spirito e sul carattere di Enrico, che la ricoprì di ogni onorificenza immaginabile: titolo, proprietà, gioielli, denaro... Tutti i cortigiani la consideravano consorte del monarca, e lo sarebbe anche diventata se non fosse caduta vittima di una malattia rapida e misteriosa. Inizialmente si disse che fosse stata avvelenata per conto del granduca di Toscana. Presumibilmente fu invece colpita da eclampsia, essendo al sesto mese di gravidanza. Il dolore di Enrico fu enorme. Gabrielle gli aveva donato due figli maschi e una femmina: César, duca di Vendôme, Alexandre e Catherine-Henriette. Gabrielle era bionda, aveva carnagione chiara, occhi celesti ed era splendida come una Venere fiamminga, era dotata di grande gusto femminile e aveva un carattere allegro e simpatico. Come dicevano i francesi, era *délicieuse.*»

Sotto la trattazione della voce si trovavano alcune indicazioni bibliografiche.

VON ALBRECHT, J.F.E.: *Die schöne Gabrielle. Leitenstuck zu Lauretta Pisana.* 1795. – (ANONIMO): *Amours de Henri IV. Avec ses lettres galantes à la Duchesse de Beaufort et la Marquïse de Verneuil.* Amsterdam, 1754; *Lebens- und Liebes-Beschreibung der weiland, wunderschönen Gabrielle d'Estrées.* Strasburgo, 1709.

Scorsi rapidamente le indicazioni successive:

CAPEFIGUE: *Gabrielle d'Estrées.* Parigi, 1859. – COULAU: *Les Amours de Henri IV.* Parigi, 1818. – CRAUFURD, Q.:

Notices sur Agnès Sorel, Diane de Poitiers et Gabrielle d'Estrées. Parigi, 1819. – DE LERNE, E.: *Reines légitimes et reines d'aventure*. Parigi, 1867. – DESCLOZEAUX: *Gabrielle d'Estrées*. Parigi, 1889. – LAMOTHE-LANGON, E.: *Mémoires de Gabrielle d'Estrées, Duchesse de Beaufort*, 4 voll. Parigi, 1829.

Nessuna delle opere citate era registrata nel catalogo della biblioteca. Andai allo sportello dei prestiti esterni e consegnai la mia lista all'impiegata. La donna inserì i dati dei libri nel computer e poco dopo mi restituì la lista con un'espressione dispiaciuta. Niente da fare, in Germania quelle opere non erano disponibili. Soltanto per il nome di Desclozeaux c'era un'occorrenza a Berlino. Se volevo poteva ordinarmelo: ci sarebbero volute dalle quattro alle sei settimane. Rifiutai cortesemente l'offerta e tornai nella sala di lettura. Dalle quattro alle sei settimane!

Nel frattempo erano arrivate dal magazzino le memorie di Pierre de l'Estoile. Portai i volumi al mio banchetto di lettura, cercai le annotazioni del 10 aprile 1599 e lessi le pesanti frasi redatte in francese antico: *Le samedi 10e de ce mois, à six heures du matin, mourust, à Paris, la Duchesse de Beaufort; mort miraculeuse et de conséquence pour la France, de laquelle elle estoit désignée Roine, comme elle-mesme, peut auparavant, disoit tout haut qu'il n'y avoit que Dieu et la mort du Roy qui l'en peust empescher.*

Annotai: «Domenica, decimo giorno di questo mese, alle sei di mattina è morta a Parigi la duchessa di Beaufort; una morte misteriosa e gravida di conseguenze per la Francia, di cui era regina designata, tant'è che lei stessa aveva detto poco prima a gran voce che solo Dio o la morte del re avrebbero potuto impedirlo».

Alcune pagine prima scoprii l'originale dei versi diffamatori che Morstadt aveva riportato nel manoscritto. Dunque quella era una fonte di cui si era generosamente servito. Tradussi anche questa annotazione e poi trascrissi la poesia originale.

Marzo. Lunedì, primo giorno di questo mese, in relazione alle voci che correvano ovunque, secondo cui il re avrebbe sposato la sua favorita, la duchessa di Beaufort, i più maldicenti di corte, dove non si chiacchierava d'altro che di questo matrimonio, diffusero i seguenti versi che, come si disse, erano stati trovati sotto il letto del re.

Mariez-vous, de par Dieu, Sire!
Vostre lignage est bien certain:
Car un peu de plomb et de cire
Légitime un fils de putain.
Putain dont les soeurs sont putantes,
Comme fut la mère jadis,
Et les cousines et les tantes,
Horsmis Madame de Sourdis!

Il vaudroit mieux que la Lorraine
Votre roiaume eust envahi,
Qu'un fils bastard de La Varaine
Ou fils bastard de Stavahi.

Sotto i versi si raccontava la scena nell'aranceto.

Visitando i suoi aranci a Saint-Germain-en-Laye il re trovò nuovamente i versi ai piedi di uno degli alberi, dove qualcuno li aveva lasciati a bella posta, ben sapendo che Sua Maestà ve li avrebbe trovati. Dopo che il re li ebbe letti, disse: « *Ventre saint-gris!* Se trovo chi li ha scritti non lo appenderò a un arancio, ma a una quercia! »

Continuai a leggere con crescente trepidazione. Morstadt non aveva inventato nulla. Nei volumi che stavano davanti a me sul tavolo sarei certamente incappato in altre annotazioni da lui rielaborate. Portai risoluto il volume che conteneva le memorie dal 1598 al 1599 alla fotocopiatrice, e ne duplicai le pagine. Ma quando le vidi lì accanto a me fui colto dal dubbio. Era naturale che sarei incappato ovunque nelle tracce delle ricerche di Morstadt. Dopotutto era uno storico e persino membro di una società storiografica a cui forse riferiva delle sue ricerche. Senza dubbio aveva studiato accuratamente le fonti dell'epoca e le opere critiche disponibili. Io dovevo riprendere le ricerche là dove lui aveva fallito, dove aveva lasciato lacune nel suo manoscritto. Riportai i libri all'impiegata e lasciai la biblioteca. Sotto la canicola Friburgo era deserta. L'assenza degli studenti che di solito affollavano i dintorni della biblioteca mi fece pensare ai college americani, che durante la pausa estiva sembravano abbandonati. Le rastrelliere, a cui di solito un numero infinito di biciclette e motorini era attaccato come a un gigantesco magnete, erano vuote. Tranne qualche turista e alcuni friburghesi allergici ai viaggi, in città non c'era nessuno. Passai a ritirare il manoscritto e le fotocopie rilegate. Poi comprai una grossa busta, vi infilai gli originali e mi misi in cerca di un ufficio postale. Ma prima di sigillare la busta e consegnarla allo sportello, ci infilai un foglietto con la poesia in francese riportata da Estoile. Sapevo che Koszinski l'avrebbe apprezzata.

Arrivato in albergo riflettei sulle mie mosse successive. Uno studio approfondito delle fonti mi avrebbe tenuto occupato per settimane, anzi mesi. Il manoscritto aveva un centinaio d'anni, gli avvenimenti descritti risalivano a quasi quattrocento anni fa. La letteratura critica doveva essere immensa. Eppure non doveva essere difficile stabilire se dall'inizio del secolo era stato scoperto qualcosa di nuovo sul conto di Gabrielle d'Estrées. La cosa più semplice tuttavia sarebbe stata interrogare uno specialista, uno storico o un biografo di Enrico IV. Parlando con un esperto avrei anche potuto farmi confermare come stavano le cose riguardo la veridicità dei dettagli raccontati nel manoscritto. Non ci sarebbe voluto molto per scoprire quali fossero i nomi eminenti nella ricerca in questo campo. Avevo già svolto parecchie volte esercizi del genere. Uno di questi specialisti non mi avrebbe negato un breve colloquio su Gabrielle d'Estrées. Prima però dovevo stabilire con precisione le mie domande.

Presi un foglio e buttai giù ancora una volta le due possibilità che nel manoscritto di Morstadt stavano una accanto all'altra, inconciliabili. Innanzitutto c'era la teoria dell'avvelenamento, a cui dava credito anche Koszinski. Feci una lista delle sue argomentazioni. Soltanto la morte di Gabrielle avrebbe ancora potuto scongiurare gli intenti matrimoniali di Enrico. Le circostanze del decesso erano più che inconsuete. I medici non avevano mai visto nulla del genere. Gabrielle fece il suo ultimo pasto nella dimora di un italiano che va considerato a tutti gli effetti un vassallo di Ferdinando. Quest'ultimo con ogni probabilità era già ricorso in precedenza al veleno per risolvere i suoi problemi. Il papa mostrò di considerare la faccenda di Gabrielle d'Estrées già risolta prima ancora di poterne essere informato per vie non soprannaturali.

Morstadt però aveva anche disseminato il manoscritto di elementi che contraddicevano la teoria dell'avvelenamento. Effettivamente tutti questi accenni erano messi in bocca a personaggi d'invenzione. Era anche per questo che Koszinski li aveva rigettati. Ma qual era lo scopo perseguito da Morstadt? Magari Koszinski aveva ragione e Morstadt era andato a impegolarsi in una teoria che conduceva a contraddizioni insolvibili. Dove intendeva andare a parare? L'idea che Enrico avesse spedito la sua amata a Parigi per consegnarla nelle mani dei cospiratori continuava a sembrarmi del tutto assurda. Se anche il re aveva cambiato i suoi piani matrimoniali, perché mai avrebbe dovuto permettere che avvelenassero Gabrielle? Era possibile, ma assai improbabile. Perché avrebbe dovuto farlo? No, era un pensiero del tutto fuorviante. Poi c'era l'affermazione di Ballerini secondo cui il re non avrebbe mai commesso l'errore politico di sacrificare la sicurezza del suo regno per una faccenda di cuore. Un simile matrimonio politicamente sarebbe stata una follia. Morstadt aveva certo sviluppato a partire da questo assunto la storia di intrighi intorno al quadro commissionato a Vignac. Trovai interessante che anche qui ci fossero due possibilità. Una era che fosse stata la stessa Gabrielle a commissionare il quadro per mettere sotto gli occhi del re la situazione insostenibile in cui la teneva e costringerlo a dichiararsi a lei pubblicamente. L'altra era che il dipinto facesse parte di una campagna di denigrazione degli italiani che faceva leva sulle pretese smodate di Gabrielle.

Osservai stupito la singolare simmetria delle possibilità che intanto avevo tracciato davanti a me sulla carta. Le circostanze oscure della morte di Gabrielle e quei ritratti misteriosi formavano un'equazione con quattro soluzioni ignote e due possibili. O Enrico voleva davvero sposare Gabrielle e l'avvelenamento l'aveva impedito; in questo caso il dipinto sarebbe stato commissionato dagli italiani a scopi propagandistici. Oppure Enrico aveva ingannato Gabrielle, l'aveva illusa, non le aveva detto la verità, e allora un attentato alla vita di Gabrielle non sarebbe stato necessario poiché il matrimonio non si sarebbe tenuto comunque. In questo secondo panorama assumerebbe un senso anche lo stratagemma di Gabrielle. Forse si era accorta che il re era sempre più dubbioso riguardo all'idea del matrimonio con lei. Aveva perso la calma e aveva inscenato lo scandalo durante il banchetto di carnevale. Sì, nel manoscritto questa pista narrativa era senza dubbio tracciata. Ne parlava Sandrini nell'ultima scena, anche se Vignac non credette a una sola parola. Entrambe le possibilità però nella narrazione venivano lasciate in sospeso.

La cosa non sorprende, perché allora si sarebbe dovuto dimostrare che Enrico aveva raggirato Gabrielle. Non aveva lasciato che l'avvelenassero. No, molto peggio! L'aveva pubblicamente ingannata davanti a tutta la corte riunita. Tutto quanto era seguito – i preparativi per le nozze, gli abiti, i mobili – era stata tutta scena: una pièce crudele allestita dal re per mantenere le apparenze; le immagini del sogno di un re che è troppo vigliacco per ammettere a sé stesso la verità.

Ma questa teoria non era incredibile quanto il sospetto che Navarra avesse coscientemente lasciato andare Gabrielle incontro alla morte? Osservai scoraggiato il mio schema.

Enrico voleva sposare Gabrielle	Quadro commissionato dagli italiani Propaganda denigratoria
Enrico non voleva sposare Gabrielle	Quadro commissionato da Gabrielle Mezzo per fare pressione

Le linee tra le quattro possibilità sembravano formare un mirino. Osservai perplesso il disegno per un po'. Infine mi lasciai sprofondare indietro nella sedia e tracciai rassegnato un punto di domanda nel punto d'incontro delle linee.

3

Contro ogni aspettativa, il mattino seguente impiegai molte ore a ricavare dalle bibliografie specialistiche i nomi degli studiosi che potevano fare al caso mio. Per trovare i loro indirizzi e numeri telefonici ci volle il resto della mattinata. La pubblicazione più recente era di uno storico della Sorbona di Parigi, un'ampia opera in due volumi sul regno di Enrico IV. Un certo Kurt Katzenmaier di Zurigo era responsabile di un'altra monografia in un solo volume, ma non per questo meno massiccia, intitolata semplicemente *Heinrich IV. von Navarra*. Le altre pubblicazioni degli ultimi anni che avevo trovato in tutta fretta erano articoli e resoconti di ricerche. Solo ora mi diventava chiaro in che cosa stavo per cacciarmi. E dire che conoscevo bene le proliferazioni infinite e frustranti delle opere critiche della mia materia, in cui non c'era argomento, per quanto remoto o digressivo, che non fosse già sepolto sotto una montagna di studi. Figurarsi quanto doveva essere incontenibile il diluvio di volumi e articoli sui personaggi storici.

Alla fine optai per il biografo di Zurigo, ed ebbi fortuna. Come scoprii, insegnava all'università di Basilea, dove si disse disposto a incontrarmi l'indomani, nel suo ufficio, durante la pausa per il pranzo. Al telefono millantai di aver letto il suo libro e gli accennai che avrei discusso volentieri con lui alcuni dettagli riguardo il matrimonio fallito tra Enrico IV e Gabrielle d'Estrées. Lui disse che nel libro aveva solo accennato a quella storia a causa della situazione poco chiara delle fonti, ma che a voce avrebbe saputo dirmi qualcosa in più.

Trascorsi il pomeriggio a leggere il volume di Katzenmaier e incontrai molte scene che Koszinski mi aveva descritto così vividamente pochi giorni prima durante la nostra passeggiata nei boschi. Pochi giorni prima? Possibile che fossero passati solo tre giorni da quando ero venuto a sapere di questa storia? Mi resi conto che a confronto con il possente panorama del tempo delle guerre degli ugonotti che si dispiegava ora davanti a me l'esposizione di Koszinski non era altro che un abbozzo appena accennato del quadro storico. La maggior parte delle scene e dei protagonisti del resoconto di Koszinski sembravano comete che baluginavano fugaci nel turbine degli infiniti personaggi e avvenimenti che ora, grazie allo studio di Katzenmaier, sfilavano sul palcoscenico della mia immaginazione.

Naturalmente lessi le quasi seicento pagine solo qua e là. Avevo perfezionato quest'arte durante gli studi. Sommario e indice ragionato mi portarono in fretta ai punti che mi interessavano. Al destino di Gabrielle non era dedicata più di una mezza pagina. La sua morte improvvisa appariva come un episodio insignificante ed era citata di sfuggita all'interno di un capitolo sulle trattative di matrimonio con Firenze. Una nota al piede in cui si faceva riferimento alla situazione incerta delle fonti doveva giustificare quella sommarietà:

> Se la duchessa di Beaufort sia caduta vittima di un avvelenamento oppure di una malattia, è questione a mio avviso storicamente non comprovabile. Dopo Loiseleur (1878) e Desclozeaux (1889) sull'argomento non è più stato detto alcunché di sostanzialmente nuovo. Le ricerche più recenti raggiungono anzi spesso livelli di conoscenza inferiori a quelli degli autori succitati o si profondono in speculazioni scientificamente poco ortodosse (a questo proposito cfr. per esempio Bolle, J.: *Pourquoi tuer Gabrielle d'Estrées?* Firenze, 1955).

Avevo già incontrato Loiseleur e Desclozeaux. Ma chi era J. Bolle? Mi annotai quel nome e andai al catalogo, che mi lasciò ancora una volta a terra. Anche il computer dei prestiti esterni non diede risultati. Ero deluso. Il titolo del libro suonava promettente. *Perché uccidere Gabrielle d'Estrées?* Non aveva senso continuare la ricerca in Germania. A Parigi tutti quei titoli erano sicuramente disponibili.

Quando giunse l'ora di chiusura della biblioteca avevo letto abbastanza da sentirmi pronto per il colloquio dell'indomani. Andai a cena in un ristorante, quindi feci qualche telefonata dalla mia stanza d'albergo e alla fine digitai anche il numero di Koszinski.

Rispose al secondo squillo. «*Ah, Monsieur Michelis. Quoi de neuf?*» scherzò.

«Domani parto per Basilea: vado a parlare con uno storico.»

Koszinski rise. «Allora vuole davvero occuparsi della faccenda? Spero di non averle attaccato qualche strana frenesia.»

«Non so ancora bene perché», replicai, «ma non riesco a liberarmi dell'impressione che Morstadt sospettasse che nel quadro del Louvre è contenuta una risposta. Tra l'altro, ho trovato l'originale della poesia denigratoria. È riportata nelle memorie di Estoile.»

«Non mi sorprende», disse asciutto. «Morstadt ha attinto a man bassa da lì.»

«Uno dei quadri è esposto a Basilea, non è così?» domandai.

«Sì, uno dei tre dipinti citati nella scena del banchetto.»

«Sa per caso dove si trova?»

«Credo che sia alla Öffentliche Kunstsammlung. Sì, è sicuramente lì.»

Presi nota del nome del museo.

«Dalla stazione ci arriva in dieci minuti. Vuole vedere anche tutti gli altri quadri?»

«Non lo so ancora. Sicuramente saranno riprodotti da qualche parte, no?»

«Sì, naturalmente. Non gliel'ho detto? *Les dames de Fontainebleau.* Ho dimenticato il nome dell'autore perché non possiedo il libro. Ma lo troverà in ogni libreria d'arte ben fornita. L'editore si chiama Franco Maria Ricci. Purtroppo ha un prezzo esorbitante per noi comuni mortali. Tranne una delle due scene di Atteone vi sono riprodotti tutti i dipinti.»

Scrissi rapidamente tutto.

«E dopo?» chiese.

«Dopo che cosa?» domandai a mia volta.

«Dopo Basilea.»

«Probabilmente Parigi. Sento l'inderogabile impulso di visitare il Louvre. E poi in Germania non si trova neanche una fonte.»

«Già già, le vecchie carte», disse infine. «Be', allora buona fortuna», aggiunse poi non senza una traccia di canzonatura nella voce.

4

BASILEA mi lasciò incantato. Mi aspettavo una città assediata da zone pedonali e mi ritrovai all'improvviso in uno scrigno di gioielli urbanistici. Purtroppo, un altro incantesimo mi impediva di fermarmi ad ammirare più a fondo quei tesori: non vedevo l'ora di arrivare al museo. Quando fui davanti al dipinto sentii che quella strana serie di ritratti stava cominciando a stregarmi.

Anonimo. Dama nella sua toilette. Senza data. Devo aver osservato il quadro per una buona mezz'ora. La maggior parte degli elementi degli altri dipinti erano già presenti qui. Una dama era ritratta nel suo bagno. Dalle spalle le ricadeva un velo trasparente che lasciava il busto scoperto. Sul tavolo davanti a lei era gettato un panno di velluto rosso. Aveva il braccio destro piegato e la mano sospesa all'altezza dell'ombelico, con la quale reggeva un anello in punta di dita. Le dita della mano sinistra giocavano con una collana che ricadeva tra i seni. Alla sinistra della donna si vedeva uno specchio splendidamente cesellato che rifletteva il suo bel profilo. Il piedistallo dello specchio era costituito da una coppia avvinta in un bacio. Sullo sfondo una dama di camera stava in ginocchio davanti a una finestra aperta, affaccendata su una cassapanca. Lo sguardo della donna ritratta era rivolto all'osservatore e mi parve allo stesso tempo pudico e provocante. Il testo stampato nel catalogo era tanto ricco di informazioni quanto vago:

> La composizione è influenzata da opere italiane conservate presso il castello di Fontainebleau (Raffaello e Leonardo) o si rifà a precursori celebri (Tiziano). Richiama anche un originale perduto di Clouet. Del ritratto sono

note molte riproduzioni, copie e varianti; le versioni di Worcester, Digione e la presente, probabilmente di mano tedesca, sono le più belle.

Si tratta di un dipinto idealizzato, di cui non è stato possibile identificare con certezza né la modella né il pittore. L'autore ha senz'altro subito l'influsso dei poeti coevi. Ronsard descrive il ritratto dell'amata nuda davanti a lui mentre si guarda in uno specchio. Questo tuttavia è un tema molto meno frequente (un quadro a esso ispirato si trova nel museo di Châlons).

Nei dipinti di Digione, Worcester e Basilea, la giovane donna ritratta di tre quarti in piedi dietro un tavolo ha appena scelto un anello dal suo portagioie. La dama è adornata di perle; davanti a lei sono sparse alcune rose, fiori attribuiti a Venere, a cui la donna è senz'altro paragonata. Nel ritratto qui presente invece le rose sono assenti. Uno specchio alla sinistra della dama ne riflette il volto. La mano sinistra, posata tra i seni, ne sottolinea in tal modo la distanza e consistenza, e copre una piccola croce (riferimento al cattolicesimo di Diane de Poitiers) o un medaglione. Talvolta, come in questo caso, la mano non copre nulla. Sullo sfondo del dipinto una serva prepara le vesti. Non cuce l'abitino per il battesimo, come avviene nel celebre ritratto di *Gabrielle d'Estrées e una delle sue sorelle* (Louvre).

Quelli che vediamo qui sono gli ultimi preparativi, poiché la bella signora è già accuratamente ed elegantemente pettinata. Sulle spalle porta un velo leggero, trasparente, e al collo un'allacciatura intessuta di fili d'oro che lascia scoperte le sue grazie. I tre quadri ritraggono donne diverse e sono opera di pittori differenti, a tutt'oggi ignoti, che però celebrano il loro soggetto con la stessa sensibilità e una venerazione quasi religiosa per la femminilità. Persino quando i gesti, e in special modo la mano che sorregge l'anello, potrebbero essere interpretati come un'allusione erotica, l'elemento seduttivo è rappresentato con un'eleganza e un distacco che lo rendono scevro di qualsiasi volgarità. In questi dipinti qualcuno ha voluto vedere un'allusione al motivo cristiano della *Vanitas*; il volto riflesso nello specchio in effetti permette una tale interpretazione. Tuttavia, sebbene il motivo sia compatibile, in queste immagini della seduzione la simbologia morale rimane totalmente oscurata dall'elemento estetico.

Mi tornò in mente la discussione che avevo avuto con Koszinski sui titoli dei quadri e sui testi dei cataloghi d'arte: vacui come iscrizioni tombali.

Venti minuti dopo ero davanti all'edificio dell'università. Il portiere mi spiegò il tragitto per l'ufficio di Katzenmaier e poco dopo sedevo già di fronte a lui, un signore sui cinquant'anni con i capelli grigi e una figura atletica, infilato in un ampio abito grigio chiaro. Era visibilmente lusingato che qualcuno venisse apposta fino a Basilea per fargli qualche domanda sul suo libro. Mi presentai e gli spiegai brevemente che insegnavo letteratura e di solito vivevo in America. Quando citai le università in cui avevo lavorato negli ultimi anni, si illuminò in volto e mi chiese di una serie di colleghi che io però non conoscevo. Poi mi domandò come mai un americanista come me fosse andato a impelagarsi nella Francia del XVI secolo.

Gli raccontai del manoscritto di Koszinski. Dei dipinti non dissi nulla. Poi gli esposi brevemente le domande che mi erano venute in mente leggendo quelle carte. Quando accennai come incidentalmente alle cause di morte della duchessa, si scurì in volto. Mi ricordavo bene la nota al piede nel suo libro, perciò mi affrettai ad aggiungere che sicuramente si trattava di uno pseudo-problema storico. Spiegai che anch'io non credevo che ci fosse alcunché di vero nella storia del veleno, e che ero andato a trovarlo proprio per quello. Speravo che lui potesse senz'altro chiarirmi la questione con qualche informazione sui retroscena.

«Vede, signor Michelis», disse, «su questo argomento sono stati sprecati fiumi d'inchiostro. Sono quattrocento anni che cercano l'assassino di quella donna, ma nessuno sembra aver mai pensato che per un omicidio ci vuole un movente. E qui non c'è. Tutte le speculazioni fatte finora sono una specie di caccia alle uova di Pasqua.»*

Trovai la similitudine divertente, e ridendo replicai: «Enrico però voleva sposare la duchessa, e se lei non fosse morta all'improvviso l'avrebbe anche fatto. Gabrielle per Maria de' Medici era un ostacolo o no?»

«Certo», ammise lui scuotendo la testa. «Ma nell'aprile del 1599 nessuno poteva sapere che Enrico avrebbe sposato Maria de' Medici. Anzi. I rapporti tra Parigi e Firenze erano a un punto morto.»

«Mi può spiegare meglio?»

«Ci vorrà un po'. Posso offrirle un caffè?»

Accettai volentieri. Lui fece una breve telefonata. Quando ebbe riagganciato, gli chiesi se per caso non lo stavo trattenendo troppo a lungo, al che lui mi disse che alle quattordici aveva un impegno, ma che potevo mettermi tranquillamente comodo. Gli faceva piacere darmi le informazioni che cercavo.

«In tutta la faccenda sono due le domande fondamentali a cui bisogna dare risposta, non le pare?»

«Già. Il re voleva davvero sposare Gabrielle?»

«E lei fu uccisa per questo?»

Annuii.

«Allora», attaccò, «cominciamo dalla prima domanda. Se ci atteniamo ai documenti ufficiali, Enrico nella primavera del 1599 prese la decisione di divorziare da Margherita e di sposare la sua amante. È storicamente appurato che Brulart de Sillery, emissario di Enrico, il 20 gennaio lasciò Parigi per recarsi a Roma. Pochi giorni dopo la sua partenza il re scrisse una lettera al papa per preparare l'accoglienza al suo messo. La lettera è scritta con un tono sottomesso e pressante e non lascia alcun dubbio sulle intenzioni di En-

* Nella tradizione nordica e mitteleuropea, a Pasqua i bambini devono scovare le uova nascoste per loro dagli adulti. (*N.d.T.*)

rico. Navarra anticipa al Santo Padre che attraverso il signor de Sillery gli confiderà una cosa che più di ogni altra gli preme per la sua persona e per il suo Stato, da quando a Sua Santità è piaciuto di accoglierlo in misericordia e di concedergli la sua benedizione. Prega papa Clemente dal profondo del cuore di concedergli la grazia che gli avrebbe richiesto attraverso il suo messo.

«Il 28 gennaio seguì una seconda lettera. Enrico offre denaro. Dice di voler costruire un ostello per i pellegrini francesi che vogliono visitare i luoghi sacri di Roma. Per il finanziamento gli propone di porre un tributo del due per cento sugli introiti ecclesiastici, i cosiddetti proventi concistoriali. Si tratta di un fatto davvero illuminante. Enrico avanza offerte, dunque tiene molto al divorzio. Bisogna credere che la volontà del re sia di far annullare il matrimonio con Margherita per poi sposare Gabrielle. Solo allora diventa plausibile un complotto. E con ciò veniamo alla seconda domanda. Gabrielle fu avvelenata? E se sì, da chi? Chi avrebbe potuto pianificare e realizzare un attentato alla vita della duchessa?»

«Ecco... magari i gesuiti, per mettere sul tono di Francia una principessa cattolica», ipotizzai.

«Sta bene, prendiamola pure per una possibilità. Lei sospetta di questo La Varaine, non è vero?»

«Di certo avrebbe avuto gioco facile, considerando che la duchessa era stata affidata nelle sue mani.»

«Già, è vero», replicò Katzenmaier, «ma bisogna sapere che il messo inviato a Roma da Navarra aveva con sé anche altre offerte interessanti. Sillery portava nella borsa un lasciapassare per i gesuiti. La sorte della Compagnia di Gesù avvelenava da anni i rapporti tra la Francia e Roma. Lei saprà di certo che dopo l'attentato al re nel 1595 l'ordine dei gesuiti era stato bandito dalla Francia. Ma mentre i parlamenti del Nord avevano ratificato il bando, le città del Sud, e in special modo Bordeaux e Tolosa, si rifiutavano di applicare l'ordine del re. Un ordine che era difficile far valere contro la volontà dei parlamenti regionali.

« Incapace di trovare una soluzione alla faccenda, Navarra la utilizzava ora come una briscola da giocare in una partita più importante. Fondamentalmente, Enrico fece la seguente proposta: se il papa concedeva l'annullamento del matrimonio, il re in cambio era pronto a revocare il bando dei gesuiti. Da ciò si può viceversa concludere che, considerata la situazione precaria in cui si trovavano, i gesuiti avrebbero difficilmente osato esprimersi pubblicamente contro la scandalosa unione del re con Gabrielle d'Estrées, figurarsi poi ordire un complotto di morte contro di lei. Il rischio di essere scoperti e di giocarsi così la cancellazione del bando era immenso. In quel momento, cioè nella primavera del 1599, con Gabrielle avrebbero perso il contraccambio che faceva loro intravedere un rientro in Francia. »

« Ma la morte di Gabrielle avrebbe aperto la strada a Maria de' Medici, garantendo quindi in ogni caso il ritorno in Francia dei gesuiti. »

Katzenmaier rise. « Qui si sbaglia. Dalla prospettiva odierna in effetti sembrerebbe così, ma come ho già detto nel 1599 il matrimonio con Maria de' Medici non era neanche più in discussione. E non è difficile documentarlo. Ma andiamo con ordine. »

Bussarono alla porta ed entrò il caffè. Quando fu davanti a noi sulla scrivania, fumante, chiesi: « E come stanno invece le cose con le altre fazioni? Rosny, per esempio. Gabrielle non era certo un problema solo per gli italiani ».

« È vero, per Rosny Gabrielle era la quintessenza di ogni male. È un'opinione che nelle sue memorie viene espressa più che chiaramente. Per tutte le teste dotate di una nitida visione politica l'intenzione di Enrico era assolutamente inconcepibile. Eppure si piegarono al suo volere, e ciò per il semplice fatto che nel marzo del 1599 nessuno avrebbe potuto ottenere un vantaggio reale dal fallimento di quell'unione. Come ho detto, l'opzione de' Medici non esisteva. Ma la Francia aveva assolutamente bisogno di legittimi eredi al trono. I protestanti, con la loro morale inflessibile, erano un po' combattuti riguardo Gabrielle, ma avevano più interesse a vedere sul trono una regina francese con il cuore vicino ai riformati che una principessa cattolica straniera. Inoltre Gabrielle aveva stretto amicizia con due influenti nobildonne protestanti, ovvero Madame Catherine, la sorella del re, e la principessa d'Orange, la cui lealtà al protestantesimo, essendo vedova dell'ammiraglio Coligny assassinato nella notte di san Bartolomeo, era al di sopra di ogni dubbio. Se avessero sostenuto la duchessa fino in fondo, i riformati avevano praticamente la vittoria in tasca.»

«I cattolici però erano tutti e comunque contro Gabrielle, no?»

«Certo», replicò Katzenmaier. «Dalla parte dei cattolici c'erano due fazioni: i cosiddetti *politiques*, che erano i moderati, e gli ultracattolici che un tempo facevano parte della Lega. Entrambe erano contro questo matrimonio. Ciò che rendeva Gabrielle gradita ai protestanti faceva orrore agli occhi dei cattolici. I *politiques*, cioè gente come Rosny, temevano per la legalità della discendenza. I fanatici credevano che Gabrielle avrebbe esercitato pressioni sul re perché oltre al nefasto editto di Nantes facesse ulteriori concessioni su questioni di fede. A ben guardare, però, tutte queste obiezioni si rivelavano inconsistenti. La discendenza al trono era, almeno dal punto di vista della giurisprudenza, chiaramente assicurata. Con un'invalidazione *ab initio* dei due matrimoni, i figli di Gabrielle, ottenuto il divorzio di Enrico e il riconoscimento del re, sarebbero diventati legittimi eredi della Corona. Molti anni dopo, un procedimento avviato per una lite di eredità che aveva come oggetto esattamente la stessa questione fu concluso proprio in questo senso. Dopo il divorzio del re tutti i figli che Gabrielle ebbe con Enrico sarebbero stati considerati legittimi tanto dal diritto canonico quanto da quello civile. Un fatto che tuttavia, si capisce, non era necessariamente noto ai contemporanei.

«Quanto poi al favore nei confronti dei protestanti, questo probabilmente esisteva soltanto nella fantasia dei cattolici; la realtà infatti dimostrava piuttosto il contrario. Enrico controllava scrupolosamente che i suoi ex compagni di lotta protestanti, per contraccambiare l'editto, tornassero a permettere la fede cattolica nei loro territori. Allo stesso modo partì per Roma la promessa che presto anche in Francia si sarebbe attuata l'applicazione dei principi del concilio di Trento, ritardata per anni. Niente nelle azioni politiche del re indicava che fosse più bendisposto verso la parte protestante piuttosto che quella cattolica. Al contrario. Tutte le sue decisioni miravano a mantenere la pace raggiunta faticosamente con un sacrificio di vittime incommensurabile. Gli sforzi di Gabrielle andavano nella stessa direzione. Nessuna delle grandi fazioni religiose aveva da temere qualcosa da parte sua. Non ci è stata tramandata alcuna prova che dopo la promessa di matrimonio di Navarra nel marzo del 1599 una delle fazioni abbia seriamente provato a distogliere il re dal suo intento. Un attentato alla vita della duchessa da parte dei cattolici sarebbe stato un enorme azzardo politico.»

«Allora come grande sospettato rimane soltanto Ferdinando de' Medici», lo interruppi.

Katzenmaier sorrise sotto i baffi. «Ecco, con questo sospetto lei è in buona compagnia... e tuttavia è una tesi che non sta in piedi. Ma sta bene: seguiamo pure questa pista. Che Ferdinando de' Medici volesse vedere sua nipote Maria sul trono francese era un segreto di pulcinella. C'erano già state trattative in questo senso intorno al 1592, ma poi erano state sospese. Due storici famosi, lo svizzero Sismondi e il francese Michelet, nell'Ottocento hanno apertamente accusato Ferdinando dell'omicidio della duchessa. Sismondi in pratica scrisse che le trattative per il matrimonio di Enrico IV con Maria de' Medici erano già in corso e che Gabrielle rappresentava un ostacolo insormontabile tra i piedi. Come prova addusse il fatto che Gabrielle morì in casa di un italiano e che non era la prima volta che Ferdinando toglieva di mezzo qualcuno ricorrendo al veleno.»

«Si riferisce a Bianca Capello?»

«Sì. Un'altra storia per la quale non esistono prove. Michelet batte sullo stesso chiodo. Sostiene che il granduca doveva essere senza dubbio al corrente della situazione perché riguardava direttamente i suoi interessi. Rosny, che secondo Michelet era alleato con Gabrielle, aveva estromesso gli italiani dalle finanze francesi. E Gabrielle ostacolava l'ascesa al trono della nipote di Ferdinando. Infine ci rifila ancora una volta la storiaccia di Bianca Capello e ne deduce che l'assassinio della d'Estrées non sarebbe stato il primo ascrivibile sul conto di Ferdinando, da cui era lecito aspettarsi il ricorso ad avvelenamenti compiuti con discrezione.»

Il disprezzo di Katzenmaier per simili teorie traspariva dai suoi gesti. Si tolse gli occhiali e si stropicciò gli occhi.

«E lei ritiene che siano tutte sciocchezze?» domandai cautamente.

Lui allargò le braccia come a chiedere comprensione. «Che cosa devo pensare, se i fatti non sono veri? A una prima occhiata in effetti qualcosa può far credere che Ferdinando ci avesse messo lo zampino. Conducono a lui troppi indizi. Sismondi e Michelet poterono quindi pronunciare tranquilli il sospetto che Ferdinando fosse un avvelenatore. Ma che dire delle altre asserzioni? Gabrielle non morì affatto in casa di un italiano. È vero che consumò il suo ultimo pasto da Zamet, e ognuno è libero di trarne le conclusioni che vuole. Ma come si può dar credito all'affermazione di Michelet secondo cui Rosny, poi duca di Sully, fosse in combutta con Gabrielle e abbia smantellato l'influenza italiana sulle finanze francesi? Nonostante Rosny abbia effettivamente riformato il fisco e sottratto gli entroiti dello Stato francese all'ingerenza diretta di Ferdinando, è del tutto assurdo ritenere che per farlo Rosny si sia appoggiato alla duchessa. Non c'era nessuno che odiasse Gabrielle più di Rosny. E per quel che concerne la complicata faccenda delle finanze, dalla primavera del 1598 la questione era stata regolata con pieno soddisfacimento per Ferdinando.»

Corrugai interrogativo la fronte e ottenni immediatamente una spiegazione.

«Ferdinando aveva sostenuto Enrico per anni. Proprio come il papa, anche lui era dell'idea che solo una Corona francese forte avrebbe potuto spezzare la supremazia asburgica. A questo scopo non lasciò nulla di intentato per aizzare Francia e Spagna una contro l'altra ogni volta che poteva. Sostenne segretamente il Navarra con ingenti prestiti di guerra. Come ex cardinale disponeva di buone conoscenze a Roma e giocò un ruolo sostanziale nelle trattative che portarono all'assoluzione di Enrico. Quando Navarra decise di assediare Parigi, Ferdinando gli inviò quattromila soldati svizzeri. Più avanti ne arrivarono altri mille, ed Enrico gli chiese anche un prestito di duecentomila talleri che gli servivano urgentemente perché i suoi vassalli cominciavano a defezionare. A quel prestito ne seguirono altri. Ferdinando pretese interessi e garanzie: otto e un quarto per cento e un'ipoteca sulle imposte sul sale. Enrico si offese, però accettò. La guerra era troppo importante. Non aveva altra scelta.

«Ma il granduca voleva di più. Aveva già messo da un pezzo gli occhi su Marsiglia, temendo che altrimenti finisse nelle mani degli spagnoli o del duca di Savoia, il quale aveva già allungato le grinfie su Saluzzo. Era per questo che nel 1591 Ferdinando aveva cominciato a far fortificare il borgo di If su una delle isole di fronte a Marsiglia.

«Nel 1597 la situazione precipitò, e Ferdinando prese con la forza tutte e tre le isole davanti a Marsiglia scacciando i francesi. Gli abitanti di Marsiglia invocarono l'aiuto del re. Ma questi era impotente, per cui i marsigliesi minacciarono che se il re non li avesse liberati dall'usurpatore italiano sarebbero passati dalla parte degli spagnoli. Navarra uscì dai gangheri e pretese dal granduca Ferdinando la restituzione delle isole. Questi replicò che l'avrebbe accontentato se il re avesse saldato i suoi debiti. Si racconta che Navarra per la rabbia abbia sguainato la spada, ma quando non si può ricorrere alla forza bisogna accontentarsi della diplomazia. Così si trattò un accordo in cui si prevedeva che Ferdinando avrebbe sgombrato le isole entro quattro mesi a fronte dell'estinzione dei debiti, per i quali d'ora in poi si facevano garanti dodici principi francesi, e del rimborso dei costi per la costruzione delle fortificazioni. Il contratto fu firmato il 1° maggio 1598.

«Considerati questi antefatti è lecito domandarsi che sentimenti nutrisse Navarra nei confronti della casa dei Medici. Tra quel bottegaio trafficone di Ferdinando ed Enrico di Navarra c'è una distanza abissale. Che smacco per un re trovarsi alla mercé di un commerciante arricchito! Inoltre, come poteva Enrico dimenticare l'orrore della notte di san Bartolomeo a cui era sopravvissuto per un pelo? Medici! Era un nome che grondava il sangue del macello di migliaia di ugonotti inermi. Quella notte il fiore della nobiltà protestante era stato falciato a tradimento per ordine di Caterina de' Medici. Navarra aveva già vissuto altre volte sulla propria pelle ciò di cui erano capaci i fiorentini.»

«Eppure alla fine ha sposato la nipote di Ferdinando.»

«Sì, certo. Ma il fatto che dopo la dipartita di Gabrielle Enrico alla fine avesse acconsentito a unirsi a Maria de' Medici si spiega soltanto con la sua preoccupazione di mantenere insieme il regno faticosamente riunificato. La paura di una recrudescenza della guerra civile e la prospettiva di vedere abbuonato il debito della Francia pesarono di più dell'avversione per il casato dei Medici. Prima della morte di Gabrielle però nessuno immaginava che potesse essere preso in considerazione un matrimonio del genere. La questione finanziaria era stata regolata, ma i rapporti diplomatici erano troppo tesi. Anzi, in quel periodo tra Firenze e Parigi non c'era alcun rapporto diplomatico. Persino lo scambio di lettere segrete tra Ferdinando e i suoi agenti alla corte francese si interrompe il 2 dicembre 1598 e viene ripreso soltanto nel novembre del 1599. Perciò nessuno poteva contare di ricevere un vantaggio sicuro dalla morte di Gabrielle.» Katzenmaier si sporse avanti e prese un sorso del suo caffè.

«Quale scambio di lettere segrete?» domandai.

«Ferdinando manteneva a Parigi una certa quantità di spie. Quello piazzato meglio era un certo Bonciani. I suoi dispacci si sono conservati fino a noi ma furono pubblicati soltanto nell'Ottocento da un certo Desjardins. Però per il lasso di tempo in questione, cioè quasi tutto il 1599, manca qualsiasi traccia di corrispondenza. Una prova ulteriore che le trattative con Firenze furono riprese solamente mesi dopo la morte di Gabrielle.»

Bonciani! Un'altra tessera nel mosaico del manoscritto che si rivelava storicamente fondata.

Katzenmaier si alzò, andò alla libreria a parete dietro la scrivania e fece scorrere un dito sul dorso dei libri. «Vedo che lei non mi crede, ma devo deluderla. Non c'era alcun complotto contro la duchessa. Con una probabilità al limite della certezza è morta per una comune malattia collegata alla gravidanza che si chiama eclampsia. L'unica cosa strana della sua morte è il momento in cui è avvenuta. Ma aspetti, qui da qualche parte ho due lavori che le dimostreranno fin nel minimo dettaglio quanto io le ho soltanto accennato. Dove sono finiti?»

Scivolò con lo sguardo sulle file di volumi. Quando alla fine posò davanti a me i due fascicoli di fotocopie riconobbi all'istante i nomi degli autori. Loiseleur e Desclozeaux.

«Ho già incontrato questi due nomi ieri in biblioteca», dissi. «Ma in Germania i loro libri non si trovano da nessuna parte.»

Katzenmaier inarcò le sopracciglia. «Naturalmente no. Da oltre cent'anni nessuno si interessa più del caso. Io mi sono procurato i volumi a Parigi e li ho fatti fotocopiare. Purtroppo ho solo questi esemplari, ma alla Bibliothèque Nationale può ancora trovare gli originali. Tutto ciò che si sa sul conto di Gabrielle d'Estrées lo ha riportato e analizzato magistralmente questo Loiseleur. Per quel che riguarda le circostanze della morte della duchessa, Desclozeaux ha copiato quasi tutto da lui. Ma in quest'ultimo troverà anche un'interessante disquisizione sulle altre fonti, soprattutto sulla questione dell'affidabilità delle memorie di Rosny. Aspetti, le scrivo rapidamente i titoli.»

Di certo quella cortese offerta stava anche a significare che eravamo giunti al termine del nostro colloquio. Lo ringraziai di cuore per il tempo che mi aveva dedicato e Katzenmaier rispose che lo aveva divertito molto, una volta tanto, parlare a un ascoltatore interessato. Se avessi avuto altre domande mi invitò a rivolgermi a lui quando volevo. Purtroppo però adesso doveva dedicarsi a un altro impegno.

«Ecco qui i dati bibliografici. Lei è accreditato alla Bibliothèque Nationale?»

Lo guardai sorpreso. «Accreditato?»

Rise. «Lei è stato troppo a lungo in America, caro collega. Senza una lettera di raccomandazione le sarà difficile entrarci. Ma aspetti, dirò alla mia segretaria di preparargliene una.»

Stavo per rifiutare cortesemente l'offerta, ma lui era già al telefono e rispose alla mia espressione di obiezione con un movimento della mano che invitava a non preoccuparmi.

«Signora Galian? Sono Katzenmaier. Ha ancora formulari per visitatori della Bibliothèque Nationale di Parigi?... Sì, in francese.» Mise la mano sulla cornetta e disse: «Ci vorranno cinque minuti e le risparmierà discussioni interminabili con l'amministrazione della biblioteca... Sì, per il signor Michelis. Lo mando subito da lei».

Uscimmo dall'ufficio e ci incamminammo per il corridoio tinteggiato di bianco. Arrivati alle scale mi spiegò come raggiungere la segreteria e tese la mano verso di me per salutarmi.

«Lei mi ha aiutato davvero molto.»

«Ma la prego. Tra colleghi.»

«Nel suo libro lei cita anche un altro nome. Un certo Bolle.»

«Sì», disse con un soffio di rassegnazione che in un primo momento pensai causato dalle mie domande che non volevano finire. Invece era stato il nome dell'autore a farlo scurire in volto. «A Parigi troverà anche quello. Uno studio piuttosto astruso sulla teoria dell'avvelenamento e supposte lacune nella corrispondenza segreta. Perché costui venga citato, non l'ho mai capito. Ma nei lavori scientifici è sempre così. Si continuano a covare alacremente le uova deposte da chiunque. Anche le uova di cuculo.»

Intanto aveva già preso a scendere le scale e poco dopo scomparve alla mia vista.

5

Il treno notturno raggiunse Parigi all'alba. Presi alloggio in un hotel in rue Rameau, non lontano dalla Bibliothèque Nationale, e poco dopo ero già davanti al portale imponente inserito nell'alto muro che cinge la biblioteca come il vallo di una fortificazione. Avevo quasi due ore d'anticipo sull'apertura, così scesi verso sud lungo rue Richelieu, in cerca di un caffè. Parigi si stava svegliando. Davanti alle panetterie aleggiava l'odore del pane fresco, come un profumo di campagna. Automobili da museo passavano scoppiettando, cariche di pile di giornali o baguette raccolte in covoni dorati. I marciapiedi luccicavano umidi, e con i primi raggi di sole che dai tetti riuscivano a calarsi nelle strette gole delle strade, la rugiada si levava dal selciato colmando brevemente l'aria di un chiarore mediterraneo.

Trovai un caffè sulla place du Palais Royal e mi godetti gli ultimi istanti della *levée* di Sua Maestà Parigi. A un tiro di schioppo da dove stavo si ergeva l'imponente facciata nord del Louvre, e da qualche parte là dietro era appeso il dipinto delle due sorelle nel bagno. Ingannai il tempo fino alle dieci riguardando gli appunti che avevo preso dopo la chiacchierata con Katzenmaier. La lettera di presentazione, scritta in un francese legnoso su carta intestata dell'università di Basilea, sembrava volersi dare l'importanza di un salvacondotto diplomatico. Ma quando poco più tardi attraversai il cortile interno della biblioteca e oltrepassai la porta girevole di vetro che conduceva nell'edificio principale dovetti prendere atto che quelle referenze erano davvero necessarie.

Mi consegnarono un *laissez-passer* su cui era indicato un numero di posto. Tutta la procedura aveva un che di cospiratorio. Mi recai nella sala del catalogo, riempii i moduli per il prestito, li portai allo sportello e andai a occupare il posto che mi era stato assegnato. Sulla sala di lettura incombeva il silenzio severo di uno scrittorio di monaci. Ogni tanto un addetto della biblioteca traversava la stanza per portare corpulenti volumi in folio rilegati in pelle al leggio di qualcuno, da cui si faceva firmare una ricevuta. Ogni posto era munito di una lampada da tavolo con il paralume di vetro verde. Il legno dei banchi sembrava vecchio di secoli. Generazioni di studiosi e scrittori si erano seduti lì, chini sui libri, a caccia di una qualche risposta.

Mentre aspettavo sprofondai di nuovo nei miei appunti e quando qualcuno mi picchiettò sulla spalla trasalii. Un ragazzo posò accanto a me tre volumi, mi fece segno di firmare la ricevuta e infine disse a bassa voce che uno dei libri da me richiesti mi aspettava nel reparto dei *rara volumina*. Lo ringraziai e presi in mano la cedola per quel libro: Abel Desjardins, *Négociation diplomatique de la France avec la Toscane.*

Due ore più tardi avevo già scorso rapidamente due dei tre volumi. Il *Gabrielle d'Estrées* di Desclozeaux non conteneva niente di particolarmente nuovo. Era interessante la ricostruzione delle trattative per il divorzio di Gabrielle dal primo marito, Nicolas d'Amerval, signore di Liancourt. Appariva evidente come fin dal primo istante lo scopo di quell'annullamento era assicurare che in seguito i figli di Gabrielle ed Enrico potessero essere considerati legittimi. Gabrielle, così mi ricordavo, aveva lasciato d'Amerval nel 1592 per unirsi definitivamente a Enrico. Due anni più tardi, leggevo ora, d'Amerval in occasione del divorzio aveva scritto nel suo testamento:

> ... poiché io debbo obbedienza al re e temo per la mia vita, sono dunque pronto ad accordare lo scioglimento del mio matrimonio con la suddetta d'Estrées come da procedimento dinanzi al magistrato di Amiens. Tuttavia dichiaro e giuro davanti a Dio e agli uomini che questo

divorzio ha luogo contro la mia volontà, sotto costrizione e per rispetto del re, e che se dovessi sostenere, dichiarare e notificare che sono inabile e inetto all'unione carnale e alla riproduzione, ciò non risponde a verità.

Curioso, pensai. Perché tutto questo gran daffare per un'amante? O forse quella fu fin dall'inizio qualcosa di più che una semplice relazione amorosa? Naturalmente nel frattempo Gabrielle aveva già dato al re un figlio ed era comprensibile che volesse sciogliere il matrimonio a cui il padre l'aveva costretta due anni prima. Eppure, perché non accontentarsi semplicemente di un divorzio? Per quale motivo si insisteva sulla sua nullità *ab initio*, nonostante l'invalidazione potesse essere ottenuta soltanto con pretesti deboli come la pretesa impotenza di d'Amerval? Dopotutto lui aveva messo al mondo quattordici figli! C'era solo una spiegazione plausibile a questo procedimento: si voleva escludere dall'inizio la possibilità che potesse mai essere messa in discussione la legittimità dei figli avuti da Gabrielle con il re.

Desclozeaux chiariva bene la situazione: il diritto civile e canonico dell'epoca permetteva la legittimazione a posteriori di discendenti naturali soltanto nel caso che i bambini nati al di fuori del matrimonio non fossero figli di un adulterio. La prole di Enrico e Gabrielle era frutto di un adulterio? All'epoca della nascita del loro primo figlio, César, erano entrambi ancora sposati: Gabrielle con d'Amerval, Enrico con Margherita di Valois. Come ai giorni nostri, anche allora c'era la possibilità di far dichiarare nullo un matrimonio se si riusciva a dimostrarne l'illegittimità. Le motivazioni potevano essere trovate tanto nel diritto naturale e civile quanto in quello canonico. Un matrimonio imposto contro la volontà o l'impotenza rientravano nella prima categoria, l'appartenenza a religioni diverse o una consanguineità fino al quarto grado appartenevano alla seconda. Con una sentenza di divorzio basata su una o più di queste motivazioni, un matrimonio non veniva soltanto sciolto, ma retroattivamente annullato, il che significava che dal punto di vista legale tale matrimonio non era mai esistito.

I matrimoni di Gabrielle e del re erano dunque stati dichiarati nulli e non validi, così che i figli scaturiti dall'unione extraconiugale tra Enrico e la sua preferita potessero essere successivamente legittimati. Nonostante d'Amerval avesse avuto quattordici figli dal primo matrimonio, nella sua richiesta di annullamento Gabrielle si appellò all'incapacità del marito di ottemperare ai doveri matrimoniali. Le autorità si accordarono per rinunciare alla consuetudine della verifica pubblica dell'imputazione e al suo posto accolsero la perizia di un medico e di un chirurgo, che confermarono entrambi la veridicità dell'affermazione. A questa motivazione principe se ne aggiunse una seconda, ricollegata a una supposta parentela dei due coniugi. Gabrielle era imparentata in terza generazione con Anne Gouffier, la prima moglie di d'Amerval. Sebbene entrambi i ricorsi fossero più che dubbi, fu sancito che l'unione matrimoniale tra Gabrielle d'Estrées e Nicolas d'Amerval, signore di Liancourt, era in contrasto con le leggi della Chiesa e quindi annullata. Il documento ufficiale si chiudeva pertanto con queste parole: *Praetensum matrimonium inter dictos d'Amerval et d'Estrées, contra leges et statua Ecclesiae attentatum, ab initio nullum et ideo irritum, declaravimus et declaramus.*

Rimasi a bocca aperta. Questo naturalmente cambiava radicalmente le cose. La questione della discendenza al trono non era dunque un problema. Katzenmaier aveva ragione. Alla morte di Enrico il primo figlio di Gabrielle sarebbe diventato legittimo erede della Corona. Gli intenti giuridici nel divorzio di Gabrielle da d'Amerval miravano esattamente a quello. Perciò Enrico doveva aver preso seriamente in considerazione di sposare Gabrielle.

Ma allora come poteva Morstadt – che il libro di Desclozeaux lo conosceva bene – far affermare a Ballerini che Enrico non avrebbe mai sposato la duchessa?

Poco dopo scoprii che gli scritti di Loiseleur gli erano altrettanto familiari. Gli interrogatori di Rosny e La Varaine riportati nel manoscritto erano tratti quasi parola per parola da questo studio. Il lavoro di Loiseleur sembrava un'indagine criminale, come si annunciava già dal titolo: *Gabrielle d'Estrées: est-elle morte empoisonnée?* Gabrielle d'Estrées fu avvelenata? Le conclusioni le conoscevo già dal mio colloquio con Katzenmaier. Loiseleur dimostrava con grande minuzia quel che il mio interlocutore di Basilea mi aveva accennato a grandi linee: non c'era alcun valido movente per un assassinio della duchessa. Inoltre i sintomi che Gabrielle mostrò durante l'agonia erano pienamente riconducibili al quadro clinico dell'eclampsia. Lessi la voce del *Dictionnaire des sciences médicales* che Loiseleur citava a sostegno della sua tesi:

> Durante la gravidanza e in special modo poco prima del parto le donne vengono spesso colte da crampi... Tuttavia vi sono anche crampi particolari che somigliano ad attacchi di isteria o di epilessia, sebbene non siano né l'una né l'altra. Se i crampi sono deboli e hanno luogo prima del parto, essi si accompagnano a un senso di schiacciamento alla gola o alla sensazione di un grumo che dalla zona dell'ombelico risale verso il petto o la regione esofagea. Se i crampi sono molto violenti, spesso conducono alla perdita di conoscenza, un sintomo che si è osservato come distintivo degli attacchi epilettici. Da questi tuttavia essi si differenziano non solo per la loro durata talvolta notevole, ma anche per essere accompagnati da sintomi accessori quali delirio febbrile, sonnolenza, singhiozzo, eccetera.

Nel paragrafo successivo, la descrizione di un attacco di eclampsia sembrava il racconto delle ultime ore di Gabrielle.

> Talvolta si udivano crocchiare contemporaneamente tutte le giunture della donna, e a un tratto tutte le sue membra si torcevano; poi di nuovo il corpo tornava ad avvolgersi su sé stesso e la malata veniva gettata qua e là nel

letto al quale la si dovette legare perché non cadesse. Quando meno lo si attendeva, la testa precipitava in avanti fino ai piedi o alle ginocchia o veniva gettata indietro fino ai calcagni...

Mi tornarono in mente le osservazioni di Ballerini. Tirai fuori il manoscritto e cercai il passo. *Disse che era sicuramente stato un veleno a causare simili crampi, ma di certo non un veleno somministratole da qualcuno. Lui non conosceva alcun caso di avvelenamento cagionato ad arte che non si presentasse con conati di vomito. Il male di cui la duchessa soffriva veniva da dentro; era lei stessa a produrlo.*

Vignac non credette a una sola parola...

Dunque Ballerini aveva ragione. Tanto le condizioni preliminari quanto i primi sintomi concordavano con il quadro clinico di Gabrielle: stanchezza, brividi e dolori alle membra, attacchi di soffocamento, mal di testa, disturbi della vista e vertigini, perdita di vista e udito. Dopo aver letto l'ultimo brano della voce enciclopedica non dubitavo più della conclusione di Loiseleur che la duchessa fosse caduta vittima di eclampsia.

Crampi parziali non sono allarmanti. Quelli generali sono spesso fatali e molte donne ne muoiono. Mauriceau ritiene letali soprattutto quelli che seguono la morte del feto nel ventre materno.

Lasciai la biblioteca e mi misi alla ricerca di un ristorante. Avevo dato la caccia a un fantasma. Il manoscritto di Morstadt era esattamente come lo aveva definito Koszinski: un guazzabuglio di testi, un frammento di romanzo che metteva insieme pezzetti di varie fonti storiche, e la cui ossatura non reggeva. Per questo alla fine era crollato. Enrico avrebbe sposato Gabrielle, se solo la duchessa non fosse stata colta da una malattia tanto terribile quanto ben nota. Qualunque fosse il senso di quei dipinti, gli ultimi documenti che mi aspettavano ancora in biblioteca – uno studio discutibile e dispacci polverosi – avrebbero chiuso definitivamente il caso. Il caso? Non c'era nessun caso.

Grazie a un pranzo eccellente misi transitoriamente da parte la mia delusione. Con l'aiuto di una caraffa di vino riuscii addirittura a vedere sotto una luce sopportabile i preparativi che mi aspettavano per le mie lezioni a Bruxelles. La capitale belga distava solo tre ore di treno. Là mi attendeva un appartamentino nella casa di un collega. In fondo c'erano tutte la Fiandre da visitare, Gent, Brugge, Anversa e la stessa Bruxelles, che di certo non era così terribile come l'aveva dipinta Koszinski.

Ancora una breve visita al Louvre il giorno seguente e la mia escursione nella storia francese sarebbe finita. In fondo provavo quasi una segreta soddisfazione che le due dame nel bagno, nonostante tutte le informazioni che avevo raccolto sul loro conto, avessero mantenuto la loro aura di mistero. Non ero riuscito a sollevare il velo ermetico che nel corso dei secoli si era disteso su di loro.

Anche Morstadt aveva cercato di sciogliere l'enigma dei quadri, ma era caduto vittima di false congetture. Il suo manoscritto contraddiceva la storiografia ufficiale in due punti importanti. Sosteneva che Enrico non volesse davvero sposare Gabrielle e quindi che non sarebbe stato necessario avvelenare la duchessa. Nessuna delle due congetture era dimostrabile. Eppure in un certo qual modo incorniciavano non solo il dipinto commissionato, ma anche il singolare ritratto del Louvre. Tirai fuori il mio schema, ne osservai ancora una volta la curiosa simmetria e fissai il punto di domanda nel punto d'incontro tra le diverse possibilità. Che cosa aveva avuto in mente il pittore realizzando quel quadro? Quando lo aveva dipinto? E perché? Era forse una specie di risposta al dipinto commissionato? E dove voleva arrivare Morstadt, con la sua tesi? Mi ero forse lasciato scappare qualche dettaglio del dipinto? Mi alzai. Avevo davanti a me ancora tutto il pomeriggio, e ci sarebbe stato anche il tempo per una breve visita al Louvre, che distava solo pochi minuti di strada. Chissà che un'occhiata al dipinto originale mi fosse d'aiuto. Mentre traversavo i lunghi corridoi del museo la mia rassegnazione si dileguò e si fece strada un leggero nervosismo che cresceva via via che mi avvicinavo alla sala dove era esposto il quadro. Quando infine scorsi il dipinto da lontano, rallentai involontariamente l'andatura.

La forza segreta della composizione era intatta. Per alcuni istanti indugiai a rispettosa distanza. Poi mi avvicinai al dipinto, osservai come ipnotizzato i personaggi finché per lo sforzo cominciarono a farmi male gli occhi e a confondersi i sensi.

All'improvviso scoprii qualcosa che non avevo mai notato prima. Quant'era pallido, cadaverico il corpo di Gabrielle in confronto al colorito più caldo e rossastro dell'altra dama! Nelle riproduzioni che avevo visto fino allora, quella sottile differenza di toni non era visibile. La coloritura era ancora più evidente sulla punta delle dita. Le mani di Gabrielle erano distintamente più bianche di quelle dell'altra dama, il cui rosa carnicino si differenziava visibilmente dal bianco cadaverico della duchessa. E non era forse innaturalmente vuota anche l'espressione del suo volto? Anzi, non era raggelato in una posa immobile e priva di vita tutto il suo corpo? Il cupo fondale del quadro rafforzava ulteriormente quest'impressione. Il fuoco che andava spegnendosi nel camino, il tavolo coperto con un panno verde, lo specchio nero vicino alla dama di camera che fluttuava quasi irrealmente sul fondo: nel quadro niente era vivo, tranne il gesto trionfante della dama sconosciuta accanto a Gabrielle e il suo sguardo sprezzante e sicuro di sé. Allo stesso tempo l'aura cadaverica di Gabrielle e la sua smorfia rigida, quasi di bambola, irradiavano una sensazione di profonda malinconia.

Mi tornarono in mente le ultime scene del manoscritto di Morstadt. La colluttazione tra Vignac e Sandrini. L'incendio in rue des Deux Portes. Il cadavere impiccato e spalmato di pece. La fuga precipitosa di Vignac da Parigi. Vignac doveva aver dipinto questo quadro più tardi, molto dopo la morte di Gabrielle. Da qualche parte davanti a me sulla tela, nascosto nei gesti delle due dame e forse celato nel fondo del quadro, il pittore aveva commentato gli enigmatici avvenimenti parigini. Ma il dipinto, proprio come il manoscritto di Morstadt, non forniva una risposta all'imponderabilità della sorte di Gabrielle. Eppure da qualche parte doveva pur esserci un punto d'incidenza, un'intersezione dietro cui sarebbe apparsa la risposta. Forse bisognava solo trovare la giusta prospettiva perché quadro e manoscritto potessero combinarsi. Ma come?

Ripensai ancora una volta a tutto quanto avevo letto e ascoltato. Lo sguardo mi cadde sulla targhetta sotto il quadro. *Gabrielle d'Estrées e una delle sue sorelle.* Una delle sue sorelle? Ma la donna accanto a Gabrielle non era forse esattamente la stessa dama ritratta nel dipinto commissionato a Vignac? E raccontando del banchetto Ballerini non aveva forse detto che in lei avevano tutti riconosciuto senza ombra di dubbio la ballerina che aveva incantato il re con le sue grazie? Quella Henriette d'Entragues? Richiamai alla mente l'interpretazione che Ballerini aveva dato del dipinto diffamatorio: guardate qua, grida il quadro, le puttane del re si passano l'un l'altra il loro immaginario anello nuziale. Ma il re non sposerà mai nessuna delle due. Una è ormai uscita dal gioco, ma l'altra è già pronta a entrare...

Feci un passo indietro. Ma certo! Ecco che cosa era rappresentato qui. Gabrielle era morta. Non aveva raggiunto la sua meta. Teneva ancora tra la punta delle pallide dita cadaveriche l'anello del promesso matrimonio, come un pegno senza valore, mentre la successiva amante del re era in procinto di prendere trionfante il suo posto. L'amante successiva? Era stato davvero così?

Mi staccai dal quadro e tornai in fretta in biblioteca. Come avevo fatto a non arrivarci prima? Una nuova amante! Non avevo nemmeno contemplato quella possibilità. Nella sezione dei libri di consultazione trovai un esemplare del *Diccionario de Mujeres Célebres* e poco dopo lessi con gli occhi sgranati per lo stupore la voce relativa a Henriette d'Entragues:

> *Entragues, Catalina Henriette de Balzac de*
> Marchesa di Verneuil. Attraente nobildonna francese. Favorita di Enrico IV. Nata nel 1579, morta a Parigi nel 1633. Molto colta, ma di animo freddo e opportunista. Due mesi dopo la morte della splendida amante del re, Gabrielle d'Estrées, Enrico IV si innamorò appassionatamente della figlia del signore d'Entragues, conte di Malesherbes. La giovane donna non esitò a diventare amante del re, richiedendo però in cambio una somma di centomila talleri e una promessa scritta che il sovrano l'avrebbe sposata se entro un anno lei gli avesse donato un discendente maschio...

Rilessi il passo. Centomila talleri per una relazione con Henriette solo due mesi dopo la morte di Gabrielle? E poi una promessa scritta di matrimonio? Enrico aveva accettato. C'era una riproduzione del documento originale, datato 1° ottobre 1599. Enrico giurava solennemente di sposare Henriette con tutti gli onori spettanti a una regina se entro un anno lei gli avesse dato un figlio maschio. Come era possibile? In quel momento Enrico aveva già ripreso le trattative con Firenze per il suo matrimonio con Maria de' Medici. Eppure il documento era vero. Il numero d'archivio era autentico e registrato nel catalogo dei manoscritti della Bibliothèque Nationale. Ma Enrico non poteva avere alcuna intenzione di sposare Henriette. Che la sua promessa di matrimonio a Gabrielle fosse stata altrettanto falsa?

Guardai disorientato davanti a me. I libri di Loiseleur e di Desclozeaux giacevano affastellati accanto allo studio di quel Jacques Bolle, che non avevo ancora nemmeno guardato. Aprii il libro e diedi un'occhiata al frontespizio. Il disprezzo mostrato da Katzenmaier per quel lavoro apparso nel 1955 in francese ma stranamente stampato a Firenze sembrava giustificato. La tronfia prefazione non lasciava sperare in una ricerca seria. In essa non si annunciava uno studio scientifico, ma una specie di romanzo d'investigazione che aveva l'intenzione di rompere con le convenzioni della storiografia tradizionale. Con tutta la buona volontà, non riuscivo a spiegarmi perché mai a qualcuno potesse venire in mente di fare una premessa così sospetta e presuntuosa. Inoltre l'autore era chiaramente deciso ad avvalorare la teoria dell'avvelenamento, cosa che è preannunciata fin dal titolo: perché uccidere Gabrielle d'Estrées? Ormai a me quella tesi pareva del tutto inverosimile. Che cosa aveva detto Katzenmaier? Un uovo di cuculo! Seccato, misi il libro da parte.

Lo sguardo mi cadde sulla cedola per la corrispondenza segreta che mi aspettava nel reparto dei *Rara*, nei sotterranei. *Salle de la réserve*, stava scritto a lettere rosse sul biglietto.

Dopo un po' di ricerche trovai lo sportello dei ritiri. Diedi una letta al foglio con il regolamento su come trattare i libri antichi, firmai e mi portai gli in folio a uno dei pochi tavoli. *Négociations diplomatiques de la France avec la Toscane. Documents recueillis par Giuseppe Canestrini et publiés par Abel Desjardins. Paris, 1859-1886*. Messi uno sull'altro, i cinque volumi più indice raggiungevano mezzo metro buono. Con una certa irritazione dovetti rendermi conto che quasi tutti i documenti che mi interessavano erano redatti in italiano. Bonciani naturalmente scriveva nella sua lingua madre. Così non potevo nemmeno verificare con certezza se le comunicazioni dell'agente contenute nel manoscritto fossero tratte da quell'edizione. Sfogliai a casaccio i volumi, mi imbattei qua e là in un brano che grazie alle mie nozioni di latino riuscii grosso modo a tradurre, ma abbandonai ben presto quell'impresa senza senso. A ogni modo, per il lasso di tempo più importante non c'erano lettere. L'ultimo dispaccio riportato da Desjardins risaliva al 27 settembre 1598. Lo scritto era accompagnato da una nota del curatore:

Alcuni giorni più tardi fu annunciata la morte del re di Spagna. Bonciani conferma questa notizia nel suo dispaccio dell'8 ottobre, a cui tra le altre cose era allegato il protocollo dell'udienza del re all'assemblea clericale. Nell'ultimo dispaccio del 2 dicembre, l'ambasciatore si mostra ancora una volta inquieto per le conseguenze che il folle amore del re per Gabrielle potrebbe avere: *E da questo amore estraordinario si può dubitare che alla fine non nascano de' mali d'importanza.*

Sfogliai più avanti, senza trovare altri dispacci di Bonciani. Ma la raccolta era evidentemente incompleta. Già il dispaccio dell'8 ottobre era citato solo incidentalmente. Quell'ultima frase dell'agente mi aveva insospettito: *E da questo amore estraordinario si può dubitare che alla fine non nascano de' mali d'importanza.*

Lo aveva scritto il 2 dicembre 1598, quattro mesi prima della morte di Gabrielle. Firenze aveva dunque seguito con molta attenzione gli avvenimenti di Parigi. L'agente considerava la relazione di Enrico con Gabrielle una minaccia allarmante. C'era qualcosa che non quadrava. Tornai nella sala di lettura e cercai nel manoscritto di Morstadt il capitolo su Bonciani. Trovai i passi e li riguardai: ecco, già un anno prima aveva riferito come stavano le cose. Rileggevo le frasi stringate di allora: *Senza la duchessa di Beaufort le nozze di Vostra nipote Maria con il re sarebbero sistemate in quattro mesi. E invece l'amore del re per la sua dama non fa che crescere. Qui sta montando un male incurabile, se Dio non frapporrà la Sua mano santa.* Più in basso trovai finalmente un punto con una vaga indicazione temporale: *Per tutti i mesi estivi la spia scrisse, tenne le orecchie dappertutto e cercò di decifrare le grandi linee della lotta di potere che era cominciata, senza mai dimenticare che adesso Enrico era il più potente re della cristianità.*

Presi il manoscritto e ritornai nei sotterranei. Bonciani accennava al fatto che la corte si tratteneva a Nantes. Dunque i dispacci risalivano all'estate del 1598. Presi in mano l'ultimo volume del Desjardins e trovai il riferimento in un dispaccio del 10 giugno. Bonciani aveva annotato: *Ricordando che questo è il più potente re del Cristianismo.* Morstadt aveva ripreso la frase parola per parola. Scorsi rapidamente le successive lettere di giugno e luglio. Non ce n'era una in cui non si parlasse del crescente amore di Enrico per la duchessa. Era evidente che Ferdinando non aveva mai rinunciato alla speranza di poter influenzare a proprio vantaggio i piani matrimoniali del re francese. Le relazioni diplomatiche non si erano in alcun modo interrotte. La controversia su Marsiglia era stata risolta il 1° maggio 1598. Nei mesi successivi Bonciani scrisse sempre più spesso da Parigi che Gabrielle era l'unico ostacolo all'unione di Enrico con Maria. Ancora nell'autunno del 1598 riferiva regolarmente dalla capitale esaminando le possibilità di un matrimonio tra Maria e Navarra. L'agente ripeteva instancabilmente che tale unione era impensabile fintanto che il re mostrava di innamorarsi sempre più della sua favorita. Riferiva che sembrava insperabile distoglierlo dai suoi propositi. Si poteva credere che Ferdinando nella primavera del 1599 non fosse tenuto al corrente su quanto avveniva a Parigi? La promessa di matrimonio pronunciata a marzo da Enrico. I preparativi delle nozze. La morte improvvisa di Gabrielle, che a Ferdinando deve essere apparsa come un dono del cielo. Tutto questo sarebbe accaduto senza che Firenze ne venisse informata?

Come elettrizzato, saltai improvvisamente in piedi. Lacune nella corrispondenza segreta! Lasciai tutto come stava e mi affrettai di sopra nella sala di lettura. Il libercolo insignificante di Bolle giaceva ancora là dove lo avevo lasciato poco prima con indifferenza. Aprii concitato il volume e mi trovai subito davanti il facsimile illeggibile di una lettera. La didascalia mi colpì come un fulmine: *Lettera di Bonciani del 17 marzo 1599 da noi decifrata grazie al codice segreto del granduca.*

17 marzo 1599? Ma quello del 2 dicembre 1598 non doveva essere l'ultimo dispaccio? Sfogliai impaziente qualche

pagina, ma i periodi privi di struttura e follemente ingarbugliati non permettevano di procedere con una lettura rapida. Nella speranza di trovare un indice, sfogliai le ultime pagine del libro. Al suo posto c'era un elenco di lettere e un passo che mi fece sprofondare sconcertato nella sedia:

> Desjardins scrive in una nota: « Nel suo ultimo dispaccio del 2 dicembre l'ambasciatore si mostra ancora una volta inquieto per le conseguenze che potrebbe avere l'amore folle del re per Gabrielle ». Stando al commento, fino al dicembre 1599 non si avrebbero ulteriori dispacci da Parigi. Ci sarebbe dunque un buco di undici o dodici mesi.
>
> In seguito alle nostre ricerche tuttavia abbiamo registrato solo per il periodo dal dicembre 1598 al maggio 1599 le seguenti missive cifrate che si occupano esclusivamente dei timori relativi alla minacciosa prospettiva di un matrimonio tra il re e Gabrielle d'Estrées.

Guardai incredulo l'elenco delle lettere riportate. 18 gennaio 1599: Bonciani da Parigi. Poi uno scritto del 31 gennaio. A febbraio tre lettere. Tre dispacci il solo 9 marzo. Per il mese di aprile ce n'erano cinque. Uno di questi era datato 10 aprile, il giorno della morte di Gabrielle. Per maggio ne erano riportati altri due. Nella postfazione Bolle spiegava anche il motivo presumibile per cui Desjardins nella sua edizione aveva escluso quelle lettere: all'epoca i documenti erano appena stati depositati nell'Archivio Mediceo di Firenze. Le immani dimensioni della raccolta dovevano aver spinto il curatore a occuparsi innanzitutto delle lettere delle personalità più importanti e di trattare solo sommariamente quelle dei personaggi minori. Inoltre il sistema di codificazione si faceva sempre più complesso.

Cercai di nuovo il facsimile nella prima parte del libro di Bolle e osservai la riproduzione della lettera del 17 marzo. La fotografia in bianco e nero mostrava una pergamena spiegazzata e lacerata sui bordi, piena da cima a fondo di minuscoli numeri senza nemmeno uno spazio che potesse far pensare alla fine di una parola o di una frase.

Allora c'erano davvero altri dispacci, e questo Bolle li aveva trovati. Che scoperta fenomenale! L'emozione che a suo tempo doveva aver colto il giovane storico di fronte al suo singolare ritrovamento si percepiva in ogni riga delle cento paginette della sua pubblicazione, e ora si trasmetteva anche a me, mentre leggevo d'un fiato un capitolo dopo l'altro. La trattazione era piena di errori di stampa e palesi abbagli. La struttura dello studio era del tutto illogica e sconnessa. Dava l'impressione che l'autore temesse che se non scriveva subito ogni cosa che gli passava per la testa, un istante dopo tutto si sarebbe dileguato davanti ai suoi occhi. Sì, il suo modo di procedere ricordava quello di un detective inesperto che incappa in un baule pieno di prove ed è talmente agitato per il suo ritrovamento che prende in mano a caso i vari oggetti, li osserva, li elenca e non si accorge che con ogni cambiamento dell'ordine originario diminuisce la forza probante degli indizi. Travolto da quel ritrovamento eccezionale, lo aveva strombazzato al mondo. Ma il suo richiamo era rimasto inascoltato come i balbettii incoerenti di un testimone oculare ancora sotto shock. Non c'era da stupirsi che gli studiosi avessero ignorato quello scritto. E poi, Katzenmaier non aveva forse detto che da cent'anni l'argomento non interessava più nessuno?

Una riga dopo l'altra, lessi stupefatto le citazioni dalle lettere di Bonciani sparse per tutto il testo e le riportai parola per parola su un foglio accanto a me. All'improvviso ogni cosa acquistò un senso. Tutte le supposizioni, tutte le insensatezze, i capi senza coda e le tracce che portavano al nulla, grazie a queste lettere andavano a comporre un quadro... che a sua volta portava a un dipinto che era appeso a non più di cinquecento metri da me, in un angolo di quel castello il cui portale negli ultimi giorni precedenti la domenica in Albis si era chiuso definitivamente tanto per

Gabrielle d'Estrées quanto per un pittore sconosciuto che forse si chiamava Vignac.

Non so più quante ore rimasi lì seduto, immerso tra i dispacci di Bonciani e animato da un'eccitazione crescente e ormai quasi insostenibile. Quando finalmente sollevai la testa e mi guardai intorno, la sala si era quasi svuotata. Raccolsi i miei appunti, riportai i libri allo sportello, presi la ricevuta e lasciai stanco la biblioteca.

Senza sollevare lo sguardo, mi incamminai per le strade. Intorno a me rumoreggiava il traffico pomeridiano. Ero lambito da un flusso di passanti frettolosi che sembrava non finire mai. Traversai rue de Rivoli, la seguii in direzione est e arrivai sulla piazza davanti al Louvre. Da tempi immemorabili, lì si ergeva la chiesa di Saint-Germain-l'Auxerrois. Osservai la filigrana della facciata colpita dal sole della sera e poi feci scivolare lo sguardo sugli edifici intorno. No, quelle costruzioni risalivano sicuramente a tempi più recenti. Il decanato con la stanza di morte di Gabrielle era scomparso da un pezzo. Attraversai il quai du Louvre e mi appoggiai al parapetto sopra la passeggiata sul lungofiume.

Poco più in là il Pont Neuf si gettava dall'altra parte della Senna. Al centro del ponte, sulla punta della Cité, intravidi ergersi la statua equestre di Enrico IV. Laggiù, a un tiro di schioppo dal luogo in cui la donna che avrebbe voluto vedere sul trono aveva trovato la morte, ecco il monumento dedicato a Enrico di Navarra, di certo il più popolare re di Francia. Se ne stava lì seduto, naturalmente su un cavallo, più un soldato che altro, con una corona fastidiosa in testa. Il cavaliere volgeva le spalle al decanato e al Louvre. Già, sembrava quasi che dopo aver indugiato un po' su che direzione prendere alla fine non si fosse deciso per il decanato, ma avesse spronato il cavallo verso la sua città, verso il suo regno.

6

A CHI altri avrei dovuto raccontare la fine della storia, se non a Koszinski? All'inizio considerai di scrivergli, ma poi decisi di fargli un'ultima visita prima della fine della sua vacanza curativa. Quando il treno passò Kehl dovetti pensare che a suo tempo, quattro o cinque anni prima, Koszinski aveva precorso lo stesso tragitto, con la differenza chi io lì avrei solo cambiato treno, senza visitare vecchi archivi di case editrici.

Tenevo aperto in grembo *Les dames de Fontainebleau* di Franco Maria Ricci. Un'altra copia di quello splendido volume giaceva avvolta in carta da regalo nel portabagagli, accanto alla mia valigia. Mentre il treno si avvicinava a Friburgo ammirai le grandi riproduzioni dei dipinti, e nonostante ormai il significato delle immagini mi fosse accessibile in tutte le sue sfumature, la loro aura di mistero non risultava affatto sminuita. Quelle dame e i loro gesti manieristici per me non avevano più segreti, e tuttavia restavano avvolte in un silenzio malinconico e assorto. Anche Koszinski rimase qualche istante senza parole quando aprì il mio regalo da Parigi. Lo scenario naturale intorno a noi era incantevole come la settimana precedente. Il prato chiaro davanti alla terrazza declinava dolcemente seguendo la china, lambiva i primi alberi e trascolorava in un paesaggio in cui si poteva ammirare ogni immaginabile tonalità di verde. Non so perché nel ricordo mi torna sempre in mente quel verde. Forse perché era il *suo* colore, il colore preferito di Gabrielle d'Estrées, duchessa di Beaufort e marchesa di Monceaux, la più bella donna della sua epoca.

Koszinski ascoltò ansioso mentre gli riferivo le tappe delle mie ricerche. Gli raccontai perché alcune incongruenze nel manoscritto di Morstadt e la scarsa disponibilità di fonti a Friburgo mi avevano spinto a recarmi a Basilea per interrogare uno storico. Koszinski ascoltò il riassunto di quel colloquio, con la riprova dell'inconsistenza della teoria dell'avvelenamento, e chiosò abbassando la testa in segno di approvazione.

«Allora mi sono fatto imbrogliare per bene dal manoscritto di Morstadt.»

«Proprio per niente», replicai. «Il manoscritto lascia la questione del tutto aperta. È questa la cosa più strana dell'intera faccenda. Tutto fa pensare a un avvelenamento. Ma la pista è sbagliata. E tuttavia anche così le cose non si chiariscono, perché c'è una seconda pista che trae in inganno.»

«Sarebbe?»

«Nel manoscritto ci sono due affermazioni in dissonanza con il resto del racconto. Da un lato Morstadt fa sostenere a Ballerini che la duchessa non è stata avvelenata. E in effetti sappiamo che è quasi certamente morta di una malattia correlata alla gravidanza. Ma la sua seconda affermazione è ancora più sbalorditiva. Se ne ricorda?»

Koszinski rifletté brevemente. «Sostiene che Navarra non ha mai davvero pensato di sposare Gabrielle.»

«È un'accusa straordinaria», obiettai. «Nessuno ha mai espresso una simile supposizione. Come mai a Morstadt è venuto in mente di mettere in bocca al medico un'affermazione del genere?»

Koszinski si stirò soddisfatto contro la spalliera.

«Allora non avevo poi del tutto torto. Morstadt si è perso per strada.»

«Aspettiamo a dirlo. Adesso voglio che lei richiami alla mente i dipinti. Quello commissionato a Vignac e quello al Louvre sono così simili che tra loro ci deve essere una relazione. È proprio quanto aveva supposto anche Morstadt. Solo che non è riuscito a trovare alcuna spiegazione logica per il quadro del Louvre. Ma prendiamo in considerazione prima il dipinto commissionato. Chi lo ha voluto? Ci sono solo due possibilità: o Gabrielle per mettere il re sotto pressione, oppure gli italiani per esporre la duchessa al pubblico ludibrio.»

«Fin qui la seguo.»

«Come mezzo di propaganda denigratoria il dipinto ha senso soltanto se Enrico aveva davvero intenzione di sposare Gabrielle. Allora però si pone un'altra questione, ovvero se i Medici, una volta fallita la diffamazione, avrebbero cercato di impedire il matrimonio con mezzi più drastici.»

Koszinski corrugò la fronte. «Torna in ballo il veleno?»

«No», replicai. «Il corpo della duchessa fu sottoposto ad autopsia e mostrò tutti i segni di una morte in relazione con la gravidanza. Di veleno parlò soltanto chi era molto lontano dagli avvenimenti. I resoconti dei testimoni e la diagnosi dei medici lasciano pensare che Gabrielle sia quasi certamente morta di eclampsia.»

«Eclampsia?»

«Sì. Sono crampi improvvisi e spesso mortali che insorgono durante la gravidanza o il parto. Cerchiamo di ricordare quello che sappiamo degli ultimi giorni di Gabrielle. Si trovava a Fontainebleau con il re. Era al sesto o settimo mese e la gravidanza le dava qualche noia. Aveva brutti incubi. Soffriva di nervosismo e stati d'ansia, alimentati dai cupi presagi dei suoi astrologi. Che cosa le sarà passato per la testa? Sa di essere a pochi passi dal trono. A Roma procedono le trattative per il divorzio. Ancora pochi giorni prima della domenica in Albis, la data che il re ha prospettato per l'inizio dei festeggiamenti matrimoniali. La corte è congedata ed è previsto che Gabrielle, come ogni anno, trascorra la Pasqua a Fontainebleau con il re. Come ogni anno? A un tratto il re decide di mandarla a Parigi per il periodo delle feste. Bisogna evitare uno scandalo, dice. Dopotutto lei non è ancora sua moglie, e non fa una bella impressione che il re trascorra le feste con la sua amante. Ma perché questo cambiamento? Negli anni precedenti non si era mai parlato di una precauzione del genere. E poi tutti sanno che stanno per sposarsi. Ormai se ne sono fatti una ragione e troverebbero comprensibile che il re volesse accanto a sé la sua donna gravida e debole. Invece Navarra decide diversamente.

«Gabrielle ha un crollo: implora, invoca, supplica, piange. Ci vogliono ore prima che il re riesca a placarla, e anche allora lei si calma solo esteriormente. Nel profondo del suo animo impazzano presagi di sventura e dubbi amari. Nella notte succede una cosa strana. Tutti e due fanno lo stesso sogno. Gabrielle si vede divorare da un fuoco gigantesco, e il re sogna che l'amata cada vittima delle fiamme senza che lui possa fare qualcosa per salvarla. Quando si raccontano i loro sogni, piangono. Fuori dalla porta, il valletto li sente singhiozzare entrambi. Ma i piani non cambiano. Il mattino partono per Melun, dove quella sera cenano, e poi trascorrono a Savigny la loro ultima notte insieme.

«Quando il mattino seguente approda la barca, Gabrielle ha un altro crollo. È certa che non si rivedranno mai più. La separazione ha tutte le caratteristiche di un addio definitivo. Il re vacilla. Lei è pallida e debolissima. Lui la cinge, preme contro di sé quel corpo scosso dai singhiozzi e le sussurra all'orecchio promesse di amore eterno. Gabrielle abbraccia sempre più stretto il suo signore, gli raccomanda i bambini, gli giura il suo amore. Promesse e assicurazioni vengono soffocate dalle lacrime, che scuriscono il guardacuore del re. Poi lui si stacca da lei e la segue in pena con gli occhi mentre viene condotta sulla barca da Bassompierre, La Varaine e Montbazon. I cavalli del traino partono e la barca si muove. Gabrielle è al parapetto. Le sue grida giungono sempre più deboli e Navarra continua a guardarla finché la barca non scompare all'orizzonte. Fino all'ultimo la vede là in piedi, un puntino bianco sull'acqua, reso muto dalla distanza, la minuscola figura della sua Gabrielle, la donna che ha amato come nessun'altra.

«La fine la conosciamo. Comincia con mal di testa e senso di soffocamento. Seguono svenimenti che conducono ai primi crampi. Arrivano disturbi dell'udito e della vista. Il corpo tormentato diventa del tutto incontrollabile. I muscoli si contraggono, le giunture crocchiano, le mascelle sbattono stritolando lingua e labbra tra i denti. Gli occhi strabuzzano dalle orbite, la testa si torce quasi completamente indietro. Poi il coma e infine la morte. Il bambino verosimilmente era già deceduto dopo il primo attacco. Dal momento che non lo si poteva asportare chirurgicamente, il feto avvelenò il corpo della duchessa portandola alla morte. L'autopsia confermò la diagnosi. Il bambino venne estratto dall'utero morto, a pezzi e brandelli. Polmoni e fegato della duchessa erano devastati. I reni erano duri come pietre, il cervello intaccato.»

«Quindi ha trovato anche il referto dell'autopsia?»

«Sì. Entrambi gli autori che ho letto a Parigi citano i resoconti di testimoni oculari.»

«Insomma, niente veleno», disse Koszinski.

«Dipende da come la si guarda. Non saranno state le paure e le angosce di Gabrielle a condurre ai crampi e quindi alla morte del bambino e poi della madre? Considerate le condizioni di instabilità di Gabrielle, era stato senz'altro sciocco e rischioso spedirla a Parigi. Perché il re aveva insistito? Negli anni precedenti, l'argomento secondo cui non era decoroso trascorrere i giorni della Pasqua con l'amante non era mai stato preso in considerazione. Perché quell'anno sì? Gabrielle avrà intuito qualcosa? Che cosa aveva spinto il re ad allontanarla da Fontainebleau? Più ci pensavo, più in me si consolidava l'impressione che il comportamento di Navarra fosse del tutto inspiegabile. A meno che ci fosse ancora qualcosa che non sapevo. Forse si stava davvero ancora trattando con Firenze? I consiglieri di Enrico erano riusciti a imporsi e a convincerlo che solo un'unione con Maria de' Medici poteva garantire la sicurezza del regno?»

«A questo non ci crede neanche lei.»

«È vero, in effetti non ci credo. Ma nel manoscritto la possibilità viene pur sempre adombrata. E in questo modo il dipinto commissionato a Vignac acquisterebbe improvvisamente un senso. Dopotutto, l'idea che il quadro sarebbe servito ai Medici per svergognare pubblicamente Gabrielle non è poi così credibile. Che cosa poteva mai ottenere quel dipinto? E se davvero c'era un complotto contro Gabrielle i cospiratori dopo la faccenda del quadro non si sarebbero certo trattenuti dal condurre i loro piani fino alle estreme conseguenze.»

«Non sono ancora convinto. Dopotutto, la sua tesi secondo cui non c'era di mezzo alcun veleno è solo una congettura. Non è possibile provarla.»

«Certo», replicai. «Non è possibile provare un bel niente. Ma supponiamo per un istante che Ballerini avesse ragione. Il medico è assolutamente sicuro che il matrimonio non sarebbe mai andato in porto. E supponiamo anche che Gabrielle abbia subodorato la cosa. Allora è lei che commissiona il quadro offensivo e costringe il re a dichiararsi in pubblico. Avendo capito che il re tramava alle sue spalle ricorse a questo intrigo come ultima risorsa per strappargli una promessa che lui non avrebbe più potuto rimangiarsi senza perdere la faccia. Se Enrico stava trattando con Firenze alle spalle di Gabrielle, un attentato alla sua vita sarebbe stato inutile, no?»

«Sì, sta bene. Ma Morstadt come avrebbe potuto saperlo?»

«Il problema è proprio questo», replicai. «All'epoca di Morstadt non esisteva alcun documento a suffragio di questa tesi mostruosa. Come ha detto lei, nel corso dell'intreccio si è fatto sedurre da una bella teoria, ma come storico – ciò che lui era prima di ogni altra cosa – non poter comprovare una simile ipotesi gli creava sicuramente qualche scrupolo. Io credo che sia per questo che non ha trovato una fine soddisfacente. La cosa pazzesca è che deve essere stato l'ultimo dipinto di Vignac a suscitare in lui quell'intuizione. Solo che non poteva dimostrarla. Perciò non riuscì a terminare la storia. Proprio come il pittore, che alla fine non ha mai scoperto chi gli aveva commissionato il quadro. Per poter far collimare le due prospettive bisognerebbe addurre la prova che dimostri la bontà della supposizione di Morstadt.»

Koszinski corrugò la fronte. Poi rise. «Non vedo l'ora di conoscerla.»

«Andiamo per ordine. Queste dissonanze non mi davano pace. Katzenmaier, lo storico di Basilea, mi confermò che Ferdinando teneva a Parigi una spia di nome Bonciani, i cui dispacci sono giunti fino a noi. Così a Parigi diedi un'occhiata alla corrispondenza segreta tra il granduca e il suo agente. La parte nota oggi come all'epoca di Morstadt è quella decrittata e pubblicata da un certo Desjardins. E infatti Morstadt doveva conoscerla, perché quelle lettere si trovano in parte riprodotte nel capitolo di Bonciani. Lo scambio di missive tuttavia si interrompe all'improvviso nell'autunno del 1598. Nei mesi precedenti Bonciani riferiva regolarmente da Parigi dibattendo le possibilità di un matrimonio tra Maria ed Enrico. L'agente non si stanca di ripetere che fintantoché il re soggiace alla sua amata non è possibile pensare a un'unione tra Navarra e la principessa Maria. Sostiene che sembra inutile sperare di distoglierlo dai suoi intenti di matrimonio. Il suo ultimo dispaccio del 2 dicembre si chiude con le parole allarmanti che dall'amore folle del re per Gabrielle alla fine potevano scaturire grandi mali. Poi la corrispondenza si interrompe. Dopo il 2 dicembre si perde ogni traccia di altre missive. Firenze aveva forse rinunciato? L'agente era stato richiamato? Solo nell'autunno del 1599, sei mesi dopo la morte di Gabrielle, Bonciani torna a farsi vivo. Le trattative con Firenze vengono riprese e l'anno seguente l'unione è conclusa.»

Koszinski mi guardò perplesso. «Non capisco che cosa dimostrerebbe tutto ciò. Dopo l'annuncio pubblico del matrimonio, Firenze avrà accettato la decisione di Enrico. Ho paura che il manoscritto l'abbia mandata completamente in confusione. Lei stesso ha detto che nessuno ha mai sostenuto che Enrico non volesse sposare Gabrielle. Glielo dico io: la buonanima del mio parente si è semplicemente sbagliato.»

«Ma no, aspetti. Pensi bene al dipinto del Louvre. Le due donne sono identiche fin nel minimo dettaglio alle dame sul quadro commissionato a Vignac. E si ricorderà di certo chi doveva rappresentare la dama nella vasca accanto a Gabrielle sul dipinto commissionato.»

Koszinski cominciò a sospettare qualcosa. «Intende la ballerina?»

«Sì, Henriette d'Entragues. Allora, abbiamo la seguente situazione. Gabrielle è finalmente morta. Il trono francese è di nuovo disponibile. Nell'autunno del 1599 riprendono le trattative di matrimonio con Firenze. Ma nel frattempo è saltato fuori un altro problema. Ricorda ancora la scena del banchetto?»

«La faccenda del dipinto sostituito?»

«Sì, ma intendo le ballerine, e in particolare quella Henriette d'Entragues che affascinò tanto il re.»

«Sì, lei ha già accennato a questa ragazza. Che cosa c'entra con la storia?»

«C'entra parecchio. Si immagini che solo poche settimane dopo la morte di Gabrielle Enrico fu colto da un amore così appassionato per Henriette d'Entragues che quasi dovevano tenergliela nascosta. Le fece una corte di mesi, la sommerse di regali, la insidiò in tutti i modi possibili. Alla fine scese in campo il padre della ragazza e mise in chiaro al re che la figlia avrebbe risposto ai suoi corteggiamenti solo alla condizione che lui la prendesse in moglie. Quella ragazza aveva fatto perdere completamente la testa al sovrano. E adesso stia a sentire che cosa ho trovato alla Bibliothèque Nationale.»

Tirai fuori i miei appunti, cercai il foglio che mi interessava e lessi a Koszinski la traduzione approssimativa della promessa di matrimonio del re:

Noi, Enrico IV, per grazia di Dio re di Francia e di Navarra, promettiamo e giuriamo davanti a Dio e diamo la nostra parola di re al signor François de Balzac, signore d'Entragues, cavaliere del nostro Ordine, che prendere-

> mo come compagna sua figlia Henriette-Catherine de Balzac, e che se entro sei mesi a partire da oggi ella rimarrà incinta e partorirà un figlio maschio, allora la prenderemo immediatamente come legittima sposa con un matrimonio celebrato pubblicamente e al cospetto della nostra santa Chiesa, e tutte le solennità consuete e necessarie. A conferma del presente impegno, promettiamo e giuriamo come sopra di ratificarlo e rinnovarlo immediatamente con il nostro sigillo non appena otterremo dal nostro Santo Padre, il papa, lo scioglimento del nostro matrimonio con Margherita di Francia e il permesso di risposarci a nostro piacimento. Scritto a certificazione e firmato nel bosco di Malesherbes, addì primo ottobre 1599.

Passai a Koszinski la traduzione insieme alla trascrizione dell'originale e osservai la sua reazione. Guardò il documento con incredulità, il che non mi stupì. Dopotutto, pochi giorni prima a Parigi mi ero comportato allo stesso modo.

«E questa cosa è vera sul serio?» domandò alla fine.

«L'originale autografo è conservato ancora oggi alla Bibliothèque Nationale. Naturalmente io non l'ho visto. Probabilmente non sarei nemmeno in grado di leggerlo. Ma ho trovato la fonte citata in vari scritti. Non ci sono dubbi.»

Mi restituì i fogli. «Naturalmente poi la ragazza non l'ha sposata, vero?»

«No, non l'ha mai sposata. Ormai le trattative con Firenze erano quasi concluse. Henriette credeva di essere più furba di Gabrielle, e si fece mettere la promessa di matrimonio per iscritto. Ma naturalmente Navarra non aveva mai avuto in mente di mantenerla. Firmò soltanto per portarsela a letto. Però il piano di Henriette andò in fumo comunque. Infatti perse il suo primo figlio, e con quello il contratto fu nullo. Tuttavia continuò a essere la sua amante. Enrico si sposò con Maria e negli anni successivi la regina e l'amante gli diedero figli e figlie a intervalli regolari. Navarra era orgoglioso di entrambe, e diceva che una gli dava eredi e l'altra servitori fedeli. Ma questa è un'altra storia.»

Koszinski accese una sigaretta e soffiò pensieroso il fumo nell'aria. «E adesso lei vuole dire che Navarra ha fatto il doppio gioco anche con Gabrielle?»

«Il sospetto si impone di certo. Chissà, forse lui non aveva davvero intenzione di sposarla e lei si era pian piano resa conto che non sarebbe mai salita sul trono e avrebbe continuato a fare la suddita per sempre. Forse il comportamento del re le spezzò il cuore in tutti i sensi. Ma per mancanza di prove, non riuscivo ad andare oltre a quelle che erano solo supposizioni. Eppure da qualche parte dovevano pur esserci dei documenti. Era concepibile che Ferdinando durante i mesi primaverili del 1599 non fosse al corrente di quanto avveniva a Parigi? Era immaginabile che non tenesse in loco agenti informatori? Perché non c'era alcuna traccia di missive? Sembrava che nessuno avesse notato la stranezza di questa circostanza, perciò non erano mai state cercate prove documentali. Possibile che una lacuna così evidente nelle fonti fosse passata inosservata? Non riuscivo proprio a crederci. Gli storici sono persone precise. Se esistono dei documenti, prima o poi vengono riportati alla luce da qualche ricercatore paziente. Come era possibile che in un caso tanto famoso e chiacchierato le cose fossero andate diversamente?»

«Dunque?»

«Infatti non era così. I documenti furono scoperti negli anni '50 e in parte decrittati. Ma il caso volle che, per quanto anche parzialmente citati in uno scritto del tutto caotico pubblicato nel 1955 e mai ristampato, in seguito non abbiano più trovato un curatore serio. Devo ringraziare ancora una volta Katzenmaier se sono arrivato a quel libro, perché lo cita in una nota in cui lo liquida come studio privo di serietà. In verità il contenuto è sensazionale, solo che la forma esteriore è talmente inaccettabile che il libro è stato semplicemente dimenticato. L'autore, un giovane storico belga che si chiamava Jacques Bolle, negli anni '50 si era domandato perché l'edizione di Desjardins che contiene la corrispondenza segreta si interrompesse all'improvviso nel dicembre del 1598. Così andò a Firenze e con un collega italiano si immerse nell'Archivio Mediceo. Bastò un primo raffronto tra l'edizione Desjardins e i dispacci cifrati originali disponibili nell'archivio per accorgersi che Desjardins aveva pubblicato solo una scelta della corrispondenza segreta. Non fu difficile capire il motivo: la cifratura diventava sempre più complessa.

«Come sospettato, la corrispondenza non terminava il 2 dicembre ma copriva anche i mesi del 1599 in cui sembrava che Bonciani fosse ammutolito. Desjardins aveva semplicemente escluso quelle lettere. Con una certa fatica, a Bolle riuscì di decifrare parte dei documenti e nel 1955 pubblicò i risultati delle sue ricerche in un breve scritto intitolato *Pourquoi tuer Gabrielle d'Estrées?* Si tratta di un libello strano, buttato giù di corsa e stampato in fretta e furia ancora a Firenze. Inoltre Bolle prese un paio di grossi granchi. Curiosamente, l'autore cerca di dimostrare che la duchessa è caduta vittima di una cospirazione pur avendo trovato una fonte che evidenzia come un attentato alla vita di Gabrielle non fosse assolutamente più necessario.»

«Quale fonte?» domandò Koszinski.

Tirai fuori dalla borsa un altro fascio di appunti e posai i fogli tra di noi, sul tavolo. Poi cercai un foglio e lo porsi a Koszinski.

«Guardi qui. Bolle cita una lettera di Bonciani da cui si evince chiaramente che già il 9 marzo 1599, ovvero solo una settimana dopo il banchetto di carnevale, l'agente non ha più alcun dubbio che Navarra sposerà la principessa Maria. Ecco, legga che cosa Bonciani riferisce a Firenze da Parigi il 9 marzo 1599.»

Koszinski si curvò incuriosito sul foglio. Io lo osservai e poi feci vagare lo sguardo intorno, sullo splendido ambiente naturale. Avevo letto quella lettera tante di quelle volte che avrei potuto recitarla a memoria:

Bonciani a Sua Eccellenza,
il granduca di Toscana
Archivio Mediceo, filza 4613 (inedita)

Questa mattina ero dal marchese di Rosny per via della lettera che egli ha scritto a Vostra Altezza. Lì ho incontrato il suo segretario, che mi ha riferito (ciò che io già sapevo dal signor Villeroi) quanto è stato scritto al signor de Sillery. Egli deve informarsi presso il cardinale di Firenze e presso il cardinale d'Ossat se il papa sia incline a soddisfare il desiderio del re. Nell'eventualità che il papa, per timore dell'ira spagnola, non sia pronto a trattare la cosa, il re, a salvaguardia del suo onore, non desidera esserne informato pubblicamente, ma vuole soltanto sapere come può sposare la principessa. Chiede inoltre che il cardinale voglia parlarne con Vostra Altezza. Ho affrontato ancora una volta con il marchese di Rosny la questione della dote. Egli mi ha detto di essere totalmente a Vostra disposizione. Mi ha pregato di assicurare alla principessa nelle mie lettere che egli, sulla sua parola d'onore, è e rimarrà suo fedele servitore. Ha poi aggiunto che il re è soddisfatto dei servigi che io ho reso a Vostra Altezza, e che gli ha domandato se egli sia dell'opinione che io debba trattenermi in Francia con la principessa. Rosny ha risposto al re di non saperlo ma che gli prometteva di raccogliere tale informazione. Io gli ho detto a questo proposito che avrei fatto quanto a Vostra Altezza sarebbe piaciuto ordinarmi e ciò che sarebbe tornato a Vostro servigio, dacché siete Voi il mio Signore e...

Koszinski dovette leggere la lettera più volte, prima di capirne il senso. «È incredibile», disse infine.

Mi appoggiai soddisfatto alla spalliera.

Koszinski scosse la testa. «Il 2 marzo promette a Gabrielle di sposarla e una settimana dopo si informa sulla dote di Maria de' Medici.»

«Strano, vero? Il banchetto a cui il re annunciò pubblicamente i suoi intenti matrimoniali fu tenuto il 2 marzo. Nulla ci è pervenuto riguardo l'incidente con i dipinti di cui parla il manoscritto. Però sappiamo che l'annuncio delle nozze fu fatto quel giorno. E anche i versi denigratori sono storicamente provati. Una settimana più tardi, Bonciani scrive a Firenze di aver discusso con Rosny riguardo la dote di Maria de' Medici, e inoltre riferisce che Rosny, su richiesta del re, vuole sapere se Bonciani dopo l'arrivo di Maria rimarrà in Francia con la principessa. Qui, nell'originale francese, è scritto nero su bianco: *Il a ajouté que le Roi est satisfait que j'aie bien servi Votre Altesse, et lui a demandé s'il croyait que je dusse rester en France avec la Princesse.* Ancora un indizio a sfavore del complotto. Ferdinando è scagionato. Che gli importa ormai dell'amante, se il re già tratta la dote di Maria? D'altro canto naturalmente non c'è ancora nulla di provato. Forse quelle trattative erano soltanto una manovra ingannevole per ottenere il divorzio. Chissà.»

Koszinski guardò stupito nel vuoto. Sembrava riflettere, e intanto tornava in continuazione con gli occhi sui fogli scritti che giacevano davanti a lui sul tavolo. Poi spense la sigaretta, sorrise all'improvviso e disse: «Allora è stata davvero Gabrielle a commissionare a Vignac il quadro per il banchetto. Per tutto il tempo aveva intuito che Navarra stava tramando alle sue spalle. Lo scandalo durante il banchetto, tutta quella sceneggiata con i dipinti serviva soltanto a mettere il re con le spalle al muro per strappargli una promessa di matrimonio che non avrebbe più potuto ritrattare».

«Già», dissi. «Deve essere andata così. E Morstadt ha orientato il libro verso questo finale. Ma poi non ha trovato prove della sua teoria. Come storico si sarà rotto per bene la testa e alla fine non avrà avuto il coraggio di sottoporre ai suoi colleghi una ricostruzione romanzata tanto ardita quanto indimostrabile. Il manoscritto è rimasto nel cassetto.»

«Sì, Enrico IV non ne esce particolarmente a testa alta.

È sempre stato molto amato, e i colleghi francesi se la sarebbero senz'altro presa per la teoria di Morstadt.»

«In realtà la situazione non lasciava a Navarra altra scelta», replicai. «La storia con Henriette d'Entragues in effetti è grossa. Ma sulla sorte di Gabrielle lui aveva le mani legate. Che cosa avrebbe dovuto fare? Sposarla non poteva in nessun caso. Eppure non aveva cuore di dirle la verità. Di certo la amava moltissimo. Ma che cosa contano i sentimenti quando c'è in gioco un regno intero? E poi in fondo chi era Gabrielle? Un'incantevole giovane donna gettata dalla famiglia e da un re innamorato nel turbine politico delle grandi potenze. Recitò la sua parte meglio che poteva, mettendoci anima e corpo. Poi, non appena capì come sarebbero finite le cose, uscì di scena. Nessuno la rimpianse. Forse Navarra, ma nemmeno tanto a lungo, come si può vedere.»

«Una storia triste.»

«Sì, ma non è ancora finita.»

«Cioè?»

«Gabrielle non fu la sola a essere imbrogliata. C'è anche il pittore. Vignac.»

«Non vorrà dirmi che è esistito veramente?»

«Naturalmente non so se si chiamasse davvero così. Tutto quello che abbiamo di lui è il suo ultimo quadro, il ritratto del Louvre. Eppure, alla luce di questi avvenimenti per un breve istante non diventa forse leggibile? Non le sembra che il pittore raggirato abbia raccolto in questo dipinto tutti i motivi che condussero alla misteriosa fine della duchessa? Dopo che fu scappato da Parigi, come doveva apparire ai suoi occhi la situazione? Forse non è assurdo pensare che abbia cercato di chiudere in bellezza quel fallimento a modo suo, con un quadro.»

Presi in mano il libro che avevo portato a Koszinski da Parigi e lo aprii nel punto in cui il dipinto era riprodotto a pagina doppia.

«Guardi il gioco delle mani, la Parca con i capelli rossi sul fondo, il tavolo coperto con un panno verde, il fuoco che va spegnendosi. Non si è tentati di attribuire dei nomi a questi personaggi? Sappiamo che quella che regge tra le punte delle dita l'anello con cui avrebbe dovuto sposarsi al regno è Gabrielle d'Estrées. Enrico glielo diede durante il banchetto di carnevale, come simbolo della sua promessa di matrimonio. Ma chi è la donna che le sta accanto? Una delle sorelle, come recita il catalogo? Che senso avrebbe? Non è più facile che qui, come già nell'altro dipinto, ci troviamo davanti a Henriette d'Entragues, la successiva amante di Navarra, che fu a sua volta ingannata? E la donna sullo sfondo? Non sarebbe lecito identificarla per via dei capelli rossi con Marie Hermant, che i suoi contemporanei chiamavano *La Rousse*, la governante di Gabrielle che nell'ottobre del 1598 ricevette Vignac per commissionargli il dipinto? Per Vignac quella donna era l'unica certezza. Ma chi si nascondeva veramente dietro la commissione? Il pittore non lo sapeva. Eppure anche l'incertezza riguardo il vero committente trova accesso nella rappresentazione della donna dai capelli rossi. Come una Norna dimentica di sé siede sul fondo del dipinto e tesse i fili del destino. Tuttavia lei stessa è stranamente ripiegata su sé stessa, fluttuante come un'ombra irreale e funesta davanti allo specchio nero, fosco di morte. E al di sopra del fuoco, nel dipinto mezzo coperto sulla mensola del caminetto, non si vede forse Bellegarde, il primo grande amore di Gabrielle, l'uomo che nell'autunno del 1590 conducendo il re al castello di Cœuvres perse la sua amata? Le malelingue non sostenevano forse di continuo che fosse lui il vero padre dei bambini? È per questo che non ci è concesso vederne la testa? Il catafalco che fa la sua comparsa nella stanza è coperto da un panno verde. Verde. Il colore preferito di Gabrielle. Lei trova che le dita che afferrano a tentoni il capezzolo di Gabrielle siano ancora un enigma? Che cosa significa quel gesto? Allude a una gravidanza. E quando rimase incinta Gabrielle l'ultima volta? »

« Buon Dio », sussurrò Koszinski. « In ottobre, quando il re fu operato! »

«Esatto!» esclamai. «Morstadt ha descritto minuziosamente la scena in cui Bellegarde e Gabrielle vengono sorpresi dall'arrivo inaspettato del re.»

«E l'operazione», osservò Koszinski, «l'ha descritta fin nei minimi particolari per dimostrare che Enrico non poteva essere il padre di quel bambino.»

«Certo, perché se no? Per quale motivo avrebbe dovuto descrivere così dettagliatamente l'intervento? Soltanto per dimostrare che in quel momento a Navarra non sarebbe stato assolutamente possibile concepire un bambino con Gabrielle. Ma allora come fu possibile che nell'ottobre del 1598 Gabrielle rimanesse di nuovo incinta? Il re aveva appena superato una difficile operazione all'inguine e da ogni parte si paventava addirittura che avrebbe perduto la capacità di figliare. La gravidanza di Gabrielle in quel momento non era forse un segno certo della sua infedeltà? Il suo convegno amoroso con Bellegarde fu forse un tentativo disperato di dissimulare davanti al mondo la menomazione di Enrico oppure di legarlo definitivamente a sé con una nuova gravidanza? E questo fatto non viene forse stigmatizzato con grande asprezza nel dipinto?

«Grazie a Ballerini, Vignac era perfettamente al corrente dell'operazione di Enrico e delle sue possibili conseguenze. Ma alla fine non ha mai scoperto chi doveva ringraziare per il fallimento dei suoi progetti ambiziosi. Gabrielle o *La Rousse*, la duchessa o un complotto degli italiani? Per questo nel suo ultimo quadro le ha ritratte in una scena così grottesca e pervasa di morte. Guardate, ammonisce il quadro, con la sua gravidanza Gabrielle credeva di legare a sé il re, di ottenere l'anello del regno! E invece ha solo tradito sé stessa! Guardate là in fondo il vero padre, e accanto a lei già è pronta la prossima preferita del re, Henriette d'Entragues, la cui relazione con il sovrano era già nota in tutto il regno sei mesi dopo la morte di Gabrielle. Alla sua morte, il 10 aprile 1599, Gabrielle era al sesto mese di gravidanza. Perciò il bambino deve essere stato concepito dopo il 13 ottobre 1598, perché nelle settimane precedenti Gabrielle e

Navarra erano separati. Enrico era a Fontainebleau con il Consiglio, mentre Gabrielle soggiornava a Monceaux.

« Si tramanda che Navarra, malato e febbricitante, abbia inaspettatamente fatto ritorno a Monceaux nella tarda serata del 13 ottobre. Gli furono diagnosticati ristagno di urina e un ascesso. Qualche giorno più tardi fu effettuata l'operazione. Solo verso metà novembre il re tornò a stare un po' meglio. Se il concepimento avesse avuto luogo in quel periodo, tuttavia, Gabrielle alla sua morte sarebbe stata tutt'al più al quinto mese. No, il bambino che ha portato con sé nella tomba era certamente di Bellegarde, che per tutto settembre e ottobre era rimasto a Monceaux mentre Enrico era lontano dal castello. Non sappiamo se Navarra sospettasse qualcosa. Qualcuno intorno a lui gliel'avrà certamente suggerito. Il dipinto lo afferma beffardamente. Il dipinto, ho detto?

« Sarei quasi tentato di dire il nome del pittore. Sì, me lo immagino proprio a La Rochelle, dove è tornato dopo la fuga da Parigi insieme a Valeria. Lì, lontano dagli avvenimenti parigini, rimugina sulle sue vicende e sul suo fallimento, che pian piano gli si chiarisce sempre più. Intanto passano i mesi. Viene a sapere della nuova passione amorosa del re e del matrimonio con Maria de' Medici. Si scervella per cercare di farsi un'idea degli avvenimenti che hanno mandato all'aria il suo progetto di diventare pittore di corte. Riflette sul destino di Gabrielle, da cui lui aveva fatto dipendere ogni cosa. Ma da Gabrielle non avrebbe avuto inizio alcun regio lignaggio, nessuna porpora regale avrebbe adornato la sua portantina. Era caduta vittima di un complotto degli italiani? Enrico si era allontanato da lei per calcolo politico, limitandosi a osservare con preoccupazione i tentativi disperati dell'amata di tenerlo legato a sé, pur sapendo che tanto era tutto inutile? La gravidanza di Gabrielle in quel momento impossibile, lo scandalo inscenato al banchetto di carnevale, tutte queste congetture non si ritrovano forse nel dipinto?

« Il pittore non trovò risposta alle sue domande, ma diede loro una forma il cui effetto misterioso è palpabile ancora oggi. Il vero significato del dipinto commissionato per lui diventò un segreto insopportabile che non gli dava pace. E così a un certo punto lo scacciò con un altro mistero, di cui realizzò i primi schizzi molto dopo la morte di Gabrielle. Quindi stese il fondo sul legno e polverizzò i pigmenti. Biacca. Verderame. Cinabro scuro. Un'intuizione gli dettò la linea. Cercò di seguirla. Si annebbiò davanti ai suoi occhi. Le andò dietro ugualmente, convinto che in fondo a essa avrebbe trovato la risposta. E invece non c'era. La soluzione gli rimase preclusa e si condensò in un emblema: due donne nel bagno, una Parca e, riconoscibile a stento sul margine superiore del quadro, il bassoventre nudo di un uomo con un lenzuolo gettato intorno ai lombi. Il pittore vide forse convergere i fili lassù, in quel piccolo quadro nel quadro, dove non si vede altro che il grembo di un uomo e un drappeggio di stoffa rossa, quasi invisibile a occhio nudo, poco più che una linea porpora? »

EPILOGO

DEVO forse aggiungere che andando a Bruxelles feci ancora una volta sosta a Parigi per rendere un'ultima visita alle due dame nel bagno? Mi diressi alla piramide di vetro nel cortile interno, acquistai un biglietto d'ingresso e mi incamminai attraverso le sale della pinacoteca. Poco prima di raggiungere la sala dove era esposto il quadro fui colto dall'inquietudine, come se stessi per rivedere un'amata dei tempi di gioventù. Ma quando le fui davanti la tensione che sentivo dentro cedette il posto a una calma deferente.

Nella semioscurità, debolmente illuminata dalla luce smorzata del museo, lei non guardava me ma la sala che si allargava alle mie spalle. Stava lì alla mia destra, e sembrava ancora più inerte del quadro stesso, da cui è bandito ogni movimento. Teneva la testa alta, sollevata al di sopra del corpo denudato, bianco come gesso, investito da una forte luce laterale. Sotto i capelli pettinati verso l'alto, simili a una parrucca, il suo volto esprimeva stupore, e si aveva l'impressione che di lì a un momento su di esso si sarebbe letta una sensazione. Ma il pittore non ha voluto mostrarcela.

Rimasi lì a lungo, e feci scorrere nella mente le tappe che avevano condotto a quest'ultimo ritratto. Le scene di Atteone che avevano fatto venire a Vignac l'idea di utilizzare il ritratto della nobildonna nel bagno per una celebrazione del grandioso futuro che attendeva Gabrielle. Pensai allo strano dipinto, ora a Firenze, che gli avevano commissionato: le nozze immaginarie delle due dame nella vasca. Vignac di certo non aveva mai scoperto il vero significato del proprio dipinto e del resto non avrebbe potuto credere che quella rappresentazione oltraggiosa era il tentativo disperato di Gabrielle di mettere sotto gli occhi del re la propria situazione impossibile per strappargli una promessa di matrimonio che lui non aveva mai pensato di mantenere. Da tutti questi elementi imponderabili Vignac aveva realizzato il suo ultimo ritratto. Così, anche se non aveva trovato una risposta al mistero intorno al dipinto che gli avevano commissionato e alla morte di Gabrielle, almeno era riuscito a dargli una forma. E nel farlo non si era forse rivelato davanti ai suoi occhi un altro mistero, e cioè che quando l'arte tratta gli enigmi non trova una soluzione ma conferisce loro una forma?

Se dicessi che il dipinto e le strade tortuose che portarono alla sua realizzazione hanno fatto di me un'altra persona sarebbe un'esagerazione. Eppure grazie a esso il mistero dell'arte per me è tornato ad avere un valore. Ogni tanto, quando guardo l'immagine di Gabrielle e richiamo alla mente la sua storia, per un breve istante mi pare di trovarmi nel mondo *dietro* il quadro, nell'atelier di La Rochelle dove Vignac, dopo la sua fuga da Parigi, cercò una conclusione figurativa alle sue avventure, nella misera baracca in cui il puzzo dei moccoli fumiganti si mescola con l'odore acre della vernice, in una notte senza rumore dell'anno 1600. Sì, a volte mi sembra quasi di vedere davanti a me il volto del pittore, di cogliere i punti sulla tavola di legno su cui deve essersi posato il suo sguardo concentrato, penetrante, indagatore. E quando quest'impressione si è già dileguata da un pezzo, dentro di me risuona ancora il leggero, delicato raspare di un pennello che traccia sulle figure gli ultimi cauti tratti, serrando per sempre il segreto della loro storia e dissolvendolo nella magia delle forme.

APPENDICE

UN GIALLO STORICO-ARTISTICO?

DA QUANDO nel 1996 ho pubblicato *Un enigma color porpora* mi hanno ripetuto spesso una domanda: «Ma è tutto vero?»

La risposta non è per niente facile.

Tutti i dettagli storici relativi agli eventi che hanno accompagnato la morte misteriosa di Gabrielle d'Estrées sono tratti da resoconti dell'epoca. Altrettanto autentiche sono le trattazioni a cui si fa riferimento nel romanzo, come anche la fonte di certo più stupefacente su questo argomento: la corrispondenza segreta tra Bonciani e Ferdinando de' Medici.

La parte principale del romanzo, il cosiddetto «Manoscritto di Kehl», è stata scritta mettendo insieme fonti storiche. La descrizione dell'assedio di La Rochelle segue i resoconti di testimoni oculari ai tempi della guerra contro gli ugonotti. Le note del diario di Vignac sono basate sui resoconti di viaggio dello studente di medicina di Basilea Felix Platter (1598-1600).

Anche i retroscena scientifici, medici e sociali del romanzo si basano su uno studio delle fonti protrattosi per anni. I *Zehn Bücher der Chirurgie* (Dieci libri di chirurgia, 1563) di Ambroise Parés contenevano le indicazioni dettagliate per l'estrazione di calcoli alla vescica. La tecnica di amputazione usata all'epoca è tratta dal *De Gangraena et Sphacelo* (1617) di Fabricius Hildanus, per citare solo due opere affascinanti.

Per ciò che riguarda poi la misteriosa raccolta di ritratti, in verità anche qui non ho inventato nulla. Anzi. La difficoltà è stata piuttosto ridurre a una misura controllabile la gran quantità di materiale disponibile.

Volendo riassumere in una formula un po' paradossale la

molteplice stratificazione del « caso Gabrielle d'Estrées », si potrebbe dire: in un certo senso è assolutamente tutto vero... solo che non è affatto tutto.

Quadri o messaggi cifrati?

Nell'ottobre del 1986 trascorsi un mese a Parigi per migliorare il mio francese. Nel corso di una visita domenicale al Louvre mi ritrovai all'improvviso davanti allo strano dipinto riprodotto sulla sovraccoperta di questo libro. Stupito e un po' stranito da quello strano motivo pittorico, nei giorni e nelle settimane che seguirono cercai di trovare una spiegazione alla raffigurazione per me del tutto incomprensibile. Ma nei manuali di storia dell'arte che consultai mi imbattei nelle consuete note con cui si nasconde in modo raffinato che non si sa nulla di preciso. Persino il titolo del dipinto in realtà sollevava soltanto quesiti:

Gabrielle d'Estrées e una delle sue sorelle.
Scuola di Fontainebleau. 1600 ca.

Un pittore anonimo. Sorelle che si prendono per il seno? Datazione incerta. Singolare, pensai. Il seme era gettato. Ma allora ancora non lo sapevo.

Ripresi i miei studi di lettere all'università di Berlino, l'anno seguente andai per un anno negli Stati Uniti con una borsa di studio, poi ritornai a Berlino per laurearmi... ma ovunque mi trovassi, sopra la mia scrivania era sempre appesa una riproduzione in formato cartolina di quel dipinto. Ogni volta che riuscivo a trovare un po' di tempo andavo a frugare in biblioteche e archivi cercando di scoprire che cosa c'era dietro quel ritratto che mi turbava.

Esaurii in fretta le poche fonti disponibili in Germania, e per uno studio serio delle altre fonti sarei dovuto certamente andare a Parigi. Terminai l'università, accantonai la mia tesi di dottorato che ancora pianificavo di fare e mi trasferii a tempo indeterminato a Parigi. Decifrare il significato del quadro ormai era diventato qualcosa di più che una semplice idea fissa. Dovevo a tutti i costi sciogliere quel segreto e scriverci sopra un libro. Ma invece della spiegazione per *un* dipinto trovai subito... altri dipinti.

Questi due dipinti (Figg. 1 e 2) sono già noti a chi ha letto il romanzo.

Fig. 1: François Clouet (?), Dame au bain, Washington

Fig. 2: Anonimo, Dame au bain, Chantilly

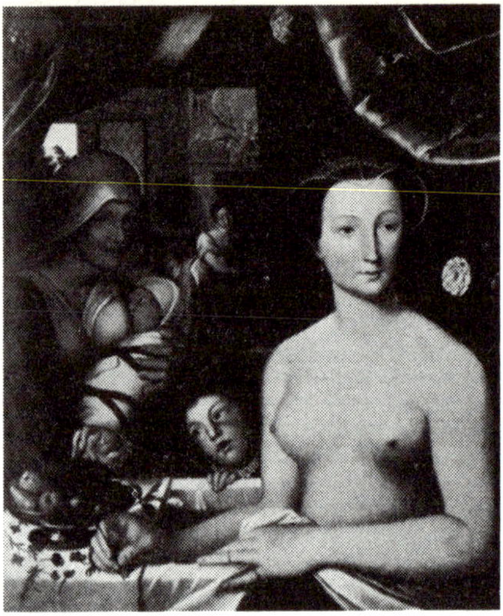

Fig. 3: Anonimo, Dame au bain, Château d'Azay-le-Rideau

La versione seguente conservata ad Azay-le-Rideau (Fig. 3) è la copia di un originale scomparso che un tempo si trovava nel castello di Chenonceaux.

C'è – o almeno c'era – ancora una buona dozzina di altre versioni di questa scena nel bagno, ma la maggior parte è andata perduta o rovinata e ci è nota soltanto attraverso le descrizioni che sono giunte fino a noi. Solo quattro o cinque esemplari sono ancora disponibili e si trovano in collezioni private o musei che in genere non li espongono per motivi di spazio.

Senza dubbio a suo tempo il motivo curioso delle dame di corte nella vasca da bagno fu molto amato, altrimenti non avrebbe ispirato tante copie né avrebbe solleticato ancora per secoli la fantasia di pittori e disegnatori.

Poco dopo mi imbattei in due ulteriori rappresentazioni.

Entrambi questi dipinti, di cui esistono anche altre due

Fig. 4: Gabrielle d'Estrées et la duchesse de Villars
Anonimo, non datato. Collection Faucigny-Lucinge

copie (Lione, Collection Trillat; Parigi, Hôtel Drouot), mi portarono a pensare per la prima volta che forse non si trattava di ritratti in senso stretto, ma di «montaggi» manieristici, di misteriosi arrangiamenti di segni e gesti che rimandano a un contesto più profondo e accessibile soltanto agli iniziati. Era un procedimento molto amato nel primo Seicento, e in generale nel Manierismo. Il mondo veniva trasformato in un enigma. Persino Enrico IV cadde vittima di questa moda, e sui pannelli alle pareti del castello di Fontainebleau fece dipingere così il suo amore per Gabrielle.

Colpisce il fatto che gli artisti continuarono a riarrangiare la curiosa scena del bagno in modo sempre nuovo. Una volta le due dame vengono inserite in una sorta di intimo

Fig. 5: Gabrielle d'Estrées et la duchesse de Villars
Anonimo, XVI secolo (?). Musée Languedocien,
Société Archéologique de Montpellier

idillio familiare (fig. 4). Nella versione di Montpellier (Fig. 5) una mano preoccupata del decoro e della decenza (probabilmente sotto l'influsso della morale sessuale borghese del XIX secolo) ha dipinto in un secondo tempo dei négligé con cui nascondere la nudità delle dame. Lo sfondo dall'atmosfera lugubre – la dama di corte piegata, il fuoco sul punto di spegnersi, l'uomo privo di volto sul camino – tutto ciò viene dissolto e sostituito da una balia con poppante, una cameriera munita di brocca e una Gabrielle che giochérella distrattamente con una collana di perle. Si tratta insomma di un cosiddetto *pasticcio*, ovvero di un dipinto in cui viene imitata la maniera di predecessori ammirati copiando elementi scenici di opere diverse e rimontandoli in modo nuovo, come esemplificato qui.

La maggior parte di questi «imitatori», tuttavia, non si

Fig. 6: Pannello murario nel castello di Fontainebleau
Rebus del nome «Estrées»
La «M» di Maestà viene contornata da:
Un S percé d'un trait *(una S trafitta da una freccia)*
→ ESS – trait
→ Estrées

limitano a copiare il modello, ma lo interpretano, come mostra la Figura 7. L'autore altrettanto sconosciuto di questo medaglione del XVIII o XIX secolo non lascia peraltro alcun dubbio sulla «lettura» della scena nel bagno: «l'uomo sullo sfondo» che nel dipinto del Louvre rimaneva senza volto riceve qui i lineamenti inequivocabili di Enrico IV. Sbircia da dietro la tenda e – particolare piccante – non guarda la sua amante Gabrielle, ma l'altra donna.

L'artista sconosciuto vuole forse suggerire che il re ha messo gli occhi sulla sorella di Gabrielle? Il «galante verde»,

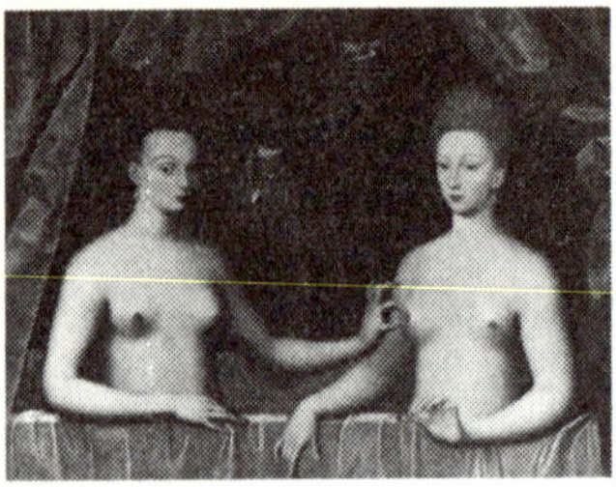

Versione del Louvre

+ versione di Washington

uguale

versione di Montpellier

come Enrico viene chiamato dal popolo, aveva una debolezza più che spiccata per il gentil sesso. Le sue innumerevoli relazioni sono ben documentate. Ma è dimostrato che per la sorella di Gabrielle non aveva alcun interesse. Con l'eccezione di Gabrielle, che amò appassionatamente, l'intera famiglia d'Estrées gli era sgradita.

Fig. 7: Vignetta (Louvre, Gabinetto delle Incisioni) Inventario N. R.S. 221, 1800 ca.?

La mano della sorella?

Questa vignetta mi procurò non pochi mal di testa e mi riportò alla domanda iniziale: quale poteva mai esser stato l'input per questa serie di ritratti, tutti rigorosamente anonimi? Perché diamine una futura regina di Francia avrebbe dovuto farsi ritrarre a quel modo? Difficile credere che fosse stata Gabrielle stessa a commissionare il ritratto. Nessun episodio mitologico poteva essere addotto come pretesto per la nudità delle donne. A ben guardare, non era nemmeno stato accertato in modo chiaro di chi fosse il bambino tra le braccia della nutrice in secondo piano.

Nel frattempo avevo trascorso alcuni mesi a studiare a fondo le fonti presso la splendida Bibliothèque Sainte-Geneviève, e avevo letto parecchie cose sul conto di Gabrielle. Dunque, per un pelo sarebbe diventata regina di Francia, se non fosse morta all'improvviso per una malattia misteriosa pochi giorni prima delle nozze con Enrico IV. Da quattrocento anni gli storici discutevano sull'ipotesi che Gabrielle potesse essere stata avvelenata per conto di Ferdinando de' Medici, che come si sa voleva vedere sul trono di Francia sua nipote Maria de' Medici. Perché Gabrielle è morta così all'improvviso? Fu vittima di un avvelenamento o piuttosto di una malattia correlata alla gravidanza (eclampsia)? La disputa a tutt'oggi irrisolta di cui lessi affascinato riempiva interi volumi. I sostenitori delle diverse tesi erano d'accordo su un punto soltanto: nel 1599 Enrico era deciso a sposare Gabrielle e l'avrebbe anche fatto se lei – per avvelenamento o malattia – non fosse improvvisamente morta.

I progetti matrimoniali di Enrico erano politicamente esplosivi e creavano notevoli tensioni tanto alla corte francese quanto all'estero. Non è quindi affatto da escludere che chiunque abbia dipinto o commissionato i quadri volesse alludere alla scabrosa situazione politica.

Naturalmente i quadri sono troppo suscettibili di interpretazione perché si possa usarli come fonti storiche. Ma l'idea era troppo seducente per non abbandonarvisi almeno una volta: quei ritratti enigmatici contenevano forse riferimenti nascosti che avrebbero potuto illuminare i fatti relativi alla misteriosa morte di Gabrielle?

In altre parole: a determinare la sorte di Gabrielle d'Estrées, oltre all'alta politica, c'era forse anche *un'altra donna*, come lasciavano intuire alcuni dei dipinti? C'era una rivale?

Nella complicata lotta di interessi contrastanti riguardo il matrimonio tra Enrico e Gabrielle nessuna sorella di Gabrielle ha mai un ruolo nemmeno secondario.

Che cosa andava dunque cercando una sorella su quel quadro?

Iscrizioni fallaci

La congettura secondo cui la donna nel bagno con Gabrielle sarebbe sua sorella è da ricondurre alla versione di Faucigny-Lucinge (Fig. 4). Dopotutto qui viene citata con tanto di nome e titolo.

Ma ogni matricola che frequenta le lezioni di storia dell'arte impara che simili iscrizioni e scritte vanno prese con le molle. Spesso infatti venivano aggiunte successivamente, per impedire che fosse scordata l'identità di chi era ritratto o, al contrario, per assicurarsi che così fosse. Rappresentazioni sentite come imbarazzanti o poco lusinghiere subiva-

Iscrizione a lettere d'oro:
a sinistra: JULIETTE HIPPOLITE DESTREES DUCHESSE DE VILLARS
al centro: CESAR DUC DE VENDOSME
a destra: GABRIELLE DESTREES DUCHESSE DE BEAUFORT

no spesso un cambiamento di nome e venivano così elegantemente attribuite ad altri.

A una prima occhiata il quadro non contiene alcun indizio che permetta di datarlo. È assolutamente possibile che sia stato realizzato dopo la morte di Gabrielle (10 aprile 1599), forse per tenere vivo il suo ricordo o magari per dilettarsi con la sventura della morta attraverso un'ennesima copia della serie di ritratti che sono non proprio lusinghieri o come minimo ambigui. Tuttavia si può stabilire un lasso di tempo approssimativo entro il quale il quadro è stato realizzato. Dev'essere stato dipinto ancora all'epoca in cui Gabrielle era viva o poco dopo la sua morte, diciamo tra il 1598 e il 1600. Anche quelli erano tempi frenetici. L'ascesa e il tramonto di Gabrielle, rapidi come una cometa, attirarono l'attenzione di molti. Ma poco dopo la sua morte la duchessa fu dimenticata. Il re cominciò già poche settimane più tardi una nuova relazione amorosa e l'anno successivo sposò Maria de' Medici. L'argomento «Enrico e Gabrielle» doveva essere uscito definitivamente di moda già sotto la reggenza della nuova regina, e al più tardi dopo l'assassinio di Enrico nel 1610. Perciò è abbastanza sorprendente trovare nel dipinto riprodotto qui sopra una scritta che non può esservi stata applicata prima del 1627!

La dama sulla sinistra del quadro, che a quanto si dice sarebbe Juliette Hippolite d'Estrées, sorella di Gabrielle, viene qui indicata come *duchesse de Villars*. Villars però fino al 1627 fu una *comté* (contea) e solo allora innalzato a *duché*. Insomma, erano trascorsi almeno ventotto anni dalla morte di Gabrielle quando una mano sconosciuta identificò la donna alla sua destra come sua sorella, cosa che fa apparire l'identificazione quantomeno dubbia. Inoltre, se si confronta il volto della dama qui riprodotta sulla sinistra con altri ritratti della duchessa di Villars, si nota che tra le due donne non sussiste la benché minima somiglianza.

Ma allora chi era l'altra donna che fa capolino accanto a Gabrielle in tutti questi dipinti?

Tormenti regali

Nella primavera del 1599 Enrico di Navarra annunciò pubblicamente di voler sposare la sua favorita, Gabrielle d'Estrées. Si trattava di un proposito che per una serie di motivi era estremamente scabroso e metteva in pericolo una pace interna ottenuta con fatica e un enorme tributo di sangue dopo trent'anni di guerre di religione. Tuttavia nessuno mise mai in dubbio la decisione del re. Perché avrebbe dovuto? La parola di un re è una parola d'onore. L'abito per la sposa era già stato ordinato, i balconi per il corteo nuziale erano affittati da tempo.

Ma all'improvviso accaddero fatti strani. Pochi giorni prima del matrimonio Enrico mandò Gabrielle via da Fontainebleau, a trascorrere la Pasqua da sola a Parigi. La duchessa reagì con una veemenza tremenda, testimoniata da molti compilatori di lettere e memorie. Sulle motivazioni recondite della strana decisione, però, non si seppe mai nulla di più preciso. Pare che il padre confessore di Enrico avesse lamentato che era immorale che il monarca trascorresse la Pasqua con la sua amante. Un'obiezione ridicola a fronte dei tre figli extramatrimoniali che i due avevano già messo al mondo, a fronte delle altre feste di Pasqua che in precedenza avevano trascorso insieme, e considerata l'imminenza del matrimonio.

Gli ultimi minuti di Gabrielle con Enrico furono descritti da molti contemporanei. L'addio ha tutti i segni di una separazione definitiva. Alla fine Gabrielle raccomanda perfino i figli al re. È convinta che sarà sacrificata.

Si può credere che Enrico non pensasse affatto di rispettare la sua promessa di matrimonio? Con parole diverse: che cosa significava nel XVI secolo la parola di un re a confronto con quella di un'amante? A questo proposito esiste una fonte illuminante.

Soltanto poche settimane dopo la morte di Gabrielle, Enrico IV si innamorò a tal punto di una certa Henriette d'Entragues che dopo alcuni mesi di profferte non corrisposte le promise per iscritto di sposarla se lei gli avesse messo al mondo un figlio maschio. L'istruttivo documento è conservato ancora oggi alla Bibliothèque Nationale di Parigi, e vale la pena riportarlo qui al completo:

> *Nous, Henry quatrième, par la grâce de Dieu, roi de France et de Navarre, promettons et jurons devant Dieu, en foi et paroles de Roi, à messire François de Balzac, sieur d'Etrangues, Chevalier de nos ordres, que, nous donnant pour compagne damoiselle Henriette-Catherine de Balzac, sa fille, au cas que, dans six mois, à commencer du premier jour du présent, elle devienne grosse, et qu'elle en accouche d'un fils, alors et à l'instant nous la prendrons à femme légitime épouse, dont nous solemniserons le mariage publiquement et en face de notre sainte Église, selon les solennités en tels cas requises et accoutumées. Pour plus grande approbation de laquelle présente promesse, nous promettons et jurons comme dessus de la ratifier et renouveler sous notre seing, incontinent après que nous aurons obtenus de Notre Saint-Père le Pape la dissolution du mariage entre nous et dame Marguerite de France, avec permission de nous remarier où bon nous semblera. En témoin de quoi nous avons écrit et signé la présente. Au bois de Malesherbes, ce jourd'hui premier octobre 1599.*

> Noi, Enrico IV, per grazia di Dio re di Francia e di Navarra, promettiamo e giuriamo davanti a Dio e diamo la nostra parola di re al signor François de Balzac, signore d'Entragues, cavaliere del nostro Ordine, che prenderemo come compagna sua figlia Henriette-Catherine de Balzac, e che se entro sei mesi a partire da oggi ella rimarrà incinta e partorirà un figlio maschio, allora la

prenderemo immediatamente come legittima sposa con un matrimonio celebrato pubblicamente e al cospetto della nostra santa Chiesa, e tutte le solennità consuete e necessarie. A conferma del presente impegno, promettiamo e giuriamo come sopra di ratificarlo e rinnovarlo immediatamente con il nostro sigillo non appena otterremo dal nostro Santo Padre, il papa, lo scioglimento del nostro matrimonio con Margherita di Francia e il permesso di risposarci a nostro piacimento. Scritto a certificazione e firmato nel bosco di Malesherbes, addì primo ottobre 1599.

Per anticipare da subito la fine di questa storia: Henriette poco dopo rimase effettivamente incinta, il che nei mesi successivi mise Enrico in una situazione estremamente penosa. Incuranti di quell'impegno scritto, infatti, a Firenze erano continuate le contrattazioni e le discussioni sui dettagli della dote di Maria de' Medici. Nella primavera del 1600 furono annunciate ufficialmente le nozze con la fiorentina, fissate per l'autunno. Ma se il re non avesse rispettato la parola che le aveva dato, Henriette minacciò di sollevare uno scandalo diplomatico sfoderando lo scritto compromettente. Seguirono numerosi, vani tentativi della corte francese di ricomprare il documento. Alla fine la cosa si risolse ancora una volta grazie a una «incredibile fatalità». Durante un soggiorno al castello di Fontainebleau, Henriette ebbe un aborto spontaneo al settimo mese. Stando alla tradizione, durante un temporale un fulmine entrò nella sua stanza causando il parto prematuro. Il bambino, un maschio, nacque morto.

Un re che invecchia, succube del fascino delle giovani donne, pur di possedere un'amante firma un assegno in bianco con cui si gioca il regno. Il meccanismo era sempre lo stesso: un'avventata promessa di matrimonio del re alla sua amata portava il regno sull'orlo di una crisi di Stato. « Fatalità celesti » tornavano ad appianare i problemi politici che ne scaturivano. Gabrielle morì « del tutto inaspettatamente » una settimana prima del matrimonio per una « malattia misteriosa ». Henriette d'Entragues perse il figlio, il suo « pegno per il trono » per un « colpo di saetta ».

Fatalità? Forse. Henriette venne pubblicamente ingannata, umiliata e raggirata. Enrico aveva forse fatto con Gabrielle un giochetto simile, lasciandole credere fino all'ultimo momento a un matrimonio che non avrebbe mai avuto luogo?

In altre parole: a Firenze si trattava già mentre Gabrielle si illudeva ancora di essere a pochi passi dal trono? E se sì, perché queste trattative non erano documentate da nessuna parte?

Erano state tanto segrete che a tutt'oggi non si riusciva a trovarne traccia?

Un segnalibro

Dopo essermi occupato di questo materiale per quasi cinque anni, ecco che alla fine mi ritrovavo in un vicolo cieco. Ormai mi ero convinto che il pittore, o il committente, del dipinto del Louvre nel suo quadro volesse alludere al comportamento bifronte di Enrico nei confronti dell'amante.

Non era la sorella di Gabrielle ad afferrarne trionfante il capezzolo. La donna alla sua destra doveva essere Henriette d'Entragues, colei che succedette a Gabrielle nella lunga sfilza di amanti del re sposate « alla mano sinistra ».* È la mano sinistra che tocca il seno di Gabrielle, ed è nella mano sinistra che Gabrielle tiene l'anello. Il quadro manifestava scherno e beffa nei confronti delle amanti di Navarra, nei confronti delle odiate e al contempo commiserevoli vittime

* Nel Medioevo i francesi portavano la fede all'anulare della mano destra. (*N.d.T.*)

dei suoi «matrimoni alla mano sinistra», che qui vengono esposte come pupazzi di cera e mostrano in modo emblematico il loro destino.

Ma a che serve la più bella delle teorie, senza una prova?
Mi riproposi di leggere ancora una volta la posta diplomatica dell'ambasciatore di Ferdinando de' Medici presso la corte francese. L'avevo già fatto nel 1991 a Parigi, quando trascorsi alcune settimane nella Bibliothèque Nationale a macinare l'edizione in sei volumi delle *Négociations diplomatiques de la France avec la Toscane*. Un compito non facile, dal momento che molte lettere oltre a essere redatte in italiano antico erano rese appositamente enigmatiche per nascondere chi si celasse dietro le affermazioni che riguardavano questioni delicate. Ma la cosa più deludente era stata scoprire che l'edizione Desjardins-Canestrini 1859-1886 si interrompeva proprio là dove le cose si facevano più interessanti, cioè pochi mesi prima della morte di Gabrielle. E riprendeva soltanto nove mesi più tardi.

Se si considerano gli avvenimenti verificatisi nel periodo di questo blackout diplomatico (dicembre 1598-ottobre 1599), è davvero inconcepibile che Firenze non sia stata informata di quanto accadeva alla corte francese. Ma allora che fine avevano fatto i dispacci dell'ambasciatore?

Intanto le circostanze della vita mi avevano portato a Bruxelles. Per fortuna l'edizione Desjardins-Canestrini era disponibile anche nella Biblioteca Reale, così che non dovetti andare apposta fino a Parigi per controllare se per caso l'ultima volta mi era sfuggito qualcosa. Naturalmente, mentre portavo al mio banco i sei spessi volumi in folio non immaginavo l'incredibile scoperta che stavo per fare. Se avessi ripreso le mie ricerche a Parigi invece che a Bruxelles non avrei mai trovato la risposta a tutte quelle domande. Quel che a Bruxelles mi capitò fortuitamente fra le mani fu una cosa talmente incredibile che è possibile raccontarla solo in una postfazione e in nessun caso in un romanzo, poiché i romanzi non ammettono trasgressioni alla verosimiglianza.

Rilessi i dispacci degli ambasciatori toscani che da Parigi riferivano a Ferdinando de' Medici. Soprattutto un certo Bonciani si occupava sempre dello stesso argomento: l'amore folle di Enrico per Gabrielle. Il corrispondente da Parigi scrive instancabilmente, e con segni di crescente frustrazione, che senza questa Gabrielle il matrimonio di Maria de' Medici con il re di Francia sarebbe combinato in un paio di mesi. E invece l'affetto del re cresce sempre più. C'è un passo in cui Bonciani lascia intendere che il problema si può risolvere solo levando di mezzo Gabrielle, poiché se Dio non avesse disteso la sua mano protettrice sulla faccenda si sarebbe dovuto temere il peggio.

L'ultima comunicazione riportata in modo completo è datata 27 settembre 1598, tratta il solito argomento e rivela il lavoro lobbistico di Bonciani presso la corte francese. Una nota al piede dei curatori conclude lo scambio epistolare con la seguente constatazione:

> Nel suo ultimo dispaccio del 2 dicembre l'ambasciatore si mostra ancora una volta allarmato per le conseguenze che l'amore folle del re per Gabrielle potrebbe comportare: *E da questo amore estraordinario si può dubitare che alla fine non nascano de' mali d'importanza.*

Con questo termina la corrispondenza, per riprendere soltanto nell'autunno del 1599. Ma com'è possibile? 2 dicembre 1598! Dopo di allora gli eventi precipitarono. A dicembre il figlio di Gabrielle, Alexandre, fu battezzato con tutta la pompa di un potenziale erede al trono. Nel gennaio del

1599 Enrico intensificò le pressioni su Margherita perché accettasse il divorzio. A febbraio spedì a Roma un inviato per convincere il papa a concedergli l'annullamento del matrimonio. A marzo annunciò pubblicamente che avrebbe sposato Gabrielle. Ad aprile questa muore improvvisamente. E Bonciani non avrebbe riferito nulla di tutto ciò? Impensabile!

Continuai a sfogliare. Più in là lo scambio di lettere ricominciava, ma questi documenti per contenuto e datazione non avevano più niente a che fare con l'argomento che mi stava a cuore.

Qualcuno aveva lasciato o forse dimenticato lì una specie di segnalibro. Presi il cartoncino in mano.

Era l'invito all'inaugurazione di una mostra. Niente data. Ma il cartoncino era abbastanza ingiallito. Evidentemente si trovava nel libro già da qualche anno. Monsieur e Madame Jacques Bolle. Quel nome mi mise una pulce nell'orecchio, anche se non mi fu subito chiaro il perché.

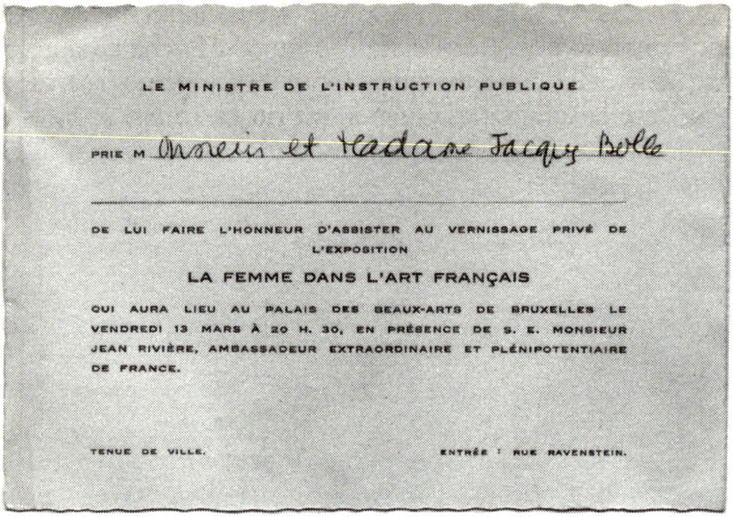

LE MINISTRE DE L'INSTRUCTION PUBLIQUE

PRIE M Monsieur et Madame Jacques Bolle

DE LUI FAIRE L'HONNEUR D'ASSISTER AU VERNISSAGE PRIVÉ DE L'EXPOSITION

LA FEMME DANS L'ART FRANÇAIS

QUI AURA LIEU AU PALAIS DES BEAUX-ARTS DE BRUXELLES LE VENDREDI 13 MARS À 20 H. 30, EN PRÉSENCE DE S. E. MONSIEUR JEAN RIVIÈRE, AMBASSADEUR EXTRAORDINAIRE ET PLÉNIPOTENTIAIRE DE FRANCE.

TENUE DE VILLE. ENTRÉE : RUE RAVENSTEIN.

Fig. 8: Invito – fronte

L'EXPOSITION
LA FEMME DANS L'ART FRANÇAIS
EST ORGANISÉE DANS LE
CADRE DE
L'ACCORD CULTUREL
FRANCO-BELGE.

Fig. 9: Invito – retro

La femme dans l'art français. Evidentemente quel signor Bolle aveva interessi simili ai miei. Ma che cosa aveva scritto lì a matita sul margine? Girai il cartoncino e cercai di decifrare la calligrafia. Quando mi riuscì, rimasi seduto alcuni secondi completamente immobile. Mi sembrava di sognare:

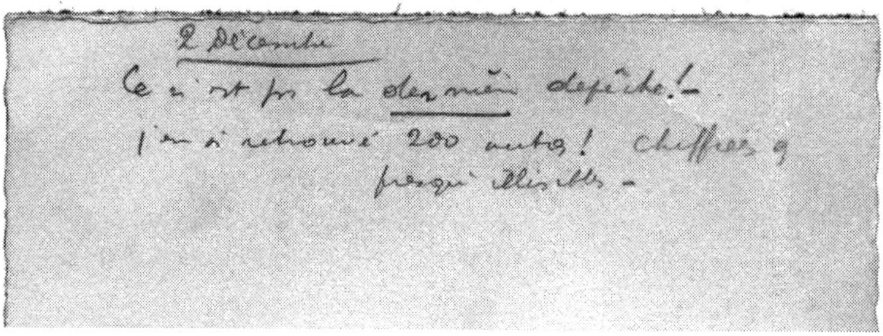

Fig. 10: Invito – dettaglio

2 Décembre
Ce n'est pas la dernière depêche! –
J'en ai retrouvé 200 autres! Chiffrées et presque illisibles –

2 dicembre
Questo non è l'ultimo dispaccio! –
Ne ho trovati altri 200! Cifrati e pressoché illeggibili –

Non è difficile immaginare come mi sentii in quel momento. Ricordo che la prospettiva trionfale di poter presto avere tra le mani quei dispacci e di poterli leggere, dopo un primo shock mi fece emettere un piccolo grido di giubilo subito punito con una severa occhiata del sorvegliante di sala. Avrei rintracciato Jacques Bolle e avrei studiato i suoi ritrovamenti. E finalmente avrei potuto finire di scrivere il mio romanzo, perché in quei dispacci doveva esserci la risposta a tutte le domande ancora aperte.

Riguardando i miei appunti scoprii che nelle ricerche parigine di tre anni prima avevo già incontrato Jacques Bolle una volta. *Pourquoi tuer Gabrielle d'Estrées?* si intitola il libriccino che pubblicò a Firenze nel 1954. Una vecchia ricevuta di un prestito librario provava che quello studio doveva essermi passato per le mani insieme a molti altri libri della Bibliothèque Nationale. Eppure non mi ricordavo di quel volume; probabilmente l'avevo richiesto per curiosità e poi l'avevo soltanto sfogliato e lasciato perdere perché cercava di provare una tesi che a me sembrava sbagliata. All'epoca ero più che sicuro che Enrico avesse illuso Gabrielle proprio come Henriette d'Entragues, perciò non c'era alcuna necessità di assassinarla come invece annunciava con sicumera il titolo del libro di Jacques Bolle. L'avevo appena guardato e subito accantonato per quel motivo?

La biblioteca di Bruxelles disponeva di un esemplare del saggio, così potei leggere con grande stupore che lo storico belga agli inizi degli anni '50 aveva visitato a Firenze l'Archivio Mediceo riportando alla luce i dispacci mancanti. Una spiegazione del motivo per cui quelle lettere non erano comprese nell'edizione Desjardins-Canestrini era nella postfazione: dopo il 2 dicembre 1598 Bonciani e gli altri agenti di Ferdinando cominciarono a cifrare i dispacci. I curatori che visionarono la corrispondenza quasi trecento anni più tardi evidentemente non lo sapevano, così che le missive cifrate non vennero prese in considerazione e rimasero inedite. Jaques Bolle aveva trovato sia quei dispacci sia il codice segreto del granduca Ferdinando. Ma anche conoscendo il codice, trascrivere i dispacci sembrò un compito improbo. Sta di fatto che lo storico belga decrittò solo un numero esiguo di lettere redigendo poi subito uno studio molto poco ortodosso che doveva servire a risvegliare l'interesse dei ricercatori per quel caso. *Perché uccidere Gabrielle d'Estrées?*

Già, perché mai? Per quale motivo Jacques Bolle cercava di provare proprio questa tesi quando il suo spettacolare rinvenimento di fonti evidenziava che Gabrielle non aveva alcuna parte nei progetti matrimoniali di Enrico?

Le lettere decodificate infatti dimostravano che Enrico

nel corso della primavera del 1599 aveva tenuto trattative matrimoniali segrete con Firenze. Jacques Bolle evidentemente si era perso in una teoria del complotto: per i troppi alberi non aveva più visto il bosco. Il suo studio un po' confuso non venne mai preso sul serio. La sua sensazionale scoperta fu dimenticata.

Fig. 11: Facsimile della corrispondenza segreta cifrata

Nell'ingrandimento si capisce come funzionava il codice; le lettere erano sostituite da numeri.

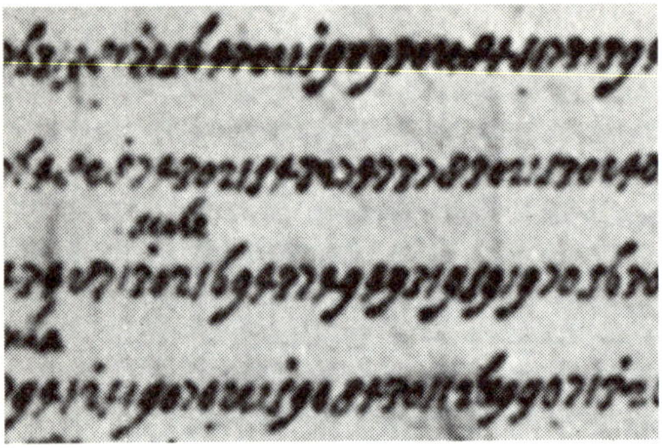

Fig. 12: dettaglio

Il motivo per cui il segnalibro mi capitò tra le mani proprio alla Biblioteca Reale fu presto chiaro. Bolle era originario di Bruxelles. Purtroppo negli anni '80 aveva perso la vita in un incidente stradale. Con qualche difficoltà mi riuscì di contattare la vedova, ma quando le chiesi se i documenti del marito erano stati conservati e se era possibile consultarli, mi rispose che tutte le sue carte erano state distrutte poco dopo la morte.

Gran parte dei circa duecento dispacci segreti che Jacques Bolle ha elencato nel suo libro giacciono ancora oggi cifrati e mai pubblicati nell'Archivio Mediceo di Firenze. Una delle poche lettere che Jacques Bolle decrittò e tradusse dall'italiano antico è citata alla fine del mio romanzo. La lettera risale al 9 marzo 1599 e dimostra che Enrico solo una settimana dopo aver pubblicamente annunciato di voler sposare Gabrielle discuteva con il granduca Ferdinando i dettagli della dote di Maria de' Medici: dopo anni di ricerca, la conferma di un'intuizione indistinta che il dipinto del Louvre aveva risvegliato in me.

Quale concorso di eventi abbia deciso il destino di Gabrielle, naturalmente, non è provato nemmeno da queste lettere. Certo rimane un ultimo dubbio: che il re abbia negoziato solo in apparenza per rassicurare Roma e portare avanti il divorzio. Qui siamo al limite della storiografia: nessuna fonte storica, per quanto sensazionale, ci permette di guardare nel cuore di un uomo e di scoprire il segreto delle sue motivazioni. Chi vuole spingersi fin lì deve cambiare disciplina.

Perciò non ho da offrire alcuna verità definitiva, ma soltanto un pezzo, finora sconosciuto, di quel puzzle. Tuttavia questo nuovo tassello permette di gettare su un'opera d'arte uno sguardo del tutto nuovo, che ho cercato di sviluppare in forma di romanzo. Ho sovrapposto due enigmi – quello del quadro e quello del carteggio segreto – e così facendo ho scoperto i contorni di un dramma psicologico e politico che costituiscono l'ossatura del mio racconto. Quanto questo sia plausibile lo decideranno gli storici dell'arte e gli storiografi. Chissà, forse prima o poi si troverà uno storico dell'arte che legge romanzi a cui verrà voglia di decifrare e pubblicare questa corrispondenza apocrifa che si trova a Firenze nell'Archivio Mediceo.

Io ho seguito un'intuizione e ho fatto qualcosa che gli studiosi di regola non dovrebbero fare: non mi sono fidato troppo dei cosiddetti fatti e ho dato invece credito alla fantasia. Questo valga anche come risposta alla domanda che mi viene spesso posta sul motivo per cui non ho scritto né voglio scrivere un articolo scientifico sull'argomento. È una domanda che mi ha sempre lasciato un po' spiazzato e anche leggermente triste, perché in essa riecheggia il rimprovero inespresso che in fondo è un peccato aver «sprecato» per un lavoro di narrativa un ritrovamento storico così interessante e sbalorditivo.

Di solito non rispondo nulla. Ma dentro di me penso sempre la stessa cosa.

Io *l'ho scritto*, un articolo storico artistico! Solo, in forma di romanzo.

Un'interpretazione romanzata di un quadro.

Sì, preferisco non mettere in testa alla fantasia un cappellino da dottore. La tesa le ingombrerebbe l'orizzonte aperto. E non siete d'accordo anche voi che trattare una simile materia in una rivista scientifica, con tanto di note al piede e bibliografia, solo per una manciata di professori e dottorandi, sarebbe stato davvero un peccato?

Genzano di Roma
Novembre-dicembre 2001

CRONOLOGIA

Nella seconda metà del XVI secolo in Francia la contrapposizione tra cattolici e protestanti si fa sempre più aspra.

1572
Alla fine della quarta guerra degli ugonotti si tira per la prima volta un respiro. La pace verrà suggellata da un matrimonio. Enrico di Navarra, protestante, sposerà la cattolica Margherita di Valois, figlia di Caterina de' Medici ed Enrico II. Il matrimonio si tiene il 17 agosto. La parte cattolica decide di approfittare dell'occasione propizia per annientare in un sol colpo tutti gli ugonotti riuniti a Parigi. Il 22 agosto viene eseguito l'attentato al loro capo, Coligny. La notte seguente, la cosiddetta «notte di san Bartolomeo», tra il 23 e il 24 agosto, a Parigi vengono subdolamente trucidati dai tre ai cinquemila protestanti, e più di ventimila in tutta la Francia. Enrico di Navarra viene imprigionato a Parigi.

1573
Assedio della roccaforte di La Rochelle, interrotto in luglio. Nel castello di La Bourdaisière nasce Gabrielle d'Estrées.

1574
Carlo IX, in preda alla follia per il senso di colpa, muore alienato. Diventa re di Francia Enrico III. Comincia la quinta guerra degli ugonotti.

1576
Enrico di Navarra riesce a fuggire da Parigi.

1584
Con la morte del duca di Alençon, Enrico di Navarra diventa uno dei pretendenti al trono francese.

1585
Contro Enrico III la Lega cattolica proclama successore al trono il cardinale Carlo di Borbone.

1588
L'editto dell'unione stabilisce che il re di Francia deve essere cattolico. Comincia la « guerra dei tre Enrichi » per prendere Parigi. In dicembre vengono assassinati il capo della Lega, il duca Enrico di Guisa, e suo fratello, il cardinale Ludovico di Guisa.

1589
Enrico III cerca di riavvicinarsi a Enrico di Navarra e nell'aprile i due si riconciliano. Il 1° agosto Enrico III cade vittima di un attentato. Con la morte dell'ultimo Valois, Enrico di Navarra diventa legittimo erede della corona di Francia, con il nome di Enrico IV.

1590
Enrico assedia Parigi occupata dagli spagnoli, ma in agosto deve ritirarsi davanti alle truppe cattoliche. Durante la pausa invernale il duca di Bellegarde, Roger de Saint-Larry, porta il re a Cœuvres, per mostrargli la sua nuova amata. Primo incontro fra Enrico e Gabrielle.

1592
In giugno il padre di Gabrielle, Antoine d'Estrées, la dà in sposa a Nicolas d'Amerval. Lo stesso mese la madre di Gabrielle e il suo amante vengono uccisi a Issoire. In settembre Gabrielle lascia il marito e diventa amante ufficiale del re.

1593
Enrico passa alla fede cattolica.

1594
Enrico entra in marcia a Parigi. La popolazione lo accoglie entusiasta. L'armata spagnola di occupazione sgombra la città senza opporre resistenza. Gabrielle dà alla luce il suo primo bambino (César). In dicembre il matrimonio con d'Amerval viene annullato.

1595
Enrico ottiene l'assoluzione papale.

1596
Gabrielle diventa marchesa di Monceaux. Il potente condottiero cattolico Mayenne cessa le ostilità con Enrico IV. La pace viene stretta al castello di Monceaux.

1597
Gabrielle diventa duchessa di Beaufort.

1598
Aprile – Il duca di Mercœur è l'ultimo condottiero cattolico a deporre le armi. Ad Angers, César viene fatto sposare con la figlia di Mercœur. Gabrielle ha il suo secondo figlio, Alexandre.
Maggio – A Vervins viene stretta la pace con la Spagna. Firma dell'editto di tolleranza di Nantes, che regola la parità di diritti delle due fedi cristiane. Momentanea fine delle guerre degli ugonotti e della spaccatura tra le due fedi.
Ottobre – Enrico si ammala gravemente. L'eventualità che possa morire scatena disordini ovunque nel regno.
Novembre – In seguito alla guarigione, Enrico consolida il suo dominio. Vengono aperte trattative con Roma per l'ottenimento del divorzio.
Dicembre – Alexandre, il secondo figlio di Enrico e Gabrielle, viene battezzato con tutti gli onori di un principe della Corona.

1599
Gennaio – Margherita di Valois acconsente a divorziare da Enrico IV. Poche settimane più tardi ritira il consenso.
Febbraio – Partenza di Brulart de Sillery, mediatore di Enrico, che passando da Firenze va a Roma per ottenere dal papa lo scioglimento del matrimonio.
Marzo – A Parigi circolano scritti ingiuriosi nei confronti di Gabrielle d'Estrées. Il 2 marzo, durante il banchetto del martedì grasso, Enrico annuncia pubblicamente che sposerà Gabrielle dopo la domenica in Albis (la prima domenica dopo Pasqua).
Aprile – Su richiesta del re, che rimane solo a Fontainebleau, Gabrielle trascorre le feste di Pasqua a Parigi. Mercoledì 7 aprile viene colta dai primi crampi, che presto aumentano di violenza e frequenza. Venerdì 9 aprile il re, partito per raggiungerla sul letto di morte, viene intercettato a poche miglia da Parigi. Gli fanno credere che la duchessa è già morta, ed Enrico ritorna a Fontainebleau. Domenica 10 aprile, verso le cinque del mattino, Gabrielle muore dopo sofferenze atroci, ridotta in uno stato irriconoscibile.

1600
Il 2 ottobre Enrico IV, rappresentato dal duca di Bellegarde, sposa a Firenze la principessa Maria de' Medici.

1610
Il 14 maggio Enrico IV viene ucciso nella sua carrozza da un attentatore. L'assassino, François Ravaillac, viene impiccato il 26 maggio.

RIFERIMENTI ICONOGRAFICI

I dipinti riprodotti fuori testo sono stati realizzati nella seconda metà del XVI secolo. Nonostante si tratti di quadri molto conosciuti, la loro provenienza e il significato delle immagini non sono stati ancora chiariti e rimangono un mistero.

In copertina è riprodotto un particolare del dipinto *Gabrielle d'Estrées e una delle sue sorelle.*

1) Anonimo: *Gabrielle d'Estrées e una delle sue sorelle.* Tavola. Parigi, Musée du Louvre.
(Due dame nel bagno. Sullo sfondo una nutrice, un tavolo coperto da un panno verde. Sopra il camino, il ritratto semicoperto di un uomo.)

2) Anonimo (attribuito a François Clouet): *Dama nella sua toilette.* Tavola. Washington, The National Gallery of Art.
(Scena in bagno con nutrice, due bambini e dama di camera sullo sfondo. La nobildonna non indossa collane.)

3) Anonimo: *Gabrielle d'Estrées nel bagno.* Tela. Chantilly, Musée Condé.
(Scena in bagno con nutrice, due bambini e dama di camera sullo sfondo. La nobildonna [Gabrielle d'Estrées] indossa una collana.)

4) Anonimo: *Dame nel bagno.* Tavola. Firenze, Palazzo Vecchio.
(Duc dame in bagno davanti a una tenda rossa chiusa. La dama di destra [Gabrielle d'Estrées] cinge un anello invisibile al dito della dama di sinistra.)

5) Attribuito a François Clouet: *Diana al bagno*. Tavola. Rouen, Musée des Beaux-Arts.
(Diana a una fonte circondata da ninfe. Sullo sfondo un cavaliere in abiti a strisce bianconere. In fondo sulla destra un cervo dilaniato.)

6) Anonimo (ispirato a François Clouet): *Diana al bagno*. Tavola. Tours, Musée des Beaux-Arts.
(Diana a una fonte circondata da ninfe. Sullo sfondo un cavaliere con una pettorina rossa. In fondo sulla destra un cervo dilaniato. Diana riproduce le fattezze di Gabrielle d'Estrées.)

7) Anonimo: *Dama allo specchio*. Tavola. Basilea, Öffentliche Kunstsammlung.
(Dama nella sua toilette. La cameriera è qui rappresentata sullo sfondo a sinistra davanti a una finestra aperta. Il piedistallo dello specchio mostra una coppia di amanti abbracciati.)

8) Anonimo: *Dama allo specchio*. Tavola. Worcester, Art Museum.
(Dama nella sua toilette. Il pavimento su cui è inginocchiata la cameriera sullo sfondo è piastrellato a colori chiari. La parete di fondo è tappezzata di broccato.)

9) Anonimo: *Dama allo specchio*. Tela. Digione, Musée des Beaux-Arts.
(Dama nella sua toilette. Sulla sinistra alle sue spalle è visibile un vaso. Tra i seni della donna si riconosce un diadema, semicoperto dalle dita della mano sinistra.)

Tutte le immagini riprodotte, anche in appendice, sono state fornite dall'autore.

INDICE

Fotocomposizione Editype s.r.l.
Agrate Brianza (Milano)

Finito di stampare
nel mese di settembre 2004
per conto della Longanesi & C.
da Mondadori Printing S.p.A.
Stabilimento N.S.M. - Cles (TN)
Printed in Italy